LA GÀBIA D'OR

Camilla Läckberg

LA GÀBIA D'OR

Traducció de Marc Delgado

AMS
TER
DAM

Títol original: *En bur av guld*

Primera edició: abril del 2019

Ara Llibres, sccl
Pau Claris, 96, 3r 1a
08010 Barcelona
www.arallibres.cat

L'equip editorial de Som Ara Llibres que ha treballat en aquest volum està integrat per Marta Abella, Miquel Adam, Mariona Cortadellas, Joan Carles Girbés, Sònia Herrera, Eduard Hurtado, Maria Mas, Alba Morcillo, Maika Pascual, Enric Rújula i Roser Sebastià.

Disseny de la col·lecció: Setanta (www.setanta.es)
Disseny original de coberta: Scandinavian Design Group
Imatge de coberta: Erik Undéhn
Correcció: Gemma Garrigosa, Elisabet Kamal i M. Mercè Riu
Fotocomposició: Fotoletra, SA

ISBN: 978-84-16743-91-9
Dipòsit Legal: B 7816-2019

som* ara llibres
Amsterdam Llibres és el segell editorial de Ficció de Som, una cooperativa que vol dotar la societat d'una indústria cultural i de comunicació innovadora i sòlida.
Perquè la cultura ens fa ser qui som: col·lectiu, societat, país.
Més informació: www.som.cat.

Aquest llibre s'ha imprès a Romanyà Valls amb paper ecològic i lliure de clor, òfset cru de 80 grams, i ha estat compaginat amb cos 11 de la tipografia Mercury Text G2.

som* la cultura de tots

A la Christina

Taula

PRIMERA PART

—I no pot ser que només estigui ferida? —va preguntar la Faye.

Va abaixar el cap, no es veia amb forces de mirar-los als ulls.

Un instant de dubte. Després, una veu que intentava consolar-la.

—Hem trobat moltíssima sang. D'un cos tan petit... Però no vull treure conclusions fins que el forense n'hagi pogut fer una avaluació completa.

La Faye va assentir amb el cap. Li van donar una mica d'aigua en un got de plàstic transparent. Se'l va acostar a la boca, però tremolava tant que unes quantes gotes li van regalimar mentó avall, fins a xopar-li la brusa. L'agent de policia rossa d'ulls dolços i blaus es va inclinar cap endavant i li va allargar un tovalló de paper perquè s'eixugués.

—No en teniu cap dubte? Ni el més petit?

La policia va mirar de reüll el seu company i després va sacsejar el cap. Va sospesar meticulosament les paraules:

—Com he dit abans, un metge forense ha de dur a terme la seva pròpia anàlisi a partir del que trobi a l'escenari del crim. Però ara mateix tot apunta en la mateixa direcció: en Jack, el teu exmarit, ha assassinat la vostra filla.

La Faye va aclucar els ulls i va ofegar un gemec.

La Julienne s'havia adormit finalment. Els cabells s'escampaven per damunt del coixí de color rosa. La respiració era pausada. La Faye li va acaronar la galta, amb molta tendresa.

En Jack tornaria a casa després del viatge per feina a Londres. O era a Hamburg? No ho recordava. Quan arribés, estaria cansat i neguitós, però ella ja es cuidaria que es pogués relaxar com calia.

Va tancar la porta de l'habitació amb cura per no despertar la Julienne. Sense fer soroll es va dirigir cap al rebedor i va comprovar que havia girat la clau. A la cuina, va fer lliscar la mà per damunt del marbre. Tres metres de marbre blanc. De Carrara, per descomptat. Malauradament ben poc pràctic, ja que la porositat de la pedra absorbia com una esponja tot allò que s'hi posava al damunt i ja hi havien començat a aparèixer unes taques ben lletges. Però en Jack ni tan sols s'havia plantejat res que fos més funcional. La cuina del pis del carrer Narvavägen havia costat prop d'un milió de corones i no s'havia estalviat en cap detall.

La Faye es va estirar per agafar una ampolla d'Amarone i va deixar una copa de vi damunt del marbre. Una copa que dringa contra la pedra, el borbolleig del vi quan raja pel broc, aquella era la seva vida en versió concentrada, els seus vespres quan en Jack estava de viatge. Es va servir el vi amb molt de compte, pel tal que no apareguessin més taques al marbre, i va aclucar els ulls quan es va acostar la copa als llavis.

Va abaixar la llum amb el regulador i es va dirigir cap al rebedor, on hi havia el retrat en blanc i negre de la Julienne, en Jack i ella. Era fet per la Kate Gabor, la fotògrafa no oficial de la princesa de Suècia, que cada any feia noves i meravelloses fotografies dels marrecs jugant entre les fulles de tardor, vestits amb roba blanca immaculada. En Jack i ella havien decidit fer-se-les a l'estiu. Drets, relaxats a la vora de l'aigua. La Julienne entre tots dos, amb els cabells rossos onejant al vent. De blanc, és clar. Ella amb un vestit de cotó senzill d'Armani, en Jack amb una camisa i uns pantalons amb camals arremangats d'Hugo Boss, la Julienne amb un vestit de punt de la col·lecció infantil de Stella McCartney. S'havien discutit just abans de la sessió fotogràfica. No en recordava el motiu, només sabia que havia estat per culpa seva. Però al retrat no s'hi reflectia ni una engruna d'aquella tensió.

Va pujar les escales. Va dubtar un instant davant de la porta del despatx d'en Jack, però després la va obrir. Era una sala d'una torre amb vistes àmplies als quatre vents. Un disseny únic per a una peça única, tal com els havia dit l'agent immobiliari quan els havia mostrat l'apartament cinc anys abans. Ella duia la Julienne dins la panxa i el cap ple d'esperances d'un futur esplendorós.

Li encantava la sala de la torre. L'espai i la llum que les finestres deixaven entrar feien que tingués la sensació d'estar volant. I ara que a l'exterior la foscor era absoluta, les parets en forma de volta l'embolcallaven com un capoll càlid.

Havia decorat aquell despatx ella mateixa, com la resta de l'apartament. Havia escollit el paper de les parets, les estanteries, la taula, les fotografies i els quadres que l'omplien. I a en Jack li encantava el que havia fet. Mai no havia posat en dubte el seu gust. A més, sempre se'n mostrava desmesuradament orgullós quan els convidats li demanaven que els donés el número de telèfon de la interiorista.

En aquells instants, el seu home la deixava brillar amb tota l'esplendor.

Mentre que la resta de sales i habitacions estaven decorades amb un estil modern, eren lluminoses i àmplies, el despatx d'en Jack era més solemne. La Faye havia dedicat molta més energia a aquella sala que a l'habitació de la Julienne i a la resta del pis junts. En Jack hi hauria de passar molt de temps i prendre-hi decisions cabdals que tindrien conseqüències per al futur de la família. El mínim que podia fer ella era aconseguir construir-li una mena de refugi allà dalt, just sota els núvols.

Satisfeta, la Faye va fer lliscar la mà per damunt de l'escriptori d'en Jack. Una taula rústica que havia aconseguit en una subhasta a la casa Bukowski i que en el passat havia pertangut a Ingmar Bergman. En Jack no era cap gran coneixedor del cineasta, preferia les pel·lícules d'acció amb Jackie Chan o les comèdies de Ben Stiller; però, com a ella, li agradava que els mobles tinguessin una història al darrere.

Quan ensenyaven l'apartament a les visites, en Jack sempre colpejava un parell de vegades la taula amb el palmell de la mà i explicava, com qui no volia la cosa, que en el passat aquella peça meravellosa havia estat a casa del famosíssim director de cinema. Cada cop que ho feia, la Faye apuntava un somriure, perquè, al mateix instant que pronunciava aquelles paraules, les seves mirades se solien trobar. Era una altra dels milers de coses que havien compartit i que compartien en les seves vides. Aquelles mirades de complicitat, els petits instants irrellevants i, també, els rellevants en què es fonamentava la seva relació.

Es va asseure a la cadira que hi havia darrere de l'ordinador, la va fer girar mitja volta i es va aturar davant de la finestra. A l'exterior, la neu queia i, en arribar al carrer que s'estenia als seus peus, es convertia en una pasta marronosa. Quan es va abocar cap endavant i va mirar avall, va veure com un cotxe s'obria pas amb penes i treballs enmig d'aquell vespre fosc de febrer. A l'altura del carrer Banérgatan, el conductor va girar el volant i va desaparèixer en direcció cap al centre. Durant un instant, la Faye es va oblidar del motiu que l'havia duta fins allà, per què havia entrat al despatx d'en Jack. Era massa fàcil deixar-se endur per aquella foscor, quedar hipnotitzada pels flocs de neu que davallaven lentament i travessaven la negror.

La Faye va parpellejar, va dreçar l'esquena i va fer voltar de nou la cadira, de manera que es va situar de cara a l'enorme pantalla Apple. Va moure el ratolí i l'aparell va tornar a la vida. Es va preguntar què n'havia fet en Jack, de la catifeta que li havia regalat per Nadal, aquella amb la fotografia on apareixien la Julienne i ella. Al seu lloc n'hi tenia una de blava horrorosa del banc Nordea. El detall de Nadal d'aquell any per als clients de la banca privada.

Se sabia la contrasenya: *Julienne2010*. Com a mínim, en Jack no tenia el logotip de Nordea de fons de pantalla, sinó que encara hi havia la fotografia que els havia fet a totes dues a Marbella. Se les veia estirades on trencaven les onades. La Faye aixecava la seva filla cap al cel amb els braços estesos. Totes dues reien, però la rialla de la Faye s'intuïa més que no pas es veia, allà, estesa de panxa enlaire amb els cabells surant a l'aigua. Els ulls claríssims de la Julienne miraven fixament la càmera, directes a l'objectiu. Clavats als ulls igual de blaus d'en Jack.

La Faye es va acostar a la pantalla, va deixar que els ulls recorreguessin el seu cos bronzejat i brillant per la sal i l'aigua. Malgrat que només havien passat uns quants mesos des del part, estava en més bona forma física que ara. El ventre era pla. Els braços, esvelts. Les cames, primes i fermes. Ara, poc més de tres anys després, pesava com a mínim deu quilos més que quan havien viatjat a Espanya. Potser quinze. Feia molt de temps que no s'atrevia a comprovar-ho.

Va apartar la mirada d'aquell cos que apareixia a la pantalla i va obrir el navegador d'internet, va buscar la pestanya de l'historial i hi va escriure la paraula *porno*. Van anar apareixent un enllaç rere un altre, ordenats per data. Amb una gran facilitat podia resseguir les fantasies sexuals d'en Jack dels darrers mesos. Com una enciclopèdia sobre la seva excitació. Una mena de *Fantasies sexuals per a principiants*.

El 26 d'octubre havia vist dos vídeos. *Adolescent russa follada per una polla grossa* i *Adolescent prima brutalment cardada*. De la indústria del cinema per a adults se'n podien dir moltes coses, però, com a mínim, els títols de les pel·lícules eren molt clars. Res d'eufemismes. Cap intent d'edulcorar, rebaixar o mentir sobre el producte que s'anunciava i el que en realitat es volia oferir davant de la pantalla. Un missatge directe, obert i franc.

En Jack havia mirat pornografia des que es coneixien i, quan estava sola, la Faye de vegades també ho feia. Detestava les amigues que afirmaven que als seus marits ni tan sols els passaria pel cap mirar una pel·lícula per a adults.

Abans, en Jack mai no havia deixat que el fet de consumir pornografia afectés la seva vida sexual. Mai no havia estat una qüestió de l'un o l'altra. Però darrerament ja no buscava la Faye, tot i que, per contra, continuava trobant plaer en *Adolescent prima brutalment cardada.*

El nus a l'estómac se li feia més i més estret a mesura que visionava els vídeos. Les noies que hi apareixien eren joves, primes i submises. A en Jack sempre li havien agradat les noies primes i joves. No havia pas estat ell el que havia canviat, sinó ella. I, al capdavall, no era així com els agradaven les dones a la majoria d'homes? Al barri d'Östermalm no hi havia lloc per a l'envelliment i l'augment de pes. O, com a mínim, no per a les dones.

El darrers mesos en Jack havia vist exactament el mateix vídeo set o vuit vegades. *Jove estudiant brutalment follada pel seu professor*. La Faye va prémer el botó de reproduir. Noia jove amb faldilla curta de quadres, brusa blanca, corbata, mitjons llargs i trenes com la Pipi Langstrump té un problema a l'escola. Les dificultats més grans se li presenten quan ha d'estudiar biologia. Uns pares preocupats i responsables contracten un professor particular i deixen la filla sola a casa. Truquen a la porta. Un home que ronda la quarantena, amb vestit i pedaços als colzes i un maletí a la mà, apareix en escena. Tots dos entren en una cuina lluminosa. La noia va a buscar els llibres de text i els obre. Repassen els músculs del cos.

—A mesura que te'ls vagi dient, m'indicaràs on són al teu cos. Creus que en seràs capaç? —pregunta el professor, amb veu greu.

La jove obre els ulls com unes taronges, assenteix amb el cap i estreny els llavis. Aconsegueix assenyalar dos músculs. Quan el professor diu «gluti major», la noia s'apuja una mica la faldilla, de manera que es pot veure la vora de les calcetes, i assenyala la part exterior de l'engonal. Amb un somriure als llavis, el professor sacseja el cap.

—Posa't dreta perquè t'ho pugui ensenyar —li diu.

La noia aparta la cadira i s'aixeca. Ell estira la seva mà enorme, a poc a poc li ressegueix el tou del genoll, cap amunt, i l'esmuny sota la faldilla. L'hi apuja una mica més i aparta cap a un costat les calcetes. Hi introdueix un dit. La jove sospira. Un gemec pornogràfic perfecte, superb. Però, tot i així, amb una engruna de perplexitat virginal i un lleuger sentiment de culpa. Un missatge per a l'espectador que deixa entendre que la noia sap que no ho hauria de fer. Que és prohibit. Però que no se'n pot estar. Que la temptació és massa gran per poder-s'hi resistir.

Ell fa entrar i sortir el dit diverses vegades. En acabat, estira la noia sobre la taula i la folla. Ella crida, gemega, clava les ungles a la fusta. En demana més. Tot plegat acaba quan ell li diu que es posi les ulleres —que li han caigut durant la cavalcada —, perquè se li vol escórrer a la cara. Amb el rostre recargolat en una expressió de plaer i la boca entreoberta, la noieta d'institut entoma l'esperma.

Enlloc queda tan clar com en les pel·lícules per a adults la consideració altíssima que tenen els homes del seu propi esperma. El regalen a dones frisoses i panteixants de boques entreobertes —sempre boques entreobertes— com si es tractés d'un tresor.

La Faye va apagar l'ordinador prement un parell de vegades el ratolí contra la catifeta horrorosa de Nordea. Si allò era el que en Jack desitjava, era exactament el que tindria.

Va lliscar cap enrere amb la cadira, que va grinyolar a contracor, i es va aixecar. A l'exterior, la foscor s'havia fet absoluta. La lleugera nevada havia amainat. La Faye va agafar la copa de vi i va sortir del despatx.

Al vestidor hi tenia tot el que li calia. Va donar un cop d'ull al rellotge. Dos quarts de deu. L'avió d'en Jack no tardaria a aterrar i, poc després, el seu marit pujaria a un taxi. Per descomptat, gaudia del servei VIP d'Arlanda, així que no trigaria gaire a sortir de l'aeroport.

Es va fer una dutxa ràpida i es va afaitar els quatre pèls que li havien crescut al mont de Venus. Es va netejar de cap a peus, es va maquillar, no com solia fer-ho, sinó una mica més potinerament, més com ho feien les adolescents. Es va empastifar la cara amb un munt de coloret, va fer servir massa rímel i, com a colofó, va usar un pintallavis d'un color rosa xiclet que va trobar al fons de la bossa de maquillatge i que, probablement, li havien regalat en alguna mena d'acte social al qual havia assistit.

En Jack no la tindria a ella —la Faye, la seva dona, la mare de la seva filla—, sinó algú més jove i més innocent, algú immaculat. Era el que el seu marit necessitava.

Va escollir una de les corbates grises i fines d'en Jack i se la va nuar de qualsevol manera. Es va posar unes ulleres que al seu marit li feia vergonya de dur davant d'altra gent i, per això, les amagava quan tenien visita. Rectangulars, negres, Dolce & Gabbana. La Faye va contemplar el resultat al mirall. Semblava deu anys més jove. Gairebé com la persona que era quan va marxar de Fjällbacka.

No era la dona de ningú. La mare de ningú. Era perfecta.

Sense fer soroll, va entrar a l'habitació de la Julienne per agafar una de les llibretes de la seva filla i un bolígraf amb un borrissol rosa al capdamunt. Es va aturar de cop quan la nena va murmurar alguna cosa en somnis. Estava a punt de despertar-se? No, poc després li va sentir altra vegada la respiració pausada.

Es va encaminar cap a la cuina per omplir la copa de vi, però es va aturar i va obrir el calaix amb les tasses de plàstic de la Julienne. Va omplir-ne una amb una Hello Kitty enorme, amb tapa i palleta. Perfecta.

Quan la clau va girar al pany de la porta de l'entrada, la Faye es va asseure a fullejar *The Economist*, que en Jack s'entossudia a deixar sempre damunt la taula. Ella era l'única que realment se'l llegia.

El seu marit va deixar la maleta a terra, es va treure les sabates i hi va introduir els blocs de fusta de cedre necessaris perquè aquelles sabates italianes de pell flonja fetes a mida no es deformessin. La Faye no es va moure. A diferència del brillant de llavis discret de Lancôme que acostumava a utilitzar, aquella pasta rosa li coïa i feia una fortor lleugerament sintètica.

En Jack va obrir la nevera amb molta cura. Encara sense adonar-se de la presència de la Faye. Es movia en silenci, probablement pensant que tant la Julienne com ella dormien.

La Faye el contemplava des de la sala d'estar, embolcallada per la foscor. Com un estrany que espia per una finestra, podia observar el seu marit sense que ho sabés. En Jack sempre estava tens. En aquell instant, en canvi, quan creia que ningú no el veia, es movia d'una manera ben diferent. Més relaxat, gairebé amb desídia. Aquella silueta sempre tan alta, ara se li apareixia lleugerament encorbada; no gaire, però prou perquè ella, que el coneixia tan bé, pogués percebre la diferència. Les faccions se li havien amorosit, sense aquella arruga de preocupació que els darrers temps apareixia sovint, fins i tot durant els esdeveniments socials que tan íntimament formaven part de la seva carrera professional, de la vida de tots dos, en què les rialles i el repic de les copes l'endemà mateix es podien traduir en negocis multimilionaris.

Recordava com era en Jack de jove, quan es van conèixer. La mirada entremaliada, la rialla alegre, les mans que no es podien estar de tocar-la a totes hores, que mai no se sadollaven d'ella.

La claror de la nevera il·luminava la cara d'en Jack i la Faye no podia deixar de contemplar-lo. Estimava aquell home. Estimava aquella esquena ampla. N'estimava les mans enormes, que ara aferraven un bric de suc i l'acostaven a la boca. Aviat la tocarien a ella, estarien dins seu. Déu del cel, com ho trobava a faltar.

Potser aquell anhel va fer que el seu cos es mogués, perquè de cop i volta en Jack va girar la cara cap a la porta relluent del forn i hi va veure el reflex de la seva dona. Es va estremir i, després, es va tombar, amb el bric de suc encara a la mà, a mig camí de la boca.

El va deixar damunt de l'illa de la cuina.

—Estàs desperta? —va fer, sorprès. L'arruga entre les celles dibuixades amb meticulositat tornava a ser allà.

La Faye no va respondre, es va limitar a aixecar-se i a avançar unes quantes passes cap a ell. Els ulls d'en Jack la van resseguir de cap a peus. Feia molt de temps de l'última vegada que l'havia mirada d'aquella manera.

—Vine aquí —va dir la Faye, amb veu suau.

En Jack va tancar la porta de la nevera i la cuina es va tornar a quedar immersa en la foscor. Però la claror dels llums de la ciutat que s'estenia a fora feia que es poguessin veure. Va donar la volta a l'illa de la cuina, es va eixugar la boca amb el dors de la mà i es va inclinar cap endavant per besar-la. Però la Faye va girar la cara i el va empènyer perquè s'assegués en una cadira. Ara era ella la que manava. Quan en Jack va allargar una mà cap a la faldilla, l'hi va apartar d'un cop. Un segon més tard, l'hi va col·locar al tou del genoll. Es va apujar la faldilla perquè li pogués veure les calcetes de randa. Tenia l'esperança que el seu marit les reconeixeria, que veuria que eren les mateixes. Com les d'ella. Les de la noia jove. La virginal.

La mà d'en Jack va lliscar cap amunt i la Faye no va poder contenir un gemec. En comptes d'apartar-li les calcetes com a la pel·lícula, les hi va esquinçar. La Faye va tornar a gemegar, més fort, es va estirar sobre la taula, va corbar l'esquena mentre en Jack es descordava els pantalons i després se'ls treia juntament amb els calçotets. La va engrapar pels cabells i la va pressionar contra la taula. Es va inclinar sobre ella amb tot el seu pes, li va clavar una mossegada forta al clatell i la Faye va sentir l'olor de suc de taronja barrejada amb la del whisky que s'havia pres a l'avió. Amb un gest decidit, en Jack la va obrir de cames amb els peus, se li va posar al darrere i la va penetrar.

Se la va follar amb duresa i agressivitat, i amb cada envestida la Faye notava com la taula se li clavava a la cintura. Li feia una mica de mal, però aquell dolor era un alliberament, permetia que pogués oblidar-se de tota la resta i que fos capaç de concentrar-se només en el plaer.

Era tota d'ell. El plaer d'ella era d'ell. El seu cos era d'ell.

—Avisa'm quan et vulguis escórrer —va gemegar, amb la galta contra la fusta freda de la taula, on el pintallavis havia deixat unes marques enganxifoses.

—Ara —va panteixar en Jack.

La Faye es va agenollar davant seu. En Jack respirava pesadament i va introduir el seu membre dins la boca oberta de la

Faye. Amb totes dues mans, la va engrapar pel clatell i va pressionar fins al fons. La Faye va fer un esforç per reprimir el reflex de vomitar, va intentar no girar el cap. Només rebre. Sempre rebre. I res més.

La Faye va recordar l'escena de la pel·lícula pornogràfica, i, quan en Jack es va escórrer, va gaudir en veure la mateixa expressió a la cara del seu marit que la que havia posat el professor quan havia posseït la jove virginal.

—Benvingut a casa, amor meu —va dir, amb un somriure forçat.

Aquella va ser una de les darreres vegades que van fer l'amor com a marit i muller.

Estocolm, estiu del 2001

Les primeres setmanes a Estocolm havien estat d'allò més solitàries. Dos anys després d'haver acabat el batxillerat, vaig deixar enrere Fjällbacka. Tant mentalment com físicament. Tenia molta pressa per allunyar-me d'aquell poblet petit i claustrofòbic. M'ofegava, amb els seus carrerons pintorescos i els seus habitants tafaners, les mirades dels quals no em deixaven mai en pau. Duia quinze mil corones i la nota màxima en totes les assignatures.

Si hagués estat per la meva voluntat, hauria marxat d'allà molt abans. Però m'havia costat molt més temps del que m'havia imaginat arreglar tots els aspectes pràctics. Vendre la casa, fer neteja, espantar els fantasmes que em sotjaven.

Els records em causaven un dolor terrible. Quan em passejava per la casa on havia passat la infantesa, els veia constantment davant meu. En Sebastian. La mare. I, sobretot, el pare. A Fjällbacka ja no hi quedava res per a mi. Només rumors. I mort.

Llavors no hi havia hagut ningú per a mi. Ara tampoc. Així que vaig fer la maleta i vaig pujar al tren en direcció a Estocolm, sense pensar-m'ho dues vegades.

I em vaig prometre no tornar-hi mai més.

A l'estació central d'Estocolm em vaig aturar davant d'una paperera, vaig obrir la tapa del mòbil i vaig llençar la targeta SIM. Ara cap ombra del passat no em podria encalçar. Ningú no em podria amenaçar ni perseguir.

Vaig llogar una habitació durant l'estiu, en un pis que es trobava al mateix edifici que Fältöversten, aquell horripilant centre comercial que fa que els veïns del barri d'Östermalm sacsegin el cap mentre remuguen que «va ser culpa dels socialistes, van haver de destrossar-nos el nostre preciós Östermalm». Però aleshores no en sabia res, de tot això. Jo estava acostumada al supermercat ICA Hedemyrs de Tanumshede i Fältöversten em semblava una meravella.

Em vaig enamorar d'Estocolm des del primer moment. Des de la finestra del setè pis observava les façanes precioses que m'envoltaven, els parcs exuberants, els cotxes luxosos, i pensava que un dia viuria en una d'aquelles cases majestuoses del segle XIX amb el meu home, tres fills perfectes i un gos.

El meu marit seria artista. O potser escriptor. O músic. Tan diferent com fos possible del pare. Sofisticat, intel·lectual i home de món. Faria bona olor i vestiria amb elegància. Mostraria un caràcter difícil amb els altres, però mai amb mi, ja que jo seria l'única persona que el comprendria.

Aquelles primeres nits llargues i clares vaig voltar pels carrers d'Estocolm. Vaig veure baralles als carrerons quan els locals nocturns tancaven. Vaig sentir crits, plors, rialles. Vehicles d'emergències amb les sirenes que bramaven, camí de perills i salvar vides. Meravellada, vaig contemplar les prostitutes del centre amb maquillatge dels anys vuitanta i talons alts, pell blanquinosa i marques d'agulles als braços que intentaven amagar sota bruses o jerseis de mànigues llargues. Els demanava un cigarret i fantasiejava sobre les seves vides. La llibertat de trobar-se al fons. Cap risc de caure més avall, de ser encara més miserable. Vaig jugar amb la idea de posar-me jo també allà, només per comprendre el que significava, quina mena d'homes es procuraven una estona d'una proximitat bruta dins dels seus Volvos amb cadireta de nadó al seient posterior i un recanvi de bolquers i tovalloletes humides a la guantera.

Va ser en aquella època que la vida va començar de debò. El passat em penjava com uns grillons al voltant dels peus. M'enfonsava cap avall, em destorbava, m'impedia avançar. Però cada cèl·lula del meu cos vibrava de curiositat. Era jo contra el món. Lluny de casa, en una ciutat que havia somiat tota la meva vida. No tan sols l'havia desitjada. L'havia anhelada amb totes les meves forces. A poc a poc, vaig convertir Estocolm en la meva ciutat. M'oferia l'esperança de ser capaç de guarir-me i oblidar.

Al començament de juliol, la meva llogatera, una professora jubilada, va marxar a visitar els seus nets al nord de Suècia.

—Res de visites —va dir, amb un posat greu, abans de tancar la porta.

—Res de visites —vaig repetir jo, obedient.

Aquell vespre em vaig maquillar i em vaig beure tot l'alcohol que hi havia a la casa. Ginebra i whisky. Licor de cirera i Amarula. El gust era terrible, però no hi feia res. Era l'embriaguesa el que buscava, l'embriaguesa que em prometia poder-ho oblidar tot i que se m'escampava com una calidesa per tot el cos.

Quan havia begut prou per armar-me de coratge, em vaig posar un vestit de cotó i vaig baixar a peu fins a la plaça Sture-plan. Després de dubtar una mica, em vaig asseure en una terrassa que em sembla agradable. Un grapat de cares conegudes que abans només havia vist a la televisió em van passar pel davant. Rient, emborratxades d'alcohol i d'estiu.

Cap a mitjanit em vaig posar a la cua d'un club nocturn que hi havia a l'altra banda del carrer. L'ambient era d'impaciència i no estava gens segura que hi pogués entrar. Vaig intentar imitar els altres. Comportar-me com ells, encara que més tard vaig comprendre que també ells devien ser turistes. Tan perduts com jo, però amb una valentia ben dissimulada.

Vaig sentir rialles darrere meu. Dos nois de la meva edat van fer la volta a la cua i es van acostar als porters. Un gest amb el cap i una encaixada de mans. Totes les mirades s'havien clavat en ells. Envejoses i fascinades. Hores i hores de preparació i rialletes per sota el nas amb una copa de vi rosat a la mà per després acabar plantada darrere d'una corda amb les cuixes glaçades. Quan tot podia ser molt més senzill. Només que fossis algú.

A diferència de mi, aquells dos nois eren persones que es feien veure, que eren respectades i que formaven part d'aquell món. Eren algú. Allà, en aquell instant, vaig decidir que jo també ho seria.

Just en aquell moment un dels xicots es va girar i, encuriosit, va contemplar la massa de persones que acabava de deixar enrere. Les nostres mirades es van creuar.

Jo vaig apartar els ulls, em vaig posar a remenar la bossa buscant un cigarret. No volia semblar una ximple, no volia semblar el que era: una noia de poble que sortia per primera vegada de nit a la capital. Èbria de ginebra i Amarula robats. Però un segon després se m'havia plantat al davant. Tenia els cabells curts, els ulls blaus i tendres. Orelles lleugerament prominents. Duia una camisa beix i uns texans foscos.

—Com et dius?

—Matilda —vaig respondre.

El nom que tant detestava. El nom que formava part d'una altra vida, una altra persona. Algú que ja no era jo. Algú que havia deixat enrere quan vaig pujar al tren per venir a Estocolm.

—Jo soc en Viktor. Estàs sola?

No vaig respondre.

—Ves fins al principi de la cua i posa't al costat del porter —va dir.

—No soc a la llista —vaig murmurar.

—Jo tampoc.

Un somriure refulgent. Vaig sortir de la cua. Vaig sentir com se'm clavaven les mirades plenes d'enveja i desig de les noies amb massa poca roba i dels nois amb massa gomina.

—Ve amb mi.

La muntanya de carn de la porta va aixecar la corda i va dir:

—Benvinguda.

Enmig de la gentada, en Viktor em va agafar la mà i, junts, vam endinsar-nos en la foscor. Ombres de persones, llums de molts colors fent pampallugues, el retruny dels altaveus, cossos que es movien, gent que ballava. Ens vam aturar al final d'una barra llarga de bar i en Viktor va saludar el cambrer.

—Què vols beure? —va preguntar.

Encara amb el regust dolç i apegalós del licor a la boca, li vaig respondre:

—Cervesa.

—Perfecte, m'agraden les noies que beuen cervesa. Té molta classe.

—Classe?

—Vaja. Vull dir, que bé. Mola.

Em va allargar una Heineken. Va alçar la seva ampolla per brindar. Jo li vaig somriure i vaig fer un glop.

—Què somies aconseguir a la vida, Matilda?

—Arribar a ser algú —vaig respondre, sense pensar-m'ho dues vegades.

—Però ja ets algú, no?

—Algú altre.

—No em sembla que tinguis res de dolent.

En Viktor va fer uns quants passos de ball de costat, va moure el cap seguint el compàs de la música.

—I tu, quins somnis tens?

—Jo? Jo només vull poder tocar.

—Que ets músic?

Vaig haver d'inclinar-me cap a ell i alçar la veu perquè em sentís.

—Discjòquei, però aquesta nit tinc lliure. Demà toco. Demà seré allà dalt.

Vaig seguir el seu dit. En un petit escenari contra una de les parets, darrere d'una taula de mescles, hi havia el noi amb qui en Viktor havia vingut, gaudint amb la música. Al cap d'una estona, se'ns va acostar. Es va presentar. Es deia Axel. Semblava amable i dòcil.

—Encantat de coneixe't, Matilda —va dir, i va allargar la mà.

Vaig pensar en com de diferents eren aquells dos nois dels del meu poble. Arreglats. Eloqüents. L'Axel va demanar una copa i va desaparèixer. En Viktor i jo vam tornar a brindar. Poc després, jo ja m'havia acabat la cervesa.

—Demà, abans de començar a tocar, farem una mena de preliminars amb uns quants amics. T'agradaria venir?

—Potser —vaig respondre, i el vaig mirar pensarosa—. En realitat, per què has volgut que entrés amb tu?

Amb un gest ple de supèrbia, es va acabar l'últim glop de cervesa de la meva ampolla. Esperava que en demanés més, cosa que va fer. Una per a mi i una altra per a ell. Després va respondre la meva pregunta. Aquells ulls blaus van refulgir en la foscor.

—Perquè ets molt bonica. I semblaves sola. Te'n penedeixes?

—No, gens ni mica.

Es va treure un paquet de Marlboro de la butxaca posterior dels pantalons i em va allargar un cigarret. No tenia cap problema que em convidessin, així els meus em duraven una mica més. Ja no em quedaven gaires estalvis de les quinze mil corones que n'havia tret de vendre la casa, un cop liquidada la hipoteca i tota la resta.

Les nostres mans es van fregar quan em va encendre el cigarret. Tenia la mà càlida i colrada pel sol. Vaig sentir que trobava a faltar aquell contacte així que va desaparèixer.

—Tens els ulls tristos. Ho sabies? —va dir, i va fer una pipada profunda. Del seu cigarret.

—Què vols dir?

—Que sembla com si carreguessin una pena. Em sembla molt bonic. La gent que està sempre contenta m'avorreix. No estem fets per ser feliços a totes hores, llavors el món s'aturaria.

No vaig respondre. Sospitava que estava jugant amb mi.

De cop i volta, el cap em va començar a voltar a causa de l'alcohol. Vaig decidir emportar-me un record d'aquella nit. Em vaig inclinar cap endavant, li vaig posar la mà al clatell i vaig acostar la seva cara a la meva. Un gest que devia fer que semblés més segura de mi mateixa del que realment era. Els nostres llavis es van tocar. En Viktor feia olor de cervesa i de Marlboro i besava bé. Suau, però amb intensitat.

—Anem a casa meva? —va preguntar.

EN JACK ESTAVA ASSEGUT A LA TAULA DE LA CUINA. Duia la bata posada i llegia el *Dagens Industri.* Ni tan sols va aixecar el cap quan la Faye va entrar a la cuina, però ja hi estava acostumada quan el seu marit estava molt atabalat per la feina. I, tenint en compte l'enorme responsabilitat que havia de suportar i totes les hores que passava a l'oficina, es mereixia poder estar tranquil els matins del cap de setmana.

L'apartament de quatre-cents metres quadrats, resultat d'haver unit quatre pisos, se li feia claustrofòbic quan en Jack necessitava estar sol. La Faye encara no sabia com s'havia de comportar en dies com aquell.

Dins del cotxe tornant de Lidingö, on havia portat la Julienne perquè jugués a casa d'una amiga del parvulari, havia fantasiejat amb la idea que en Jack i ella passarien el matí junts. Tots dos sols. S'arraulirien al llit, mirarien algun programa de televisió que plegats jutjarien com a ridícul i vulgar. Desitjava que en Jack li expliqués com li havia anat la setmana. Anar a fer un tomb per Djurgården agafats de la mà.

Xerrar com feien abans.

Va recollir les restes del seu esmorzar i del de la Julienne. Els cereals s'havien estovat dins la llet agra. Detestava la sensació dels flocs remullats i la fortor de la llet, i va reprimir el reflex de vomitar quan els va eixugar amb un drap.

Per damunt de l'illa de la cuina hi havia un escampall de molles de pa i a la vora, lluitant contra la gravetat, es balancejava un entrepà a mig menjar. L'únic que feia que no caigués era que estava amb la cara untada de mantega cap avall.

—Com a mínim pots intentar deixar-ho tot recollit abans de marxar, no et sembla? —va dir en Jack, sense aixecar els ulls del diari—. No cal que paguem una minyona també per als caps de setmana, oi?

—Perdó. —La Faye es va empassar el nus que se li havia format a la gola i va fer lliscar una baieta per damunt del marbre.— La Julienne tenia pressa per marxar. No parava de xisclar.

En Jack va remugar alguna cosa i va continuar llegint. S'acabava de dutxar després de tornar de córrer. Feia bona olor, d'Armani Code, el perfum que feia servir des que es coneixien. A la Julienne li havia sabut greu no poder veure el seu pare, però en Jack havia sortit abans que la nena es despertés, i no havia tornat abans que la Faye la deixés a casa de l'amiga. Havia estat un matí complicat. Cap de les quatre propostes d'esmorzar que la Faye havia ofert a la Julienne no li havien fet el pes i vestir-la havia estat una marató dolorosa i esgotadora.

Però, fos com fos, ara el marbre de la cuina estava net. I les seqüeles de la batalla, recollides.

La Faye va deixar la baieta a la pica i va contemplar en Jack, assegut a la taula. Malgrat que era un home alt, atlètic, responsable, d'èxit... bé, que gaudia de tots els atributs clàssics d'un home a qui havia somrigut la fortuna, en molts sentits continuava sent un nen. Ella era l'única persona capaç de veure'l tal com era en realitat.

La Faye l'estimaria sempre, passés el que passés.

—Aviat serà l'hora que et tallis els cabells, amor.

Va allargar una mà i va tenir temps de tocar uns quants rínxols d'aquells cabells humits abans que el seu home apartés el cap.

—No tinc temps. Aquesta expansió és molt complicada i he d'estar concentrat al cent per cent. Així que no puc perdre el temps anant al perruquer del barri com fas tu.

La Faye es va asseure a la cadira que hi havia al costat d'en Jack. Es va posar les mans al genoll. Va intentar recordar la darrera vegada que s'havia tallat els cabells.

—En vols parlar?

—De què?

—Compare.

Lentament, en Jack va alçar els ulls del diari i els va clavar en la Faye. Va sacsejar el cap i va sospirar. La Faye es va penedir d'haver dit res. Es va penedir de no haver-se limitat a netejar les molles de sobre el marbre. Però, tot i així, es va carregar de coratge.

—Abans ho volies...

En Jack es va estremir i va abaixar el diari. El serrell, uns quants mil·límetres massa llarg, li va caure a la cara i, molest, va moure el cap. Per què no el podia deixar llegir en pau i limitar-se a netejar el marbre de la cuina? A estar prima i bonica i a contestar que sí al que se li digués. S'havia passat tota la setmana treballant. Si realment el coneixia, en Jack es tancaria a la sala de la torre i continuaria treballant. Per al bé de la Julienne i el seu. Perquè poguessin gaudir d'una bona vida. Perquè aquell era l'objectiu de totes dues. No pas el d'ell. Sinó el d'elles dues.

—I de què serviria que en parléssim? Tu ja no en saps res, de negocis, oi? Estem parlant d'un producte perible. No et pots basar en glòries passades.

La Faye es va toquejar l'anell de casats. El va fer voltar una vegada rere una altra al dit.

Si no hagués dit res, hauria pogut tenir el matí que tant havia somiat. Però ho havia engegat tot en orris amb una pregunta estúpida. No es podia permetre un error com aquell.

—Saps, per exemple, com es diu el ministre d'Indústria suec? —va preguntar en Jack.

—Mikael Damberg —va respondre, instintivament. Instintivament i de manera correcta.

Quan va veure la mirada que li va llançar en Jack, se'n va penedir d'immediat. Per què no es podia limitar a tancar la boca?

—D'acord. Aviat entrarà en vigor una nova llei. Saps quina?

Ho sabia. Però va sacsejar lentament el cap.

—No, és clar que no —va replicar en Jack—. Determina que nosaltres, com a empresa, ara hem de recordar als nostres clients un mes abans que el seu contracte està a punt d'expirar. Abans el temps anava passant. Comprens el que això significa?

És clar que ho comprenia. Li podia donar les xifres exactes del que aquella nova llei suposaria per a Compare. Però s'estimava en Jack. Era allà, en aquella cuina d'un milió de corones, amb el seu marit, que no deixava de ser un nen dins d'un cos d'un home, un home que només ella coneixia i que estimava per damunt de tot. Així que va fer que no amb el cap, en comptes de dir que Leasando, SA, una petita companyia elèctrica propietat de Compare, perdria aproximadament el vint per cent de clients, l'abonament dels quals abans simplement s'havia anat renovant automàticament. En números rodons, la facturació minvaria uns cinc-cents milions de corones l'any. Els beneficis, uns dos-cents milions.

La Faye es va limitar a sacsejar el cap de nou.

Es va toquejar l'anell de casats.

—No ho saps —va fer en Jack, finalment—. Ara em pots deixar llegir?

Va alçar el diari. Es va tornar a capbussar en aquell món de xifres, cursos borsaris, noves emissions i compravendes d'empreses als quals la Faye havia dedicat tres anys a l'Escola de Negocis abans de deixar la carrera. Per en Jack. Per l'empresa. Per la família.

Va esbandir la baieta sota el raig d'aigua de l'aixeta, amb la mà va recollir els flocs remullats de cereals i les molles de pa que s'havien acumulat a la pica i ho va llençar a les escombraries. Darrere seu va sentir com cruixien les pàgines del diari que en Jack tenia a les mans. Sense badar boca, va tancar la porta de l'armari per no molestar-lo.

Estocolm, estiu del 2001

En Viktor Blom tenia una taca de naixement de color marró clar al clatell i una esquena ampla i colrada pel sol. Dormia profundament i vaig tenir tot el temps del món per contemplar-lo a ell i també l'habitació on érem. Les finestres no tenien cortines i, a part d'un llit de matrimoni, només hi havia una cadira carregada de roba bruta. El sol formava prismes que dansaven sobre les parets blanques.

Les meves cames nues estaven entortolligades en uns llençols bruts i humits. Me'n vaig desempallegar agitant els peus, em vaig cobrir amb una tovallola i amb molt de compte vaig obrir la porta de l'habitació. El dúplex moblat austerament que en Viktor i l'Axel havien llogat durant l'estiu ocupava el primer i el segon pis del carrer Brantingsgatan, al barri de Gärdet. A l'exterior s'estenia un petit jardí amb una taula, cadires de fusta i una barbacoa portàtil de color negre. Al damunt de la taula es podia veure una llauna de Fanta buida, plena de burilles de cigarret.

De dins de l'habitació m'arribaven els roncs profunds de l'Axel. A la planta baixa hi havia la sala d'estar i la cuina. M'hi vaig dirigir, vaig fer cafè i vaig buscar el paquet de cigarrets a la bossa de mà, que estava tirada per terra de qualsevol manera. Després vaig agafar la tassa de cafè i el paquet de cigarrets, vaig sortir al jardí i em vaig deixar caure en una de les cadires.

Davant meu s'estenia el parc Tessin. El sol encara no s'havia enfilat gaire al cel i m'obligava a aclucar els ulls.

No em volia fer pesada ni que pensessin que els anava al darrere. Allò que m'havia dit en Viktor, que volia que anés a la festa que organitzaven aquell dia, segur que només eren paraules per poder-se'm endur al llit. Havia sentit propostes significativament més prometedores en un bar. Em semblava que en Viktor s'ho havia passat bé amb mi. I jo amb ell. Però el millor era deixar-ho així. Vaig apagar el cigarret dins la llauna de Fanta i em vaig aixecar per tornar a entrar i anar a buscar la roba. En aquell mateix instant es va obrir la porta darrere meu.

—Ah, ets aquí —va dir en Viktor, encara mig adormit—. Tens un cigarret?

N'hi vaig allargar un. Es va deixar caure a la cadira que un moment abans ocupava jo i va haver d'aclucar els ulls pel sol. Em vaig asseure al seu costat.

—Estava a punt de marxar —vaig dir.

Em vaig preparar per entomar una expressió d'alleujament a la seva cara. D'agraïment per no ser una d'aquelles noies pesades, una d'aquelles que no entenen que ha arribat l'hora de desaparèixer.

Però en Viktor em va sorprendre.

—Marxar? —va exclamar—. Per què?

—No visc aquí, jo.

—I?

—Estic segura que ni l'Axel ni tu em voleu tenir rondant per aquí, oi? Entenc que va ser un rotllo d'una sola nit i que tu vols seguir amb les teves coses.

En Viktor va apartar els ulls i els va clavar en el parc Tessin. Vaig reprimir l'impuls d'acaronar-li els cabells curts del seu cap rapat. Una fotografia que penjava en una de les parets de la seva habitació mostrava que, quan se'ls deixava créixer, els tenia rossos, espessos i rinxolats. En Viktor continuava sense dir res i durant una estona vaig creure que havia estat capaç de llegir què estava pensant. Que era tan fàcil de comprendre com qualsevol altre noi.

Al final, va dir:

—No sé com acostumen a tractar-te els nois, com van les coses allà d'on vens, però em sembles una persona molt dolça. Ets diferent, autèntica. Si el que vols és marxar, per descomptat que ho pots fer; però, si fos per mi, m'encantaria que et quedessis una estona més. Havia pensat baixar a comprar suc de fruita i croissants al Seven Eleven, després prendre el sol i més tard demanar unes pizzes.

—D'acord —la resposta va brollar sense que ni tan sols hagués tingut temps de rumiar-la.

Em va passar una vespa per davant la cara. La vaig allunyar amb la mà, les vespes mai no m'havien fet por. Hi havia coses molt pitjors de què tenir-ne.

—D'acord? De debò, a quina mena de paios estàs acostumada?

—A casa meva, els nois... Vaja, no ho sé. Normalment el que volen és emportar-se't al llit i després que toquis el dos, o una cosa per l'estil. L'endemà tenen coses a fer.

No vaig dir res de les mirades. Les paraules. La vergonya que havia de carregar, tot i que era d'algú altre. Donar el meu cos a aquell que en volia gaudir no era res comparat amb tota la resta.

Amb la mà fent de visera, en Viktor es va protegir del sol.

—Quant de temps fa que vius a Estocolm?

—Un mes.

—Benvinguda.

—Gràcies.

Cap a les set del vespre va començar a arribar una gentada a l'apartament. La majoria de persones eren uns quants anys més grans i al començament em vaig sentir una mica fora de lloc. En Viktor va desaparèixer entre la multitud i jo vaig acabar al costat de la taula del jardí amb l'Axel. Prenia glopets d'un combinat i fumava mentre ell m'explicava històries que feien que no pogués parar de riure. Del viatge en tren que havien fet amb en Viktor l'estiu anterior. Se'ns van acostar dues noies i es van presentar. La Julia tenia els cabells llargs i castanys, els ulls verds i duia un vestit preciós de color blau marí. La Sara portava una faldilla texana, una brusa blanca i els cabells rossos recollits en un monyo fet de pressa i corrents.

—Collons, em sento molt angoixada per aquest primer trimestre —va dir la Julia, i es va inclinar cap endavant—. Desitjo amb totes les meves forces deixar-ho estar o, com a mínim, agafar-me un any sabàtic, però el meu pare no m'ho permet.

Es posa com una moto quan intento treure el tema. Hòstia, odio Lund.

—Pobrissona —va dir la Sara, i va fer cercles amb el fum del cigarret.

—M'agradaria haver tingut prou nota per entrar a l'Escola de Negocis d'Estocolm. Però a la merda. Avui ens ho passarem de puta mare.

La Julia va dreçar l'esquena i em va mirar, com si s'acabés d'adonar que era allà.

—I tu què fas?

Vaig escurar la gola. Vaig exhalar una mica de fum. No tenia cap intenció de parlar dels meus plans de futur amb una persona que acabava de conèixer.

—Ara mateix no gran cosa.

—Quina enveja. Però vols estudiar?

Havia sol·licitat plaça en diversos estudis a Estocolm, així que vaig assentir amb el cap. Vaig pensar en el meu compte bancari, que cada vegada estava més buit.

—Ho havia pensat, sí. Però les respostes tarden a arribar —vaig respondre.

—I com us vau conèixer, amb l'Axel?

Havia estat l'altra, la Sara, la que ho havia preguntat, assenyalant-lo amb un gest amb el cap.

—Ahir vaig conèixer en Viktor. Sabeu qui és, oi? Al Buddha Bar.

—Has dormit aquí?

Vaig assentir amb el cap.

Les dues noies es van acabar els cigarrets i després es van aixecar.

—La Julia i en Viktor estaven junts abans —va dir l'Axel, un cop van haver marxat.

—Abans?

—Fins fa tres mesos o una cosa així. És la primera vegada que es veuen des que ella ha tornat a casa, a Lund.

La Julia i la Sara van venir amb nosaltres al Buddha Bar. No se separaven d'en Viktor i tota l'estona em miraven amb cara de pomes agres. Com més alcohol bevia, més de mal humor em posava.

En Viktor va deixar de punxar una estona i va venir fins on érem l'Axel i jo. El vaig envoltar amb els braços mentre mirava fixament els ulls de la Julia, que em va fulminar amb la mirada. En Viktor em va fer un petó i jo li vaig mossegar suaument el llavi inferior. Quan va arribar el moment que tornés darrere dels tocadiscos, em va preguntar si volia pujar a fer-li companyia. M'estrenyia per la cintura mentre ens obríem pas entre aquell mar de persones. Avançàvem a poc a poc, perquè cada dos per tres la gent l'aturava per xerrar amb ell. Finalment vam arribar a la cabina del discjòquei. En Viktor es va posar els auriculars, va ajustar uns quants reglatges i va començar a balancejar-se al ritme de la música.

Jo vaig fer el mateix. Després li vaig agafar una mà, la vaig introduir per sota del meu vestit i la vaig posar al meu entrecuix. No portava calces.

—Vindràs aquesta nit a casa meva? —em va preguntar.

—Sí, si és el que vols.

Em va mirar amb una intensitat que va fer que no calgués respondre.

—I què farem? —vaig dir jo, per burxar-lo.

En Viktor va esclafir a riure i va canviar de cançó.

La sensació era meravellosa. Ara era lliure. Lliure de fer el que volgués. De ser qui volgués. Sense aquell passat que ho empastifava tot al meu voltant, tot dins meu. Sense tots aquells que m'havien arrossegat cap al fons. A poc a poc, trosset a trosset, em reconstruïa en un altre jo.

Vaig mirar cap a aquella multitud que ballava, vaig aclucar els ulls i vaig pensar en com eren les coses a Fjällbacka. En la tafaneria, en les mirades que m'havien perseguit allà on anava, en la barreja de fascinació i compassió, pesantor, ofec. Aquí ningú no sabia res. Aquí ningú no ho veia. El meu lloc era aquí. A Estocolm.

—Vaig al lavabo —vaig cridar.

—D'acord. Acabo de tocar d'aquí a deu minuts. Quedem a la sortida?

Vaig assentir amb el cap i em vaig dirigir cap al lavabo de dones. Em vaig posar a la cua i vaig somriure pensant que en

Viktor era meu i de ningú més. La música de la pista de ball vibrava en la distància, feia que el mirall de la paret tremolés al seu compàs.

Vaig contemplar el meu reflex al mirall. Els cabells eren més rossos de l'habitual i em sentia més colrada pel sol i relaxada. Tenia la sensació que semblava més madura que només unes quantes setmanes abans. Davant de la pica, una noia es va apuntar un esprai rosa als cabells i va prémer el difusor. Aquella olor dolça feia pessigolles al nas, però provocava un contrast agradable a la fortor de suor, alcohol i roba empudegada pel fum del tabac.

Darrere meu la porta es va obrir i per un instant la música es va sentir amb més intensitat.

Vaig notar uns copets a l'espatlla i em vaig girar. Vaig tenir el temps just d'entreveure la Julia abans que la copa arribés volant. Un glaçó em va impactar al front, va caure a terra i es va allunyar rebotant. Els ulls em coïen i vaig parpellejar amb força tant de la sorpresa com del dolor.

—Què collons fots? —vaig bramar, i vaig retrocedir una passa.

—Pagesota de merda —va exclamar la Julia, abans de fer mitja volta i desaparèixer.

Unes quantes noies van esclafir a riure. Em vaig eixugar amb un tovalló. Vaig notar com la humiliació em rosegava per dins com si fos un ratolí. Em sentia un altre cop com el meu antic jo. El que s'encongia, el que s'amagava entre les ombres. El que s'enfonsava sota el pes de massa secrets.

Després vaig dreçar l'esquena i em vaig mirar al mirall. Mai més.

Al cap d'una setmana vaig rebre una carta. M'havien acceptat al grau d'Economia de l'Escola de Negocis. Vaig fer una fotocòpia de la carta, vaig buscar l'adreça de la Julia, vaig comprar un sobre i hi vaig introduir el certificat universitari juntament amb una foto que en Viktor havia fet amb l'autodisparador, on apareixia jo de quatre grapes i en Viktor darrere meu amb una ganyota de plaer a la cara. Quan vaig introduir el sobre dins la bústia de la família de la Julia només tenia una idea al cap. No deixaria que ningú em tornés a humiliar mai més.

Un mes més tard em vaig matricular a l'Escola de Negocis amb el meu segon nom, Faye, en honor a l'autora del llibre preferit de la meva mare. La Matilda havia deixat d'existir.

UN CAMBRER VA PASSAR A GRANS GAMBADES per darrere la Faye, de ben segur es dirigia cap a algun dels homes de panxes prominents que seien unes taules més enllà. Amb aquella mena d'homes sempre calia córrer. I no era tan estranya, tenint en compte que feia la impressió que tots i cada un estaven a un sol plat d'estofat de vedella de patir un atac de cor.

Va contemplar l'Alice, que s'acabava d'asseure davant seu. La primera vegada que l'havia coneguda a ella i a les dones de classe alta que formaven part del mateix cercle d'amistats les havia batejades com les lloques, ja que la missió fonamental de les seves vides era pondre ous per als seus marits. S'havien de concentrar a donar a llum hereus i després protegir aquells nens consentits amb les seves ales folrades de Gucci. Quan els joves començaven a anar a les llars d'infants meticulosament escollides arribava el moment de mantenir-se ocupades amb les aficions més adequades. Ioga. Fer-se la manicura. Organitzar sopars. Assegurar-se que el servei tenia la casa com una patena. Dirigir l'exèrcit de mainaderes. Tenir sota control el pes. O, millor encara, la manca de pes. Estar humides i calentes. I el més important de tot: aprendre a tancar els ulls en aquelles ocasions que els seus marits arribaven a casa després d'un «sopar de negocis que s'havia allargat» amb la camisa mig per fora.

Al principi, la Faye s'havia burlat d'aquelles dones. La manca de cultura general que mostraven, d'interès per les coses realment importants d'aquest món, les ambicions que tenien i que no s'estenien més enllà del darrer model de bossa de Rockstud de Valentino o d'haver de decidir si anar a Sant Moritz o a les Maldives per Setmana Santa. Però en Jack havia volgut que la Faye «mantingués bones relacions» amb totes elles. Especialment amb la dona d'en Henrik, l'Alice. De manera que ara es veia habitualment amb les lloques.

Cap de les dues no sentia una estimació especial per l'altra. Però, tant si ho volien com si no, les vides de la Faye i l'Alice estaven entrellaçades a través de l'empresa dels seus marits. A través de l'«amistat increïble» dels seus homes, tal com en una ocasió un diari de negocis ho havia expressat.

L'Alice Bergendahl tenia vint-i-nou anys, tres menys que la Faye. Tenia els pòmuls prominents i marcats, la cintura d'una nena de deu anys, les cames de la refotuda Heidi Klum amb xanques. I, a més, havia donat a llum dues criatures precioses i formoses. Probablement amb un somriure als llavis durant tot el part. I de ben segur que durant les contraccions havia aprofitat l'estona per fer una gorra de ganxet per al petit miracle que li estava partint el seu conyet perfumat en dues meitats perfectes. Perquè l'Alice no tan sols era bonica, juvenil, esvelta i feia bona olor. També demostrava tenir una gran creativitat i era extremament sociable, organitzava petites celebracions on s'esperava que assistissin totes les lloques i hi portessin els seus marits. Altrament, anaven a parar a la llista negra de l'Alice. Cosa que, per a la gent fina d'Estocolm, representava l'equivalent a Guantánamo.

Al Riche, l'Alice hi havia arribat amb una altra dona de cames llarguíssimes anomenada Iris i que estava casada amb en Jesper, un geni de les finances que treballava en *trading*. Un poca-roba en aquells cercles, però un vertader diamant en brut, i l'Iris gaudia d'una mena d'estatus provisional dins del seguici de l'Alice, fins que l'èxit d'en Jesper quedés contrastat. Probablement el destí d'aquella noia quedaria resolt passats un parell de mesos.

Van demanar amanida —evidentment mitja cada una, mai una de sencera— i tres copes de cava. Menjaven com pollets i se somreien les unes a les altres mentre xerraven dels fills. De fet, era l'únic tema de què parlaven. A part dels seus marits.

—En Jesper ha agafat vacances per Setmana Santa —va dir l'Iris—. Us ho podeu imaginar? Fa quatre anys que estem casats i mai no ha tingut més d'una setmana lliure a l'any. Però l'altre dia va arribar a casa i em va sorprendre amb un viatge a les Seychelles.

La Faye va sentir una fiblada d'enveja. Se la va empassar amb un glop de cava.

—Que bé —va dir.

Però fredament es va preguntar què ho havia fet que en Jesper sentís la necessitat de calmar la seva mala consciència d'aquella manera.

El restaurant era ple com un ou. Els turistes ocupaven les taules que hi havia a les finestres, contents d'haver pogut trobar lloc. Carregats amb bosses plenes després d'haver anat de compres que deixaven sota les taules. Intentaven fer com si res, però entre queixalada i queixalada miraven al seu voltant amb els ulls oberts com unes taronges. Si descobrien algun personatge conegut, s'abocaven sobre els plats i es posaven a xiuxiuejar els uns amb els altres, impressionats pels presentadors de televisió, els artistes i els polítics que hi havia al local. Però als vertaders peixos grossos no els reconeixien pas. Aquelles figures que movien els fils es quedaven entre bastidors. Però la Faye sabia exactament qui eren.

—Les Seychelles són una meravella, de debò —va fer l'Alice—. D'alguna manera, tan exòtiques... Però què passa amb la qüestió de la seguretat? Hi ha hagut uns quants... problemes allà baix.

—Són a l'Orient Mitjà, les Seychelles? —va preguntar l'Iris, dubtant, mentre feia voltar un trosset d'alvocat al plat.

La Faye va fer un glop de cava per no esclafir a riure.

—Sí, o per allà a prop, no? Va ser Estat Islàmic i tot aquell rebombori.

L'Alice va arrufar el nas en sentir el soroll bombollejant que sortia de la gola de la Faye.

—Segur que no passa res —va dir l'Iris, que ara remenava mig ou dur amb la forquilla—. En Jesper mai no ens posaria en perill a mi ni al petit Orvar.

El petit Orvar? Per què dimonis algú era capaç de donar al seu fill un nom que escauria d'allò més a un pirata sifilític del segle XVIII? D'altra banda, la Faye havia de reconèixer que Julienne també era un nom molt presumptuós. Però havia estat proposta d'en Jack. Era bonic i pràctic arreu del món. I era fonamental assegurar a la seva criatura un accés global ja dins del ventre matern. Aquella part l'havien passada per alt amb l'Orvar, però sempre es podia solucionar més endavant. Pocs mesos abans, un nen de la llar d'infants de la Julienne anomenat Sixten s'havia convertit de cop i volta en un Henri. El desconcert que devia experimentar el marrec de tres anys devia ser colossal, però un no podia parar-se a pensar en aquelles foteses si volia que el noi fos capaç de defensar-se en un context internacional.

La Faye es va acabar la copa de cava i, discretament, va fer un gest a la cambrera perquè l'hi tornés a omplir.

—No, és clar que no us posaria mai en perill —va dir l'Alice, i va mastegar pornogràficament una fulla d'enciam.

Però com que havia llegit en alguna revista de salut que el menjar s'havia de mastegar com a mínim trenta vegades, aquell gest sensual ben aviat va fer la impressió d'una vaca remugant.

La Faye es va mirar amb llàstima el plat. S'havia cruspit la mitja amanida i continuava tan afamada com abans. Amb una certa enveja va contemplar el que havien demanat a la taula del costat, que tot just els acabava d'arribar. Estofat de vedella. Mandonguilles. Pasta. Els plats s'anaven distribuint davant d'aquells homes de panxes prominents amb vestit i corbata. Aquells que tenien prou diners per permetre's tenir panxa. Els homes pobres estaven grassos, mentre que els rics transmetien autoritat. Va apartar els ulls de les mandonguilles. En companyia de l'Alice, no es podien menjar mandonguilles amb salsa i puré de patata.

—No creus que t'aniria bé que et segrestessin unes quantes setmanes, Iris? —va preguntar la Faye—. Superdieta pura. I si els ho demanessis amb tota l'educació del món, segur que també et podrien facilitar una catifa per fer ioga.

Va mirar l'amanida que havia demanat l'Iris, encara sense tocar.

—Amb això no es fa broma. És terrible!

L'Alice va sacsejar el cap i la Faye va deixar anar un sospir.

—Les illes Seychelles són un arxipèlag situat a l'oceà Índic. Ara mateix nosaltres ens trobem més a prop de l'Orient Mitjà que ells.

Es va fer el silenci. L'Iris i l'Alice es van concentrar en les amanides. La Faye, en la copa de cava, que altra vegada estava a punt d'acabar-se-li.

—Veieu qui és aquell d'allà? —va xiuxiuejar l'Iris, i es va inclinar cap endavant sense apartar els ulls de la porta de l'entrada.

La Faye va provar d'entendre a qui es referia.

—Allà. El que acaba d'entrar. Dret, parlant amb el cambrer de la barra.

Aleshores el va veure. Es tractava del cantant John Descentis. L'artista preferit d'en Jack. Feia uns quants anys que havia caigut en desgràcia i els darrers temps apareixia sobretot a la revista de premsa groga *Se & Hör*, sempre per qüestions relacionades amb afers amorosos, concursos i embolics vergonyants amb famosos de segona fila. Seguit de prop per la seva acompanyant, una noieta bufona que rondava els vint-i-cinc anys, vestida amb una jaqueta de cuir i cabells negres tenyits, una cambrera li va mostrar el camí fins a la taula que tenien al davant.

—Dues cerveses —va dir en John Descentis a la cambrera—. Per començar.

L'Alice i l'Iris van alçar les celles.

—Em sembla increïble que li donin una taula aquí dins —va murmurar l'Alice—. Aquest restaurant realment comença a perdre la classe.

L'Iris es va recargolar amb tanta desgana que les polseres d'or de Cartier van dringar.

La Faye va alçar els ulls cap on era en John Descentis. Feia temps que estava organitzant la festa d'aniversari d'en Jack i va pensar que li encantaria que en John Descentis hi actués. Es va aixecar. Amb les mirades de terror de l'Alice i l'Iris clavades a l'esquena, es va dirigir cap a la taula de l'artista.

—Perdoneu que us molesti. Em dic Faye.

En John Descentis la va observar, de cap a peus.

—Hola, Faye —va dir amb un somriure de gairell—. No passa res, no molestes pas.

—El meu home, en Jack, fa anys a l'abril i organitzaré una festa a Hasselbacken. T'adora. Havia pensat demanar-te si estàs lliure aquell dia i si voldries venir a tocar unes quantes cançons.

—Estàs parlant d'en Jack Adelheim? L'empresari?

La noia de cabells morens va estrènyer els llavis, però en John havia dreçat l'esquena de cop.

La Faye li va somriure.

—Sí, exacte. Té una empresa que es diu Compare.

—Sé perfectament de qui es tracta. I tant, cap problema. No sabia que li agradava la meva feina.

—Li encanta des que era jove. A casa té tots els teus discos. I vull dir els discos físics!

La Faye va esclafir a riure.

—Però potser no és de la mena de coses que es proclamen als quatre vents quan concedeixes una entrevista per a una revista de negocis —va dir en John.

La noia va sospirar expressivament, es va aixecar de la taula i, amb un to sec, els va informar que havia d'anar al lavabo.

La Faye es va asseure al seu lloc. Va sentir la temptació d'apropiar-se de la cervesa que la cambrera va deixar al damunt de la taula, però es va reprimir. De cua d'ull, va veure com l'Alice i l'Iris la miraven fixament.

Frisava per explicar-l'hi tot a en Jack. En realitat, hauria de mantenir-ho en secret, aconseguir que fos una sorpresa, però es coneixia massa bé i sabia que no se'n sortiria.

—Puc... et sembla bé si em dones el teu número de telèfon? Així et puc trucar i concretem els detalls. I també podem parlar del preu i tot això.

—I tant! Si em dones el teu, et puc enviar un missatge.

En John Descentis es va posar a escriure-li un missatge de text i els llavis van apuntar un somriure que encara conservava un cert encant. Els rumors deien que el que l'havia portat a anar entrant i sortint de centres de desintoxicació era alguna cosa més que l'alcohol, però en aquella ocasió semblava completament lúcid.

El mòbil va dringar. La Faye va donar un cop d'ull al missatge, una cara somrient que feia pampallugues, abans de tornar cap a la seva taula.

—Què li has dit? —va xiuxiuejar l'Alice, malgrat que amb tota probabilitat ja havia escoltat totes i cada una de les paraules que havia dit.

Si la Faye no hagués sabut que s'havia injectat botox al front, gairebé hauria pogut jurar que hi havia vist una arruga de preocupació.

—Vindrà a tocar per l'aniversari d'en Jack.

—Ell? —va etzibar l'Alice.

—Sí, justament ell. En John Descentis. A en Jack li encanta.

—A en Jack no li agradarà gens. A la festa hi haurà clients. Simplement, no em sembla gaire adequat.

—Sé perfectament què li agrada al meu home i què no, Alice. Tu cuida't de la teva família que jo em cuidaré de la meva!

La Faye es va aferrar amb força a l'abric quan finalment va sortir del Riche. De la badia de Nybroviken bufava un vent glacial. El cel era gris. Els vianants avançaven encongits a grans gambades. Les rebaixes del setanta per cent de Schuterman havien començat a arribar a la fi i l'interior de la botiga semblava desert i recollit.

Li quedava una hora abans que hagués d'arribar a casa per rellevar la mainadera. Caminava en direcció a Stureplan quan un Porsche Boxster de color de pintaungles vermell va clavar els frens de manera que les rodes van xerricar i el conductor de Taxi-Stockholm que el seguia de molt a prop va tocar el clàxon, enfurismat.

La finestreta es va abaixar i la Chris Nydahl es va abocar per damunt del seient de l'acompanyant amb el braç recolzat al volant.

—Vols que t'acompanyi a casa, preciosa? —va preguntar, estrafent la veu i fingint la d'algú que se la volia lligar.

En Jack detestava la Chris i, incòmoda, la Faye va mirar al seu voltant. Però les lloques de Gucci continuaven dins del Riche, de ben segur encara en estat de xoc per la manera com s'havia comportat. De cop i volta, la Faye es va adonar de fins a quin punt havia trobat a faltar la Chris. El seu humor cru, la seva manera de riure i les seves anècdotes fabuloses sobre embolics nocturns sense sentit i nits de festa intenses. En el passat havien estat inseparables.

La Faye va obrir la porta del cotxe i hi va pujar. Els seients de cuir reproduïen el patró d'un lleopard i van cruixir quan s'hi va posar còmoda.

—Un cotxe molt bonic —va dir—. D'allò més discret.

D'una revolada, la Chris va agafar les bosses que hi havia als peus del seient de l'acompanyant i les va llançar de qualsevol manera a l'espai minúscul del darrere. Un cotxe va fer sonar el clàxon.

—Imbècil! —va exclamar la Chris, va fer la botifarra amb el dit del mig pel retrovisor i en acabat va prémer l'accelerador.

La Faye va sacsejar el cap, però va esclafir a riure. Sempre que estava amb la Chris se sentia deu anys més jove.

—Quina gràcia té tenir tants diners que pots fer callar qui vulguis si mai no pots dir-li a ningú que tanqui la boca? —va murmurar la Chris, i va mirar de cua d'ull el retrovisor.

—D'on ho treus, tot això?

—Justament aquesta frase la vaig sentir en una sèrie de la tele.

Es va girar cap a la Faye, que hauria preferit que no apartés els ulls de la calçada.

—De quant de temps disposem abans que hagis de tornar a casa a les teves obligacions de muller exemplar i a altres foteses de les quals et penediràs quan tinguis els cabells blancs i incontinència urinària?

Espantada, la Faye es va aferrar al cinturó de seguretat quan va fer la impressió que la Chris no s'adonava que el semàfor que tenien al davant s'havia posat vermell.

—Una mica més d'una hora.

—Perfecte.

Sense avisar, la Chris va girar bruscament el volant, va fer mitja volta i, per cosa de mil·límetres, va ser capaç d'evitar un xoc frontal amb un autobús. La Faye es va estrènyer amb encara més força el cinturó de seguretat.

—Anem a fer un tomb per Djurgården —va decidir la Chris. La Faye només va ser capaç d'assentir amb el cap.

Van trobar un restaurant que era obert i van demanar cafè. Com sempre, la Chris semblava no fer cas de les mirades que la resta de clients li llançaven. Tenia una columna a la revista *Elle* en què parlava sobre dones emprenedores i sovint apareixia als programes matinals de diverses cadenes de televisió. Una setmana abans havia estat convidada al programa de la Malou.

En sortir de la universitat, que a diferència de la Faye sí que havia acabat, la Chris havia obert el seu primer saló de bellesa del que més endavant es convertiria en el grup Queen, un imperi de perruqueries que es bastia sobre la idea que totes les dones es mereixien sentir-se princeses. La Chris tenia estudis previs de perruqueria i, mentre cursava el grau d'Economia, s'havia guanyat la vida treballant en un saló de bellesa. El primer dia que havia conegut la Faye ja li havia expressat la intenció d'aixecar un imperi. Cinc anys després d'acabar la universitat, hi havia deu salons Queen escampats per la majoria de grans ciutats d'Escandinàvia. Però el pessic més gran l'havia tret amb els productes que havia desenvolupat. Ecològicament pensats, un *packaging* increïblement bonic i de qualitat, combinat amb el tarannà de comerciant de la Chris, havien fet que la seva línia de productes per als cabells ara es pogués trobar a totes les cadenes de venda al detall d'Europa. I a poc a poc havia començat a clavar les dents en l'enorme pastís que eren els Estats Units.

—No acabo d'entendre com pots suportar dinar amb aquella mòmia i el seu seguici fúnebre cada setmana.

—L'Alice? No té res de dolent. De fet...

La Faye era conscient que la Chris sabia que mentia. Però en Jack no li perdonaria mai que es posés de part seva i comencés a criticar l'Alice.

A la universitat, la Chris havia mantingut una curta, però intensa relació amorosa amb en Henrik, el marit de l'Alice. La Faye, en Jack, la Chris i en Henrik havien format un quartet inseparable. Però, un bon dia, la Chris havia obert el diari i hi havia vist un anunci de prometatge que feia públic el futur enllaç entre en Henrik i l'Alice. En Henrik havia triat una bona família, els diners i una resignació modèlica per damunt de l'amor.

Els anys que havien passat des de llavors, la Chris havia utilitzat els homes com un bé consumible. La Faye sabia que la ferida que tenia la Chris era profunda i sospitava que, en molts sentits, encara se sentia dolguda i trobava a faltar en Henrik, tot i que no ho reconeixeria mai. Però en Jack havia explicat a la Faye tot el que passava sota aquella façana bonica, totes les relliscades d'en Henrik. Com aquell home, que sempre s'havia mostrat tan tímid, amb els anys i una fortuna creixent s'havia convertit en algú completament diferent. Com feia la impressió que volia recuperar el temps perdut.

—És clar, si ho dius tu —va respondre la Chris—. Però no et sembla curiós?

—El què?

—Que malgrat el munt de milions que en Henrik li aboca al damunt, encara no hagi pagat a ningú que aconsegueixi treure-li el pal que porta clavat al cul.

La Faye va riure per sota el nas.

La Chris va fer un posat greu i va abaixar la veu.

—Amb franquesa, Faye, no entenc com ho pots suportar. Sé el paper tan important que vas tenir a l'hora d'aixecar Compare, tota la refotuda idea va sortir de tu, i vas ajudar en Henrik i en Jack a dissenyar l'estructura empresarial. Però no és així com ho expliquen quan els entrevista una revista de negocis i es posen a presumir de tots els seus èxits. No dels vostres. No dels teus. Sinó dels seus. Per què t'has de passar els dies a casa, dedicant-te a... bé, Déu sap què? És un malbaratament de recursos! Ets una de les persones més llestes que he vist mai, i pensa que em miro cada dia al mirall.

Va somriure, però era un somriure forçat. Va obrir la boca per continuar la invectiva, però la Faye la va interrompre.

—Atura't. A mi m'encanta la vida que tinc.

La ràbia li coïa a la gola, amb una cremor com la que havia sentit els darrers mesos de l'embaràs. Adorava la Chris, però no suportava que es posés a malparlar d'en Jack. Tergiversava les coses de manera que apareixien diferents de com eren en realitat. La Chris no comprenia que tot el que en Jack feia era per ella i per la Julienne. No veia tot el que el seu marit sacrificava per elles, totes les decisions difícils que es veia obligat a prendre, tot el temps que havia de dedicar a l'empresa. I què importava que no rebés cap mena de reconeixement públic per tot el que havia invertit en Compare, per tot el que hi havia contribuït? En Jack ho sabia. Amb això ja en tenia més que suficient.

Era millor per a l'empresa si s'escampava el mite d'en Jack i en Henrik i la seva complicitat única. La Chris no tenia una família, sinó que saltava d'un home a un altre. No comprenia l'enorme responsabilitat que representava una família. Els sacrificis que s'havien de fer. La Chris no es comprometia mai per a res.

—Espero que tinguis raó —va dir la Chris—. Però què passaria si et deixés? Digue'm que com a mínim heu revisat els capítols matrimonials després que naixés la Julienne. Per donar-te una mica més de seguretat a tu. Per si de cas.

La Faye va somriure. En realitat, que la Chris es preocupés pel seu benestar li va semblar d'allò més dolç.

Va sacsejar el cap.

—Allò no va ser idea d'en Jack, va ser d'en Henrik. Naturalment, en Jack no volia haver de signar cap recoi de capítol matrimonial, però els inversors ho exigien.

—Si us separeu, no rebràs res de res. Ni una corona.

La Chris parlava a poc a poc i articulant les paraules amb claredat. Com si parlés amb una criatura. Qui es pensava que era? Només perquè no havia aconseguit trobar ningú com en Jack.

La Faye va respirar profundament un parell de vegades.

—No ens separarem. Som més feliços que mai. Has d'acceptar que aquesta és la vida que he escollit i que la visc com vull.

La Chris es va quedar callada una estona i després va alçar les mans en un gest de disculpa.

—Perdona, tens tota la raó. Deixaré de ficar el meu nas enorme en assumptes que no m'incumbeixen.

I va apuntar aquell somriure que resultava impossible de resistir. La Faye sabia que la Chris ho feia amb bona intenció. No es volia enfadar amb ella.

—Ara parlem d'alguna cosa més divertida. Què et sembla si marxem un cap de setmana? Només tu i jo.

—Seria meravellós —va respondre la Faye, i va donar un cop d'ull al rellotge. Començava a fer-se-li tard.— Però primer ho he de consultar amb en Jack.

La Faye li va llançar un petó mentre marcava el número de telèfon del taxi.

Quan, d'una revolada, va baixar del cotxe, la Chris es va quedar quieta sense treure-li els ulls del damunt.

Estocolm, agost del 2001

ESTAVA ESTIRADA AL LLIT, escrivint al meu diari, abocant-hi tots els meus sentiments. Que la Matilda ja no existís era un alliberament. Ningú no coneixia l'antic jo. Ningú no sabia res del que havia passat. Quan algú em preguntava per la meva família, em limitava a respondre que els meus pares eren morts. Un accident de trànsit. I que no tenia germans. Cosa que era veritat. No tenia germans. Ja no.

Però de vegades en Sebastian se m'apareixia en somnis. Sempre fora del meu abast. Sempre una mica més enllà d'aquell punt des d'on l'hauria pogut tocar si hagués estirat els braços. Quan tancava els ulls encara en podia sentir l'olor.

Després de somiar amb en Sebastian, sempre em despertava amarada de suor. Dins del meu cap, el veia amb nitidesa. Els cabells foscos i els ulls blau cel. S'assemblava molt al pare, malgrat que tenia una personalitat radicalment diferent. Aleshores em solia costar tornar a agafar el son.

Però la nova identitat, la Faye, em donava forces. Encara no la volia mostrar a en Viktor, potser no l'hauria entès. Però, tret d'ell, mostrava el meu nou jo, segur de si mateix, que no tenia res en comú amb la Matilda. I el més important de tot era que les cartes que abans m'arribaven des de la presó ara ja no em podrien encalçar. Mai no n'havia obert cap, ni una de sola. Però recordava el pànic que havia sentit en veure la cal·ligrafia del pare al sobre. Ara ja no sabia on trobar-me, no es podia posar en contacte amb mi. Formava part del món de la Matilda.

Vaig estirar-me per agafar la bossa de mà, vaig desar el diari a la butxaca interior i vaig tancar la cremallera.

Si no hagués estat per aquells somnis, hauria pogut empassar-me la meva pròpia mentida que havia estat capaç d'enterrar el passat. Però en Sebastian va continuar venint a visitar-me a les nits. Primer ho havia fet viu, amb aquells ulls penetrants que em perforaven fins al moll de l'os. Després, balancejant-se a l'extrem del cinturó.

MATÍ DE DIUMENGE. La Faye s'afanyava a recollir l'esmorzar de la Julienne de manera que en Jack es pogués estalviar el caos que flotava al seu voltant. Bé, potser la seva filla no convertia la cuina en un Pearl Harbor, però la Faye entenia perfectament a què es referia en Jack quan deia que no era gens agradable entrar en una cuina desendreçada de bon matí.

La Faye havia pres la decisió de no molestar en Jack amb la proposta que li havia fet la Chris d'un possible cap de setmana totes dues soles. Allò només generaria tensió i baralles.

Encara que no ho havia volgut reconèixer davant la Chris, amb en Jack estaven travessant un període complicat. Totes les parelles en passaven de tant en tant. El treball d'en Jack el sotmetia a un grau d'exigència terrorífic i ella no era ni de bon tros la primera dona a la història que sentia que la feina es quedava amb la millor cara del seu marit. No cal dir que li hauria agradat que en Jack tingués més energia i temps. Per a ella i per a la Julienne. Però aviat es va espolsar aquelles idees del cap. La seva família formava part de la fracció més rica del país, probablement amb un nivell de vida dels més alts del món. A la Faye no li calia treballar, ni preocupar-se per pagar les factures, ni tan sols per haver d'anar a recollir la seva filla a l'escola. Disposava d'un exèrcit de mainaderes i treballadores de la llar preparades per donar-li un cop de mà en qualsevol moment. Fins i tot, quan anava de botigues, de vegades feia que li portessin el que comprava a casa amb l'empresa de missatgeria Ryska Posten per estalviar-se haver-ho de carregar amunt i avall.

En canvi, en Jack havia de suportar una gran responsabilitat, una responsabilitat que el podia transformar en una persona freda i brusca. Com a mínim amb ella. Però sabia que allò només era temporal. En pocs anys podrien dedicar-se més l'un a l'altre. Viatjar junts. Tenir més temps per a la seva vida de parella i els seus somnis.

«Suposo que entens que no trobo gens divertit haver-me de passar tot el dia treballant, oi?», acostumava a dir. «Evidentment preferiria quedar-me a casa, gaudint de la vida amb la Julienne i amb tu sense haver de pensar com es paguen les factures. Però d'aquí a poc serem tu i jo, amor meu.»

Potser havia passat un cert temps d'ençà de l'última vegada que ho havia dit. Però la promesa continuava allà. La Faye tenia una confiança absoluta en el seu marit.

La Julienne estava estirada al sofà, amb l'iPad a la falda. La Faye li havia posat els auriculars sense fils perquè no destorbés en Jack. Tenia el son lleuger, així que la Faye havia ensenyat a la seva filla a estar tan callada i a fer tan poc soroll com pogués als matins.

Es va asseure al sofà al costat de la nena, amb una mà li va enretirar un floc de cabells de la cara. Va veure, sense sorprendre's, que la Julienne estava mirant *Frozen*. De ben segur per mil·lèsima vegada. Es va posar el telenotícies del matí i va abaixar el volum al mínim. Va gaudir sentint el cos càlid de la Julienne contra el seu. La proximitat entre totes dues.

La porta de l'habitació es va obrir i la Faye va sentir com en Jack es dirigia cap a la cuina. Va escoltar atentament la remor de passes per intentar endevinar de quin humor s'havia llevat el seu marit. Va aguantar la respiració.

En Jack es va aclarir la gola.

—Pots venir aquí? —va fer, amb una veu rogallosa d'acabat de despertar.

La Faye es va aixecar i, a grans gambades, es va dirigir cap a la cuina. Va dibuixar un somriure.

—Què és això? —va preguntar ell, i va fer un gest amb la mà assenyalant la cuina.

—Què és què?

—El què?

Odiava no entendre què li deia, la sensació que la comunicació entre tots dos no funcionava. Ells havien estat «en Jack i la Faye». Dos iguals. Un equip que es coneixia de cap a peus.

—Això no és un marbre on a algú li vindria de gust preparar-se un entrepà —va replicar en Jack, i va passar la mà pel damunt—. O, com a mínim, a mi no.

Va alçar la mà. Unes quantes engrunes de pa se li havien enganxat al palmell.

Com podia ser tan estúpida. Tan deixada. Ho sabia perfectament.

D'una revolada, la Faye va engrapar la baieta. El cor li bategava amb tanta força que les orelles li retrunyien. Va netejar la resta de molles de pa, les va recollir amb l'altra mà i les va llençar a les escombraries. Després de mirar de cua d'ull en Jack, va obrir l'aixeta i va netejar la pica amb el raspall de fregar els plats.

Va penjar la baieta al seu lloc i va col·locar el raspall al suport platejat, brillant i minimalista.

En Jack no es va moure.

—Vols un cafè, amor meu? —li va preguntar la Faye.

Va obrir l'armari on hi havia les càpsules Nespresso i mecànicament en va agafar dues de liles, les preferides d'en Jack. Una de Lungo i una d'Espresso en una tassa amb una mica de llet escumada. A en Jack li agradava el cafè carregat.

El seu marit va girar el cap i va mirar cap a la sala d'estar.

—Cada vegada que la veig està asseguda al sofà, amb una pantalla al davant. T'hi has d'esforçar una mica més. Llegeix-li alguna cosa, juga amb ella.

Un parell de gotes de cafè van regalimar per la porcellana blanca de la tassa. La Faye les va eixugar amb el dit i va col·locar la tassa a la mà d'en Jack, que amb prou feines va semblar que se n'adonés.

—Saps què m'ha explicat en Henrik? La Saga i en Carl no poden fer servir les seves tauletes més d'una hora al dia. Per contra, van a museus, fan classes de piano i de tennis, i llegeixen llibres. A més, la Saga també fa ballet, tres cops per setmana, a l'escola Alhanko.

—La Julienne vol jugar a futbol —va contestar la Faye.

—Ni pensar-ho. Saps quins cuixots més horrorosos se'ls posen a les noies que juguen a futbol? Com dos troncs. A més, jugaria amb un munt de nenes de suburbi, amb pares que no deixen de cridar paraules grolleres i insultar l'àrbitre.

—D'acord.

—D'acord què?

—Que la Julienne no jugarà a futbol.

La Faye li va posar una mà sobre el pit, va acostar el cos al del seu marit. Va fer lliscar la mà ventre avall, en direcció a l'entrecuix.

En Jack se la va mirar sorprès.

—Para.

Al vidre brillant del forn va veure els contorns del seu braç flonjo i lletós. És clar que en Jack no se sentia atret per ella. Havia permès durant massa temps que el cos se li anés deteriorant.

La Faye es va tancar al lavabo. Es va despullar de cap a peus i va contemplar aquell cos nu des de diversos angles. Els pits eren depriments. Com dues tulipes que s'havien marcit al gerro. Havia de preguntar a en Jack si volia que se'ls augmentés? Sabia que l'Alice ho havia fet. L'important era fer-ho amb gust. No una vulgaritat. Res de dues pilotes inflables.

Feia molt de temps que el ventre havia deixat de ser pla, i les cames havien perdut la fermesa i s'havien convertit en una massa tova i pàl·lida. Si tensava el cul es formaven petits sotets a la pell. Com la superfície de la lluna.

Va alçar els ulls. La cara era un poema, demacrada i amb ulleres marcades. A la pell li mancava lluïssor i els cabells no responien a res que s'acostés a un pentinat. Quan es va inclinar cap al mirall, es va adonar que tenia un grapat de cabells blancs i gruixuts. D'una revolada se'ls va arrencar i els va fer desaparèixer per la pica.

Va encreuar els dits perquè en Jack no hagués començat a avergonyir-se'n. Es queixava davant dels seus amics? Havia hagut de suportar alguna burla sobre la seva dona? A partir d'aquell mateix dia, començaria a menjar de manera saludable i a entrenar una... no, dues vegades al dia. S'havia acabat el vi, res de bons sopars, res de picar als vespres mentre esperava que el seu marit tornés a casa.

En Jack va trucar a la porta.

—Tens pensat sortir aviat?

Es va estremir.

—De seguida, amor meu —va balbucejar amb veu greu.

En Jack no se'n va anar i la Faye es va posar nerviosa.

—Soc conscient que últimament he estat molt ocupat —va dir ell—. Què et sembla si dimecres sortim a sopar a fora? Només tu i jo?

Dins del lavabo, nua, a la Faye se li van negar els ulls. Es va vestir de pressa. El seu Jack. El seu estimat, estimadíssim Jack.

Va obrir la porta.

—M'encantaria, amor meu.

Dues hores més tard, la Faye era davant de la carnisseria del supermercat Ica Karlaplan buscant alguna cosa deliciosa per dinar. Tot li semblava idèntic. Els preus prohibitius. Els crits de la canalla i el brunzit etern dels ventiladors de les neveres. L'olor de les jaquetes molles de deu mil corones i abrics de pell autèntica, no de qualsevol alternativa sintètica políticament correcta. Allà, l'únic sintètic que un es podia imaginar de dur era alguna cosa de Stella McCartney. Si era realment car.

La Faye va agafar un paquet de pit d'ànec i es va dirigir cap a les caixes. Va escollir aquella en què hi havia en Max. El noi solia treballar els diumenges.

Va observar els braços musculosos d'en Max mentre el jove escanejava el que havien comprat els clients que tenia al davant. Devia notar que l'estava mirant, perquè, de cop i volta, es va girar i va somriure.

Quan va tocar el torn a la Faye, el somriure es va fer encara més ampli. Els ulls refulgien.

—I com està avui la dona més bonica de tot Estocolm?

Les galtes de la Faye es van encendre. Sabia que allò ho deia a la majoria de dones, però, tot i així, ell «la veia».

Va sortir a pas lleuger de la botiga.

Quan va arribar a casa, va desar la compra al seu lloc ràpidament. Que les coses passessin gaire temps dins les bosses mai no augurava res de bo.

—Has sortit al carrer així?

La Faye es va girar. En Jack era al llindar de la porta. Amb el front arrufat.

—Què vols dir?

En Jack va fer un gest amb la mà assenyalant la roba que duia.

—Creus que és adequat que vagis a comprar amb xandall i roba d'anar per casa? Imagina't que et topes amb algú que coneixem.

La Faye va tancar la porta de la nevera.

—M'ha fet la impressió que a en Max, el dependent que hi havia a la caixa, li ha agradat. Ha dit que era la dona més bonica de tot Estocolm.

En Jack va serrar les dents. La Faye es va adonar que havia comès un error. A hores d'ara ja hauria de saber que no podia fer aquella mena de bromes a en Jack.

—Et dediques a flirtejar amb els caixers?

—No, no flirtejo amb ningú. Jo t'estimo a tu, Jack, ja ho saps, però tampoc no puc evitar que algú em llanci una floreta, oi?

En Jack va deixar anar una rialleta de burla.

La Faye va observar l'esquena tensa del seu home mentre s'allunyava en direcció al despatx. Malgrat el nus que se li havia fet a l'estómac, també se sentia estranyament contenta per la reacció d'en Jack. «Li importo», va pensar. «Realment li importo.»

La Julienne dormia. En Jack i la Faye estaven estirats al llit. Ell, amb l'ordinador sobre el ventre; ella, davant d'una reemissió d'algun programa del canal 5.

—Vols que abaixi el volum?

En Jack es va posar les ulleres a la punta del nas i va abaixar la pantalla de l'ordinador per tal de poder veure el televisor.

—No, no passa res —va respondre, absent.

La presentadora, amb les mans plenes de les targetes amb el guió del programa, anava presentant els participants.

—És la Lisa Jakobsson? —va preguntar ell.

—Sí.

—Abans era una dona atractiva. Que vella que s'ha fet. I lletja.

Va tornar a apujar la pantalla de l'ordinador.

Quan es va haver adormit, la Faye va cobrir amb la mà la pantalla del seu iPhone i va entrar a la Viquipèdia. La Lisa Jakobsson tenia dos anys menys que ella.

Estocolm, agost del 2001

El ritual d'iniciació a l'Escola de Negocis era secret, ningú no podia explicar a ningú com els alumnes de primer de carrera, nosaltres, seríem humiliats i obligats a beure fins a perdre el coneixement. La participació era voluntària, però en realitat jo no tenia alternativa. Havia decidit fer tot el que calgués per convertir-me en una més de la colla, per formar part de tot allò. Ara que era com un llenç completament nou, per fi podria fer-ho.

Érem un grup de quinze noies nervioses les que ens vam reunir en un petit prat al parc de Haga, a la riba de la badia. Aproximadament el mateix nombre d'alumnes de segon s'havien acostat fins allà. Només hi havia nois. Havien portat un munt de bosses enormes d'IKEA plenes de tota mena de coses. Ens van col·locar en fila i, seguidament, ens van examinar una per una. Ens van dir que ens traguéssim tota la roba excepte calces i sostenidors i ens van allargar unes bosses d'escombraries negres amb un forat per on havíem de fer passar el cap. A continuació, vam haver de beure dos xopets de vodka. Al meu costat hi havia una noia alta i voluptuosa tota pigallada i amb els cabells rogencs esbullats.

—Agenolleu-vos! —va cridar l'autoanomenat líder dels alumnes de segon, en Mikael, fill d'un conegut magnat immobiliari.

Duia els cabells rossos ben curts, tenia ulls grisos de garrí i semblava avesat al fet que la gent obeís el que ell els ordenava. Nosaltres ens vam afanyar a fer els que ens havia dit.

—Molt bé —va continuar. Va alçar un ou de color marró.— El rovell d'aquest ou ha de passar d'una boca a l'altra. D'anada i de tornada per tota la filera. I quan la primera persona el torni a tenir a la boca, se l'ha d'empassar. O sigui que seràs tu. Com et dius?

Totes les noies de la renglera van girar el cap per veure a qui li havia tocat la loteria.

—Chris —va dir la noia que tenia al costat.

En Mikael va trencar l'ou contra el seu genoll, va abocar la clara sobre la gespa i va allargar la closca amb el rovell a dins a la Chris. La jove la va agafar, sense pensar-s'ho dues vegades, es va posar el rovell dins la boca i se'm va acostar. Els nostres llavis es van tocar i els nois es van posar a bramar d'alegria. El rovell va canviar de propietària mentre jo em debatia per controlar les nàusees. Vaig tombar el cap cap a l'esquerra i vaig repetir el mateix procediment amb la noia que tenia a l'altre costat.

—De debò que te l'empassaràs? —vaig preguntar.

La Chris es va arronsar d'espatlles.

—Soc de Sollentuna. M'he empassat coses pitjors.

Vaig riure per sota el nas. La seva cara va romandre impertèrrita.

—Vindràs a la festa?

—Sí, encara que soc al·lèrgica a aquests imbècils fills de papà amb ànsies de poder. L'únic que fan és aprofitar l'ocasió per abusar d'unes noies nervioses i fàcilment impressionables. Aquests genis són l'escòria de l'escola. És per això que es fa la quintada al principi del quadrimestre, així encara no hem tingut temps de descobrir que són una colla de fracassats. D'aquí a dues setmanes cap d'aquestes noies ni tan sols se'ls mirarà.

—I per què ets aquí?

—He de destriar el gra de la palla, per saber qui són i poderlos evitar —va respondre, amb fredor—. Per cert, tens bons llavis. Si m'emborratxo i no trobo ningú amb qui enrotllar-me, et vindré a buscar.

Vaig desitjar que ho fes.

La resta del vespre va continuar amb un reguitzell d'activitats impregnades d'alcohol que semblaven pensades perquè els nois es posessin calents. Ens van abocar líquid d'arengades fermentades als cabells perquè haguéssim de banyar-nos amb roba interior. Van escriure uns zeros enormes al front de les noies que perdien a les competicions, i les que estaven més begudes rebien l'honor que els nois els escrivissin el seu autògraf als pits, a l'esquena o al cul. Cada vegada érem més les que ens allunyàvem amb pas vacil·lant per anar a vomitar, però els nois no paraven de donar-nos alcohol.

Quan es va fer fosc va arribar l'hora d'acabar. Vam fer una darrera capbussada i ens van tornar la roba. Havien llogat un vell autobús del comtat d'Estocolm que ens havia de portar fins a la festa i que ja anava gairebé ple d'estudiants de primer que no s'havien atrevit a participar en la quintada.

Quan hi vam pujar, es van tapar el nas. Pudíem a vòmit, aigua de mar i arengada fermentada. I també a alcohol. Van haver d'ajudar dues noies a pujar a bord i les van deixar esteses al passadís central, vestides només amb roba interior. A una de les dues se li havien abaixat els sostenidors. Al descobert quedaven uns pits pàl·lids com la cera amb uns mugrons foscos. Els nois se'n reien i l'assenyalaven amb el dit. Un d'ells va saltar del seient i es va acostar a la noia amb una càmera digital a la mà. La Chris va reaccionar com un llampec. Primer va allargar un braç cap endavant, com si fos una barrera, i després es va posar dempeus per barrar-li el pas.

—On carai et penses que vas, milhomes?

—Però si tampoc no s'adona de res —va balbucejar el jove—. Està adormida. Aparta't.

La Chris es va plegar de braços i va apuntar un somriure sorneguer. Em vaig adonar que tenia unes quantes algues enganxades als cabells, però tot i així infonia un gran respecte. Es va quedar plantada, completament quieta, malgrat que l'autobús no parava de moure's d'una banda a l'altra. Era com si els peus se li haguessin arrelat al terra del passadís. El noi, que li treia tot un cap, va fer la impressió que començava a dubtar.

—No siguis tan refotudament avorrida, només és una broma. Ets una d'aquestes feministes, tu? —va etzibar, i va pronunciar la paraula *feminista* com un insult, mentre reia per sota el nas.

La Chris no es va moure ni un mil·límetre. Els ulls de tot l'autocar ara s'havien clavat en ells dos.

—D'acord, se me'n refot.

El jove va esclafir a riure i va intentar fer veure que no acabava de veure's immers en un combat amb una noia i que n'havia sortit derrotat.

—On creus que vas? —li va cridar la Chris, quan el noi es disposava a tornar al seu seient.

Jo vaig contenir la respiració. Que encara no n'havia tingut prou?

—A asseure'm al meu seient —va respondre el jove, insegur.

—Ni t'ho pensis. Torna cap aquí ara mateix.

El noi va fer mitja volta i, a contracor, va fer unes quantes passes cap a ella.

—Treu-te el polo —va dir la Chris.

—Com? —va obrir uns ulls com dues taronges—. No ho penso pas fer.

Va mirar al voltant buscant suport, però tothom es mirava aquell espectacle amb cara d'estar-s'ho passant d'allò més bé.

—Treu-te aquest polo tan horrorós. Els polos són tan dels noranta... I dona-me'l. Afanya't, que no veus que s'està glaçant?

El noi es va donar per vençut, va fer el que li ordenava la Chris, va sacsejar el cap i en acabat va tornar al seu lloc. Sota el polo de color rosa s'amagava un tors pàl·lid i greixinós amb unes mames massa desenvolupades per a un home, i el noi no semblava que se sentís gens còmode.

La Chris va despertar la noia, li va aixecar els braços i, amb molta cura, li va posar el polo.

—Dona'm això —va dir, quan es va desplomar al meu costat. I va fer uns quants glops de cervesa.

—Ben fet —vaig xiuxiuejar, i vaig deixar l'ampolla a la falda.

—Gràcies, però gairebé es podria considerar un abús, això d'obligar aquella pobra a posar-se aquell polo tan horripilant —va murmurar.

DESPRÉS DE DEIXAR LA JULIENNE a la llar d'infants, la Faye va vagarejar sense rumb pel barri d'Östermalm. S'havia acabat allò de passar-se tot el dia a casa, sense fer res. No pararia quieta. Cremaria greix i es tornaria prima i atlètica. Aturaria aquell deteriorament físic, fos al preu que fos.

L'estómac va rondinar, descontent. No havia esmorzat. Només s'havia pres un cafè sol, per augmentar el ritme de crema de greixos durant la passejada. Davant seu, no paraven d'aparèixer-se-li imatges de menjar, com si es tractés d'un calidoscopi gastronòmic. Si tornava a casa, no podria resistir la temptació de buidar el rebost. Va apujar el ritme. Avançava per l'avinguda Karlavägen, en direcció al parc de Humlegården. Va fer una ganyota quan es va adonar que tenia l'esquena fastigosament amarada de suor. Senzillament, odiava suar. Però com solia dir l'Alice: «La suor no és res més que el greix que plora». I no era que hagués vist mai l'Alice amb la més petita goteta de suor.

Les façanes del segle XIX se li abraonaven, majestuoses, al damunt. Vigilants i impertorbables. El cel era blau i el sol es reflectia a la neu que feia poc que havia caigut i que no havia tingut temps de quedar coberta per una pel·lícula de brutícia grisosa. Tot i la suor, feia molts mesos que no se sentia tan bé. La sobtada proposta d'en Jack d'anar a sopar junts representava un punt d'inflexió. Havia de ser un punt d'inflexió.

Ella tenia bona part de la culpa que la seva relació s'hagués estancat. Havia arribat el moment de tornar a ser la dona que el seu marit havia desitjat. Començava una nova època.

Va decidir que no li parlaria de la proposta de la Chris d'anar-se'n totes dues de viatge. A casa la necessitaven i hauria estat molt egoista per part seva marxar per passar un cap de setmana completament absurd. Va evitar trucar a la Chris. Sabia perfectament com reaccionaria la seva amiga i el que li diria.

La Faye va accelerar el pas. Li va semblar sentir com, de cop i volta, tots els quilos de més anaven desapareixent, passa a passa, gram a gram. A poc a poc, la roba absorbia la suor odiosa.

Una colla d'alumnes d'Östra Real fumaven recolzats contra el mur de maons vermells. Dues noies i dos nois. Un fum grisós els sortia de la boca i el nas quan reien. Semblava que no tinguessin cap mena de preocupació. Uns quants anys abans, en una altra època, una altra vida, podrien haver estat ella, en Jack, en Henrik i la Chris.

En Jack, el bromista despreocupat. L'aristòcrata afligit que sempre tenia una invitació per a una festa cremant-li dins la butxaca. Cinturó negre en actes socials i arrencant rialles. En Henrik era l'estratega i el cervell. Provenia d'un entorn més humil, d'un dels barris perifèrics d'Estocolm, i ho devia tot al seu cap, que l'havia tret d'allà. Estudiava Enginyeria Industrial a la Universitat Politècnica d'Estocolm i, a la vegada, a l'Escola de Negocis.

La Faye va passar per davant de Tösses. Pastes, pastissos i pastissets de canyella s'amuntegaven els uns sobre els altres. La producció de saliva se li va accelerar dins la boca i es va obligar a apartar la mirada. Va augmentar encara més el ritme. Fugia. A l'altura del carrer Nybrogatan va fer una pausa. Va obrir la porta del Café Mocco i va demanar un te verd. Sense sucre. Sense l'edulcorant, el gust era nauseabund i amarg, però, tot i així, se'l va beure perquè havia llegit que el te verd accelerava la crema de calories. Va remenar la pila de revistes i va trobar el *Dagens Industri Weekend* de la setmana anterior, amb en Henrik i en Jack a la portada. Era una fotografia magnífica. Apareixien al damunt d'una motocicleta antiga amb sidecar. Ulleres de sol i jaquetes de cuir. En Jack a la moto, en Henrik al sidecar, amb una gorra de cuir d'aquelles d'aviador al cap. Expressions d'alegria, somriures d'orella a orella.

«L'imperi multimilionari contraataca», feia el titular. La Faye va obrir la revista i va anar passant les pàgines fins a arribar a l'entrevista. Durant una setmana sencera, el periodista, l'Ivan Uggla, havia seguit el seu dia a dia a l'oficina. Era estrany que en Jack no n'hi hagués dit res. L'entrevistaven força sovint, era cert, però no per a un reportatge d'aquella magnitud.

El text començava amb una imatge de les seves oficines al barri de Blasieholmen. En Jack explicava una anècdota sobre l'enorme feinada que havien dut a terme en els temps que havia nascut Compare. Relatava que havia viscut a Bergshamra, que havia estudiat de dia i que els vespres els havia passat dissenyant el pla d'empresa. Des del principi havien decidit que Compare seria una empresa ambiciosa orientada a la venda per telèfon.

«Per tenir èxit sabia que estava obligat a sacrificar-ho tot, donar-ho tot a l'empresa i a en Henrik. No hi havia temps ni diners per a res que no fos feina, feina i més feina, tant per a Compare com per poder-nos mantenir durant aquella època. Per arribar tan lluny, un ho ha d'apostar tot.»

La veritat era que en Jack no havia hagut de treballar ni un sol dia mentre estudiava, ja que ella havia deixat la carrera per mantenir-lo i s'havia passat les setmanes fregant taules al Café Madeleine. Però també era cert que havien arribat a aquella estratègia de màrqueting plegats. Era el millor per a l'empresa.

L'entrevista continuava amb el mateix estil. L'any 2005, Compare havia partit de ser l'empresa de venda telefònica de més èxit del país a convertir-se en una societat d'inversió. Es dedicava a comprar empreses més petites, se n'optimitzaven els processos i, en acabat, es tornaven a vendre amb un marge d'escàndol. No poques vegades es trossejaven i se'n venien les parts per més valor del que haurien tingut senceres. Allò havia comportat que al llarg dels anys havien trepitjat més d'un ull de poll, però els beneficis ho deien tot i, en un sector en què els resultats eren l'únic que comptava, en Jack Adelheim i en Henrik Bergendahl van ser declarats per unanimitat genis pel món dels negocis.

Més endavant, ho havien venut pràcticament tot per apostar en part per companyies elèctriques i en part per empreses dedicades als serveis assistencials: residències per a la tercera edat privades, residències assistides i escoles. Amb el mateix resultat. Feia la impressió que tot el que en Jack i en Henrik tocaven es convertia en or i tothom es volia unir als joves Mides. El nom dels primers anys, el nom que se li havia acudit a la Faye, l'havien conservat. Quan sembla que el dau sempre hagi de donar sis, ningú no s'arrisca a canviar res.

Aquells primers anys que la Faye havia mantingut en Jack i els havia ajudat a assentar els fonaments de Compare havien quedat en l'oblit. De vegades fins i tot es preguntava si en Jack i en Henrik se'n recordaven, o si també ells havien reescrit el passat. La seva part de la història no encaixava amb la imatge d'aquells dos joves emprenedors intrèpids i obstinats, en Jack Adelheim i en Henrik Bergendahl. El contrapunt dramàtic era, a més, perfecte, ella mateixa ho havia apuntat aleshores. En Jack, amb els seus orígens aristocràtics, la seva bellesa i el seu posat de dandi, i en Henrik, de classe treballadora i vingut dels suburbis, atractiu d'una manera més tosca i que era la viva imatge d'algú que havia aconseguit l'èxit a còpia d'esforç. Eren la combinació perfecta. El millor que podia fer la Faye era quedar-se en un segon pla. Per no complicar una comunicació simple i directa amb els mitjans.

Un matí, el periodista havia sortit a córrer amb en Jack per Djurgården. L'Ivan Uggla exposava, entusiasmat, temps i quilòmetres recorreguts. Els rumors que apuntaven que Compare estava a punt de sortir a borsa en Jack els va saber desviar amb una riallada mentre seguia corrent.

A la darrera pàgina doble hi havia una fotografia d'en Jack, feta al seu despatx. Apareixia dret, inclinat sobre una taula, profundament concentrat en una conversa, mentre assenyalava amb el dit un paper. Al costat, més a prop de la càmera, hi havia l'Ylva Lehndorf. Vestida amb una faldilla de tub i els cabells recollits en una cua de cavall.

L'Ylva havia assolit un gran èxit professional dins del món editorial. Havia aconseguit convertir uns números vermells descoratjadors en una empresa econòmicament viable. L'havia feta més eficient, havia pensat noves maneres de treballar, havia qüestionat totes les afirmacions de la mena «sempre ho hem fet així». Havia canviat l'estructura i havia enderrocat murs. La Faye l'havia coneguda en una festa tres anys abans i l'Ylva li havia comentat que estava buscant un nou repte. La seva energia i perspicàcia havien impressionat la Faye i, al cap de dues setmanes, en Jack, seguint el consell de la Faye, l'havia contractada. Un any després havia estat nomenada directora financera de Compare. Fins i tot resultava positiu per a l'empresa, allò de tenir una dona dins dels òrgans de direcció. Detall que la Faye també havia indicat a en Jack. Ella no ho podia ser, ja que plegats havien decidit que la Faye es quedaria a casa amb la Julienne durant els primers anys.

Va passar el dit per damunt de la imatge, resseguint la figura de l'Ylva, l'esquena, el cul, les cames esveltes i colrades pel sol, avall fins a les sabates negres de taló. Aquella dona era tot el que la Faye havia somiat ser. Només les separaven cinc anys, però n'haurien pogut ser ben bé vint. I, en comptes d'estar al bell mig de l'acció dins d'un despatx, ser bonica i tenir èxit, ara ella era al Mocco, bevent un te verd repulsiu i somiant amb aquelles pastetes de crema que hi havia al costat de la caixa. Amb un gest melangiós, la Faye va tancar la revista. Ella havia pres la seva decisió. Per en Jack. Per la família.

La Faye estava estirada davant el televisor al damunt d'una catifeta de ioga, amb roba nova de trinca, fent la postura del gos que pixa, quan en Jack va arribar a casa. Va deixar caure el maletí que portava i se li va col·locar al darrere. La sala es va omplir d'una barreja d'olor de perfum i alcohol. La Faye es va aturar, es va posar dreta i es va dirigir cap al seu home. Quan va intentar fer-li un petó, en Jack va girar el cap.

—Us ho heu passat bé? —va preguntar.

El nus a l'estómac havia tornat.

D'una revolada, en Jack va engrapar el comandament a distància de la tauleta i va apagar el televisor, on s'estava reproduint un vídeo de YouTube amb exercicis de ioga per a principiants.

—Has parlat amb en John Descentis perquè vingui a tocar pel meu aniversari? —va preguntar.

—Havia pensat que...

—És un borratxo, Faye. No és la meva festa de final de batxillerat, la que estàs muntant. Hi haurà clients. Inversors. Parents que tota la meva vida m'han vist com un fracassat per culpa del meu pare. Aquell vespre han de poder veure on he aconseguit arribar. Han de veure que no soc el tros de merda que és el meu pare.

La respiració era feixuga i parlava amb veu de falset.

—I va i tu convides en John Descentis per amenitzar la vetllada. Com si nosaltres fóssim uns pagesots qualssevol.

La Faye va retrocedir un parell de passes.

—Tu sempre l'escoltes. En tens tots els discos. Vaig pensar que potser...

—Atura't. Quina impressió causaria que en John Descentis vingués a tocar a la meva festa d'aniversari? No volem que se'ns associï amb aquesta mena de xusma. És un borratxo. Exactament com el meu pare.

Es va desplomar al sofà i va sospirar ostensiblement.

—En realitat tot és culpa meva —va dir—. No hauria d'haver permès que te n'encarreguessis tu. Collons, vas deixar que la Julienne celebrés el seu aniversari al McDonald's!

La Faye volia dir que havia estat la seva filla la que l'hi havia demanat i que a tots els nens els havia encantat, però les llàgrimes li coïen als ulls quan en Jack va continuar mofant-se'n.

—Com em podia passar pel cap que fossis capaç d'organitzar una festa per a tres-centes persones a Hasselbacken?

—En soc capaç, Jack, i tu també ho saps. Oblidem això d'en John Descentis. Ni tan sols li he trucat. Deixa'm fer això per a tu. Tinc tantes ganes que passis un vespre fantàstic... El vespre que has somiat.

—Ja és massa tard.

—Què vols dir?

—He contractat una empresa que es dedica a organitzar aquesta mena d'esdeveniments perquè s'encarregui de tot. Tu pots tornar al teu... Bé, al teu entrenament.

Va fer un gest assenyalant la roba d'esport que duia la Faye. El nus a l'estómac cada vegada se li feia més gros.

En Jack es va dirigir cap a la minicadena, d'una revolada va agafar uns quants discos compactes, va marxar cap a la cuina i els va llençar a les escombraries.

A la Faye no li calia veure de quins compactes es tractava.

Es va passar la mà per la cara. Com podia haver estat tan ximple? Per què no se li havia ocorregut que allò podia perjudicar en Jack? Ho hauria d'haver sabut. Al capdavall, era la persona que millor coneixia en Jack.

Va enrotllar la catifeta de ioga i va apagar el llum. Després de rentar-se la cara i les dents, en Jack ja dormia. Ho feia girat d'esquena a la Faye, a l'altra banda del llit, tombat cap a la finestra. A poc a poc, la Faye es va esmunyir tan a prop seu com es va atrevir, sense arriscar-se a despertar-lo. Va aspirar-ne l'aroma.

Va passar molta estona abans no es va poder adormir.

L'endemà, la situació entre tots dos encara era tensa. En Jack treballava a la taula de la cuina, mentre la Faye mirava algun xou d'impacte al sofà de la sala d'estar. Al rebedor va començar a sonar el telèfon de casa, però, per una vegada, la Faye va decidir no fer-ne cas. Va sentir un sospir a la cuina, passes irritades i, després, el telèfon va emmudir.

Un minut després, en Jack se li va plantar al davant amb cara de pomes agres.

—És per a tu —va dir.

La Faye va allargar la mà, però el seu marit va deixar el telèfon sense fils damunt la tauleta del sofà. Per alguna raó, continuaven tenint telèfon fix. Se'l va posar a l'orella i es va tornar a sentir com si tingués quinze anys.

—No em vas arribar a respondre sobre el viatge que et vaig proposar —va dir la Chris—. N'has parlat amb en Jack?

—Uix, no. Espera un moment.

La Faye es va aixecar del sofà i se'n va anar cap al lavabo. Va tancar la porta amb clau.

—Hola?

Es va asseure a la tapa del vàter.

—Ara mateix no em va bé —va dir—. Tinc un munt de feina aquí a casa, entre altres coses he d'organitzar la festa d'en Jack. Potser ho podríem deixar per a l'estiu?

La Chris va sospirar.

—Faye, he sentit... Una relacions públiques que conec m'ha explicat que ha rebut l'encàrrec de muntar la festa d'en Jack.

Amb el peu, la Faye va treure la bàscula del seu lloc sota la pica. Hi va pujar. Cap canvi. Estava condemnada a un estat de sobrepès etern.

—Sí, sentia que no tenia temps per a això. Però si em disculpes, t'he de deixar. Tinc moltes coses a fer.

—Escolta... —la veu càlida de la Chris a l'altra banda del telèfon.

La Faye va recordar com havien rigut aquella nit que havien sortit amb en Jack i en Henrik, i, de sobte, a la Chris se li havia ocorregut que havien de pujar a ballar a la taula. En Jack havia agafat la Faye de la mà. L'havia estret amb força.

—Sí?

—Però no podríem escapar-nos uns quants dies i així agafaries una mica de perspectiva de tot plegat? A la merda, la festa d'en Jack. Estic convençuda que cap empresa ho pot fer millor que tu.

La Faye va empènyer amb el peu la balança per tornar-la a deixar sota la pica. Es va prometre a si mateixa no pesar-se durant una setmana sencera. Donar-se temps perquè es veiessin els resultats.

—He pensat una cosa —va continuar la Chris—. Em cal algú com tu a la meva empresa. Una persona llesta que coneix el món dels negocis i que comprèn el que volen les dones. No et semblaria divertit sortir al carrer i tornar a treballar? Comptat i debatut, la Julienne ja va a la guarderia.

La Faye va aclucar els ulls. No podia suportar veure's reflectida al mirall.

—Llar d'infants, Chris.

—Què?

—Que ja no es diu guarderia, sinó llar d'infants. I no, ni vull ni em cal treballar per a tu. Si volgués una feina, ja me l'hauria buscada tota soleta.

—Però...

—Saps quin és el teu problema, Chris? Que et creus millor que jo. Et penses que tothom vol tenir la mena de vida sense sentit que vius tu, però a mi no em sembla especialment divertit passar els vespres follant-me entrenadors personals o estar tan beguda que l'endemà al matí no recordes res. Em resulta d'allò més vulgar i vergonyós. En comptes de donar-me lliçons de res hauries de madurar una mica. Jo estimo el meu marit, estimo la meva filla, tinc una família! I vull estar amb ells. Tinc la impressió que tot plegat va justament d'això. I entenc perfectament que cap home no pugui suportar viure amb tu! I...

La Chris havia penjat. La Faye va clavar els ulls al seu propi reflex al mirall. Ja no sabia qui era aquella dona que tenia al davant.

Estocolm, agost del 2001

La caseta on s'havia organitzat la festa es trobava enmig d'un polígon industrial desèrtic. S'havia muntat un bar temporal en una cantonada. Les cançons més comercials retrunyien amb força pel jardí. Ben aviat, pertot arreu hi havia gent recargolant-se o embolicant-se els uns amb els altres o de dos en dos que s'esmunyien cap a les habitacions que hi havia al primer pis.

M'havia començat a baixar la borratxera i vaig alçar els ulls cap a la Chris, que semblava avorrir-se d'allò més. Vaig enviar un missatge de text a en Viktor per preguntar-li on era. Vaig somriure mentre ho feia. Pocs dies abans havíem parlat d'anar a viure junts al seu pis del barri de Gärdet, ja que, fet i fet, jo pràcticament no trepitjava l'estudi que acabava de subarrendar al carrer Villagatan.

—No em veig amb cor de suportar una altra borratxera malaguanyada. Me'n vaig de festa al centre —va dir la Chris.

Davant meu, vaig contemplar la versió universitària de Sodoma i Gomorra.

—Puc venir amb tu?

—I tant, deixa'm trucar a un taxi. Però primer farem una parada a casa meva per arreglar-nos una mica. Fem una pudor que espanta.

La Chris tenia subarrendat un estudi a Sankt Eriksplan. Hi havia roba escampada per tots i cada un dels trenta-cinc metres quadrats d'apartament. El llit estava sense fer; les parets, nues, tret d'una lleixa des d'on els llibres de text de la universitat contemplaven la sala. Si m'havia preguntat com havia aconseguit entrar a l'Escola de Negocis, la resposta era sobre la taula de despatx. Deixats de qualsevol manera, entre factures i publicitat, hi havia els resultats de les proves d'accés. La Chris havia obtingut un 2,0. La màxima puntuació possible. No em va sorprendre.

Ens vam dutxar de pressa.

—Tens uns pits molt bonics —va dir la Chris, impressionada, quan vaig sortir amb només unes calcetes que m'havia deixat—. I un cos refotudament preciós. És agradable veure que n'hi ha que no es deixen arrossegar per aquell ideal de dones anorèctiques.

—Gràcies —vaig respondre, sense saber què dir.

Era la primera vegada que rebia una floreta pels meus pits —i pel meu cos, també— de part d'una altra noia.

—Em pots deixar uns sostenidors? Els meus fan pudor d'arengada fermentada.

Vaig alçar els sostenidors, bruts i repugnants.

—I per què els necessites? Seria com passejar-te amunt i avall amb un Ferrari amb la capota posada. Fes un favor a totes les lesbianes i els heterosexuals del món i deixa córrer aquestes tetes tan extraordinàries.

—Que cremi els sostenidors? —vaig riure per sota el nas.

—*Yeah, sister!* —va cridar la Chris, i va engrapar els seus sostenidors pudents i els va fer giravoltar per damunt del cap.

Vaig esclafir a riure, em vaig mirar en el petit mirall que la Chris tenia dret a terra contra la paret del rebedor i em vaig arronsar d'espatlles. Contemplant-me amb els ulls de la Chris, de cop i volta em vaig sentir molt millor.

—I on anem?

—A qualsevol dels bars barats que hi ha al voltant de l'Escola. Allà és on trobarem els autèntics diamants. Bé, no els hereus de grans fortunes i els fills de banquers, aquests ja només s'aparellen amb ells mateixos, sinó els que són realment interessants. Mira, emprova't això!

La Chris em va llançar una peça de roba minúscula de color gris.

—Per a què vull un drap de cuina? —li vaig replicar, amb escepticisme, i vaig aixecar el vestit que amb prou feines em cobria les cuixes.

—*Less is more, baby* —va dir la Chris, i va començar a pintar-se les pestanyes amb una quantitat ingent de rímel.

Em vaig posar aquell vestit, que no deixava gaire lloc per a la imaginació. L'escot era, per dir-ho delicadament, generós. Vaig fer una volta sobre mi mateixa. També duia l'esquena oberta.

—Sexi, sexi, sexi —va exclamar la Chris, quan em vaig plantar davant seu—. Si avui no aconsegueixes lligar, no ho faràs mai.

—Tinc xicot —vaig respondre.

—Detallets de no res —va fer la Chris, sense donar-hi importància—. Vine i seu aquí, t'arreglaré els cabells. Sembla que acabis de baixar del bus que ve de Skara.

Va brandar a l'aire unes tisores i uns molls per a cabells.

Jo no les tenia totes, però li vaig fer cas. A la Chris no se li podia mai dir que no.

Una hora més tard obríem la porta del bar N'See. Tal com havia promès la Chris, el local era ple dels estudiants més grans de l'Escola de Negocis. Vaig reconèixer unes quantes cares.

—Ves a buscar lloc, jo demanaré cervesa —va dir la Chris, i es va obrir pas cap a la barra.

Em feia vergonya pensar que fins aleshores la Chris havia pagat tant el taxi com les cerveses, però, senzillament, en aquell moment, no em podia permetre convidar-la a res. L'ajuda per als estudis m'arribava per pagar el menjar i el lloguer, i en acabat em quedava una misèria. Estava buscant frenèticament una feina extra.

Vaig trobar una taula al final del local. El «Don't look back in anger» d'Oasis retrunyia als altaveus, que es trobaven una mica massa a prop perquè fos agradable.

La porta que donava al carrer era oberta. La terrassa havia tancat i allà fora es podien veure uns quants clients del bar, que semblaven dubtar si entrar o no. Vaig donar un cop d'ull al telèfon. Cap missatge d'en Viktor.

La Chris va deixar un parell de cerveses escumoses damunt la taula. El got estava entelat. A la mà, semblava que estigués a punt de relliscar. Dins del cap, començava a bategar el principi d'una ressaca fruit de tot l'alcohol que havia pres durant aquell dia, però la cervesa es va encarregar de calmar-la de seguida. Amb un dit, la Chris va dibuixar alguna cosa al meu got. El vaig girar per veure de què es tractava. Un cor.

—Per què ho has fet?

—Dona sort —va respondre la Chris, i es va arronsar d'espatlles.

Vaig esborrar el cor. La sort mai no havia tingut un paper gaire important a la meva vida.

Vaig alçar el got i d'un glop em vaig empassar bona part de la cervesa glaçada. Vaig beure per oblidar. La Matilda havia desaparegut. Ara era la Faye i ningú altre. Potser ella tindria més sort? Vaig dibuixar un cor nou al meu got.

La Chris estava a mig sermó sobre com de criatures havien estat els nois de la quintada quan dues persones van entrar per la porta.

—M'estàs escoltant? —va preguntar la Chris, i em va clavar el dit al braç.

Vaig assentir amb el cap, absorta. El cor al got entelat encara no havia desaparegut, però amb prou feines es veia. La Chris va alçar els ulls i es va girar per esbrinar què havia captat la meva atenció.

—Vaja! —va murmurar.

—Què passa?

—No saps qui és aquell d'allà? —va preguntar la Chris, assenyalant amb el polze cap a la porta.

—No. Ho hauria de saber?

Frisava per una altra cervesa, però havia d'esperar fins que em tornessin a convidar.

—En Jack Adelheim —va xiuxiuejar la Chris.

Aquell nom no em deia res. Amb el dit, vaig esborrar el cor que havia dibuixat.

A DOS QUARTS DE SET DEL VESPRE DE DIMECRES va sonar el timbre de la porta. Era la Johanna, la mainadera preferida de la Julienne. Mentre en Jack treballava, la Faye s'havia posat la roba interior preciosa de La Perla, s'havia enfundat el vestit negre de Dolce & Gabbana que tant agradava al seu marit i s'havia maquillat lleugerament.

—Estàs preciosa —va dir la Johanna, i es va ajupir per treure's les sabates.

—Gràcies —va respondre la Faye, i va fer una volta, cosa que va provocar que a la Julienne, meravellada, se li escapés una rialleta des del sofà del menjador.

—Que bé això de tenir una cita —va dir la Johanna—. On anireu?

—Al restaurant Teatergrillen.

La Faye havia reservat taula el vespre anterior. Li havia encantat sentir com canviava el to de veu del *maître* i del personal de servei quan s'havia presentat i havia dit que el seu marit, Jack Adelheim, i ella havien pensat anar-hi a sopar.

La Julienne estava mirant la pel·lícula infantil *Lotta al carrer dels Maldecaps*.[1] La Faye es va asseure al seu costat, la va abraçar i li va explicar que la Johanna l'acompanyaria al llit i que els pares probablement arribarien tard.

La noia també va seure al sofà al costat de la nena, li va passar la mà per darrere el clatell i li va preguntar com li havia

1. Pel·lícula infantil sueca no doblada al català. El títol original és *Lotta på Bråkmakargatan*. (*N. del T.*)

anat el dia i què havia fet. La Julienne va recolzar el cap a l'espatlla de la Johanna i es va posar a xerrar amb veu alegre.

Agraïda, la Faye va somriure a la jove. En Jack i ella necessitaven aquell vespre junts.

La Faye desitjava que en Jack veiés el que s'havia posat, tenia l'esperança que la cara se li il·luminaria de la mateixa manera que li passava durant els primers anys junts. Dins del vestidor, es va calçar les sabates de taló d'Yves Saint Laurent, va fer una paradeta al carro de les begudes i es va servir un whisky. Amb el got a la mà, va trucar a la porta del despatx. Va aspirar aquella aroma tan característica abans d'obrir la porta. Li agradava més l'olor del whisky que el gust que tenia, que considerava sobrevalorat.

En Jack estava assegut a l'altra banda de l'escriptori, concentrat en la pantalla de l'ordinador. La sala de la torre estava immersa en el mateix silenci i quietud de sempre. La foscor era compacta a l'altre costat de la finestra.

—Sí? —va remugar en Jack, sense alçar el cap.

Duia els cabells esbullats. Com sempre, s'havia passat les mans pel serrell mentre treballava. La Faye li va deixar el whisky al davant. Amb dos dits, va fer lliscar el got cap al seu home. En Jack va aixecar la vista, sorprès. Ulls enrogits, cansats.

—Què passa?

La Faye va retrocedir unes passes i va giravoltar sobre si mateixa. Per primera vegada en molt de temps se sentia bonica.

—M'he posat el vestit que més t'agrada. El que em vas comprar a Milà.

—Faye...

—Un moment, encara no t'he ensenyat el millor —el va tallar, es va apujar el vestit i li va mostrar les calces de blonda negres.

Li havien costat més de dues mil corones i tenien una franja de la blonda francesa més delicada al voltant de la tela de seda negra. Talla *medium*. Amb una mica de treball intens aviat se'n podria comprar unes de mida *small*. O fins i tot *extra small*.

—Estàs preciosa.

En Jack ni tan sols havia aixecat el cap.

—He triat un vestit per a tu. Acaba't el whisky i així et pots anar a canviar. Primer, unes copes al Grand Hôtel, després tenim taula reservada al Teatergrillen. El taxi arribarà d'aquí a mitja hora. M'hauria encantat anar-hi a peu, però amb aquestes sabates se'm fa molt difícil.

Va alçar els peus per ensenyar-li les sabates de taló alt negres.

Una ombra va travessar la cara d'en Jack. La Faye es va veure reflectida al finestral de la sala de la torre. Una figura patètica amb un embolcall negre de Dolce, talons alts i unes expectatives encara més elevades. En Jack havia oblidat que era aquell el vespre que havien de sortir junts. Beure, xerrar, riure. Per recordar-li com li agradava passar l'estona amb ella, recordar-li els vespres que havien viscut a Barcelona, París, Madrid i Roma. Els primers temps a Estocolm, quan no havien estat capaços de separar-se l'un de l'altre ni un segon.

Es va mossegar el llavi per evitar posar-se a plorar. Les parets de la sala de la torre se li abraonaven al damunt com si es tractés d'un forat negre que estava a punt d'engolir-li l'existència. La cara d'en Jack cada vegada era més greu. La Faye detestava que el seu marit sentís llàstima d'ella. Als seus ulls devia semblar una gossa llastimosa que, panteixant, demana a crits una mica d'amor.

—Me n'havia oblidat completament. Ara mateix tinc un munt de coses per fer. No et pots ni imaginar el que en Henrik...

La Faye va forçar un somriure. No volia fer-se pesada ni exigent. Havia de ser comprensiva i amatent. No demanar gens d'espai. Però, en el reflex de la finestra, va veure com de rígid era el seu somriure. Una màscara recargolada.

—Ho entenc, amor meu. Treballa. Ja sortirem un altre vespre. No passa res, de debò. Tenim tota la vida per davant.

La cara d'en Jack es va constrènyer. Uns espasmes petits i curts, uns tics que sempre li apareixien quan se sentia estressat.

—Perdona'm, t'ho compensaré. Ho prometo.

—Ja ho sé. No hi pensis.

La Faye es va empassar la saliva i va fer mitja volta abans que en Jack tingués temps de veure com els ulls se li negaven de llàgrimes. A poc a poc, va tancar la porta de la sala de la torre darrere seu.

Al sofà, la Julienne intentava fer una cua a la cabellera rogenca de la Johanna.

—En saps molt —va murmurar la noia.

A la Faye li solia agradar xerrar amb la Johanna. Ara, l'únic que volia era que la noia s'esfumés. Les llàgrimes no tardarien a brollar, el nus a l'estómac cada cop se li feia més gros.

—La mama me n'ha ensenyat —va respondre la Julienne.

—Que bonic. I quin llibre llegirem avui?

—Crec que *Madicken*. O la Pippi.

Després del que li havia dit en Jack feia una setmana, la Faye havia comprat tots i cada un dels llibres de l'Astrid Lindgren que havia trobat a la llibreria Akademi.

La Faye es va escurar la gola. La cara pigallada de la Johanna la va mirar per damunt del respatller del sofà.

—Marxeu ja? —va preguntar.

—No, canvi de plans. Sortirem un altre dia. Crisi a la feina.

Va intentar riure, però la foscor que sentia dins seu amenaçava de sortir a borbollons, li pujava i baixava per dins.

La Johanna va torçar el cap.

—Quina llàstima. Tant que t'has arreglat. Però vols que posi la Julienne al llit, igualment?

—No, no passa res.

La Faye es va empassar el nus a la gola quan la Julienne es va aferrar al braç de la Johanna. Va treure un parell de bitllets de cinc-centes corones de la bossa de mà i els hi va allargar. La noia va alçar la mà lliure per refusar-los.

—No cal, només he estat aquí un quart.

—Però, tot i així, t'havies reservat el vespre. Agafa'ls, també et demanaré un taxi.

La Julienne va somicar i no deixava d'estirar el braç a la noia.

—No vull que la Johanna se'n vagi! Vull que es quedi aquí!

La jove es va ajupir i li va acaronar la galta.

—Ens veurem demà passat, quan et vingui a buscar a l'escola. Llavors et podré llegir una mica quan vinguem cap a casa en el taxi.

—Promet-m'ho!

—T'ho prometo. Adeu, bonica.

Quan la Faye va haver tancat la porta, es va treure les sabates de taló, les va llançar al terra del rebedor, va agafar en braços la Julienne, se la va emportar al lavabo i li va dir que es rentés les dents.

—Ara escup, i així podem anar a l'habitació a llegir *Madicken.*

—Vull que me'l llegeixi la Johanna. Ho fa més divertit.

—La Johanna no és aquí. Hauràs de conformar-te amb mi.

La va tornar a carregar en braços i se la va emportar cap a l'habitació. La nena es recargolava, clavava puntades de peu que li impactaven als braços. A la Faye cada vegada li feia més mal la panxa i sentia que el nus a la gola estava a punt d'ofegar-la.

Va deixar la seva filla a terra i la va sacsejar. Amb duresa. Amb massa duresa.

—Ara ja n'hi ha prou!

El plor es va tallar en sec.

La Julienne la va mirar perplexa. La Faye, que mai no perdia la paciència davant de la seva filla, que sempre li somreia, li acaronava la galta, li deia que era la millor cosa d'aquest món. La foscor dins seu es va regirar. La remor somorta que provenia d'un indret enterrat profundament. D'un altre temps. D'una altra vida.

La Julienne es va ficar al llit. La Faye sabia que l'havia de consolar, demanar-li perdó, calmar-la. Però no tenia forces. Se sentia completament buida.

Va aclucar els ulls i va internar tornar a ser ella. Però el passat l'havia encalçada, li havia mostrat com n'era de petita. Qui era en realitat.

—Bona nit —va dir, amb un fil de veu; va apagar el llum i va sortir de l'habitació.

*

Caminava sense rumb pels passadissos de Nordiska Kompaniet. Els grans magatzems vells i tradicionals eren un dels pocs llocs que proporcionaven alguna mena de serenor a la Faye. De vegades, la sensació d'ofec es feia tan patent que l'únic que podia calmar la coïssor dins seu era passejar-se amunt i avall per les botigues amb aire condicionat i toquejar totes i cada una de les magnífiques peces de roba que hi trobava.

El personal ja la coneixia. Noies joves que modelaven els seus llavis injectats incomptables vegades per aconseguir un somriure i que, com sabia prou bé la Faye, haurien fet qualsevol cosa per canviar-se per ella. En el seu món, la Faye ho tenia tot. Milions al banc, estatus, un home que li garantia una posició dins la tribu.

Els magatzems Nordiska Kompaniet estaven pràcticament deserts. En passar per la botiga Tiger li va venir al cap, com sempre, la ministra d'Afers Exteriors Anna Lindh i com el seu assassí havia aconseguit fugir travessant-los. Un d'aquells moments surrealistes en què el més superficial i quotidià es creua amb la crua realitat. El món sencer s'havia aturat un instant. Havia contemplat Suècia amb els ulls com dues taronges. Aquell país, que per a bona part de la resta del planeta era considerat un lloc idíl·lic, sense conflictes, sense crims, només habitat per rosses de cames llargues i pits grossos amb biquini, moblat per IKEA i amb música d'Abba. Una imatge tan falsa com la seva pròpia vida. Una imatge tan irreal com la visió de l'Anna Lindh, estesa a terra, apunyalada al costat de vestits grisos i camises blanques que no calia planxar de Tiger.

L'estómac de la Faye es va queixar mentre toquejava un vestit granota just per sota de les deu mil corones. En comptes de menjar, només bevia sucs que li portaven fins a casa. Cinc ampolles al dia. Verda, groga, blanca i vermella. Segons l'anunci, plenes a vessar de tots els nutrients que una persona necessitava. I bones. A la pràctica, eren fastigoses. Especialment l'ampolla verda. La Faye s'havia de tapar el nas mentre se la bevia i reprimir les ganes de vomitar. La sensació d'enyorança d'alguna cosa per mossegar estava a punt de fer-la parar boja.

Feia dues setmanes que s'alimentava a còpia de sucs. Només de tant en tant es podia permetre un festí i devorar una peça de fruita. Cosa que havia provocat que, a part de sentir-se constantment cansada, també es mostrés més irascible amb la Julienne i en Jack. Havia llegit per internet que els canvis d'humor eren un dels efectes secundaris habituals, però no s'ho havia volgut creure. No podia ser que no fos capaç de seguir una simple dieta sense perdre el bon humor, quan la gent feia coses extraordinàries cada dia... Havíem arribat a la Lluna. Havíem derrotat Hitler. Havíem aixecat el Machu-Picchu. Britney Spears havia refet la seva carrera després del desastre del 2007. Així, doncs, ella hauria de poder suportar la gana i, tot i així, mostrar-se dolça amb les dues persones que més estimava del món. Especialment perquè la Julienne estava més sensible i recelosa d'ençà d'aquell vespre que la Faye havia perdut els nervis. Però no en podia parlar amb la seva filla. No sabia què li havia de dir. El temps guariria totes les ferides, s'intentava convèncer la Faye. Així li havia passat a ella.

Quan va sortir de la botiga donant voltes a aquelles cabòries, va estar a punt de topar amb una dona que apuntava un somriure d'orella a orella.

—Hola! —va exclamar la Lisa Jakobsson—. Quina il·lusió, que ens tornem a veure! Com està la teva filleta bonica?

—Bé, gràcies. Està molt bé —va respondre la Faye.

Febrilment, va intentar recordar una ocasió que hagués parlat amb la presentadora de televisió sense que hi hagués una pantalla entre totes dues.

—I en Jack? —La Lisa va posar el cap de gairell, amb un gest que denotava llàstima.— Pobrissó, sembla que treballa més enllà dels límits humans. Quina sort que té que estiguis al seu costat per cuidar-lo.

La Lisa va continuar parlant de la importància del suport que oferia la Faye i ben aviat es va sentir millor. Tan necessitada estava que algú li digués una paraula dolça?

—Algun dia hauríem d'organitzar un sopar tots quatre —va suggerir la Lisa.

Aleshores la Faye va recordar que la Lisa tenia una relació amb un company de cadena responsable d'uns quants programes d'entreteniment relativament populars. S'havien quedat xerrant una estona més llarga del que era estrictament necessari amb en Jack i ella a l'estrena d'una obra de teatre.

—Ja ho veurem —es va limitar a respondre la Faye, i, de sobte, el somriure ampli de la Lisa es va tornar insegur—. Em sap greu, però ara me n'he d'anar.

Estocolm era una jungla en què ella i unes quantes dones de multimilionaris més eren les reines. La Faye sabia que la gent analitzava cada paraula, cada síl·laba que deia, que presumien davant d'ella o l'ensabonaven només perquè era la dona d'en Jack Adelheim.

Sabia que la Lisa no vacil·laria ni un segon a deixar el seu home per en Jack. O qualsevol com ell. Les dones se sentien atretes pel poder i els diners. Fins i tot les feministes de saló com la Lisa.

I la riquesa era el poder que encara conservava la Faye, i aquella sensació era tan embriagadora que durant un instant va fer emmudir els gemecs que li pujaven de l'estómac. Encara que s'odiava a si mateixa per això.

Després de separar-se de la Lisa, va agafar les escales mecàniques per baixar a la secció de perfumeria i va passar per davant d'un cartell enorme amb una model esquelètica amb els ulls pintats de negre i la boca entreoberta. Immediatament va tornar a recordar tots els quilos que no havia aconseguit perdre.

En Jack no l'havia tocada des d'aquell vespre que s'havia oblidat de la seva cita, i amb prou feines la mirava quan s'estirava al llit al seu costat.

La panxa es va tornar a lamentar.

La Faye es va treure el mòbil de la bossa i va enviar un missatge de text a en Jack.

«T'estimo.» Hi va afegir l'emoji d'un cor.

Va entrar al Facebook del seu home i es va adonar que havia canviat la fotografia del perfil. Abans n'hi tenia una de tots tres a l'exterior del palau de Drottningholm de feia uns quants anys. La nova era una fotografia d'estudi treta de la pàgina de Compare. Va pressionar la icona de *M'agrada*, va buscar totes les noies joves que hi apareixien i va entrar als seus perfils. Totes semblaven fetes amb el mateix motlle: famolenques, voluptuoses, a l'aguait. Totes eren primes, amb llavis cars i carnosos, i els cabells llargs i lluents.

La Faye es va obligar a guardar el mòbil a la bossa.

Les dependentes que hi havia darrere el taulell la seguien amb la mirada. Va alçar una ampolla de Gucci i en va vaporitzar el contingut a l'aire. Estava buscant una fragància més dolça, una mica més jovenívola. Va retrocedir unes quantes passes. Va trobar una ampolla d'Yves Saint Laurent que li va cridar l'atenció. Va agafar una llengüeta de paper i va pressionar el difusor un parell de vegades. Molt millor. Li recordava vagament alguna cosa, però no podia dir ben bé què.

Les dependentes s'havien cansat d'observar-la i miraven cap a un altre costat. La Faye va agafar una capseta i se la va ficar a la bossa. De perfum, és clar. Res d'una aigua de colònia barata.

El mòbil va dringar. Finalment havia respost, en Jack?

«No em vas dir res. John Descentis.»

La Faye va sospirar. Havia tingut l'esperança que l'artista comprendria la decisió que havia pres si no li havia trucat.

«Per desgràcia, he reservat una altra actuació. Potser en una altra ocasió.»

Just en el moment que deixava el telèfon dins la bossa de mà, va tornar a sonar.

«Potser ens podem veure i parlar-ne?»

«No puc. Vaig al cinema.»

Al cinema? D'on havia sortit, allò? De jove, li encantava anar al cinema. En una ocasió, la mare, en Sebastian i ella s'havien mudat, havien pujat fins a Grebbestad, havien pres alguna cosa en una cafeteria i havien vist dues pel·lícules el mateix vespre. Les dues que es projectaven en aquell cinema minúscul. En Sebastian li havia buscat la mà en la foscor. Després havien tornat cap a casa amb les panxes plenes de crispetes i refresc, mentre la mare i en Sebastian xerraven sobre les pel·lícules. No era fins que travessaven el pontet que hi havia abans d'arribar a Mörhult, on cada estiu els cignes nedaven amb els seus pollets, que no es feia el silenci.

La Faye es va estremir. Tenia la impressió que, cada vegada més, el cap la traïa i la submergia en pensaments foscos.

El mòbil va dringar a la seva mà.

«M'encanta el cinema. De quin es tracta?»

«Del Rigoletto.»

«Perfecte. Ens veiem allà.»

La Faye va sacsejar el cap. Què estava fent? Per què havia d'anar al cinema amb en John Descentis, entre totes les persones que hi havia al món? A la vegada, li agradava que algú volgués quedar amb ella. Potser allò l'ajudaria a pensar en alguna altra cosa que en Jack i la cita cancel·lada.

Quan la Faye va obrir les feixugues portes del Rigoletto, en John Descentis ja l'esperava assegut en un banc. Per un instant, va sospesar la idea de fer mitja volta i marxar, però tenia por que ja l'hagués vista.

—O sigui que al final sí que has aparegut —la veu era rogallosa, però animada—. Em pensava que passaria com amb la festa.

La Faye es va asseure al seu costat. A una certa distància.

En John Descentis anava vestit com sempre, amb una samarreta de màniga curta fosca i texans. Plegada al braç hi duia una jaqueta de cuir marró fosc. A la mà, un cubell de crispetes, de la mida més grossa.

—Com t'he dit al missatge, hi va haver un canvi de plans.

—Potser la pròxima vegada que faci anys —va respondre en John, sense deixar de somriure.

Es va acostar a la Faye.

—I quina pel·lícula has vingut a veure?

Desprenia una lleugera olor de perfum, cuir i cervesa. El cos de la Faye va reaccionar a aquella barreja d'una manera que la va sorprendre.

Va assenyalar el cartell en què els ulls blaus d'en Bradley Cooper miraven fixament a càmera.

—M'encantaria veure-la —va fer en John.

—Per què volies que ens veiéssim? —va preguntar la Faye—. Què vols de mi?

—Només havia pensat que seria agradable xerrar una estona —va respondre, i es va aixecar—. Em vas semblar una dona molt autèntica, allà al Riche. A diferència de les altres...

No va acabar la frase.

La Faye va respirar profundament.

—Perdona'm, no volia semblar mal educat. He tingut un mal dia.

—De tant en tant, tots en tenim. Tothom té els seus secrets. I la seva pròpia merda. La diferència és que la meva tothom l'ha poguda seguir a les revistes de premsa groga.

—Què has dit?

A què es referia? Coneixia els seus secrets?

—Com a la meva cançó. *Secrets.* «Tothom té els seus secrets i la seva merda», canto. Però potser no l'has sentida.

Les portes de la sala es van obrir i, amb el cap, en John va assenyalar cap a l'interior del cinema. La Faye respirava a poc a poc, podia veure en Sebastian i la mare rient durant una pel·lícula romàntica mentre menjaven crispetes d'unes paperines grosses. Lliures per una estona.

Van comprar les entrades i la Faye va seguir en John cap a l'interior d'una sala buida. Es van asseure a la darrera fila i la Faye va treure de nou el mòbil de la bossa. En Jack encara no havia contestat. L'angoixa seguia augmentant, cada vegada era més insuportable. Que ja no l'estimava? Que ja no se sentia atret per ella?

Durant els primers minuts de pel·lícula, la Faye era perfectament conscient de com la mirava en John. No comprenia per què, però la proximitat d'aquell home l'afectava d'una manera estranya. Sense haver pres una decisió conscient, li va posar la mà sobre els texans. Sense apartar els ulls de la pantalla, de les faccions marcades d'en Bradley Cooper, li va abaixar la cremallera i es va sorprendre que no dugués calçotets. Cap dels dos no va badar boca, però la Faye podia sentir la respiració feixuga d'en John i allò la va excitar. Es va inclinar cap a ell i es va ficar el seu membre a la boca. Sentia com la respiració d'en John cada vegada era més profunda i, fent aquella escena encara més absurda, com continuava endrapant crispetes mentre esbufegava de plaer. La Faye estava xopa, va oblidar a qui estava fent la mamada; la feia a en Jack, l'hi estava fent tan bé que comprendria que era un home molt afortunat. Amb els ulls tancats, es va aixecar per abaixar-se els pantalons i les calces. Es va posar a la gatzoneta sobre el membre erecte d'ell, sobre el d'en John, sobre el d'en Jack, i va davallar. Ell la va omplir en aquell lloc que feia tant de temps que enyorava, el lloc que havia oblidat. Va continuar amb els ulls clucs i cada vegada es movia més de pressa, mentre murmurava:

—Folla'm, Jack. Oh, folla'm.

A la vegada que es va escórrer, en John la va omplir amb un líquid calent i llefiscós. Ell va gemegar mentre la veu càlida d'en Bradley Cooper ressonava dins la sala.

Durant uns quants segons, la Faye es va quedar arraulida i sense forces a la falda d'en John Descentis. Després es va aixecar. El líquid li regalimava de l'entrecuix i el que feia pocs minuts li havia resultat enormement excitant ara només li semblava brut.

Va agafar la bossa de mà i va sortir del cinema sense mirar cap enrere.

Estocolm, agost del 2001

—QUÈ TÉ D'ESPECIAL AQUEST JACK ADEL... Vaja, com has dit que es deia? —vaig preguntar quan la Chris em va posar una altra cervesa al davant.

—Adelheim —va respondre la Chris, i es va asseure—. Fas broma, oi?

—Sí, però a part del que és evident. Que és molt guapo. I d'una manera bastant estereotipada.

—Amb guapo et quedes curta. És aristòcrata, d'una família de reputació dubtosa. Tothom de l'Escola vol fer-se amic seu, tot gira al seu voltant. Totes les noies el volen caçar. Si em preguntes a mi, me'l follaria fins a perdre el sentit —va dir la Chris, sense tallar-se ni un pèl.

Jo acabava de beure un glop de cervesa i em vaig tapar la boca amb la mà per evitar que em sortís disparada i ruixar tota la taula. Estava convençuda que el comentari de la Chris no havia estat tan divertit, però l'alcohol provocava que al meu voltant tot donés voltes i afegia un toc humorístic extra a cada comentari seu.

En aquell mateix moment, en Jack i el seu amic es van acostar a la nostra taula. Feia la impressió que estaven buscant un lloc on seure.

—Què passa? —va preguntar la Chris, que estava asseguda d'esquena als dos nois, però que es va adonar de la meva mirada encuriosida.

—Estan buscant lloc i...

La Chris va obrir els ulls com dues taronges. I va serrar les dents.

—S'estan acostant cap aquí —vaig xiuxiuejar.

—Collons! No els miris! Deixa de mirar-los! Posa't a riure, vinga. Riu com si t'acabés d'explicar el millor acudit que hagis sentit mai!

Em vaig reclinar cap enrere i vaig esclafir a riure a cor què vols. Em sentia d'allò més ridícula. La Chris també es va posar a riure. Una rialla forçada i escandalosa que a parer meu fregava els límits de la histèria. En Jack Adelheim i el seu amic es van esperar fins que ens vam calmar.

—Ens permeteu que ens asseguem aquí? —va preguntar en Jack—. Prometem no molestar-vos.

Darrere seu, l'amic aferrava la cervesa amb massa força i es balancejava lleugerament, amb els ulls aquosos.

—I tant —va respondre la Chris, tensa, i va alçar el cap fingint sorpresa.

En Jack es va esmunyir cap al centre del sofà circular i es va deixar caure al meu costat, mentre que el seu amic va seure al costat de la Chris. L'amic va allargar una mà insegura per damunt de la taula.

—Henrik.

—Mat... Faye —vaig respondre, encara poc avesada al meu nou jo.

Mudar de pell no estava sent gens fàcil. Era més complicat del que m'havia imaginat.

Em vaig tombar i vaig repetir el procediment d'encaixada de mans amb en Jack. Va somriure. Un somriure ampli i preciós. Els seus ulls blaus es van clavar en els meus. Era un noi realment atractiu, això no ho podia negar. Però jo tenia en Viktor, i no era d'aquella mena de noies. A més, probablement la Chris m'hauria esclafat el got de cervesa al nas si m'hagués acostat a en Jack.

—Encantat de coneixe-us.

Quan tots ens vam haver presentat, la Chris es va abocar cap endavant i em va preguntar què pensava del nou president dels Estats Units, en George W. Bush. Vaig alçar els ulls al cel i en acabat vaig engegar un breu sermó que, a grans trets, era un resum de l'editorial del *Dagens Nyheter* d'aquell mateix matí. En Jack i en Henrik es van immiscir immediatament en la conversa. Debatien a partir dels meus arguments. En Jack, de part meva. En Henrik, en contra. El volum de la música —ara Bryan Adams estava cantant *Summer of 69*— feia que només fos capaç de pescar fragments del que deien.

Passada una estona, ja havia oblidat tot el que la Chris m'havia explicat d'en Jack. S'havia convertit en un noi molt agradable amb qui resultava fàcil xerrar. En Henrik havia convidat a una altra ronda de cerveses.

—Com a mostra de gratitud per haver-nos permès seure amb vosaltres —es va justificar, i ens va acostar dos gots.

Era incapaç d'apartar els ulls de la Chris. Ella, al seu torn, no es dignava ni a mirar-lo.

El bàrman va cridar que el local tancaria al cap de mitja hora i que era el moment de demanar les darreres consumicions. La Chris va començar a regirar-se al sofà.

—He d'anar al lavabo —va dir, disculpant-se.

En Henrik es va posar dempeus immediatament i la va deixar passar. Em Jack es va girar cap a mi.

—Quins plans teniu per a aquesta nit?

Vaig dubtar. Vaig mirar de reüll el mòbil, que encara no mostrava senyals de vida d'en Viktor.

—Uix, no ho sé. La Chris vol anar a algun lloc, així que jo segur que m'hi apunto una estona. I vosaltres?

L'energia que desprenia en Jack era tan intensa que se'm feia una mica incòmoda. Sentia que m'afectava, era com si se m'esmunyís sota la pell. No estava del tot segura si allò m'agradava o no.

En Henrik es va quedar dret. Observant el que passava dins del local.

—Continuarem la festa a casa d'en Henrik. Per descomptat, podeu sumar-vos-hi si voleu.

—Sí, potser. Però primer ho vull parlar amb la Chris.

—Fes-ho —va respondre en Jack; els seus ulls blaus no abandonaven mai els meus—. De què treballes? O estàs estudiant?

Les pestanyes fosques i espesses li emmarcaven els ulls i feien que el color blau semblés encara més intens. Per sota la taula, les nostres cames es van fregar.

—Estudio a l'Escola de Negocis —vaig respondre, com qui no vol la cosa, i vaig fer un glop de cervesa.

Sempre m'havia costat amagar l'orgull que sentia pels èxits que havia assolit: que hagués estat capaç d'alçar-me després del que havia passat, que hagués obtingut les notes necessàries, que hagués fet el que molts somiaven sense les condicions prèvies que molts altres de l'Escola de Negocis havien tingut.

—Ah, sí? Jo també. Primer any?

—Sí.

Vaig fer voltar el got de cervesa. Em preguntava què se n'havia fet, de la Chris.

—I què et sembla? T'agrada?

M'estava brindant tota la seva atenció i allò va fer que em regirés al sofà. Preferia amagar-me entre les ombres. En Viktor mai no em mirava d'aquella manera, fixament. Era un dels motius pels quals em sentia tan a gust al seu costat. Deixava que els meus secrets continuessin sent secrets. Però feia la impressió que en Jack era capaç de veure-hi a través meu.

—M'agrada —vaig respondre, uns segons més tard—. Encara que només fa una setmana que hem començat. Així que se'm fa molt difícil de dir.

La Chris va tornar a la taula. Ens va contemplar, encuriosida.

—En... d'això, et deies Jack, oi? —vaig dir, dubitativa, i en Jack va assentir amb el cap—. En Jack em preguntava si volem anar amb ells a... casa d'en Henrik. Havíem dit de sortir, oi?

Se'm feia difícil amagar el que realment desitjava.

Els ulls de la Chris revelaven que estava impressionada de la capacitat d'iniciativa pròpia que havia mostrat. Però, per a sorpresa meva, es va limitar a arronsar-se d'espatlles.

—Potser. Ja ho veurem —va respondre—. Primer vull ballar una mica.

—Llavors podem anar a Sturecompagniet —va intervenir en Henrik.

—Passo, no suporto fer cua —va fer la Chris, amb un sospir, i va agitar la cabellera rogenca.

—Cap problema, en Jack s'encarregarà de fer-nos-hi entrar —va contestar en Henrik—. Oi que sí, Jack?

—I tant —va dir, sense treure'm els ulls de sobre—. Cap problema.

Es va aixecar i em va allargar la mà. De cua d'ull vaig mirar el mòbil. Cap missatge. De cop i volta, en Viktor em semblava d'allò menys important. Vaig desar el telèfon dins la bossa i vaig agafar la mà d'en Jack.

Tal com ens havia promès en Jack, els porters ens van deixar passar sense haver de fer cua. Mentre ens dirigíem cap a la zona VIP, en Jack era aturat constantment per nois que volien xerrar amb ell i noies que li reclamaven atenció estrenyent els llavis i parpellejant de manera intensa. Jo em volia creure immune al seu poder d'atracció i em repetia que només m'estava divertint observant com la gent, homes i dones, quedava encisada només de veure'l.

Un cop dins de la zona VIP, en Jack va fer una volta per saludar a tothom i no parava d'encaixar mans com si es tractés d'un president en visita oficial. En Henrik, la Chris i jo ens vam situar a la barra mentre en Jack voltava per la sala. En Henrik va demanar begudes i xopets. Dins del club nocturn, el nivell d'alcoholèmia ja havia tocat sostre. La gent es cridava a cau d'orella de manera que la saliva sortia projectada de les boques. Les noies portaven vestits minúsculs o tops petitíssims i minifaldilles. Els homes, camises fines de colors pastel i texans o *chinos*. Jo encaixava perfectament amb la competència, amb aquell vestit que m'havia deixat la Chris. Sentia com un munt d'ulls em repassaven de dalt a baix. M'examinaven, em jutjaven, i vaig gaudir d'aquella atenció. Veia com allò afectava en Jack, quan de tant en tant apareixia dins del meu camp de visió.

—Sempre desapareix d'aquesta manera? —va preguntar la Chris a en Henrik, que, incòmode, es movia sense acabar de seguir el ritme.

—Sí, has de pensar que coneix a tothom —va sospirar. Després la cara se li va il·luminar.— M'ha agradat que finalment vinguéssiu, així no m'he de quedar aquí com un estaquirot!

Em vaig inclinar cap a ells per sentir millor el que deien.

—Vols dir que tothom el coneix? —vaig preguntar.

—No, de vegades em pregunto si fins i tot jo el conec. I això que fa molt de temps que som amics i muntarem una empresa plegats. —En Henrik es va abocar damunt la barra i va xuclar la palleta del seu combinat.— És impossible caçar-lo del tot, i és justament per això que tothom se sent fascinat per ell. O com a mínim aquesta és la teoria que tinc jo. Sense comptar amb aquesta combinació d'aristòcrata amb un passat decadent. I un pessic de tragèdies i conflictes familiars deliciosos i públics. Bingo.

Va balbucejar alguna cosa i després va xarrupar una mica més de combinat amb la palleta rosa. En acabat va dreçar l'esquena i es va posar bé les ulleres.

En Jack s'havia aturat a l'altra punta del bar, davant d'un grup de noies. Totes van esclafir a riure quan va bromejar fent uns quants passos de ball. Quan les va deixar soles, les noies el van seguir amb ulls famolencs.

Va arribar on érem nosaltres i va passar els braços per la meva cintura i la de la Chris. Vaig sentir la calidesa de la seva mà contra la pell. Anava movent el dit gros cap endavant i cap enrere. Un petit pessigolleig se'm va anar estenent pel cos.

—No heu dit que volíeu ballar? —va preguntar, alegrement, abans de mirar en Henrik—. Per què no te les has emportades a la pista? Cal que ho faci tot jo?

En Henrik va alçar els braços.

—Ja saps que no m'agrada ballar.

—Sí, moltes gràcies. En soc dolorosament conscient. Jo i tots i cada un dels propietaris de discoteques de la ciutat.

En Henrik es va posar vermell, però va fer la impressió que no s'ofenia. Entre ells dos no hi havia cap mala intenció.

En Jack li va picar l'ullet.

—Un últim xopet i anem a ballar?

En Henrik començava a semblar cansat, però va assentir amb el cap.

—És clar.

En Jack va cridar el bàrman, que es va inclinar cap endavant, es van saludar amb una encaixada i van intercanviar quatre paraules. De cop i volta, teníem quatre xopets al davant.

—Convido jo —va cridar el bàrman, i va tustar l'espatlla d'en Jack abans de fer mitja volta i dirigir-se cap al següent client.

Vam alçar els gotets per brindar, vam inclinar els caps enrere, vam empassar i vam fer una ganyota per l'alcohol. Quan en Jack va haver deixat el seu xopet damunt la barra, em va tornar a posar la mà a la cintura i la va fer lliscar cap a un costat, i després cap al ventre. Nerviosa, vaig mirar de cua d'ull la Chris. Feia la impressió que no s'havia adonat de res i estava xerrant amb en Henrik. Semblava que s'ho estaven passant bé junts. Jo tornava a tenir una copa a la mà, i l'alcohol ofegava tots els remordiments de consciència. L'únic que llavors significava alguna cosa era la mà d'en Jack, que, en aquell moment, just allà, sentia càlida i agradable contra el meu ventre.

Tot i així vaig pensar en en Viktor. Era molt poc ètic ser allà, amb un noi que feia poques hores que havia conegut. Perquè jo estava enamorada d'en Viktor, i tant que ho estava.

Tampoc no volia arruïnar la meva incipient amistat amb la Chris amb un flirteig sense sentit. Jo ja l'adorava. La Chris era una força de la naturalesa. I en Jack semblava més important per a ella que per a mi.

A la vegada, en Jack tenia alguna cosa que em feia rodar el cap. La mà s'havia aturat, els dits reposaven suaument sobre el maluc. I jo desitjava que continués obrint-se pas pel meu cos. De sobte, vaig veure que havia de posar fi a tot allò. Abans i tot que hagués començat. Me'n vaig alliberar i em vaig adonar que en Jack quedava perplex, encara que feia tot el que podia per amagar-ho.

—Me n'he d'anar —vaig dir, i vaig deixar la meva copa a mig beure a la barra.

—Ja? Ara anirem a casa d'en Henrik a continuar la festa.

—He de marxar cap a casa —vaig contestar, decidida—. Amb el meu xicot.

—Vaja, o sigui que en tens un d'aquests —va replicar en Jack, burlant-se'n, però em va semblar intuir-hi una espurna de decepció. O també podia ser que fossin imaginacions meves, fruit d'un desig ocult.

—Sí.

—Em sembla que, tot i així, t'acompanyo.

—Què? Per què?

Va assenyalar alguna cosa darrere meu i em vaig girar. La Chris i en Henrik estaven abraçats, entortolligant les llengües dins la boca de l'altre. La Chris li havia posat una mà al clatell i estrenyia en Henrik contra seu.

Em vaig tornar a tombar cap a en Jack.

—Me'n vaig. A reveure.

En Jack em va agafar pel braç.

—Espera un moment. Deixa que t'acompanyi a casa. On vius?

—A Gärdet. Bé, vaja, el meu xicot viu allà i és on dormiré. Per què em vols acompanyar? Et pots emportar a casa qualsevol de les noies amb qui has parlat abans. Em costa de creure que cap d'elles et digui que no.

Amb el cap, vaig assenyalar les noies que omplien la pista de ball, recargolant-se amb el darrer *hit* de les Sugarbabes.

—Però no és el que vull. Et vull acompanyar a casa. Tu ets interessant. I bonica. Tu ets diferent.

—Ah, sí?

Se'm va fer un nus a l'estómac i vaig recordar totes les vegades que m'havien dit que era diferent. En un altre sentit del d'aquell moment. En un sentit completament diferent.

—Sí –va respondre en Jack—. I m'encanta el teu nom. T'escau molt.

Em va mirar fixament als ulls. Suplicant, com un nen petit. Vaig sospirar.

—D'acord. Però llavors anirem a casa meva. Al carrer Villagatan. I només em podràs acompanyar fins a la porta.

A en Jack se li va il·luminar la cara.

Ens vam obrir pas entre la gentada que formava una mitja lluna a l'exterior del local i ens vam allunyar pel carrer Sturegatan. En Jack va encendre un cigarret i me'l va allargar abans de posar-se'n un altre als llavis i encendre'l. No ens havíem dit res des que havíem sortit del club. Tot i així, era un silenci agradable.

Un taxi va passar pel nostre costat. Vaig mirar de cua d'ull en Jack, que em va somriure. Vam girar pel parc de Humlegården.

—En quina mena d'empresa esteu treballant?

—Encara en cap. Estem buscant una bona idea. Però, així que se'ns ocorri, ho donarem tot. Farem un pla d'empresa d'allò més professional, trobaré inversors, ens farem rics.

—Inversors?

—Sí, ens volem valer per nosaltres mateixos. No podem comptar amb els meus pares. El pare... el pare i jo no tenim cap relació. I la mare viu a Suïssa amb el seu nou marit i m'envia postals de Nadal, però res més. I nosaltres necessitem capital. Per a les oficines, els treballadors, la comercialització i la publicitat.

Un canvi petit, gairebé imperceptible en el to de veu. Em vaig preguntar què volia dir. En Jack va seguir amb la mirada un home que caminava per l'altra vorera. Va fer una pipada llarga. Era el tercer cigarret, només en l'estona curta que feia que passejàvem.

—En Henrik i jo ens hem promès ser econòmicament independents abans dels trenta.

Va exhalar un cèrcol de fum.

—I ja li heu posat un nom? A la vostra empresa encara inexistent...

Vaig riure per sota el nas perquè entengués que l'estava burxant.

—Tenim unes quantes propostes, però no n'hi ha cap que ens acabi de fer el pes. Vull un nom que deixi clar que la nostra empresa és la millor, que no tenim rival.

Va fer una altra anella de fum.

—Què et sembla Compare? —vaig dir, després de rumiar-hi uns segons—. Un nom que destil·la seguretat i que deixa entendre que l'empresa suporta que la comparin amb la resta.

En Jack es va aturar de cop i em va mirar.

—M'agrada —va dir, passats uns segons—. Sona bé.

—Dona-me'n les gràcies si mai decidiu fer-lo servir —vaig respondre, i vaig somriure.

Havíem arribat a l'avinguda Karlavägen i em vaig estremir. Havia començat a fer una mica de fred i jo no havia agafat roba d'abric.

D'una finestra oberta de bat a bat que hi havia uns quants metres més endavant se sentia música i en aquell instant es va obrir la porta del mateix edifici. Un home i una dona en van sortir amb pas insegur. En Jack va accelerar el pas, va posar el peu abans que la porta es tornés a tancar, la va obrir i, teatralment, va fer una reverència.

—Què fas? —vaig preguntar, estrenyent-me amb els braços per entrar en calor.

—Anem d'*after*!

—Coneixes les persones que viuen aquí? —vaig preguntar, perplexa, i el vaig seguir cap al vestíbul de la casa.

—Aviat les coneixeré. I tu també. Vinga, anem! —En Jack em va agafar de la mà i em va estirar cap a les escales amples de pedra.— Prendrem unes quantes copes i després marxarem.

—Estàs de conya? —vaig riure com una ximpleta, i em vaig deixar arrossegar—. Penses pujar fins a dalt i trucar a la porta com si res?

—Sí.

En Jack s'enfilava escala amunt gairebé corrent, estirant-me darrere seu.

—Estàs com un llum.

Jo no parava de riure.

Ell es va girar i, com un llampec, em va besar. Aquell contacte suau va ser elèctric.

Vaig haver d'aturar-me un moment abans de poder-lo seguir fins al pis d'on ens arribava la música.

Al cartellet hi deia «Lindqvist». Vam trucar i una dona que rondava els trenta va obrir la porta amb les galtes enceses per l'alcohol. Darrere seu, música, xivarri, dring de copes i rialles. En Jack va apuntar el seu somriure més encisador i jo, avergonyida, em vaig arraulir darrere seu.

—Hola! —la va saludar en Jack, amb alegria—. No hem pogut evitar sentir que aquí dins hi teníeu una festa i semblava d'allò més animada! Us fa res que la meva xicota i jo entrem a escalfar-nos?

Em vaig estremir quan vaig sentir que m'anomenava «la meva xicota», però no vaig permetre que se'm notés res. Alguna cosa es va remoure dins l'estómac quan va fer servir aquella paraula per referir-se a mi. La dona va esclafir a riure alegrement. Va assentir amb el cap i es va fer a un costat.

—Passeu. Jo em dic Charlotte.

Ens vam presentar. Pel que semblava, els convidats no s'havien tret les sabates, així que nosaltres tampoc no ho vam fer. La Charlotte va entrar davant nostre a la sala d'estar, on una quarantena de persones ben mudades s'escampaven sota una aranya de cristall enorme. La Charlotte es va aturar just a sota i va alçar la copa.

—Escolteu-me tots! Aquests són en Jack i la Faye. Els ha semblat que ens ho estàvem passant d'allò més bé i han decidit pujar!

Rialles per aquí i per allà. Algú va cridar «benvinguts», un altre «doneu-los una copa!». En un tancar i obrir d'ulls em vaig trobar parlant amb una advocada papissota que es deia Amanda i que, intuïa, tenia deu anys més que jo.

Tothom semblava content, obert, afable i cosmopolita. Aviat vaig oblidar la vergonya, com s'hauria sentit la Matilda. A la Faye li encantava tenir gent al seu voltant, xerrar, l'ambient, el xivarri, que creixia i minvava sota l'enorme aranya de cristall. La Faye encaixava en aquell lloc.

Sabia que en Jack era a prop. Amb ell em sentia segura. Mentre parlava amb l'Amanda, sabia en tot moment on era en Jack. Era com si la sala s'inclinés en la seva direcció. Aquell noi encisava tothom, es passejava amunt i avall, bromejava, omplia les copes buides com si aquell apartament i aquella festa fossin seus. Hi havia una obvietat en tot el que feia que resultava fascinant. Jo mai no havia estat a prop d'una persona que brillés com ho feia en Jack Adelheim.

Les nostres mirades es van creuar. Em va picar l'ullet, va somriure i va alçar la copa cap a mi. Les bombolles del xampany van refulgir en els raigs de llum que projectava l'aranya de cristall.

Algú li va posar una mà a l'espatlla i en Jack es va tombar. Va desaparèixer. I, de cop i volta, vaig sentir que el trobava a faltar. La seva mirada, la connexió que havia durat només uns segons, el seu somriure. Em vaig girar i vaig escoltar el que l'Amanda tenia a dir sobre les seves condicions laborals, del tot inacceptables, en un dels bufets d'advocats més importants d'Estocolm. Darrere meu, la sala em semblava freda sense els ulls d'en Jack clavats en mi. Algú em va posar una altra copa de xampany a la mà.

Una hora més tard els convidats van començar a marxar. A l'exterior de les finestres, el cel s'estava aclarint. Nosaltres vam ser dels últims a sortir de l'apartament. En Jack va engrapar una ampolla de vi mig plena i se la va acostar a la boca.

—Vitualles per al viatge —va somriure.

—Furt —vaig replicar jo.

—Bah!

Va fer un parell de glops més i em va allargar l'ampolla. Vaig pensar que els seus llavis havien tocat aquell broc, em vaig imaginar que en sentia el gust, que es barrejava amb el del vi blanc calent.

Mentre vagarejàvem per la ciutat en silenci, les nostres boques es van fondre. Jo amb prou feines era capaç de respirar de tant riure. En Jack reproduïa converses que havia mantingut, imitava els convidats de la festa amb gestos exactes. Jo li vaig parlar de la Chris i del noi de l'autobús.

Massa aviat ens vam trobar davant de la porta. De cop i volta, en silenci. Em semblava irreal i antinatural haver d'introduir el codi d'accés, obrir la porta i entrar cap a dins sense ell.

—Bé, doncs —va dir en Jack, que de sobte també semblava incòmode—. Fins una altra.

—Sí.

—*So long,*[1] Faye —va respondre, com una rèplica extreta d'una pel·lícula barata de Hollywood, i va fer mitja volta.

—Espera!

Es va aturar en sec, es va tombar, es va passar la mà pels cabells i em va mirar als ulls.

—Sí?

—No... no res...

Es va tornar a girar. Va començar a allunyar-se. Va alçar l'ampolla.

Jo em vaig quedar immòbil. Esperant que es girés de nou. Que em mirés una última vegada. Que em fes un gest amb la

1. 'A reveure'. (*N. del T.*)

mà. Que tornés corrent. Que em besés de nou, aquesta vegada de debò. Encara recordava el seu frec als llavis.

Però es va limitar a encendre un cigarret mentre, impertèrrit, baixava amb pas insegur cap a l'avinguda Karlavägen. Després va girar cap a l'esquerra. I va desaparèixer.

La Faye subjectava la Julienne amb una mà i amb l'altra estirava un cistell mentre avançaven pels passadissos del supermercat Ica Karlaplan. Feia dos dies que la majordoma estava malalta i la Faye havia pensat sorprendre en Jack amb una mica de menjar casolà. Els seus famosos espaguetis a la bolonyesa. El secret era l'api. I tres tipus de ceba diferents. A banda del fet que els deixava coure durant molta i molta estona.

Quan eren joves i pobres, cada dilluns en cuinava una olla enorme que els durava fins al dijous. Va anar a buscar ceba vermella, groga, blanca i api.

—Vull portar el cistell —va dir la Julienne.

—Ja podràs?

—És claaar —va respondre la nena, alçant els ulls al cel.

—D'acord, amor meu.

La Faye li va allargar la nansa i va amanyagar els cabells de la seva filla; la va observar un instant, enmig del tràfec de la botiga. L'estimava tant que de vegades tenia la sensació que el cor estava a punt d'esclatar-li.

—Digue-m'ho, si pesa massa —li va demanar, i es va encaminar cap al mostrador on hi havia la carn picada.

La Julienne la va seguir, arrossegant el cistell.

Van passar pel costat d'un home gran que ajudava una dona de la mateixa edat a agafar una llauna de conserva d'un prestatge. La Faye no els podia treure els ulls del damunt. El vellet va donar la llauna a la dona, que s'encorbava feixugament sobre un caminador. L'anciana li va tustar la mà i l'anell de casament va refulgir sota la claror dels fluorescents.

La Faye es va preguntar quant de temps feia que estaven casats. En Jack i ella serien així quan fossin grans? Ella sempre s'ho havia imaginat d'aquella manera. Com envellien junts, els sortien arrugues i s'anaven marcint l'un al costat de l'altre. Mai no renunciaria a aquella visió. Encara que en aquells moments estiguessin travessant una mala època, seria així. Si ho preguntés a la parella del caminador, estava convençuda que també li podrien explicar les vicissituds que havien passat durant el camí. Dificultats que havien superat.

La Julienne va alçar el cap.

—Per què plores, mama?

—Perquè és tan bonic...

La nena semblava no entendre res.

—El què?

—Que ell... Bah, no és res.

La parella d'ancians van tombar per una cantonada i van desaparèixer.

La Faye va agafar els darrers ingredients que li calien i es va dirigir cap a la caixa amb la Julienne agafada de la mà. Els diaris de premsa groga prometien que acabaven de desxifrar el codi per perdre pes d'una manera ràpida i senzilla. La Faye va engrapar un *Expressen* i per últim cop va comprovar que tenia tot el que necessitava al cistell. Feia molt de temps que havia abandonat els sucs i només tres dies més tard havia recuperat els quilos que havia perdut. I algun de més.

Va escollir la cua on una noia jove i força bonica treballava de manera eficient i ràpida. Una dona va deixar damunt la cinta un paquet de tampons. Al mateix moment que la caixera l'escanejava, la Faye es va adonar que encara no li havia baixat. Que feia molts dies que li hauria d'haver vingut. Hauria d'haver tingut la regla dues setmanes abans. Va pensar que probablement es devia a la dieta, però, tot i així, en volia estar segura.

Havia arribat el seu torn.

—Teniu... —va mirar de cua d'ull la Julienne, que en aquells moments estava dedicant tota la seva atenció a un púdel que hi havia a l'entrada— ... testos d'embaràs?

—A la màquina d'allà baix —va dir la caixera, indicant-l'hi amb el dit.

Sospirs i mirades fulminants quan la Faye va sortir de la cua. Un cop davant de la màquina, va seleccionar els articles de farmàcia i va buscar a la pantalla els testos d'embaràs. La Julienne continuava absorta contemplant el gosset menut a l'entrada del supermercat. La Faye va agafar dos testos i va tornar a la caixa.

—Seran 489 corones —va dir la caixera, després d'haver escanejat les capsetes.

La Faye va treure l'American Express de la bossa de mà i va pagar.

—Disculpa —va preguntar—. No sabries pas si... si en Max té festa, avui?

La caixera va alçar les celles. Estava somrient, potser?

—A en Max l'han fet fora. Pel que sembla assetjava els clients, o una cosa així.

—D'acord —va dir la Faye—. Moltes gràcies.

Va sortir a grans gambades del supermercat, estrenyent amb força la mà de la Julienne.

En Jack havia fet que acomiadessin en Max. No en tenia cap dubte. I allò devia significar que realment li importava, oi? Malgrat tot.

La Julienne portava el diari i estava contemplant les fotografies de la portada.

Què passaria si estava embarassada? Com reaccionaria en Jack? Quan s'havien conegut, li havia dit que volia tenir quatre fills. Però després de néixer la Julienne no havia semblat gaire interessat a tenir-ne més. Ni tan sols n'havien parlat. I ella? Volia més criatures? Sí, i tant que en volia. Especialment ara. Una germaneta o un germanet petit per a la Julienne podia ser el que tornés a acostar-los, a en Jack i a ella, i el que posés punt final a aquella mena de llimbs estranys en què vivien ara.

I a la Julienne li aniria molt bé tenir un germanet. Es podrien convertir en els millors amics del món. Ella sempre havia desitjat una germana. Una aliada.

La Faye es va afanyar a treure's aquelles idees del cap. Havia après a controlar-les, a no deixar que el cervell li fugís volant. No hi guanyava res pensant en coses que no podia canviar.

Quan van pujar a casa, la Julienne va deixar el diari i l'abric escampats pel terra del rebedor. La Faye va penjar la jaqueta al penjador, va portar les bosses de la compra a la cuina i va començar a desar-ho tot al seu lloc. De cua d'ull podia veure com la Julienne sortia de la seva habitació amb l'iPad a la mà i es desplomava al sofà, encara amb les botes posades.

—Descalça't si vols estirar-te al sofà —va dir la Faye.

Cap resposta. La Faye va enretirar la paella del foc i es va dirigir cap a la sala d'estar. Va començar a treure les botes d'hivern mullades i brutes a la seva filla.

—No ho vull!

La Julienne no parava de clavar coces. Picava amb les botes contra el sofà, que va quedar ple de taques de fang. Merda, la Faye també hauria de netejar i assecar la funda del sofà abans que en Jack arribés a casa. Va endurir els moviments. També havia caigut fang a la catifa.

—No ho vull! No ho vull! No ho vull!

La Julienne continuava etzibant puntades de peu a tort i a dret.

La Faye va aconseguir treure-li les botes i va baixar la seva filla del sofà, que cridant s'hi va tornar a enfilar. La Faye es va dirigir cap a la cuina i en va tornar a sortir amb un drap. Si anava prou de pressa, les taques no deixarien marca a la tela. No va fer cas de la Julienne. Gràcies al cel, va aconseguir fer net bona part del sofà i es va ajupir per intentar netejar també la catifa. La Julienne li va etzibar una puntada i la Faye li va engrapar el peu.

—Això no es fa.

—Sí!

La foscor li bullia per dins. Una sensació alhora familiar i nova. Es va empassar la saliva amb dificultat. Va estrènyer els punys diverses vegades.

La Julienne es devia adonar del canvi, perquè es va mirar la seva mare, gemegant.

La Faye va passar un últim cop el drap per damunt de la catifa. Es va posar un floc de cabells rebels per darrere l'orella i es va tombar d'esquena a la Julienne.

—Estàs grassa —va dir la nena.

La Faye es va girar de cop.

—Què has dit?

La Julienne la mirava amb ulls desafiants.

—Foca —l'assenyalava amb aquella maneta petita—. Ets una foca.

La Faye va fer una passa cap a ella.

—No ho soc pas. I això no es diu!

—I tant que ho ets! Ho diu el papa!

—El papa ha dit que estic grassa?

La veu era dèbil com un filet. De cop i volta, no sabia què havia de fer, palplantada al bell mig de la sala d'estar. Va semblar que la Julienne s'adonava que havia anat massa enllà i de nou va començar a plorar.

La Faye es va allunyar, amb pas insegur. Al seu voltant, tot donava voltes. Amb prou feines sabia on era. Darrere seu, sentia com la Julienne, gemegant, la cridava.

Es va tancar al bany. Va passar la clau i va recolzar uns segons el cap contra la porta. Va deixar que la fusta freda l'asserenés. Va agafar els testos d'embaràs. La Julienne era a l'altre costat de la porta, colpejant-la i xisclant. La Faye es va abaixar els pantalons i les calces fins als genolls. Es va asseure a la tassa del vàter i va obrir el paquet amb les dents. Es va posar el test entre les cames, es va relaxar i va deixar que l'orina càlida el mullés sense importar-li esquitxar-se els dits. A fora el bany, la Julienne continuava bramant.

Estocolm, agost del 2001

Havia agafat l'autobús i contemplava els cotxes que, a l'altre costat del vidre, ens avançaven a gran velocitat. Allà dins, l'atmosfera era càlida i sufocant. El conductor havia obert la trapa del sostre perquè entrés una mica d'aire, però pràcticament no es notava la diferència, només una lleu brisa a les espatlles. Al seient del costat hi havia una dona corpulenta, amarada de suor, amb una criatura que no parava de plorar a la falda.

Vam passar per davant del parc de Humlegården. Havia estat allí que en Jack i jo havíem passejat. Dins del meu cap, havia reproduït aquella nit d'agost centenars de vegades.

Després d'aquell vespre, havia aprofitat qualsevol ocasió per anar a Chinatown —el nom amb què la Chris havia batejat la zona que s'estenia entre l'Escola de Negocis i l'institut Norra Real— amb l'esperança de topar-me amb en Jack. Però mai no se'l veia per enlloc.

Tret d'allò, per primera vegada la vida era divertida i emocionant. La carrera era fàcil, però per a mi els estudis sempre ho havien estat. Des que havia començat a primer de primària, l'escola havia estat el meu refugi, el meu lloc a la Terra en què excel·lia amb facilitat. Els professors no paraven de lloar els meus resultats. Les assignatures eren divertides i interessants, i jo m'ho passava d'allò més bé.

La Chris i jo passàvem gairebé tot el temps lliure que teníem juntes. A cap de les dues no ens calia estudiar gaire. La Chris, perquè es conformava amb un aprovat en tots els exàmens. I jo, perquè des de petita n'havia tingut prou llegint un text unes quantes vegades per recordar-lo fil per randa.

El paper protagonista que en Viktor havia tingut a la meva vida s'havia anat convertint en un rol de comparsa. Era incapaç d'explicar-me a mi mateixa què havia canviat, però després de conèixer en Jack els meus sentiments s'havien refredat. Me'n vaig distanciar. M'inventava exàmens ficticis per justificar que no tenia temps per veure'ns. No li agafava el telèfon i deixava passar dos o tres dies sense tornar-li les trucades. Els meus plans d'anar a viure al seu apartament es van anar dilatant fins que al final en Viktor va deixar de parlar-ne.

La meva fredor va transformar en Viktor, el va convertir en una persona patètica i insegura. Cada vegada es mostrava més ansiós, més queixós, i jo cada vegada més freda. La nostra relació estava tocada de mort, però ell s'aferrava a mi com un nàufrag. No parava de trucar-me, m'omplia de regals i mostres d'amor, em preguntava tothora on era i què estava fent. De cop i volta va començar a fer-me preguntes sobre el meu passat, sobre la meva família i la meva vida abans de coneixe'ns. Jo em negava a respondre. Perquè, què li podia dir? Però el meu tancament, el meu rebuig a explicar res sobre mi, només augmentava la seva desesperació. Em vaig convertir en un codi que havia de desxifrar. Era com si es pensés que, si aconseguia treure'n l'entrellat, jo el tornaria a estimar.

El pitjor de tot era que ni tan sols era culpa d'en Viktor. Era atractiu, amable i ambiciós. Em tractava com una princesa. Era fidel i hi podia confiar, atributs gens habituals enmig de la jungla d'Estocolm.

Però no era en Jack Adelheim. I em vaig adonar que l'hauria d'acabar deixant. Fins aleshores havia anat ajornant el dia. Però ara ja no podia esperar més.

Quan, a l'altura del parc de Tessin, l'autobús va minorar la marxa, no en tenia cap dubte. Fer-li mal em resultaria dolorós, però allò havia d'acabar.

—Perdona, baixo aquí —vaig dir.

La dona amb el nen es va aixecar a poc a poc i em va deixar passar. Semblava cansada i abatuda. Els sacsons de la panxa quedaven al descobert sota una samarreta blanca de màniga curta massa estreta i queien damunt dels texans. El petit bavejava. Un moc verdós li penjava del nas com un gotim de raïm. Déu del cel. Jo no seria mai una mare com aquella. El meu fill sempre estaria perfecte. El fill meu i d'en Jack. Em vaig estremir, les galtes se'm van encendre de la vergonya d'haver pensat allò. Però, en aquella època, tots els meus somnis giraven al voltant d'en Jack. Tant els que tenia quan dormia com els que tenia desperta. No quedava lloc per a algú com en Viktor.

Les portes es van obrir amb un esbufec i em va colpejar als ulls un sol abrusador. Havia quedat amb en Viktor al mig del parc de Tessin, com sempre. Em vaig imaginar que en aquells moments sortia per la porta. Content, pensant-se que aniríem a menjar una pizza. Que en acabat tornaríem cap a casa seva i miraríem una pel·lícula, faríem l'amor i ens adormiríem junts. No passaria res de tot allò.

Sentia llàstima per ell en un pla racional, però no sentia res. La sensació de trobar a faltar en Jack se sobreposava a tota la resta i em tornava freda. I la nova versió d'en Viktor em feia sortir de polleguera. Ell havia crescut dins d'una bombolla minúscula i sobreprotegida, per a ell la vida havia estat fàcil. Aquella ingenuïtat era el primer que m'havia atret d'ell, però ara només em feia nosa. En Viktor no sabia res de la vida, mentre que jo en sabia massa. En Viktor no tenia ni idea de qui era jo. O, més ben dit, de què era jo.

Anava vestit amb una camisa texana i uns *chinos* clars. Somreia d'orella a orella, es va inclinar cap a mi i em va fer un petó a la galta.

—T'he trobat a faltar —va dir, i em va passar el braç per les espatlles—. Et prens això de la carrera massa seriosament. A quina pizzeria anem? Valhalla o Theodora?

—He de parlar amb tu —vaig dir—. Vine, anem a seure.

Me'l vaig endur fins a un banc verd. En Viktor es va girar cap a mi i es va treure les ulleres de sol. A poc a poc, les va plegar i se les va guardar a la butxaca del pit. Va parpellejar unes quantes vegades.

—Que ha passat res? Estàs bé? —va preguntar, fingint que no sabia què passaria tot seguit.

Una mica més enllà, una colla d'alcohòlics jugaven a la petanca tot bevent vi. Veus alegres i rogalloses.

—Ja no vull estar amb tu. Hem acabat.

Jo mateixa em vaig adonar de la fredor d'aquelles paraules i vaig fer un esforç per semblar trista. En Viktor tenia la mirada buida.

—D'acord... És alguna cosa que he fet?

Es recargolava cap a un costat i cap a l'altre. Evitava mirar-me als ulls. Es va empassar la saliva. I va tornar a empassar.

—No, no és res que hagis fet.

A mi també em costava mirar-lo a la cara, no volia que es descobrís la meva traïció. Així doncs, em vaig posar a seguir la partida de petanca. El nivell etílic dels participants feia que les boles anessin a parar pertot arreu, però, tot i així, celebraven totes i cada una de les tirades i estaven igualment contents. Més enllà dels borratxos, una nena petita va ensopegar i va caure a terra. La mare hi va acudir corrent. Li va netejar els genolls bruts i ensangonats, la va aixecar i la va abraçar.

—Hi ha alguna cosa que pugui fer diferent? Potser només necessites una mica de temps?

La veu era entretallada. Començava a comprendre el que li havia dit i les llàgrimes no tardarien a arribar. Vaig mirar al meu voltant. Si es posava a plorar, m'aixecaria i marxaria. No podia suportar les persones que ploraven. Jo ja havia tingut prou llàgrimes per a una vida sencera.

—No, ho sento, però ja no t'estimo.

—Però jo sí que estic enamorat de tu! Ets el millor que m'ha passat mai. La persona més meravellosa que he conegut.

Va posar la mà sobre la meva. La va estrènyer, la va acaronar. Com si amb allò pogués aconseguir que m'hi repensés. Com si fos a mi i no a ell a qui calia consolar.

«El gran problema de la gent», em vaig adonar, «és que projecten les seves pròpies penes en els altres. Les volen compartir. Es pensen que pel simple fet que tenim el mateix ADN automàticament sentirem llàstima davant de les mateixes situacions. La pena no es fa més suportable perquè es comparteixi; ben al contrari, es fa més feixuga». I en Viktor no tenia la més petita idea de què significava realment la pena.

—D'acord, ja ho he entès —va dir, i va assentir amb el cap—. Però podries venir a casa i així en podríem parlar amb calma i tranquil·litat... No em veig amb cor de quedar-me aquí assegut, amb tota aquesta gent al voltant. Dona'm una última nit. Només una. Després desapareixeré de la teva vida, emprendré el meu camí sense protestar. Si us plau...

Estrenyia la meva mà amb tanta força que em feia mal i jo sabia que li havia de dir que no. Que allò no li donaria cap consol. Però era el camí més fàcil i el vaig agafar.

Durant la curta passejada fins al seu apartament vaig tenir temps de penedir-me'n unes quantes vegades, tot i que potser la separació seria més plàcida si deixava que es desfogués. Però, al mateix temps, no tenia ganes de tenir la conversa tan pesada que m'esperava, no em veia amb forces de suportar les seves declaracions d'amor i els seus retrets. Ell tenia la necessitat de rebre una resposta, però jo no en tenia cap. Només sabia que el meu cor pertanyia a algú altre i que havia de seguir el meu camí.

Per aconseguir una petita treva em vaig oferir a anar a comprar les pizzes. Sospitava que seria una nit llarga i que tots dos necessitaríem menjar alguna cosa. En Viktor no em va respondre. Es va quedar assegut al llit completament immòbil, amb les espatlles abatudes pel desconcert.

—Torno de seguida —vaig dir, i vaig evitar la seva mirada plena de retrets.

Després vaig agafar la cartera de la bossa i vaig tancar la porta del pis darrere meu. «Una nit sí que li puc donar», vaig pensar. «I després seré lliure.»

Vint minuts més tard tornava a ser a l'apartament. En Viktor em mirava amb una cara estranya mentre deixava les pizzes damunt la taula de l'estudi. Una mirada gairebé triomfal. Encara estava assegut al llit sense fer, però al seu costat hi havia una cosa que vaig reconèixer immediatament. El cor em va fer un salt. Era el meu diari. En Viktor m'havia remenat la bossa. Allà dins també hi havia la meva llibreta. Amb tot el que havia anotat mentre estudiava i que els darrers temps havia omplert amb gargots infantils. Ridículs. Absurds. Però per a en Viktor en aquella llibreta no hi havia res d'absurd.

—Ara ja sé qui ets realment —va dir, lentament.

El to de veu era pla. Mort. Alguna cosa dins seu s'havia fet miques.

—Jo ja sé qui ets. La pregunta és si ell ho sap també...

La paraula *ell* va sonar com una acusació. El pànic es va escampar per tots els racons del meu cos. El que hi havia escrit al diari era la meva vida passada. La veritat que hi havia allà continguda ho canviaria tot. La gent em miraria de la mateixa manera que ho feien quan era la Matilda. Patiria la mateixa humiliació. Ningú ja no em tornaria a mirar de la mateixa manera. Especialment en Jack.

—M'has fet el salt. Te n'has anat al llit amb en Jack Adelheim. Tinc tot el dret d'explicar-l'hi. Sap que existeixo? Que tens xicot?

Sabia que no pagava la pena intentar-me explicar. No importava si realment ens havíem ficat al llit junts o només havia estat un petó fugaç.

En Viktor semblava un animal ferit, amb els ulls foscos de l'odi i el desconcert. Vaig comprendre que era capaç de fer el que fos per recuperar-me. O venjar-se de mi. Per fer-me sentir el mateix dolor que en aquells moments l'esquinçava per dins. Esbombaria la veritat sobre qui era jo realment, no tan sols a en Jack, sinó al món sencer. Si ho feia, la meva nova vida com a Faye havia acabat. Si ho feia, tot havia acabat.

El pànic va deixar pas a una fredor gèlida que coneixia de la meva vida anterior. Una serenor estranya es va apoderar de mi i em vaig adonar que no tenia cap altra alternativa. En Viktor no es podia convertir en una llosa.

Quan el vaig mirar als ulls, era odi el que sentia. Havia pagat un preu molt alt per poder arribar on era i ara tenia davant meu en Viktor, assegut al llit com una mena de maleït jutge. No sabia res del dolor que havia hagut de suportar, dels actes que havia hagut de cometre, dels pecats amb els quals hauria de conviure la resta de la meva vida.

Però tot allò m'ho vaig quedar per a mi. Els homes eren simples. Els homes eren fàcils de manipular i en Viktor no en seria una excepció. Ja ho havia fet abans i ho podia tornar a fer.

Em vaig asseure al seu costat. Li vaig agafar la mà. Li vaig parlar amb veu dolça, li vaig acaronar l'esquena amb el polze. Vaig sentir com es relaxava. A contracor.

—Pots fer el que vulguis. T'entenc. Entenc que estàs trist i et sents ferit. Però no t'he fet el salt amb en Jack i no vull que ens separem d'aquesta manera, enfadats. Fem el que volies. Tinguem un últim vespre junts. Fins i tot t'ofereixo una nit. Un matí. Després pots fer el que vulguis. Fer-me mal tu també. Explica-ho tot a en Jack. Hi tens dret. Però vull que tinguem una última nit junts.

Vaig sentir com es calmava. Que volia creure el que li deia. No podia refusar una última oportunitat d'estar a prop meu. El coneixia. Coneixia els homes.

Vam menjar pizza i vam obrir dues ampolles de vi. Jo només vaig mullar els llavis a la meva copa i en Viktor es va beure bona part del vi. Vam fer l'amor al sofà. M'envestia amb duresa i brutalitat. Jo vaig deixar que ho fes. Vaig aclucar els ulls i vaig pensar en en Jack. Em vaig imaginar la seva cara davant meu, em vaig obligar a sortir del meu propi cos mentre en Viktor, sanglotant, ejaculava. En acabat, es va girar d'esquena a mi. Em vaig aixecar i em vaig rentar, vaig fer una ganyota de dolor mentre amb molt de compte intentava eixugar-me. Quan vaig sortir del bany ja s'havia adormit. Ara, res del món l'hauria pogut despertar.

Vaig sortir al petit balcó i vaig encendre un cigarret. La claror de la ciutat centellejava en aquella nit d'estiu i vaig sentir veus i música. Quan vaig haver acabat el cigarret, en vaig encendre un altre. Em vaig acostar a en Viktor, que estava estirat de costat, roncant amb la boca oberta. Li vaig clavar uns copets. Cap reacció. Estava completament abatut pel vi i la tempesta d'emocions. Vaig deixar el cigarret damunt del llit i em vaig esperar per assegurar-me que els llençols de tela barata i combustió fàcil s'encenien. Al principi, van començar a cremar sense flama. Després el foc va prendre de debò.

La fredor que havia sentit fins aleshores va començar a amainar. El pànic va tornar a fer acte de presència, bategantme a les temples. Vaig apartar els ulls de les flames i, a grans gambades, em vaig dirigir cap a la porta. Quan la vaig tancar darrere meu, el foc ja s'havia escampat pel llit i les cortines.

Quan vaig sortir al carrer, tenia la sensació d'estar a punt de vomitar. La gent somrient amb qui em creuava passava massa a prop meu, parlaven amb veus massa altes. Però jo aferrava amb força la meva bossa de mà. I encara era lliure.

El test d'embaràs havia resultat positiu. Dins del ventre de la Faye hi havia una criatura, una personeta nova. Meitat ella. Meitat en Jack. Ell sempre havia desitjat tenir un fill, un hereu. Potser ara la Faye l'hi podria donar.

Asseguda a la taula de la cuina, es va passar la mà per la panxa sense poder fer ni un mos. Es va adonar que no havia menjat res des de feia hores. Damunt dels fogons hi havia la salsa bolonyesa que havia preparat, sense tocar, ja que en Jack encara no havia arribat. Ara no hi havia res que li impedís menjar. La criatura necessitava aliment per poder créixer. Es va aixecar i es va acostar als fogons. Va introduir un dit a la salsa i va notar que encara estava tèbia. Va omplir un plat de pasta. Hi va abocar la salsa bolonyesa i se'l va menjar a peu dret a la cuina. El gust era deliciós. Va aclucar els ulls i mastegava mentre una sensació de benestar l'envaïa per dins i notava com tot el cos es relaxava. Poder menjar alguna cosa per fi era tan meravellós que els ulls se li van negar de llàgrimes.

Ja es preocuparia del pes després de néixer la criatura. Ara la seva feina principal era procurar-se prou aliments per a dues boques.

Exactament com l'anterior vegada, començaria a fer esport just després de donar a llum, però així que deixés d'alletar el nen també seguiria un règim estricte. No es deixaria arrossegar per la voràgine que suposava un nadó, sinó que prioritzaria en Jack i el seu matrimoni. El seu fill representaria un nou començament, tant per a la seva relació com per a ella com a dona i com a esposa.

Es va servir un segon plat de pasta i se'l va emportar cap a la taula.

Una hora més tard es va obrir la porta de l'apartament i la Faye va notar pessigolles a l'estómac dels nervis. Va cridar en Jack, que va treure el cap pel llindar de la porta de la cuina. La Faye es va alçar de la cadira i es va dirigir cap al seu marit. Aviat aquella arruga de l'entrecella desapareixeria.

—T'he d'explicar una cosa meravellosa, amor meu —va dir—. Vine a seure amb mi.

En Jack va sospirar.

—Estic cansat, no pot esperar fins...

—No, vine.

La Faye no podia esperar.

En Jack va alçar les celles, però es va asseure a la taula de la cuina. La Faye sabia que quan l'hi expliqués tot se n'alegraria molt i va decidir no fer cas d'aquella mirada neguitosa.

—Digues —va fer ell.

La Faye li va somriure.

—Estic embarassada, amor meu. Tindrem una altra criatura.

La cara d'en Jack va romandre impertèrrita.

—Potser és un nen —va continuar la Faye—. Sempre has volgut tenir també un nen, oi?

La Faye es va acaronar el ventre i va tornar a somriure. A en Jack sempre li havia agradat el seu somriure, deia que s'encomanava. Però, en aquell moment, el seu home només es va passar una mà cansada per la cara.

—Què passa? —va preguntar la Faye.

El nus a l'estómac va tornar a aparèixer.

—Ara mateix no és un bon moment, Faye. No vull tenir un altre fill.

—Què vols dir?

Què li passava a en Jack? Per què no se n'alegrava?

—Crec que ja n'hi ha prou amb la Julienne.

—Però...

Amb prou feines li va sortir la veu de la gola. No reconeixia la mirada d'en Jack.

—No pot ser. Em sap molt de greu, però hauràs de... Bé, ja m'entens.

La Faye va sacsejar el cap.

—Vols que... vols que avorti?

En Jack va assentir amb el cap.

—Sí, evidentment és una llàstima, però ara mateix no pot ser de cap de les maneres.

La Faye se li volia llançar al damunt. Sacsejar-lo. Però sabia que tot era per culpa seva. L'havia agafat per sorpresa, li havia de donar temps perquè ho païs.

En Jack es va posar dret.

—Entesos? —va dir.

La Faye es va empassar el nus. En Jack es deixava la pell per la Julienne i per ella. Realment li podia exigir res més?

—Sí, ho comprenc —va respondre.

La cara d'en Jack es va relaxar. Es va inclinar cap endavant i li va fer un petó al front.

—Me'n vaig al llit —va dir.

Mentre anava cap a l'habitació, es va girar.

—Demà trucaré al meu metge per enllestir-ho com més aviat millor.

La porta del dormitori es va tancar i la Faye es va aixecar d'una revolada. A grans gambades va entrar al bany i va alçar la tapa del vàter. Els espaguetis amb salsa bolonyesa van sortir més de pressa del que havien entrat i el regust de tomàquet es va barrejar amb l'agror dels sucs gàstrics. Després d'estirar la cadena, es va reclinar contra la porcellana freda i va deixar brollar les llàgrimes.

Estocolm-Barcelona, setembre del 2001

Havia dormit com un soc durant un dia sencer quan em va despertar el xiscle agut del telèfon. Era l'Axel. Quan vaig sentir aquella veu esquinçada que m'explicava el que havia passat, que en Viktor havia mort després d'adormir-se al llit amb una cigarreta encesa, van aparèixer les llàgrimes. Vaig plorar amb tanta virulència que tremolava de cap a peus.

No havia pogut fer una altra cosa, no havia tingut cap altra alternativa, però el preu havia estat alt. El preu sempre era alt.

Després de penjar, em vaig arraulir al llit amb els genolls contra el pit. Em vaig concentrar a respirar. Inspirar i expirar.

Les paraules d'en Viktor continuaven ressonant dins del meu cap: «Ara ja sé qui ets. La pregunta és si ell ho sap també...». En Viktor no hauria callat. Si ell hagués pogut seguir viu, la Faye hauria hagut de morir.

Uns quants dies més tard queien gotes grosses de pluja a l'altre costat de la finestra. Era un xàfec alliberador. S'emportava aquella calor sufocant que s'havia abatut sobre Estocolm com una flassada humida.

La Chris havia marxat de viatge. Els seus pares l'havien convidada a acompanyar-los a l'apartament que tenien a Mallorca i jo tornava a estar sola a Estocolm. Quan li vaig enviar un missatge de text curt explicant-li el que li havia passat a en Viktor, es va oferir a tornar a Suècia, però li vaig jurar i perjurar que estava bé.

Em vaig refugiar en la microeconomia, la macroeconomia, l'estadística i l'anàlisi financera. L'únic important era la universitat. Tot depenia de mi, ningú no podia fer la feina per mi. I havia pres una determinació. Em crearia una vida completament nova. Dirigiria una empresa, viatjaria en *business class*, guanyaria més diners dels que em calien, tindria un home atractiu —en Jack—, unes criatures amables i ben educades, cases i apartaments escampats per paratges interessants sobre els quals havia llegit o havia vist a les pel·lícules. Ho volia tenir tot. Ho tindria tot.

El telèfon, que havia deixat carregant-se al llit, va sonar. Devia ser la Chris, que em volia mantenir al dia dels seus quefers per Espanya. Em vaig estirar sobre la flassada i vaig donar un cop d'ull a la pantalleta abans de prémer la icona de respondre. Era un número que no tenia registrat.

—Sí, digueu?

—Hola!

—Qui és? —vaig preguntar, malgrat que des del primer moment havia reconegut aquella veu.

—Soc en Jack, en Jack Adelheim.

Vaig aclucar els ulls. No volia que la veu sonés massa neguitosa.

—Vaja, hola... —vaig dir, després de deixar passar un instant.

—Que molesto?

Semblava excitat. Content. De fons se sentia música.

—No, i ara. Què vols?

Vaig fer un esforç per semblar indiferent i em vaig estirar de panxa enlaire.

—Et volia preguntar si voldries venir amb mi a un lloc? Aquest vespre, vull dir. He d'allunyar-me d'en Henrik.

—I tant. A quin bar ens trobem?

—Bar? No, em referia a marxar de viatge tots dos.

Vaig esclafir a riure. Estava com un llum.

—Marxar de viatge?

—Sí, uns quants dies. Tornarem diumenge. Agafa una mica de roba i vine cap a l'estació Centralen. Ens n'anem a Barcelona.

—D'acord —em vaig adonar que m'estava contenint la respiració.

—Ah, sí? Vols venir? —va preguntar, tot sorprès.

—Sí.

—Doncs fins d'aquí a trenta minuts.

Vaig penjar sense acabar d'entendre a què havia dit que sí. Després, em vaig aixecar del llit d'una revolada i vaig començar a fer la maleta.

Quan vam tocar terra ja anàvem contents. Havíem començat a beure al mateix aeroport d'Arlanda i durant tot el trajecte sobrevolant Europa havíem continuat empassant-nos un combinat rere un altre. Després d'esperar una estona a la cua de taxis, en vam aconseguir un. Jo no parava de riure per qualsevol fotesa i notava que les cames em feien figa. Podia sentir amb nitidesa la sang que corria per totes i cada una de les venes i capil·lars del meu cos.

—Hotel Catalonia, por favor —va dir en Jack, un cop vam ocupar els nostres llocs al seient del darrere—. *Está en el Born, ¿lo conoce usted?*

El taxi es va posar en marxa amb una accelerada i en aquell mateix instant vaig sentir la mà d'en Jack a la cuixa, que em cremava contra la pell.

—No sabia que parlaves castellà.

—Hi ha moltes coses de mi que desconeixes —va respondre en Jack, i em va picar l'ullet.

Va desplaçar la mà una mica més amunt i tota la sang del meu cos se'n va anar com un llamp cap a l'entrecuix.

—De quina mena d'hotel es tracta?

—No et decebrà.

Vaig somriure i vaig girar el cap. Com em podria sentir mai decebuda d'en Jack?

La fosca nit de setembre era càlida i humida. Homes i dones amb roba estiuenca passejaven pels carrers a la recerca d'una mica de frescor, de sopar o de diversió. Vaig abaixar la finestreta i vaig gaudir del vent a la cara. Necessitava asserenarme.

El màxim de lluny que havia estat de Suècia era Dinamarca, on tota la família havíem anat de viatge amb cotxe. Unes vacances que havien acabat abruptament. Però ara no hi volia pensar. Vaig deixar que el vent que sentia a la cara s'emportés tots els records i vaig intentar convèncer-me que els podia substituir per uns de nous. Totes les cèl·lules del cos es renovaven, canviaven. Per tant, els records també s'haurien de poder reemplaçar.

—M'encanta aquesta ciutat. T'adonaràs que aquí és més fàcil respirar —va dir en Jack, i va aclucar els ulls.

Les seves pestanyes llargues i negres es dibuixaven com dos ventalls contra les galtes.

—Ja hi has estat abans?

Va obrir els ulls i em va mirar amb la lluïssor dels fanals i els rètols lluminosos reflectits sobre aquell blau.

—Dues vegades.

Li volia preguntar si havia fet viatges semblants. Si havia pujat en altres taxis, amb promeses no pronunciades i amb la mà sobre les cuixes d'altres noies. Potser aquell era el mètode estàndard d'en Jack Adelheim? Potser estava seguint el seu manual de seducció habitual? No hi feia res. Tres dies sencers en aquella ciutat amb en Jack em resultaven tan atractius que no pensava perdre el temps amb elucubracions innecessàries i insignificants fruit de la gelosia. Ara era allà. Amb la mà d'en Jack a la meva cuixa.

Vam tombar per una avinguda, ens vam aturar en un semàfor en vermell i, després, ens vam endinsar en un barri preciós. Els carrers es van fer més estrets. Les llambordes besaven el cautxú dels pneumàtics del taxi. Vam deixar passar un cotxe que ens venia de cara. La calor es feia enganxifosa a les aixelles, però vaig tancar els ulls i vaig deixar que els sorolls m'embriaguessin. Rialles, fressa de coberts, converses intenses i música. Pertot arreu bars, restaurants i cafeteries. L'aroma dolça de l'haixix.

Volia agafar la mà d'en Jack, estrènyer-la, mirar-lo als ulls i explicar-li com n'era de meravellós, com de feliç em sentia de ser allà amb ell. Però havia pres la decisió de no prendre la iniciativa. No precipitar el que havia de passar.

—És aquí —va dir en Jack.

Una façana blanca amb portes de vidre. Al damunt, un rètol amb el nom de l'hotel amb lletres grosses. Hotel Catalonia

Born. Un porter jove es va acostar al taxi a grans gambades, el va envoltar i em va obrir la porta.

—*Gracias* —vaig dir, amb un somriure. Ja trobava a faltar l'escalfor de la mà d'en Jack quan em vaig aixecar per sortir del vehicle.

—Comences a aprendre'n —va fer en Jack, mentre pagava al taxista.

El porter es va encarregar de les maletes. Vam entrar a l'hotel i en Jack es va posar a parlar amb el seu castellà escadusser amb el recepcionista. Es passava a l'anglès així que la distància comunicativa es feia massa àmplia. Vam omplir uns quants papers i li vam entregar els passaports. Una fotocopiadora va brunzir i en acabat ens els va tornar.

—Llestos —va dir en Jack.

El recepcionista va cridar el porter, que ens estava esperant, i tots tres vam pujar a l'ascensor que ens va dur fins al cinquè pis. Quan vaig entrar a l'habitació, em vaig adonar que en Jack havia reservat una *suite*. Mai no havia vist res semblant.

—És increïble —vaig dir, i allà es va esfumar qualsevol intent d'aparentar ser una noia de món—. Déu del cel, aquí dins hi caben deu apartaments com el que tinc jo.

El centre de l'enorme habitació estava dominat per un grup de sofàs davant d'un televisor de pantalla plana. Al costat, un carro per a begudes ben assortit. La part exterior havia estat substituïda per uns finestrals amb una vista àmplia.

Vaig enretirar les cortines feixugues que amagaven la porta de la terrassa, la vaig obrir i vaig sortir. L'aire càlid era suau com la seda. La ciutat refulgia als meus peus. Les olors i els sorolls em van assaltar de cop. Música de guitarra d'un pis proper. El mar reposava fosc i infinit allà on acaronava la platja.

—Què et sembla? —va preguntar en Jack.

Es va col·locar darrere meu, em va abraçar i va reposar el cap contra la meva espatlla.

—No sé què dir —vaig respondre, i vaig fer mitja volta. El vaig mirar als ulls. Em volia llançar damunt seu, besar-lo, arrencar-li la roba, enfonsar-lo al jacuzzi, posar-m'hi al damunt, sentir-lo dins meu.

—El propietari de l'hotel és un conegut —va dir en Jack.

—Suec?

—Sí, ens estem aquí de franc.

—Ho dius de broma?

—Jo mai no faig broma quan es tracta de diners —va aclarir en Jack—. Marxem a sopar alguna cosa?

Un cop fora de l'hotel, vam tombar a l'esquerra. Els talons de les meves sabates es van encallar entre les llambordes i vaig estar a punt de caure a terra. En Jack va aconseguir evitar-ho agafant-me pel braç. Abans de sortir de l'habitació m'havia retocat el maquillatge, m'havia canviat la roba interior i m'havia posat una faldilla negra. Em sentia bonica. I no havia de patir perquè en Jack se sentís atret per mi. No deixava de devorar-me amb la mirada. Una part de mi hauria volgut suggerir d'oblidar-nos del sopar i quedar-nos dins la *suite* follant fins a perdre el coneixement. Però aquella ciutat em tenia encuriosida.

A cada cantonadeta, hi havia grups de persones. Riallades ronques ressonaven entre els carrerons estrets. Un home d'ulls foscos i samarreta d'un equip de futbol se'ns va acostar.

—Haixix?

En Jack va negociar el preu. L'home no parava de gesticular. El tracte es va resoldre de seguida, en Jack li va allargar uns quants bitllets i, a canvi, va rebre un paquetet. Va desembolicar la paperina i en va treure una pastilla de color marró.

—Ensuma-ho.

Vaig tancar els ulls i vaig aspirar aquella aroma dolça. No l'havia tastat mai abans. Ni l'haixix ni res que fos més fort que el tabac o l'alcohol. Però allà a Barcelona, al costat d'en Jack, em semblava d'allò més natural. En Jack era una droga que feia que volgués tastar totes les drogues del món.

Amb molta cura va tornar a plegar el paquetet i se'l va guardar a la butxaca dels texans. Ara sentíem la música amb més intensitat i vam arribar a una placeta. Un reguitzell de taules i cadires s'arrengleraven a tocar de les façanes. La gent fumava, brindava, menjava.

—Aquí? -va dir, assenyalant amb el dit.

—És clar —vaig respondre. Estava massa enfeinada intentant absorbir tot l'entorn per poder prendre una decisió tan banal com la d'on havíem de sopar.

Ens vam asseure en una taula. Un cambrer de camisa blanca i corbatí se'ns va acostar i en Jack va demanar unes tapes. Cervesa per a ell i un mojito per a mi.

Ens van portar les begudes. En Jack va allargar el braç, em va agafar una fulla de menta de la copa i se la va ficar a la boca.

—I què passa amb tu, Faye?

—Estic convençuda que pots ser una mica més concret.

—Ho tens tot. Ets bonica, beus com un home i, segons la gent de l'Escola amb qui he parlat, ets la més llesta de la teva promoció. En Henrik no para de dir que t'hem d'incorporar com a sòcia de la nostra empresa. Algun defecte has de tenir. Que ets un home? Que tens peus equinovars?

Va abaixar el cap i va fer veure que mirava sota la taula.

Vaig esclafir a riure i li vaig etzibar una coça. La taula va trontollar i en Jack també es va posar a riure.

—I a sobre ets divertida. Estàs contenta de ser aquí? —va preguntar.

Un canvi sobtat al seu rostre. Una espurna de seriositat i un indici d'alguna cosa que semblava inseguretat. Els ulls blaus em miraven fixament, com si em poguessin travessar. Em vaig estremir. Vaig girar el cap. No li podia mostrar que n'estava bojament enamorada, encara no. Els homes com en Jack han de poder lluitar per aconseguir-ho, han de poder caçar, perquè es pensin que paga la pena. Si no, s'esfumen.

També sabia que no podia permetre que sabés res de la Matilda. Però per això no havia de patir; cada dia que passava, el record del que havia estat es feia més i més pàl·lid. Només en Sebastian se'm podia aparèixer en somnis. Però fins i tot això succeïa cada cop menys sovint.

—La ciutat en si no té cap mal, però la companyia podria haver estat millor —vaig replicar, i el vaig mirar desafiant.

—Ah, sí?

En Jack feia voltar el got de cervesa, tot somrient per sota el nas mentre em contemplava.

—Per cert, què se n'ha fet del xicot? —va preguntar, encuriosit.

Vaig veure en Viktor davant meu, estirat al llit mentre el foc consumia els llençols.

—S'ha acabat —em vaig limitar a respondre.

En Jack no l'havia arribat a conèixer, no en sabia els detalls. I jo tampoc no n'hi volia donar cap.

Als ulls d'en Jack es reflectia la flama de l'espelma.

El cambrer va deixar davant nostre un plat de pernil salat i trianglets de formatge. Vaig agafar un trosset de pernil. Era oliós al tacte, però es desfeia a la boca.

—M'agrada ser aquí. No havia estat mai a Espanya.

—I on has estat?

—A Dinamarca. I a Fjällbacka.

—Ets d'allà, doncs?

—Sí, de Fjällbacka. No pas de Dinamarca.

Vaig pensar en el viatge a Dinamarca. Legoland. Que, com era previsible, havia acabat com el rosari de l'aurora.

—Com és allò?

—El contrari que això —vaig respondre, i vaig fer un gest cap a la plaça—. Carrers buits. Un sol lloc on anar si es vol sortir. Tothom ho sap tot de tothom.

—I els teus pares encara hi viuen? Tens germans?

En Jack va allargar el braç per agafar un tros de pernil, però no em va treure els ulls de sobre.

Vaig empassar unes quantes vegades.

—Els meus pares són morts. Soc filla única.

El cambrer va aparèixer amb més menjar. Patates a daus, gambes amb allada, olives i mandonguilles amb tomàquet.

Em vaig acostar el mojito a la boca. El rom em cremava a la gola. Era un combinat molt carregat. No com aquells caríssims però sense gens d'alcohol de la plaça Stureplan. Vaig notar que aquelles preguntes m'havien entristit. Vaig fer un esforç per recuperar el control de la cara, però l'alcohol que havíem begut des que havíem sortit d'Estocolm no em facilitava la feina. Vaig encendre un cigarret per guanyar temps.

—Voldria anar-hi amb tu alguna vegada.

En Jack no va preguntar res de l'altra qüestió. I jo el vaig estimar encara més per no fer-ho.

—No, t'asseguro que no ho vols.

—Sí, i tant que ho vull. Tinc ganes de veure llocs nous. Mai no en tinc prou.

«Ni de dones», vaig pensar. Però no vaig dir res.

—Tinc amics que han estat a Fjällbacka als estius. Diuen que és preciós —va continuar, i va sucar un tros de pa a l'oli de les gambes.

—I quin és el teu secret, Jack? —vaig preguntar, canviant de tema.

Vaig fer un altre glop de mojito mentre les estrelles del firmament s'anaven acostant.

—El meu pare és un borratxo i un ludòpata —va respondre, sense pensar-s'ho dues vegades. Va agafar un altre bocí de pa i el va sucar a l'oli de les gambes.— És un fracassat de merda que s'ha begut bona part de l'herència. I és la vergonya de la família. Però no m'ha pogut arrabassar el cognom. I sí, obre moltes portes. Però no gràcies a ell. Ho he d'agrair a la resta de la meva família i als meus avantpassats.

—No en tenia ni idea.

—És clar, no és exactament la mena de coses que inclogui a la meva targeta de visita. No ho sap gaire gent. Quan em pregunten per ell, acostumo a dir que viu a l'estranger. És més fàcil. Però dins dels cercles més exclusius d'Estocolm no és cap secret. Tothom coneix el meu pare.

—I la teva mare?

—S'ha tornat a casar. El seu nou marit també és un cretí, però com a mínim va sobri. La meva mare no és gaire bona a l'hora d'escollir els homes. Potser és el que passa, quan es trien d'acord amb la quantitat de diners que tenen. Viuen a Suïssa. Jo vaig marxar de casa quan tenia setze anys. El meu oncle, en Carl, em va deixar viure en un dels seus apartaments i em passava un tant al mes per a lloguer i menjar a canvi que no deixés els estudis.

—Germans?

—No, fill únic com tu.

En Jack es va passar la mà pels cabells, però immediatament el serrell li va caure altre cop sobre el front. Un home anava de taula en taula venent roses vermelles. Quan va arribar a la nostra, en Jack va dir que no amb el cap i el venedor va continuar el seu camí.

—Ets una persona amb qui resulta fàcil parlar —va dir en Jack—. T'explico coses que no acostumo a explicar.

—És curiós. Amb mi em passa el mateix. Em pregunto el perquè.

En el mateix segon en què ho deia sabia que era mentida. Hi havia moltes coses que no li estava explicant.

—Potser perquè som força semblants... —En Jack va encendre un cigarret i va fer una pipada.— Estic convençut que els altres no s'adonen com de sols estem tu i jo.

Em va fascinar el fet que ell es considerés una persona sola. Mai no havia vist en Jack sense estar envoltat de persones.

—I com som? —vaig preguntar, encuriosida.

Que pensés que ell i jo érem iguals era una idea que em feia rodar el cap.

—Ens agraden les persones fins a un cert punt. Sabem a què juguen. Ens hi sabem emmotllar, fingir que som com ells, fer veure que estem contents. Però en realitat nosaltres... —va emmudir i em va mirar intensament als ulls—. Faye, ets una romàntica. Et penses que no es nota. Jugues a la indiferència, a la displicència. Però desitges que la vida sigui més plena, més bonica. No et conformaràs amb la vida d'un suec qualsevol. Vols pujar fins a dalt de tot, conquerir el món. Tens ambicions. És per això que no et vas quedar a Fjällbacka i vas venir a Estocolm. I és per això que alguna cosa ens empeny a estar junts. Som iguals. Estem afamegats. Però tu tens un desavantatge si vols progressar en aquest món. Ets dona. I aquest és un món d'homes.

Volia protestar, dir-li que estava equivocat. Però, en el fons, creia el que m'estava explicant. Així que em vaig empassar la saliva. Vaig assentir amb el cap. Vaig obrir la boca per respondre, però em va interrompre el cambrer, que va tornar a aparèixer amb més plats encara. La nostra taula era plena de platets: calamars, xampinyons, paella, salsitxes de xai i allioli. El got buit de mojito va ser substituït per una copa enorme de vi negre i a en Jack li va portar una altra cervesa. Ens vam abraonar al damunt d'aquelles delicadeses i em vaig adonar que no havia mirat el rellotge des que havíem sortit de l'apartament.

Després de sopar, ens vam quedar asseguts allà una hora llarga. Ens havia resultat impossible acabar-nos-ho tot. Vam beure vi i cervesa i vam xerrar. Cada segon que passava em sentia més enamorada. L'estómac em pesava de tant de menjar i benestar. Mai no m'havia sentit tan feliç com en aquell lloc i en aquell moment. Les estrelles havien baixat del cel i s'havien esmunyit dins del meu pit.

Vaig fer una pipada. Vaig deixar que el fum del cigarret s'enfilés cap al cel nocturn.

—Demà vull anar a la platja —va dir en Jack—. Si no és que prefereixes banyar-te a la piscina que hi ha a la terrassa de l'hotel.

—Ja ho decidirem demà.

Era incapaç de prendre una decisió. Ho volia tot.

—Tens tota la raó. Ja ho decidirem demà.

Va pagar el compte i ens en vam tornar cap a l'hotel. A aquelles hores hi havia menys gent passejant pels carrerons estrets. Expressament, avançava amb pas insegur pel carrer empedrat per tenir una excusa per aferrar-me a en Jack.

Quan vam entrar a la suite, em vaig adonar que encara no havia vist el dormitori. Vaig obrir la porta i vaig fer girar el regulador de la llum. Com a la sala d'estar, la paret que donava a la terrassa havia estat substituïda per un finestral. Art modern a les parets, dues butaques de cuir. I un llit enorme. Davant del finestral hi havia una banyera antiga amb peus de lleó daurats.

—Jack, tenim una banyera a l'habitació! —vaig cridar—. Mira!

Va aparèixer per darrere meu.

—Ja ho sé. Algun dia en tindré una com aquesta.

—Jo també.

—Perfecte. Així estem d'acord.

—D'acord?

—Sí, sobre com serà casa nostra.

Vaig fer veure que no l'havia sentit. No el coneixia prou bé per saber a què jugava. No sabia què deia seriosament i què en broma. I jo no era una d'aquelles noies de classe alta privilegiades i càndides que havien viscut tota la seva vida darrere d'unes tanques altes i estaven acostumades que els ho servissin tot amb safata de plata. Jo sabia que la vida no era un conte de fades amb un final feliç. Però, just en aquell moment, sí que ho era. I per a algú com jo ja n'hi havia prou.

Em vaig acostar a la banyera, vaig obrir l'aixeta i vaig posar-hi la mà per sentir l'aigua que rajava.

—Provem-la.

—Ara?

—Sí.

Em vaig girar d'esquena, em vaig treure la samarreta i em vaig abaixar la faldilla. Encara amb les sabates de taló posades. Sentia la seva mirada roent clavada a la meva esquena i gaudia de tenir-lo sota el meu control. A poc a poc, em vaig descordar els sostenidors i em vaig treure les calces. Després, em vaig descalçar llançant les sabates ben lluny i em vaig quedar completament nua. Pel reflex dels finestrals podia veure que en Jack s'havia quedat petrificat. Ara era jo qui manava.

Es va asseure al llit. Va començar a treure's les sabates i els pantalons, amb els ulls clavats en mi en tot moment. Jo gaudia tenint-lo exclusivament per a mi. Dins del meu món.

—Vens o necessites ajuda?

—Em sembla que necessito ajuda.

Lentament em vaig girar. Vaig notar que el vi em pujava al cap. Vaig avançar unes quantes passes cap a ell, li vaig treure la samarreta i els pantalons. Tenia un cos increïble. Atlètic i colrat pel sol. La musculatura de braços i pit es tensava sota la pell. Em vaig plantar davant seu. Em vaig agenollar i el vaig mirar als ulls. Ell es va inclinar cap endavant per intentar besar-me, però vaig apartar-li el cap i li vaig engrapar els calçotets. Ell va alçar el cul perquè els hi pogués treure. El penis estava erecte. Em vaig inclinar cap endavant i me'l vaig introduir a la boca. Un segon. Dos. Tres. Sense deixar de mirar-lo als ulls. Després em vaig enretirar.

—No; és l'hora del bany —vaig dir, provocadora, i em vaig dirigir cap a la banyera.

En Jack es va aixecar i em va seguir. La banyera estava mig plena; l'aigua era càlida, amb una lleugera olor de clor. Un segon més tard vaig sentir la seva mà al meu avantbraç. L'estrenyia amb força, al límit de l'agressivitat. Em va fer travessar l'habitació, altre cop fins al llit. Em va deixar als peus i em va clavar una empenta de manera que vaig caure cap endavant. De bocaterrosa. Vaig encorbar l'esquena i li vaig deixar entendre que ho desitjava tant com ell, que era jo la que duia les regnes. Quan em va penetrar, vaig panteixar. Mig segon de dolor. Però va anar amb molt de compte i em va esperar. Em va posar de quatre grapes i a poc a poc va començar a envestir. La porta de la terrassa era oberta i del carrer entrava remor de música barrejada amb rialles i veus. Un cotxe que tocava el clàxon. Tota aquella remor m'arribava esmorteïda, llunyana, travessant el brunzit que sentia a les orelles. Li notava les mans al voltant de la cintura mentre em penetrava. Déu del cel, com m'agradava que em follés en Jack.

—Més fort —cridava jo—. Més fort.

Em va aferrar pel clatell. Em va enfonsar la cara al coixí i va fer amb mi el que va voler. Em vaig estremir i l'orgasme es va escampar per tot el cos. Un segon més tard es va escórrer amb un gemec agut. Es va deixar caure cap endavant i va posar tot el seu pes sobre meu. Ens vam quedar així una estona. En silenci, plens de la intensitat que tot just havíem viscut.

Després ens vam ficar a la banyera. En Jack va anar a buscar el paquetet d'haixix i va cargolar un porro, que ens vam anar passant.

—Ets una dona molt i molt atractiva —va dir en Jack.

—Tu tampoc no estàs malament —li vaig respondre—. Fas el teu fet en el camp de batalla.

Em va llançar aigua i jo vaig xisclar, però ben aviat es va convertir en una riallada d'alegria.

En acabat, ens vam esmunyir sota els llençols. En Jack em va abraçar, em va acostar cap a ell. Va fer lliscar els dits pel meu cos, però va evitar els pits, el cul i l'entrecuix. Així que la mà davallava cap a l'engonal, s'aturava i canviava de direcció. Era frustrant. La meva respiració es va fer més feixuga. Havia perdut el control. I em va assaltar una sensació de vertigen quan em vaig adonar que havia permès que el tingués ell. M'espantava a la vegada que m'excitava.

—Bona nit, futura esposa meva —va xiuxiuejar.

Al cap d'uns minuts, vaig sentir uns roncs somorts.

Jo encara estava calenta. Li vaig posar la mà al penis i vaig notar com s'inflava, em vaig esmunyir sota la flassada i me'l vaig posar a la boca. En Jack es va despertar i d'una revolada va apartar el cobrellit. Sense dir res, em vaig posar a la gatzoneta damunt seu, vaig posar les mans sobre el seu pit i em vaig reclinar cap enrere. Ell es va posar els braços darrere el clatell. Em va mirar amb ulls famolencs, però tampoc no va badar boca.

Em vaig tornar a escórrer. Vaig deixar que ell acabés dins meu.

Després, vaig rodolar cap a la meva meitat del llit.

—A partir d'ara ens direm bona nit d'aquesta manera —li vaig dir.

La casa d'en Henrik i l'Alice Bergendahl es trobava al barri de Gåshaga, al municipi de Lidingö, gaudia d'embarcador i platja de sorra privats i gairebé semblava més pròpia de Los Angeles. Dins dels sis-cents setanta metres quadrats habitables hi havia de tot, des d'un petit cinema, un gimnàs i una piscina interior fins a un celler, una sala de billar, una taula de ping-pong i, per acabar-ho d'adobar, cinc banys. El sostre de la colossal «sala d'estar» —allà dins s'hi podien aparcar sense problemes uns quants tràilers— arribava als deu metres.

Mentre la Faye, en Henrik, en Jack i l'Alice sopaven amb espelmes i amb vistes a la badia de Höggarnsfjärden, els seus fills jugaven amb la mainadera en una altra ala de la casa. L'habitació dels nens estava ubicada tan lluny com era possible de les sales per on l'Alice i en Henrik se solien moure.

A l'exterior, bufava un vent glacial. Les onades trencaven a la platja, amb força, abans de donar-se per vençudes i recular.

L'Alice havia fet portar el menjar i al damunt de l'enorme taula del menjador s'estenia un esplèndid bufet libanès. La Faye va mirar de cua d'ull la dona d'en Henrik. Duia un vestit vermell cenyit, obert pels costats, de manera que tothom podia veure-li les costelles marcades, que recordaven un aparcament per a bicicletes. No es va acostar per a res al bufet i mastegava una fulla d'enciam. Ben aviat es va limitar a llepar aquella refotuda fulla.

En canvi, la Faye s'havia servit un plat de *meze*. També bevia una copa de vi negre intens Amarone. Al capdavall, la criatura que duia al ventre acabaria la seva curta vida dins d'un bol de metall. Aquell mateix vespre es prendria la pastilla que havia anat a buscar a la farmàcia. La primera de dues.

—T'ha semblat bo? —va preguntar l'Alice, amb un somriure.

Havia observat totes i cada una de les queixalades que la Faye havia fet. De ben segur que n'havia comptat les calories mentalment. Satisfeta, les havia incorporades al seu propi full de càlcul en negatiu.

—Moltíssim —va respondre la Faye—. Ha estat una bona idea, això del libanès.

En Jack va esclafir a riure.

—Libanès o no, et menges qualsevol cosa que se't posi al davant. No pares d'endrapar.

La Faye va abaixar els ulls al plat. Era allò el que pensaven d'ella? Que era una persona que s'entaforava a la boca tot el que tenia a l'abast?

En Henrik es va inclinar cap a ella.

—Com van les coses, darrerament? —li va preguntar—. Ja no vens mai a veure'ns.

—No, em sembla que és millor que us deixi treballar en pau. Teniu molta feina.

—Sí, no ens l'acabem. Però sempre hi ha temps per a tu.

—Gràcies, Henrik, però el millor és que deixi que us cuideu tots sols.

Per què tenia la sensació que eren dos estranys? Com dos coneguts educats que omplen el silenci amb una conversa fútil... Abans, en Jack, en Henrik i ella s'ho passaven bé junts. Xerraven de qüestions transcendentals. La tractaven com una igual, de vegades fins i tot com la seva superior quan els clavava una bona repassada en les discussions sobre estructures empresarials i instruments financers. Fins i tot havia estat ella la que finalment havia presentat la idea empresarial sobre la qual en Jack i en Henrik havien bastit Compare. Ara se sentia com una criatura a qui es donava permís per seure a la taula dels grans.

—Has acabat, Henrik? El taxi arribarà en qualsevol moment.

En Jack es va aixecar i es va eixugar la boca. En Henrik i ell havien quedat amb vells amics a Estocolm. De camí, les deixarien a ella i la Julienne a casa. La Faye va sentir remor de corredissa a les escales.

—No me'n vull anar a casa —va dir la Julienne, i es va mirar en Jack amb ulls suplicants—. Em vull quedar aquí.

—Molt bé, doncs queda't aquí amb la mare. Et va bé que es quedin, Alice?

La Faye es va mossegar el llavi. Feia estona que esperava el moment d'arribar a casa i escarxofar-se al sofà amb roba còmoda, una copa i una ampolla de vi. Beure per deixar de donar voltes al que passaria l'endemà.

—Per descomptat, els nens s'ho passaran molt bé —va dir l'Alice.

Com sempre, els ulls de la dona d'en Henrik refulgien quan mirava en Jack. Més que no pas quan mirava el seu marit.

—Perfecte —va sentenciar en Jack, i la Julienne es va enfilar escales amunt.

La Faye i l'Alice van acompanyar els seus homes fins a la porta.

—Passeu-vos-ho molt bé, nois —va dir l'Alice, i va fer un petó a la boca a en Henrik.

—La mainadera vindrà demà a les nou —va fer la Faye.

—Ah, sí. Perfecte, fins demà —va respondre en Jack, i va desaparèixer.

Van col·locar els plats al rentaplats i van deixar les sobralles a la nevera.

—No et preocupis per la resta —va dir l'Alice—. El servei se n'encarregarà demà al matí.

Va agafar una altra ampolla de vi i totes dues es van asseure al sofà davant del finestral.

—Què has de fer demà? —va preguntar l'Alice.

—Tinc hora amb el metge.

—Res greu?

—No, res greu.

—Tot un detall de part d'en Jack, això d'acompanyar-t'hi.

La Faye només va ser capaç de respondre amb un murmuri.

L'Alice, d'enormes ulls de cabirol i cutis perfecte. Estava satisfeta amb la seva vida? Sentia passió per alguna cosa? La

Faye no tenia forces per a més jocs. Totes dues estaven atrapades en una gàbia d'or. Com dos paons. Encara que, en aquells moments, la Faye més aviat se sentia com un d'aquells coloms repugnants de la plaça Hötorget. Rates voladores, tal com s'hi solia referir la Chris, amb fàstic.

La Faye no volia parlar amb un ocell engabiat. Volia parlar amb una persona real. Es van servir dues copes més.

L'Alice li explicava una història extraordinàriament avorrida sobre com li anava al seu fill Carl a la llar d'infants. Hi havia res més a la vida de l'Alice, a part d'en Henrik i els nens, i de l'estatus en aquella vida que vivia? Al darrere de tot allò, hi havia una dona real? Amb sentiments reals? Somnis reals? O era la Faye la que estava equivocada, perquè era incapaç de conformar-se amb el que tenia? La majoria de la gent somiava la seva vida. Poder comprar qualsevol cosa, no haver de treballar, tenir sort, tenir uns fills preciosos, rebre invitacions per assistir a inauguracions de botigues Louis Vuitton i poder gastar-se en una bossa de mà més del que un suec mitjà guanyava en un mes.

—Què faries si no tinguessis en Henrik? —va preguntar.

—Què vols dir?

—A què et dedicaries? En què treballaries?

L'Alice va rumiar una estona. Com si es tractés d'una qüestió que mai abans s'hagués plantejat. Al final, es va arronsar d'espatlles.

—Interiorisme, suposo. M'agrada fer que les cases siguin boniques.

—I per què no ho fas?

L'Alice ni tan sols havia decorat casa seva. Ben al contrari, havia contractat un interiorista car i sobrevalorat amb una llarga llista de cases de Lidingö a la seva carta de presentació.

L'Alice va tornar a encongir-se d'espatlles.

—I aleshores qui es cuidaria dels nens?

La Faye va obrir els ulls com dues taronges i va mirar al seu voltant.

—La mateixa persona que se n'està cuidant ara mateix. La mainadera! Amb franquesa, no somies mai fer una altra cosa?

Fer realment el que tu vols, independentment dels nens i d'en Henrik. Ser una persona per tu mateixa.

Estava massa beguda, ho sabia, però no es podia aturar. Volia entreobrir la porteta de la gàbia d'or de l'Alice, encara que fos per un instant. Encara que tinguessin dues vides tan semblants, la diferència era colossal. Ella tenia uns estudis als quals podia tornar, havia pres una decisió conscient, plegats amb en Jack, perquè tots dos consideraven que beneficiava la família. A diferència de l'Alice, ella no depenia del seu marit.

La Faye va fer un altre glop de vi. Com a mínim, la criatureta tindria una bona borratxera com a regal de comiat.

Es va ennuegar i va començar a estossegar.

—Soc una persona per mi mateixa —va respondre l'Alice—. No desitjo canviar res.

Es va humitejar els llavis. Era realment fabulosa. Les seves plomes de paó van refulgir.

—Ets increïblement bonica —va dir la Faye.

—Gràcies.

L'Alice es va girar cap a ella amb un somriure als llavis, però la Faye encara no ho podia deixar estar, no podia frenar.

—No et preocupa pensar que en Henrik ni tan sols et miraria si no ho fossis? Que és justament per aquest motiu que som en aquesta casa? Perquè ens poden lluir? Com si fóssim nines. Bé, com a mínim, a mi abans se'm podia lluir.

Es va tornar a omplir la copa, ni tan sols s'havia adonat que l'havia buidada.

—Atura't. Saps prou bé que no és així.

—I tant! És clar que és així.

L'Alice no va respondre, però va alçar la copa perquè la Faye també li pogués omplir la seva. Feia la impressió que, com a mínim, les calories del vi no comptaven en el món de l'Alice.

Es va fer un silenci. La Faye va sospirar. Es van sentir crits de nens.

—Saps que sempre m'he sentit gelosa de tu?

La Faye se la va mirar sorpresa. Als ulls de l'Alice hi havia alguna cosa nova, trista. Era l'Alice real, que treia el nas?

—No —va respondre—, no en tenia ni idea.

—En Henrik sempre diu meravelles de tu. Diu que ets la dona més intel·ligent que ha conegut mai. Entens de què estan parlant, comprens el món de l'empresa. Menges el que vols, beus cervesa, els fas riure. És sobretot això, que fas riure en Henrik, el que em fa sentir més gelosa. Ell... bé, ell et respecta.

La Faye es va regirar al sofà. Va pensar en totes les coses que l'Alice havia enumerat que ja no eren així. Havia descrit un passat. Ja no quedava res de què sentir-se gelosa. Res per respectar. Es va preguntar si realment havia existit mai o si, per contra, ella soleta s'havia construït una imatge de com havia estat tot.

De vegades li venien al cap petits fragments de memòria. Tots els cops que no havia pogut localitzar en Jack quan l'havia necessitat. Certs records, com el dia que va néixer la Julienne, eren tan dolorosos que ni tan sols es veia capaç d'aproximar-s'hi. I els defugia. I perdonava. Una vegada rere una altra.

Es va tornar a regirar al sofà. Va deixar la copa de vi a la tauleta auxiliar. La Julienne va aparèixer corrent i li va preguntar si es podia banyar a la piscina.

—En Carl i la Saga també es volen banyar? —va preguntar la Faye, i de cua d'ull va mirar l'Alice.

—Sí! —va respondre la nena, amb èmfasi, i va assentir amb el cap.

Un cop la Julienne va haver marxat, l'Alice va sospirar.

—Sí, soc conscient que en Henrik no s'hauria casat mai amb mi si no hagués estat pel meu físic i la meva família. No soc tan ximple. Però em fa feliç i em tracta bé. Conec dones que ho tenen molt pitjor només en aquest camp. —Va alçar la copa i va balbucejar lleugerament.— En aquest coi de societat, una dona no pot dir que vol que la cuidin. Doncs jo ho vull. Vull que en Henrik sigui l'home de la casa. I se me'n refot que de tant en tant se'n folli una altra.

Va agitar el braç i va estar a punt de vessar el vi negre sobre el sofà.

La Faye no podia deixar de mirar-la.

Totes les històries que li havia explicat en Jack sobre les relliscades d'en Henrik. Com li podien haver semblat divertides? Mai no s'hauria imaginat que l'Alice n'estava al corrent. Només havia pensat: «Pobreta, l'Alice, tan preciosa i tanoca».

—Alice, jo... —La mala consciència li bategava dins del cap.

—Prou, sé que és així. I estic segura que tu n'estaves al corrent... —L'Alice es va arronsar d'espatlles.— Els homes són homes. Però després sempre torna amb mi. És amb mi, amb qui dorm i amb qui esmorza. És amb els nostres fills amb qui juga. Sé que m'estima. A la seva manera. Jo soc la mare dels seus fills. Amb franquesa, per a mi ja no és un problema. Jo... ja m'hi he avesat.

Va mirar l'aigua fosca a través del finestral.

—Jo mai no podria... —va dir la Faye.

L'escalfor dins del ventre. En Jack no era com en Henrik. I ella no era com l'Alice.

L'Alice es va girar cap a la Faye.

—Però Faye, en Jack...

—No t'atreveixis a dir-ho! —la va interrompre, alçant tant la veu que l'Alice va recular—. Sé que molts dels homes que ens envolten són infidels. I dones també, cal dir-ho tot. Si tu ho acceptes, me n'alegro per tu. Però en Jack i jo som ànimes bessones! Junts hem construït tant... Si mai t'atreveixes a insinuar qualsevol altra cosa, m'encarregaré de destruir tot el que tens! M'has entès?

La mirada espaordida de l'Alice va obligar la Faye a dominar la seva ira. No li podia mostrar qui era en realitat. Qui havia estat.

Es va aixecar, vacil·lant.

—Moltes gràcies per la vetllada. Ara hem de marxar cap a casa.

Quan la porta de l'entrada es va tancar amb un cop sec darrere seu i de la Julienne, es va girar. Va mirar a través del vidre que hi havia al costat de la porta. L'Alice no s'havia mogut del sofà, amb els ulls clavats a la badia.

Estocolm, setembre del 2001

TORNANT DE L'AEROPORT D'ARLANDA en taxi ja m'anava preparant mentalment perquè en Jack es fes fonedís i que la meva vida tornés a la normalitat. A mi la felicitat només m'arribava en dosis petites. «Estic satisfeta amb el que he rebut», m'intentava convèncer mentre ens anàvem acostant a Estocolm.

Però en Jack no em va deixar la mà mentre a l'altre costat de la finestreta vèiem passar els barris del nord de la capital.

—I què faràs, avui?

—No ho sé —vaig respondre.

Vam deixar enrere Järva Krog i el taxi va reduir la velocitat a causa de les cues que es formaven per entrar a la ciutat. No em molestava gens. Ben al contrari.

—Jo tampoc. Vols que anem a prendre una cervesa?

I ho vam fer. I aquella nit vam dormir al seu estudi del carrer Pontonjärsgatan, al barri de Kungsholmen.

L'endemà no ens vam moure del llit fins a l'hora de dinar. Xerrant, mirant pel·lícules i fent l'amor. Però cap al migdia em va envair la mala consciència i em vaig asseure al balcó a estudiar. El cap de setmana a Barcelona havia estat meravellós, però ara calia que em posés al dia amb la feina de la universitat.

De cop i volta vaig sentir un xiscle que provenia del sofà on s'havia assegut en Jack a veure les notícies.

—Què passa? —vaig cridar, però en Jack no em va respondre.

Vaig tancar el llibre i m'hi vaig acostar.

En Jack estava davant el televisor, immòbil, amb els ulls clavats a la pantalla. Tenia la cara blanca com la cera.

Les imatges de la CNN eren més horripilants del que havia vist mai abans. Els avions. Els gratacels esclatant. Cossos de persones precipitant-se a un buit de centenars de metres. Gent saltant i homes i dones, coberts de sang i pols, vagarejant desorientats pels carrers de Manhattan.

—Què ha passat? —No podia apartar els ulls de la pantalla, incapaç de creure el que estava veient.

En Jack va alçar el cap i em va mirar amb un ulls plens de llàgrimes.

—Un avió s'ha estavellat contra el World Trade Center. Al principi tothom creia que es tractava d'un accident, però, de sobte, un segon avió ha impactat contra l'altra torre. Hi ha diversos avions segrestats. Sembla que es tracta d'un atac terrorista.

—Un atac terrorista?

—Sí.

L'ambient dins del pis era de desconcert. Tots dos davant del televisor, com hipnotitzats. Incapaços de dir res a causa del que estàvem veient, a causa del pànic. Del desconegut. De l'indicible.

En Jack es va aixecar i va tancar la porta amb clau. Va anar a buscar una ampolla de whisky i dos gots. Quan les torres es van desplomar, l'una rere l'altra, vam plorar. Aquella devastació, totes aquelles morts, contrastaven amb la nostra felicitat.

De cop i volta vaig sentir que necessitava estar a prop d'en Jack, sentir-ne la força, saber que ell em protegiria. Les meves cicatrius descansaven, segures, a les seves mans. En Jack no sabia que eren allà, però allò no volia dir res. La seva presència les calmava. Era com si les seves pròpies cicatrius encaixessin amb les meves.

De sobte, vaig comprendre el *baby boom* dels anys quaranta. Com en època de crisi, homes i dones necessitaven consol, es refugiaven en l'essència animal, el més pregon, el més elemental. La seguretat de la reproducció, la base mateixa de la supervivència de l'espècie.

Em vaig estirar per agafar el comandament a distància i vaig apagar el so. En Jack em va mirar sense entendre res.

—Què...?

Alguna cosa als meus ulls va silenciar-lo. Vaig fer que s'aixequés. Li vaig treure la roba, peça per peça, fins que es va quedar nu davant meu. Després em vaig despullar jo i ens vam estirar al sofà. Quan em va penetrar, em va envair una enorme sensació de seguretat. L'únic que tenia valor era que podia ser allà, sota seu, amb el seu membre a dins. Era com si fos la vida mateixa que estigués dins meu. Veia les imatges que emetia la televisió, com flaixos dins del cap. Una vegada rere una altra mostraven els cossos que queien de les torres en flames. Fum i foc quan les torres colossals i aparentment indestructibles es van desplomar.

Vaig plorar.

Però en necessitava més. No en tenia prou. De vegades tenia por justament d'allò. Que res, mai, no fos prou.

—Més fort —vaig dir.

En Jack es va aturar. La seva respiració feixuga va emmudir. A través de la paret prima vam sentir que el veí estava escoltant les mateixes notícies.

—Folla'm tan fort com puguis —vaig xiuxiuejar—. Fes-me mal.

Vaig notar que vacil·lava.

—Per què?

No preguntis —vaig respondre—. Simplement és el que necessito ara.

En Jack em va mirar als ulls sense acabar-ho d'entendre, però després va fer el que li havia demanat. Em va engrapar fort pels malucs i em va penetrar amb més força. La seva respiració es va fer més feixuga i em va estirar els cabells. Sense miraments. Sense intentar anar amb compte.

Em feia mal, però volia que em fes mal. El dolor m'era familiar. Feia que em sentís segura. El món estava en flames i el dolor era la meva àncora.

L'onze de setembre.

Aquella data ja ocupava un lloc a la meva vida. Quatre anys abans el pare havia estat detingut per l'assassinat de la mare.

Un any després que haguessin trobat en Sebastian penjat d'un cinturó dins del seu vestidor.

Jo tenia quinze anys quan va morir. Potser va ser llavors que em vaig convertir en la persona que era. Potser va ser aquell, el dia que em vaig convertir en la Faye.

En Jack em penetrava cada vegada amb més intensitat i vaig sentir que ell també s'havia posat a plorar. Ens vam unir en la pena i el dolor, i quan, finalment, es va desplomar sobre meu, vaig saber que havíem compartit un instant que cap dels dos no oblidaria mai.

Aquella tarda i vespre ens la vam passar asseguts al sofà, agafant-nos les mans mentre vèiem com cremava el món.

L'any següent seria el millor de la meva existència. El que assentaria els fonaments de la nostra vida plegats i els lligams irrompibles que ens mantenien units.

En Jack m'ho va explicar tot de la seva infantesa. Em va parlar de les incerteses, els plors, la manca constant de diners. Els nadals sense regals. Els parents que de vegades es compadien del seu pare i de vegades el maleïen. Com tot havia empitjorat encara més quan la mare els havia abandonat. La casa on les coses anaven desapareixent a poc a poc, venudes, empenyorades; la gent que apareixia a hores intempestives exigint el pagament d'un deute o per emborratxar-se amb el pare. La sensació d'alleujament quan va poder deixar aquella vida darrere seu.

Jo no li vaig explicar res. I en Jack mai no em va fer cap pregunta sobre la meva vida anterior. Havia acceptat que estava sola al món. Que no em quedava res. En certa manera, crec que allò li agradava. Així era només seva. Només ens teníem l'un a l'altre. I podia ser el meu heroi.

En Jack i jo ens vèiem pels petits bars que hi havia al voltant de l'Escola de Negocis o al Chinatown després de classe, de vegades sols, d'altres amb en Henrik i la Chris, i xerràvem de la vida, d'economia, de política i dels nostres somnis. Ens vèiem tots com iguals. Encara que la Chris i jo sovint ens sentíem com dues reines dins del món d'en Jack i en Henrik, sovint veia que en Jack m'observava engelosit quan s'adonava que altres homes em miraven. I no li agradava que anés enlloc sense ell. Sempre volia saber on era, què estava fent. A mi aquella gelosia em semblava captivadora. Volia que em posseís. I vaig deixar de fer coses sense ell. La Chris de vegades es queixava, però, tot i així, ens seguíem veient moltíssim, tots quatre, així que en realitat no es va notar tant. Vaig deixar de portar faldilles curtes i roba escotada. Excepte quan estàvem tots dos sols. Aleshores en Jack preferia que em vestís amb roba tan cenyida i escotada com fos possible.

—Tu no ets com la resta de dones —solia dir sovint.

Mai no li vaig preguntar a què es referia. Només ho absorbia. Volia ser diferent.

Fèiem l'amor pertot arreu. De vegades quedàvem entre classes. Rient per sota el nas, obríem la porta d'un lavabo i ens arrencàvem la roba l'un a l'altre. Follàvem per tot Estocolm. A la biblioteca municipal, al McDonald's del carrer Sveavägen, al parc de Kronoberg, en una classe de la universitat buida, dins dels grans magatzems Sturecompagniet, a l'East i al Riche, dins d'un vagó de metro buit en direcció a Ropsten en plena nit, durant les festes a casa d'algú, a casa dels pares d'en Henrik i al balcó. Dues o tres vegades al dia. En Jack no en tenia mai prou de mi i em feia sentir com la dona més desitjada que mai havia trepitjat la faç de la Terra. M'excitava pel simple fet de notar els seus ulls sobre mi, de saber fins a quin punt em desitjava. No li agradava quan li deia que no, s'enfadava i es frustrava, així que, senzillament, no li deia mai que no. No em semblava tan terrible. Si ell era feliç, jo també ho era.

HOSPITAL KAROLINSKA. Un ventilador brunzint monòtonament. Sofàs de vellut desgastats que grinyolaven quan algú canviava de posició. Un estossec va ressonar entre les gairebé àrides parets.

La Faye toquejava el mòbil, mirant fotografies del dia del casament. Les cares morenes i plenes d'esperança. Els convidats, elegants i meravellosos. Fins i tot l'*Expressen* hi havia enviat un periodista, que havia fet fotografies des del balcó d'un hotel. Ella hauria preferit un casament més reduït, a Suècia. Fins i tot li hauria estat bé celebrar-lo al jutjat. Però en Jack havia insistit a organitzar una gran boda a Itàlia. En una casa a tocar del llac de Como. Quatre-cents convidats, dels quals la Faye només en coneixia un grapat. Estranys que la felicitaven i li feien petons per sota del vel.

En Jack li havia triat el vestit. Un somni de merenga de seda i randa, creat especialment per a ella per Lars Wallin. Era preciós, però no era ella. Si hagués pogut escollir, hauria triat alguna cosa més senzilla. Però quan va veure la cara d'en Jack mentre avançava cap a ell, es va alegrar de no haver anat en contra de la seva voluntat.

Va desar el mòbil. En qualsevol moment apareixeria en Jack. Es passaria una mà pels cabells, s'asseuria al seu costat, l'estrenyeria entre els seus braços i li demanaria perdó per haver arribat tard. Per haver deixat que estigués allà tota sola, esperant.

«Passarem la fortuna i la desgràcia plegats», tal com havia dit al discurs que havia pronunciat durant la cerimònia i que havia provocat que les dones presents comencessin a plorar i a mirar amb enveja la Faye.

De totes les dones que esperaven en aquella sala, la Faye era la més gran, i també l'única que no tenia un home al seu costat. A part d'una noieta menuda que no semblava que tingués més de setze anys i a qui acompanyava la mare. Els xicots abraçaven les seves parelles. Els acaronaven, amorosament, el dors de la mà. Els parlaven en veu baixa i les miraven amb ulls seriosos i amatents. Tots sentien que alguna cosa privada quedava fora de l'abast de la resta del món. Només desitjaven estar sols. Sense ningú que els observés. Sense ningú que els preguntés res. De tant en tant, apareixia una infermera i pronunciava un nom. Tothom mirava la noia que sortia de la sala.

Va sentir el seu i la Faye va donar un altre cop d'ull al mòbil. Cap missatge de text d'en Jack. Cap trucada perduda. Va comprovar novament que tingués cobertura.

Es va aixecar i va seguir la infermera fins a una consulta. Va respondre un reguitzell de preguntes de control, i mentrestant pensava si aquella dona l'havia reconeguda. Tot i que en realitat tant li feia, va suposar que es devia al secret professional.

—Vindrà a recollir-te algú, després? —va dir la infermera.

La Faye va abaixar els ulls a la taula. Es va sentir avergonyida, tot i no saber per què.

—Sí, el meu home.

La llum dels fluorescents del sostre feia que el paper que cobria la llitera brillés amb una claror gèlida.

—D'acord. N'hi ha que solen preferir passejar una mica pels passadissos d'aquí fora per accelerar el procés i mantenir a ratlla el dolor. Avisa'm si necessites res, així puc estar tranquil·la que tot va bé.

—Gràcies —va respondre la Faye.

Seguia sent incapaç de mirar la infermera als ulls. Com podia explicar que fos allà tota sola? Ni ella mateixa ho comprenia.

—Et vas prendre la pastilla, ahir?

—Sí.

—Perfecte, ara et donaré la segona.

Una pastilla dins d'un got de plàstic i una mà càlida a l'espatlla. Va haver de fer un esforç per no cedir a l'impuls de recolzar el cap a la falda d'aquella infermera tan jove i posar-se a plorar. Per contra, es va introduir la pastilla a la boca sense ni tan sols mirar-la.

—Pren-te això també —va dir la infermera, i li va deixar uns quants analgèsics damunt la taula que tenia al davant.

La Faye se'ls va empassar. Estava acostumada a empassar.

Estava estirada en una mena de butaca enorme de color groc amb els ulls clavats al sostre. Com a mínim havia pogut evitar la llitera verda i donava gràcies d'haver-se pogut estirar en pau darrere d'una mampara. Li havien posat una mena de bolquer que havia d'absorbir l'embrió i ja havia començat a notar que perdia sang. La infermera que li havia aplicat els ultrasons li havia dit el temps que tenia la criatura, però la Faye no havia acabat d'entendre la setmana exacta, no ho havia volgut sentir.

«On ets?», va escriure a en Jack.

Cap resposta.

Devia haver passat alguna cosa. Havia tingut un accident? Va trucar a la mainadera i li va preguntar com estava la Julienne.

—Tot molt bé, estem mirant una pel·lícula.

—I en Jack? —La Faye va intentar que no se li notés a la veu. La sang li regalimava entre les cames mentre parlava. I el bolquer l'absorbia.— T'ha trucat?

—No, em pensava que estava amb tu.

La trucada següent va ser a en Henrik. Ell tampoc no responia. El cap no deixava de donar-li voltes. Va veure davant seu com dos policies amb expressió greu trucaven a la porta de casa, li donaven el condol i li explicaven que en Jack era mort. Si era així, què faria, ella? Una sensació de *déjà vu*. La mateixa angoixa que havia sentit durant el naixement de la Julienne.

Estava previst que la nena naixés al començament de juny. En Jack s'havia mostrat d'allò més dolç durant els nou mesos de gestació, encara que no tenia temps per acompanyar-la a les visites amb el ginecòleg i tota la resta de qüestions pràctiques que envolten un embaràs. Compare es trobava en un moment de reorganització intensa i la Faye comprenia que, ara que esperaven una criatura, l'empresa passava al davant i que en Jack desitjava construir alguna cosa per a la seva família.

En Jack era a l'oficina quan li van venir les primeres contraccions. Al principi, la Faye no havia entès que es tractava de les de debò, les havia confós amb les de Braxton Hicks que li havien vingut de manera intermitent els darrers mesos. Però després s'havien fet tan intenses que s'havia hagut de recolzar al marbre de la cuina per no caure a terra.

Estava doblegada de dolor quan havia trucat a en Jack. Els tons anaven sonant l'un rere l'altre i al final havia saltat la bústia de veu. Li va enviar un missatge de text dient-li que havia de tornar a casa, va imaginar que devia ser en alguna reunió. Quan va trucar a l'hospital de Danderyd li van dir que hi havia d'anar immediatament, però ella no volia marxar sense en Jack. La Faye s'havia imaginat com el seu home l'ajudava a pujar al cotxe i després, nerviós, insultava tots els conductors mentre conduïa a tota velocitat cap a la maternitat. Cap a la primera vegada que veurien aquella criatureta tan desitjada.

Minut a minut les contraccions es feien més doloroses, però el telèfon continuava sense sonar. Ni en Jack ni en Henrik responien les seves trucades o missatges de text. Al final, la Faye va telefonar a la Chris i li va demanar si la podia acompanyar a l'hospital i estar al seu costat fins que en Jack arribés.

Un quart d'hora més tard, la Chris entrava a grans gambades i panteixant al pis, amb sabates de taló alt i vestida amb un abric de lleopard. Tota sola va mig arrossegar mig carregar la Faye escales avall. Un cop dins del taxi, camí de Danderyd, la Faye es va adonar que havia oblidat la canastreta que feia més de dos mesos havia preparat amb tanta cura. Va manar al taxista que girés cua, però la Chris va bramar a l'home que no fes cas de la Faye i que continués conduint tan de pressa com pogués. Tot el que hi havia dins d'aquella bossa es podia comprar, va dir, i va afegir que durant mil·lennis les criatures havien nascut sense la necessitat d'una llista llarguíssima de foteses.

La Chris l'havia rellevada en la missió de localitzar en Jack i li trucava i li enviava missatges de text frenèticament. Quan el taxi va reduir la velocitat en aproximar-se a l'hospital, va desar el mòbil a la bossa.

—Ja sap on som —va sentenciar—. Ja sap què està passant. Ara nosaltres ens concentrarem a arribar a la maternitat abans que la criatura neixi dins d'aquest taxi, d'acord?

La Faye es va limitar a assentir amb el cap. El dolor l'envestia com una onada immensa i era incapaç de concentrar-se en res més que no fos respirar.

Estrenyia amb força el braç de la Chris quan van baixar del cotxe, se sentia desorientada. A una gran distància sentia com la Chris escridassava i maleïa el personal de l'hospital quan van entrar en un passadís. De ben segur que més tard hauria de demanar disculpes, però just en aquell moment la veu estrident i de falset de la Chris era la seva única seguretat.

La Julienne va arribar cinc hores més tard. Cinc hores de dolor que havien fet que la Faye de vegades temés morir i d'altres ho desitgés. La Chris no s'havia separat del seu costat en cap moment. Li havia eixugat la suor del front, li havia demanat calmants, havia escridassat la llevadora, li havia fet un massatge a l'esquena, l'havia ajudada amb la mascareta i havia controlat les contraccions. I quan la Julienne finalment havia arribat, havia estat la Chris la que havia tallat el cordó umbilical, amb molta cura havia donat la criatura a la Faye, i l'hi havia col·locada bé sobre el pit. Aquella havia estat l'única ocasió que la Faye havia vist plorar la Chris.

Dues hores més tard havia entrat a l'hospital un Jack amb la cua entre cames. Duia a les mans el ram de roses més gros que la Faye havia vist mai. Cent roses vermelles perfectes per a les quals al personal els va resultar impossible trobar un gerro. No alçava els ulls de les sabates, el serrell li queia sobre la cara i la Faye va sentir com la ràbia i la decepció desapareixien.

En Jack va balbucejar alguna cosa sobre una reunió, el mòbil apagat, un reguitzell de circumstàncies desafortunades. Semblava destrossat i la Faye va pensar que, al capdavall, havia estat ell el que s'ho havia perdut tot. S'havia perdut el naixement de la criatura més perfecta que el món havia vist mai.

Amb molta cura li va allargar la Julienne. La nena estava embolcallada amb una manteta i respirava satisfeta després d'haver fet el seu primer àpat fora del ventre. En Jack plorava amb tanta intensitat que tot ell tremolava, però, darrere seu, la Chris estava dreta de braços plegats. La Faye va apartar els ulls de la seva amiga i va contemplar el seu home, dret allà davant, amb la filla de tots dos als braços. En Jack l'estimava. Ningú no era perfecte.

Va respirar profundament i va sacsejar el cap per foragitar aquell record. Havia decidit oblidar el part, però aquella situació li recordava massa aquella altra. Malgrat que aquell dia no naixeria cap criatura. Ben al contrari, una vida s'apagaria.

Va notar com el ventre es tensava i després es recargolava. Es va mossegar el llavi per no posar-se a plorar. Havia de ser forta, per ella i per la Julienne. En Jack se'n sentiria orgullós.

Notava que el front li bullia com si tingués febre, la suor feia que la roba li piqués en contacte amb la pell. A l'altre costat de la mampara va sentir sanglots.

—Tranquil·la, preciosa. Tranquil·la.

Algú que acaronava algú altre i el consolava.

Els segons anaven passant. Va panteixar quan va sentir que li baixava. Es va adonar que s'havia posat tensa i que havia sostingut la respiració. Ella també volia que algú la consolés. Ja no podia suportar més aquella soledat. Va agafar el telèfon i va trucar a la Chris. Li va explicar on era. No li importava que la sentís algú. Va xisclar quan va sentir una nova fiblada i va estrènyer amb tanta força el mòbil que els artells van empal·lidir. La suor li regalimava esquena avall.

—Ara vinc —va dir la Chris. Com sempre.

—Segur? —va somicar la Faye.

—Evidentment que vinc, estimada.

Al cap de mitja hora, al passadís ressonaven els talons de la seva amiga. Es va inclinar sobre la Faye. Amb les mans amb una manicura perfecta, li va acaronar els cabells. Li va eixugar la suor del front amb un mocador que es va treure del seu *sac de jour* d'Yves Saint Laurent.

—Perdona'm —va xiuxiuejar la Faye—. Perdona'm per tot.

—No hi pensis, estimada. Les coses són com són. Ara ens concentrarem a treure això que portes dins teu i marxarem d'aquí, entesos?

La veu aspra de la Chris era sòbria i compassiva en la mesura justa i va aconseguir calmar la Faye. La seva amiga sempre havia tingut aquella capacitat. La Faye no s'havia adonat fins aleshores de fins a quin punt ho havia trobat a faltar.

La va mirar als ulls.

—T'estimo.

—I jo t'estimo a tu —va contestar la Chris—. Vaig ser al teu costat quan va néixer la Julienne. Evidentment, ara també soc aquí amb tu.

La Faye va fer una ganyota de dolor i li va estrènyer la mà. Era la mà més bonica que havia vist mai.

Mentre una vida se li escolava entre les cames, va pressionar la galta contra la mà de la Chris.

Estocolm, febrer del 2003

VIVÍEM EN UN PIS DE DUES HABITACIONS del municipi de Bergshamra. L'oncle d'en Jack havia volgut recuperar el seu apartament quan un dels seus fills havia tornar de l'estranger. S'hi podia arribar amb la línia vermella del metro, ben a prop de la capital, però a la vegada era un altre món. El veïnat estava compost d'una barreja de suecs i famílies immigrants. Mares afables i cordials. Nens i nenes que cridaven i feien xivarri als parcs, però agradables i ben educats quan t'hi creuaves a les escales.

Tant en Jack com en Henrik s'havien llicenciat de l'Escola de Negocis. En Henrik, amb la màxima nota; en Jack, amb unes qualificacions mediocres. Però cap dels dos no s'havia posat a buscar feina. Per contra, treballaven dia i nit amb l'objectiu de posar en marxa Compare. La idea empresarial de base era la venda per telèfon amb un sou per objectius que era més agressiva i intensa que cap dels seus precursors. «Motivació, motivació i motivació», solia repetir en Jack. El seu lema preferit era «Els llops afamegats són més bons caçadors», i el model empresarial que jo havia desenvolupat per a ells encaixava perfectament amb els llops afamegats. Especialment amb dos homes ambiciosos com en Jack i en Henrik.

La nostra sala d'estar era la seva oficina. Compartien una taula enorme i treballaven braç a braç en un parell de cadires que havia trobat a la sala de les escombraries de l'edifici, però que havia assegurat a en Jack que havia heretat del meu avi.

Admirava la seva empenta i no tenia cap dubte que se'n sortirien, estava segura que anaven pel bon camí. Per això em vaig enfurismar tant aquella tarda que vaig arribar a casa i em vaig trobar en Jack assegut al sofà amb la mirada perduda.

—Què passa, amor meu? —vaig preguntar, i em vaig asseure al seu costat.

—Ens hem quedat escurats. En Henrik s'ha polit tots els estalvis i jo he anat amb la gorra a la mà a pidolar capital sense èxit. He fracassat a l'hora de trobar inversors. Hem fracassat, ras i curt.

Es va passar les dues mans pels cabells.

—Potser no és tan greu com això. Tots dos trobarem feina. En Henrik està parlant de marxar a Londres i treballar en el món de les finances. Potser el millor és que ens oblidem d'aquest somni infantil i madurem d'una vegada. Li diré que demà mateix ho deixo estar, és el més adequat. Potser que jo també me'n vagi a Londres, és on hi ha els diners de debò. O a Nova York. A Wall Street. Potser marxaré a Wall Street.

Aquell llarg monòleg d'en Jack havia de servir per convèncer-se a si mateix, però jo vaig veure perfectament que no deia de cor cap ni una d'aquelles paraules. L'últim que desitjava al món era abandonar el seu somni. I vaig sentir com m'envaïa el pànic només de pensar que en Jack se n'anava i em deixava sola. Un altre cop.

No era capaç d'imaginar-me una vida sense en Jack. Em vaig empassar aquella sensació de vertigen i amb tota la serenor que vaig poder reunir i posant la mà sobre la seva li vaig dir:

—D'on carai surt tot això? Em pensava que les coses anaven bé. Fins ahir al vespre mateix, quan vam anar a dormir, estàveu entusiasmats. Us vaig sentir parlar per telèfon.

—Havíem posat moltes expectatives en uns inversors, però avui ens han informat que, malgrat tot, no hi estan interessats. Així que ens hem quedat sense ni cinc, amor meu. Ara mateix ens estàs mantenint amb el teu subsidi per als estudis i la feina a la cafeteria. Jo, aquest mes, ni tan sols he pogut pagar la factura del mòbil.

Les expectatives de generacions senceres estaven dipositades sobre les seves espatlles i a la cara se li podia veure la decepció. Ell era la persona encarregada de redreçar el que havia torçat el seu pare i restablir l'honor familiar. Però era una croada que estava a punt d'abandonar.

Li vaig agafar la cara amb les mans.

—No, no penso permetre que abandonis el teu somni.

—Però que no em sents? Ens calen diners. Ingressos. I tu estàs estudiant...

Va girar la cara cap a la meva. Els ulls eren profunds i humits com els d'un cadellet. En Jack em necessitava, d'una manera com mai ningú no m'havia necessitat abans.

—Puc agafar un any sabàtic.

—Però a tu t'encanta l'Escola de Negocis.

Aquells ulls blaus em miraven intensament, i, de sobte, vaig veure que allà dins s'havia encès una llumeta d'esperança, que en Jack només es queixava per simple cortesia.

—Tu m'agrades més. I sé que acabaràs tenint èxit, si tens l'oportunitat de fer el que vols. Som un equip, tu i jo. En Jack i la Faye. Conquerirem el món, no és això el que vam dir? Acabaré la carrera un any més tard. I què representa un any comparat amb tota una vida?

Em vaig arronsar d'espatlles.

—N'estàs completament segura? —va preguntar en Jack, i em va estirar cap a ell.

—I tant que ho estic! —I vaig esclafir a riure.

La felicitat em borbollejava per dins com una gasosa. Li estava fent un regal, i ell el va acceptar, perquè m'estimava.

—Sé que tu hauries fet el mateix per mi. I crec en Compare, sé que ens farem milionaris. I llavors ja m'ho podràs pagar!

—Que si ho faré... Tot el que és meu és teu. Nostre!

Em va besar i després em va aixecar en braços. Em va portar fins a l'habitació.

Un any no era res. Per a Compare ho significava tot. Per a la meva carrera, no pas tant. A mi, els estudis sempre m'havien resultat molt fàcils, mentre que en Henrik havia hagut d'escarrassar-se de valent per aconseguir les màximes qualificacions. Per descomptat, odiava netejar taules, servir cafès, que em pessiguessin el cul vells que es pensaven que la cambrera estava inclosa en el preu d'un cafè i una pasteta de crema. Però en Jack era l'amor de la meva vida. La meva ànima bessona. Ens sosteníem l'un a l'altre. La pròxima vegada seria en Jack el que se sacrificaria per mi.

Vaig informar l'Escola de Negocis de la meva decisió aquell vespre mateix i vaig trucar al meu cap al Café Madeleine. Es va posar d'allò més content. Sabia que l'home tenia plans per expandir el negoci, però que la voràgine del dia a dia impedia que pogués marxar de la cafeteria. Sense dubtar-ho ni un moment, em va oferir el lloc de cap de personal. El sou que em va proposar va fer que em rodés el cap. Dues mil corones. Li vaig dir que sí.

L'única persona que es va oposar a la meva decisió va ser la Chris. Va passar pel Madeleine a l'hora de tancar. La mirada era fosca.

—Ara, tu i jo tindrem una xerradeta —va dir.

Em va arrossegar a través d'una plaça Stureplan xopa per la pluja i ens vam ficar en un bar. Va cridar al cambrer que li posés dues cerveses i em va fer seure en un dels sofàs.

—Sé que no és el que vols sentir i potser fins i tot t'enfadaràs amb mi. Potser la nostra amistat acabarà tocada de mort ara i aquí. Però algú ho ha de dir! Estàs cometent un error.

Vaig sospirar. Com ho podia entendre, la Chris? El que havien tingut en Henrik i ella ni tan sols s'acostava al que havíem creat en Jack i jo.

—Ja sé que només desitges el millor per a mi, però això és el que toca fer ara. En Jack s'ha de concentrar en Compare si el somni de tots dos s'ha de fer realitat.

—I el teu, de somni? Collons, Faye, si en Jack i en Henrik tinguessin la meitat de cervell que el teu, a hores d'ara ja serien multimilionaris.

—Mentre tingui en Jack al meu costat, jo seré feliç. I els seus somnis són els meus.

—Tens por que et deixi si no ho fas?

—No.

Gairebé vaig esclafir a riure. Aquella idea era absurda. Tota aquella xerrameca sobre Londres i Nova York m'havia preocupat una mica, era cert; però no havia anat més enllà. En Jack desitjava tant estar amb mi com jo volia estar amb ell.

Irritada, la Chris va agitar el braç al bàrman perquè ens servís dues cerveses més.

—Perfecte, però si és així... —va murmurar— ...per què no pot aparcar Compare un anyet i posar-se a treballar? Per què ets tu la que ha de deixar la carrera per ell?

La Chris va encendre un cigarret amb mans tremoloses.

—Tot això és tan refotudament típic... —va remugar.

Vaig allargar la mà per agafar el paquet de cigarrets de la Chris. A en Jack no li agradava que fumés, així que vaig aprofitar l'avinentesa i en vaig fer un llavors. Només havia de recordar comprar xiclets de menta abans d'arribar a casa.

—Un any, Chris. Després hi tornaré. D'aquí a un any, en Jack i en Henrik hauran aconseguit posar en marxa Compare.

Vaig exhalar un anell de fum perfecte i vaig deixar que encerclés la cara d'escepticisme de la Chris. Va canviar de tema, però els seus ulls em van deixar ben clar què pensava de tot plegat.

Sis mesos més tard es produïa el llançament de Compare, que es va convertir en un èxit immediat. Els joves venedors telefònics d'en Jack i en Henrik i la seva manera innovadora de treballar van colpejar Suècia com un exèrcit invasor. Van ser capaços de presentar resultats com ningú abans que ells. Les empreses feien cua perquè Compare els portés les vendes per telèfon. Els diners ens plovien a cabassos. Poc més d'un any després, érem milionaris.

Ni en Jack ni jo ja no vèiem la necessitat que tornés a l'Escola de Negocis. Ja havíem assolit el nostre objectiu. Junts. Per quina raó m'havia d'atabalar amb exàmens universitaris si, al capdavall, ja ens anava tot tan bé?

La gent estudiava per arribar a algun lloc i nosaltres ja ho havíem aconseguit. El futur era tan lluminós que el que em calien a mi eren unes ulleres de sol.

LA CATÀSTROFE CADA VEGADA ERA MÉS A PROP. Per descomptat, hauria hagut de veure'n els senyals. Hauria d'haver obert els ulls abans. Es diu que no hi ha res que encegui tant les persones com l'amor, però la Faye sabia que el que ens encega encara més és el desig de trobar aquest amor.

Les expectatives són una droga poderosa.

Va decidir canviar de tàctica. En lloc de quedar-se tancada a casa com un cadellet trist esperant en Jack, li donaria espai i temps perquè la trobés a faltar.

Faltaven dues setmanes per a la festa d'aniversari del seu marit. El personal de l'empresa d'esdeveniments l'havia informat de l'hora que havia d'aparèixer, allò era tot. A part d'indicar-li el codi de vestimenta: vestit. Ella havia pensat en algun tema una mica més divertit, quan encara es creia que s'encarregaria d'organitzar la festa. «El gran Gatsby» o «Studio 54». Però, pel que semblava, en Jack no volia res d'allò. De vegades es preguntava si només s'havia imaginat que el coneixia. Darrerament li semblava que ho entenia tot malament. O, com a mínim, pel que feia a en Jack.

La Faye va trucar a la porta del seu despatx de la sala de la torre, va sentir un «sí?» irritat i va entrar.

Va carregar un somriure, tot i que en realitat era igual. En Jack tenia els ulls clavats a la pantalla de l'ordinador.

—Perdona, no et volia molestar. Però només havia pensat comentar-te que m'enduré la Julienne de viatge uns quants dies.

En Jack va alçar els ulls, sorprès. El seu perfil preciós es reflectia al vidre de la finestra.

—Ah, sí?

—Sí, ara estàs molt atrafegat. I jo... Bé, no podem dir que jo tingui gaire feina. He llogat una casa a Falsterbo.

S'havia preparat per sentir com en Jack rondinava, mai no s'havia mostrat gaire entusiasmat perquè la Faye fes res pel seu compte. Però es va sorprendre en veure que el seu home gairebé semblava alleujat.

—Em sembla una idea extraordinària. T'anirà bé. Marxar uns quants dies després de... Bé, després del mal tràngol que has passat.

En Jack va evitar mirar-la als ulls. Quan havia tornat a casa tard al vespre, després que la Faye hagués avortat, només li havia etzibat una excusa ràpida sobre una emergència a la feina. Res més que això. Res de roses, aquell cop. Res de llàgrimes. I la Faye havia tornat a empassar, un altre cop; havia acceptat el que no podia canviar, encara que li deixava un regust amarg. Però encara sentia la mà fresca de la Chris contra la seva galta quan se'n va anar a dormir.

—De debò t'ho sembla?

Va mantenir un to de veu neutral. Només mirar cap endavant. Mai cap enrere. Aconseguiria canviar-ho. Tenia més força del que es pensava en Jack. Ja feia massa temps que jugava a ser el sexe dèbil. Perquè era el que en Jack necessitava. Però en aquell moment es va adonar que havia arribat l'hora que agafés les regnes, sense que en Jack se n'adonés. El seu marit no era de la mena d'homes que volen que els governin.

—Sí, de debò —va respondre en Jack, i li va somriure.

La seva cara semblava més jove, menys tensa. La Faye es va relaxar. Havia pres el camí correcte. Senzillament, necessitaven una mica de temps separats.

—També em sembla que serà molt divertit que gaudiu d'uns quants dies mare-filla amb la Julienne —va dir en Jack. Va sonar una mica forçat, però la Faye va agafar les engrunes que li oferien.— Un viatge de noies o com carai se'n digui. Quan comenci l'escola serà més complicat fer una cosa com aquesta.

Jugava amb un bolígraf i li va preguntar, amb fredor:

—I quant de temps sereu fora?

—Cinc nits, havia pensat.

La Faye li va allargar una mà, i en Jack l'hi va agafar, per a sorpresa seva. I alleujament.

—De debò que et sembla bé?

—I tant! Encara que, per descomptat, us trobaré a faltar.

La Faye li va llançar un petó abans de marxar.

—Nosaltres també et trobarem a faltar —va dir.

I ho deia de debò. La Faye ja el trobava a faltar.

*

El trànsit a l'autovia E-4 era fluid i principalment format per tràilers. La Faye gaudia al volant i tenia la impressió que la Julienne estava d'allò més emocionada amb la idea de marxar d'aventura.

—Ens podrem banyar? —va preguntar la nena.

—El mar està molt fred. Ja veurem què hi dius quan toquis l'aigua.

Resposta diplomàtica. Sabia que a la Julienne li semblaria massa freda. Encara faltava molt perquè comencés la temporada de platja.

La Julienne es va concentrar en el seu iPad. La Faye va avançar un camió de DHL, el conductor del qual es va mirar el Porsche Cayennne amb enveja, i després va tornar al carril de la dreta.

Va sonar el telèfon. Era en Jack.

—Com us va per allà?

Semblava content i la Faye va somriure d'orella a orella. Feia temps que no li havia sentit altra cosa que irritació en la veu.

—Papa! —va cridar la Julienne.

—Hola, amor meu! T'ho estàs passant bé?

—Sí, molt! —va respondre la Julienne, i va tornar al seu iPad.

—On sou?

—Acabem de passar Norrköping —va contestar la Faye—. Aviat farem una parada, en aquell lloc dels arcs daurats...

—McDonald's! —va cridar la Julienne de felicitat.

Era impossible enredar-la.

En Jack va esclafir a riure i la Faye va sentir com es dissipaven els mals records i aconseguia que es desintegressin com els plomalls de dent de lleó quan, de petita, els bufava.

Després de penjar, la Faye es va concentrar en la conducció. Encara els quedava un bon tros per davant abans d'arribar.

—Mama, no em trobo bé.

La Faye va mirar de cua d'ull la Julienne, la cara de la qual havia adoptat un to pàl·lid preocupant.

—Podries intentar mirar una estona per la finestra, preciosa? Em sembla que et trobes malament perquè fa molta estona que estàs amb la tauleta.

Va deixar anar el volant amb la mà dreta i la va posar al front de la seva filla. Estava calent i enganxifós.

—Tens gana? Hi ha una poma a la bossa que tens als peus.

—No, em trobo malament.

—Podem parar al McDonald's ara mateix, si vols.

La Julienne va emmudir, sense treure els ulls de la carretera. «Li passarà», va pensar la Faye.

Pocs minuts més tard la nena va començar a estossegar i, amb una ganyota, la Faye es va desviar cap al voral. Al mateix instant que el cotxe es va aturar, la Julienne va vomitar a la guantera.

La Faye va baixar del cotxe d'una revolada, va donar la volta i a grans gambades es va dirigir cap al seient de l'acompanyant. Va treure de la cadireta la Julienne, que no parava de gemegar, i li va subjectar els cabells mentre la nena vomitava de nou.

Un camió els va passar pel costat i el cop de vent va fer que el cotxe es balancegés.

La Faye va tornar a asseure la nena a la cadireta, va buidar una bossa i l'hi va posar a la falda. Va trobar un rotlle de paper al maleter i va netejar com va poder l'interior del cotxe. La fortor feia que se li recargolés l'estómac i ni tan sols s'atrevia a pensar què li diria en Jack quan s'assabentés del que havia passat. El cotxe aniria de dret al taller abans que la Faye tingués temps de parpellejar.

—Si has de tornar a vomitar, intenta fer-ho dins la bossa, amor meu.

Va abaixar la finestreta i respirava per la boca. Quan va engegar el cotxe, la pudor era insuportable. La Whitney Houston cantava que ella sempre estaria enamorada i la Faye va abaixar el volum de la ràdio. Preferia la versió original, de la Dolly Parton.

Uns quants quilòmetres més endavant es van desviar cap a una àrea de servei. La Faye va col·locar la Julienne en una cadira mentre comprava productes de neteja i un drap i es posava a netejar l'estropell, a la vegada que maleïa la idea de baixar en cotxe tota sola.

Podrien haver agafat l'avió, llogat un vehicle a l'aeroport. Per què ho havia de complicar sempre tot? En Jack tenia raó. No servia per a res. Ni com a dona ni com a mare.

El bon humor s'havia esfumat.

La Faye va anar a buscar la Julienne, va comprar un plàtan, que la nena es va menjar camí del cotxe, va llençar la pell a la paperera i totes dues van tornar a pujar al Porsche.

—Com te trobes, bonica?

—Me'n vull anar a casa. Si us plau, podem tornar a casa?

—Intenta dormir una estona, segur que després et trobaràs millor.

La Julienne estava massa cansada per protestar. Va recolzar el cap contra la porta i va aclucar els ulls. La Faye li va posar una mà sobre la cama i va tornar a incorporar-se a l'autovia.

Quan faltaven trenta quilòmetres per arribar a Jönköping, es va cansar de la Whitney Houston. Sense apartar els ulls de la calçada, amb la mà va buscar el telèfon per posar un podcast, però no el va trobar. Va reduir la velocitat, es va situar darrere d'un Volkswagen Golf vermell i es va estirar per arribar a la bossa de mà que havia deixat al seient del darrere perquè no s'embrutés de tota la vomitada. Va rebuscar amb la mà i el cotxe va fer un moviment estrany. La Julienne va gemegar, va fer petar la llengua en somnis i després es va tornar a adormir.

La Faye va aturar el cotxe. Va regirar totes les butxaques, va introduir la mà sota els seients. Però el mòbil no apareixia. Es va adonar que podia ser en qualsevol lloc. Al voral de l'autovia on havien parat. A l'àrea de servei. Va ofegar un crit per no despertar la Julienne. Amb una sensació de frustració absoluta, va colpejar el volant amb les mans. Al telèfon hi tenia el número i l'adreça de la veïna que li havia de donar les claus de la casa.

Va fer mitja volta per una sortida i va tornar cap a Estocolm. De jove no es donava mai per vençuda, però els darrers anys havia tingut l'ocasió de practicar molt.

La Matilda mai no havia llançat la tovallola. Però la Faye sabia perfectament el que s'havia de fer.

Carregava la Julienne en un braç i, a la mà lliure, la maleta amb tota la roba. La porta de l'ascensor es va tancar i la Faye va passar la reixa. Al mirall es va observar la cara: ulleres fosques sota els ulls, pell pàl·lida i resseca. Perletes de suor que li cobrien el front i el bigoti. I una mirada de resignació.

La Julienne va obrir els ulls.

—On som? —va murmurar, mig endormiscada.

—A casa, amor meu. T'has posat malaltona. Ja anirem a Skåne un altre dia.

La nena va somriure, exhausta. Va assentir amb el cap.

—Estic cansada —va xiuxiuejar.

—Ja ho sé, petita. Aviat podràs descansar.

L'ascensor es va aturar amb un sotrac. La Faye va obrir la reixa i es va carregar bé la Julienne al maluc. El pes feia que el braç li fes mal. La nena s'havia entortolligat de braços i cames al seu voltant com una mona i va rondinar lleugerament quan la va deixar a terra per buscar les claus.

En Jack odiava quan trucava a la porta i el molestava.

Finalment va aconseguir obrir la porta i, a empentes i rodolons, van entrar al pis. Amb les últimes forces que li quedaven, la Faye va treure l'abric i les botes a la Julienne, la va posar al llit i li va fer un petó de bona nit. Després es va dirigir cap a la torre per veure si en Jack era allà, treballant.

El despatx estava buit i feia olor de tancat. Va obrir la finestra per ventilar-lo i va col·locar un test a l'ampit per evitar que es tornés a tancar.

«Això vol dir que en Jack és a la feina», va pensar la Faye, alleujada, mentre es dirigia cap al dormitori per dutxar-se i canviar-se de roba. Donava gràcies al cel per tenir temps de refrescar-se una mica abans que en Jack tornés a casa. Se sentia miserable i no volia que la veiés en aquell estat, com un drap brut.

La Faye va obrir la porta, i, de cop i volta, va ser com si l'habitació que tenia al davant s'omplís d'aigua. Al seu voltant tot es va aturar. L'únic que podia sentir era la seva pròpia respiració entretallada i un xiulet a les orelles que cada segon que passava es feia més intens.

En Jack estava dret als peus del llit, d'esquena a ella. Nu. La Faye va clavar els ulls en el seu cul. Va veure la taca de naixement tan coneguda a la galta dreta. La marca es movia cap endavant i cap enrere. Davant d'ell, de quatre grapes, hi havia una dona amb l'esquena corbada i les cames separades.

La Faye va trontollar i va recolzar la mà al marc de la porta per no caure a terra.

Tot es movia a poc a poc. Els sorolls li arribaven esmorteïts, ofegats. Al voltant del llit, va veure tot de roba escampada per terra, com si haguessin tingut pressa per treure-se-la.

No sabia quant de temps havia estat allà dreta abans que s'adonessin de la seva presència.

Potser va deixar anar un crit sense ser-ne conscient. En Jack es va girar, l'Ylva Lehndorf va fer un bot i va intentar, en va, tapar-se amb un coixí.

—Què collons...? Em pensava que éreu a Skåne! —va bramar en Jack—. Què redimonis fots aquí?

La Faye s'esforçava perquè li sortissin les paraules. Com podia ser que estigués enfadat? Amb ella? Es va quedar muda. Després, un broll accelerat de paraules li va rajar de dins. La Julienne, el telèfon mòbil, el viatge de tornada. S'intentava justificar, trobar alguna excusa. En Jack va alçar una mà i la Faye va callar immediatament.

Amb un gest, en Jack va indicar a l'Ylva que es vestís i ell va engrapar la bata d'anar per casa. De ben segur se sentia frustrat per no haver pogut escórrer-se. Odiava que l'interrompessin. Deia que aquell orgasme no alliberat li quedava dins del cos la resta del dia.

En Jack es va asseure a la vora del llit. Es va mirar la Faye amb ulls durs i gèlids.

—Em vull separar —va dir.

La Faye es va quedar sense aire.

—No —va respondre, i es va recolzar contra el marc de la porta—. No, Jack. Et perdono. No cal que parlem més de tot això, només has comès un error. Aconseguirem superar-ho.

Aquelles paraules ressonaven dins del seu cap. Li ballaven d'un hemisferi del cervell a l'altre, rebotaven sense acabar d'aterrar enlloc. Però se sentia a si mateixa pronunciar-les. Així que les devia haver pronunciat. I les devia haver dit de tot cor.

En Jack va sacsejar el cap d'una banda a l'altra. Darrere seu, l'Ylva s'havia posat la roba interior i havia girat els ulls cap a la finestra.

En Jack va mirar fixament la Faye, la va escrutar de cap a peus, i ella, nerviosa, es va passar una mà pels cabells. Massa conscient de la fila que feia. En Jack es va estrènyer encara més la bata a la cintura.

—No és cap error. Ja no t'estimo, ja no vull viure amb tu.

—Ho podem superar, tot això —va repetir la Faye.

Les cames li estaven a punt de fer figa. Les llàgrimes li baixaven galtes avall. Ella mateixa va sentir la desesperació a la veu.

—No sents el que t'estic dient? Ja no t'estimo. L'estimo... l'estimo a ella.

Amb el cap va assenyalar l'Ylva, que es va girar i va mirar la Faye. Encara només amb la roba interior posada. La Perla de color gris. El ventre llis, els pits perfectes i uns malucs estrets de noia jove es mofaven d'ella. L'Ylva era tot el que la Faye ja no era.

En Jack va sospirar i la mirada prudent de l'Ylva es va transformar en fàstic quan la Faye es va desplomar de genolls davant del seu home. Sentia el parquet dur contra les ròtules. Havien canviat el terra de tot l'apartament quan hi havien anat a viure. La Faye havia volgut que polissin i envernissessin el terra original de fusta, però en Jack s'havia burlat d'aquella proposta. Per contra, van importar parquet d'Itàlia. Milers de corones per metre quadrat. Però aquell terra caríssim li feia tant de mal com li hauria fet l'original. La humiliació era la mateixa.

—Si us plau —va suplicar—. Dona'm una altra oportunitat. Canviaré, seré millor. Sé que no ha resultat gens fàcil viure amb mi, que he estat desagradable... dolenta... estúpida. Però et faré feliç. Si us plau, Jack, dona'm una oportunitat. La Julienne i tu sou tot el que tinc. Tu ets tota la meva vida.

La Faye va intentar agafar-li la mà, però en Jack la va enretirar. Semblava que sentia repugnància. I la Faye l'entenia. Ella també sentia fàstic de si mateixa.

En Jack es va acostar a l'Ylva, que s'havia assegut al llit amb una cama llarguíssima damunt l'altra. Amb una expressió a la cara de possessió i orgull es va situar al seu costat. Li va posar una mà sobre l'espatlla nua. L'Ylva li va posar una mà sobre la seva. Junts van contemplar la Faye, que continuava agenollada al terra de fusta portat especialment des d'Itàlia.

En Jack va negar amb el cap i va dir, sense que la veu li tremolés gens ni mica:

—S'ha acabat. Ara vull que te'n vagis.

A poc a poc, la Faye es va aixecar de terra. Va recular fins a sortir de l'habitació, incapaç d'apartar els ulls de la mà d'en Jack sobre l'espatlla ossuda de l'Ylva. No es va girar fins que va haver passat per davant de la porta tancada de la Julienne. Sabia que en aquells moments havia de pensar en la seva filla, prendre alguna mena de decisió, endur-se-la, no endur-se-la, dir alguna cosa, no dir res. Però l'únic pensament que el seu cervell era capaç de processar era que havia de fugir d'allà. De seguida.

Amb la imatge del cul nu d'en Jack entre les cames de l'Ylva a la retina, va sortir trontollant per la porta de l'apartament i va deixar que es tanqués darrere seu. No va ser fins que va ser al replà de l'escala que es va adonar que s'havia oblidat de posar-se les sabates.

*

La Faye estava asseguda davant la porta de l'apartament de la Chris. El plor feia que tremolés de cap a peus.

D'alguna manera havia aconseguit aturar un taxi i, després de donar un cop d'ull a la Faye i sense badar boca, l'home l'havia ajudada a pujar al seient del darrere.

Havia estat picant amb totes les seves forces a la porta de casa de la seva amiga amb l'esperança absurda que la Chris la podria salvar de tot, però quan no va aparèixer ningú a obrir-la s'havia desplomat a terra. En aquells moments no sabia si mai tindria prou forces per tornar-se a aixecar.

—Faye? Déu del cel, què ha passat?

«Finalment.»

La Faye va alçar els ulls i va veure com la Chris se li acostava a poc a poc. Va estirar els braços cap a la seva amiga, plorant de manera tan desconsolada que era incapaç de veure res.

—Ajuda'm —va ser l'únic que va poder dir.

SEGONA PART

—Com podeu estar tan segurs que... que realment ha estat ell?

—A hores d'ara encara no puc afirmar res amb rotunditat —va respondre l'agent de policia, sense mirar la Faye als ulls.

—Si us plau, he perdut la meva filla. Si en Jack ha... Bé, hem tingut els nostres problemes, però, tot i així, no em puc creure que... Ha de ser un error.

—De debò, no hauria de...

La policia va mirar al seu voltant. L'altre agent havia anat a buscar una tassa de cafè per a la Faye. Amb un fil de veu va continuar:

—No tan sols hem trobat sang al cotxe. A més, el GPS mostra que en Jack, en plena nit, ha anat fins a un embarcador a la riba del llac Vättern. Allà hem trobat una barca amb taques de sang que probablement és de la Julienne.

La Faye va assentir amb el cap, va fer una ganyota quan el gest va provocar que la ferida de la cara li fes mal. L'interrogatori s'estava enregistrant i sabia que no la podien informar de res que la policia no estigués disposada a fer públic. Volien que ella confiés i s'obrís a aquella dona que seia davant seu i la mirava com si l'entengués. Volien que col·laborés amb ells. No comprenien que no els calia jugar a cap joc amb ella. Que hi col·laboraria. En Jack no en sortiria impune.

—Hi ha algú a qui puguem trucar? Algú que vulguis que vingui?

La Faye va fer que no amb el cap. Va tornar a gemegar a causa del dolor. S'havien ocupat d'ella a l'hospital i li havien posat uns quants punts de sutura.

—Llavors em sembla que podem acabar per avui. Però estic segura que ens tornarem a posar en contacte amb tu amb més preguntes.

—Teniu el meu número —va murmurar la Faye.

—El pastor està a punt d'arribar. Per descomptat, si vols, pots marxar cap a casa, però no sé si és gaire bona idea que ara et quedis sola.

—El pastor?

En un primer moment, la Faye no va comprendre de què estava parlant aquella policia. Per a què necessitava un mossèn?

—Bé, les persones a qui... els ha passat el que t'ha passat a tu necessiten consol, algú amb qui parlar.

La Faye va alçar la vista i va mirar aquella dona als ulls.

—Les persones a qui acaben d'assassinar una filla, vols dir?

La policia va dubtar un instant, però després va respondre:

—Sí.

UN MOVIMENT AL LLIT. Algú s'hi havia assegut. La Faye es va obligar a obrir els ulls i es va trobar la cara de la Chris, que l'estava mirant. Amb una barreja de preocupació i determini.

—Saps que t'estimo, Faye, però fa dues setmanes que estàs estirada en aquest llit. Només que algú pronunciï el nom d'en Jack o de la Julienne, et poses a plorar. Això ja no pot continuar així.

Va fer un gest amb el cap assenyalant la porta.

—Si vols alguna cosa de mi, hauràs de sortir d'aquí i venir a buscar-me. Si vols menjar, a partir d'ara hauràs d'anar fins a la cuina i preparar-t'ho tu mateixa. Aquí dins, en aquesta habitació, jo no hi tornaré a entrar encara que cridis que en Denzel Washington està estirat al llit, nu i lligat de mans i peus.

L'endemà mateix, la Faye va sortir amb pas insegur de l'habitació i es va dirigir cap a la cuina, només amb calces i una samarreta de Nirvana.

La Chris tenia una tassa de cafè a la mà i el *Vanity Fair* obert damunt la taula. Va mirar la seva amiga per damunt de la tassa.

—Hi ha esmorzar a la nevera. Jo encara em mantinc fidel a la dieta de la Lindsay Lohan.

La Faye va enretirar una cadira i s'hi va desplomar.

—I això vol dir?

—Cafè, cigarret i una pastilla de l'endemà.

Va riure irònicament.

—Agafa alguna cosa per menjar. Jo no tardaré a marxar cap a la feina. Vols venir amb mi?

La Faye va sacsejar el cap.

—Doncs queda't a casa. Mira una pel·li, plora una mica, compadeix-te de tu mateixa. Estic molt contenta que hagis sortit d'aquella habitació. Començava a fer molta pudor, allà dins.

La Faye va posar la mà sobre el braç de la Chris i la va mirar als ulls.

—Gràcies —va dir—. Per tot. Perquè tu... bé, ja ho saps.

—No hi pensis. A ca la Chris t'hi pots quedar fins que tornis a ser tu mateixa. Sempre que et dutxis amb regularitat.

La Faye va assentir amb el cap. Li semblava un tracte que podia acceptar.

Se sentia miserable. Fins al punt que li rodava el cap. Un cop la Chris va haver marxat, es va estirar al sofà, va agafar el mòbil i va trucar a en Jack. Ho havia fet cada dia. Naturalment, perquè volia parlar amb la Julienne, però potser encara més per poder sentir la veu del seu home. Però en Jack cada vegada desprenia més irritació i les converses es feien més i més curtes. Era com parlar amb un desconegut.

—Sí? —va respondre, sec.

—Hola, soc jo.

—Ja ho he vist. La Julienne no és aquí, ara. Acaben de marxar cap a la guarderia.

—«Acaben»?

En Jack es va escurar la gargamella. La Faye va sentir sorolls i veus de fons.

—Jo no tenia temps de portar la Julienne, avui. Tinc un munt de feina, així que l'hi ha acompanyat l'Ylva.

La Faye no es podia creure que fos veritat. Només havien passat dues setmanes i l'Ylva i en Jack ja estaven jugant a ser la família feliç. La Faye havia estat substituïda. Canviada com una peça insignificant. Com una majordoma o una mainadera qualsevol.

No poder veure la Julienne havia estat un turment, però fins a aquell moment no s'hi havia vist amb cor. S'havia repetit a si mateixa que el millor per a la seva filla era quedar-se en el seu entorn conegut i segur i que li seria perjudicial veure la seva mare destrossada pel dolor.

—Hola? —va fer en Jack.

—He de passar a recollir algunes coses —va dir la Faye, i va fer un esforç per mantenir un to de veu normal—. I vull veure la Julienne.

—Ara mateix no és un bon moment.

—Per a què?

—Perquè vinguis a buscar coses. La casa està de cap per avall. Hem... he comprat una casa. Ens agafes en ple trasllat.

La Faye va tancar els ulls. Es va concentrar en la respiració. No es podia ensorrar.

—I on us traslladareu?

—A Gåshaga. A prop d'en Henrik i l'Alice, de fet. No estava planejat, però nosaltres... Bé, ha aparegut una oportunitat fantàstica a la pàgina web de Hemmet.

Nosaltres. Parlava d'ells amb un «nosaltres». En Jack i l'Ylva. Des del 2001 havien estat en Jack i la Faye, però ara ell era un «nosaltres» amb una altra persona. La Faye va haver d'apartar el telèfon per no haver-ho d'escoltar. S'havia passat molts anys insistint-li que s'havien de mudar a una casa, que li aniria bé a la Julienne, però en Jack no ho havia volgut. Li agradava viure a prop de la ciutat i de l'oficina. Però, pel que semblava en aquells moments, l'Ylva i ell havien trobat una «oportunitat fantàstica a la pàgina web de Hemmet». Així de fàcil.

—...envia'm un missatge de text amb la llista de les coses que necessites i te les enviaré per missatger.

—Així ho faré —va respondre, dominant-se—, però què passa amb la Julienne? L'he de poder veure.

—De fet, penso que seria millor esperar fins que trobis un lloc on viure, però, d'acord. Pots venir la setmana que ve, quan haguem enllestit el trasllat —va sentenciar, amb magnanimitat, i va penjar el telèfon.

Dins seu, la Faye es va imaginar com l'Ylva feia moixaines a la Julienne, la consentia, la disfressava, reien juntes, miraven pel·lícules, es feien trenes. De ben segur que l'Ylva era una experta fent trenes de cua de peix. Fins i tot de la mena inversa que la Julienne li acostumava a demanar, però que la Faye mai no havia sabut fer.

I, cada vegada que tancava els ulls, veia en Jack i l'Ylva davant seu. L'Ylva, amb aquells llavis perfectes i aquells pits turgents. Com en Jack la penetrava, li deia que era preciosa, com panteixava el seu nom mentre s'escorria.

La ironia més gran de totes era que l'Ylva Lehndorf era tot el que la Faye hauria pogut ser, si en Jack no hagués dit que volia tenir una dona a casa que fos allà quan la necessités. Per què havia canviat d'idea?

Al capdavall, havia estat ell qui l'havia convertida en una altra persona. Algú que ni tan sols ella mateixa ja no reconeixia. I si no era la dona d'en Jack Adelheim, qui era llavors? Durant tots els anys que havia passat al costat d'en Jack s'havia desprès de tota la resta, capa a capa. Ja no en quedava res.

La Faye havia agafat el cotxe de la Chris. Les mans li tremolaven tant que amb prou feines podia subjectar el volant. Podria tornar a veure la Julienne. Finalment.

La carretera a Lidingövägen pràcticament estava deserta. El sol brillava i uns quants núvols prims travessaven a tota velocitat el cel blau. La Faye va seguir les indicacions del GPS i es va aturar davant d'un turonet. Al capdamunt s'elevava una casa de pedra que recordava un palauet. Una peça fantàstica. Exactament la mena de casa que ella tant havia somiat tenir.

El Tesla d'en Jack estava aparcat a l'entrada. Uns quants homes descarregaven caixes de mudança d'un camió enorme.

Va trucar a un timbre que hi havia a la reixa, va mirar a la càmera i va haver d'esperar un parell de segons abans que la tanca s'obrís amb un brunzit somort. Va entrar amb el cotxe i el va deixar darrere del camió.

Un home calb que semblava el responsable li va cridar que el mogués perquè els entorpia el pas. La Faye va alçar una mà disculpant-se i va fer el que li havia ordenat.

La Julienne va sortir de la casa corrent, la Faye es va descordar el cinturó i va baixar del cotxe. Va abraçar la seva filla amb força, es va omplir els pulmons amb l'aroma dels seus cabells. Les llàgrimes li coïen als ulls, malgrat que s'havia promès no plorar. Faria el cor fort, passés el que passés.

En Jack va sortir a les escales que pujaven fins a la porta principal. Anava vestit amb uns *chinos* beix i un jersei de coll rodó verd del qual sobresortia un coll de camisa blau cel. Estava més atractiu que mai.

—Amor meu, t'he trobat a faltar moltíssim —va dir la Faye, i va fer un petó al caparró de la Julienne—, però ara he de parlar un moment amb el papa. Podries jugar una estoneta sola? Torno de seguida.

La nena va assentir amb el cap, li va fer un petó a la galta i, d'una revolada, va tornar a entrar a la casa.

En Jack va somriure d'orella a orella a la Faye. Ella hi va buscar el més petit senyal de culpabilitat, però no va trobar res. Una part d'ella se li volia abraonar al damunt i esgarrapar-li la cara. Una altra, llançar-se als seus braços i enfonsar la galta en aquell jersei.

—Què et sembla? —va dir, i va fer un gest circular amb la mà que abraçava la façana que tenia al darrere.

Era del tot grotesc. En Jack es comportava com si no hagués passat res.

—Hem de parlar —es va limitar a respondre la Faye.

L'adrenalina se li escampava a gran velocitat per tot el cos, la feia trontollar cap endavant i cap enrere.

—De què?

—Del que ha passat. De... bé, d'això.

—Però ja devies veure que estava a punt de passar, oi? Déu del cel, no em puc creure que t'agafés de sorpresa!

Va sospirar.

—Però, vinga, passem un moment a dins.

Va entrar a la casa davant de la Faye. Al rebedor s'amuntegaven les caixes de mudança, l'una sobre l'altra. Dos homes carregaven un sofà escales amunt.

—Anem a seure allà baix —va dir en Jack, i la va dur a través del saló cap a una veranda tancada amb vistes sobre la badia.

La Faye es va asseure en una cadira que no va reconèixer. L'Ylva la devia haver portada de casa seva. O també podia ser que ho haguessin comprat tot nou. Adeu a les coses velles. Benvingudes les noves. Tant si feia referència a dones com a mobles.

—Necessito diners, Jack. No gaires. Només uns quants fins que sigui capaç de refer-me.

En Jack va abaixar els ulls a les seves mans i va assentir amb el cap.

—És clar. Et faré un traspàs d'uns quants milers de corones.

La Faye va deixar anar un esbufec i en Jack va alçar les celles, sorprès.

Darrere d'ell, la Faye podia veure l'aigua clara. A la Julienne li encantaria baixar corrent fins a la platja a l'estiu i fer una capbussada.

—He de comprar un pis. Suposo que deus voler que la Julienne se senti a gust quan estigui amb mi, oi?

—No acabo d'entendre per què és responsabilitat meva assumir el cost del lloc on viuràs. Això és problema teu. Però, és clar, comprenc que la meva filla ha de poder mantenir un cert estatus, encara que la seva mare no prioritzi la seva pròpia manutenció. Et passaré uns quants diners i així podreu llogar alguna cosa. Però et suggereixo que comencis a buscar una feina.

La Faye va serrar tan fort les dents que van xerricar. No tenia cap ganes d'haver d'anar fins allà a pidolar diners. Però tot el que tenien era d'en Jack. Ella no tenia estalvis, ni una feina. I havia de pensar en la Julienne. El paper de mare passava per davant de l'orgull. Hauria de trobar una residència provisional fins que es resolguessin els tràmits del divorci. No tenia la més petita idea de la quantitat de diners que rebria, però prou que li devia correspondre un bon pessic de tota la fortuna que havia acumulat en Jack, oi? Al capdavall, ella havia tingut un paper molt important en la construcció de l'empresa. En Jack li havia dit que tot el que tenia era també d'ella, que l'èxit era mèrit de tots dos. Com podia ser que de cop i volta ho hagués oblidat?

Va observar-lo de cap a peus. Duia els cabells una mica més curts que habitualment. Va recordar quan feia poc que s'havien conegut i ella li tallava els cabells a la cuina de Bergshamra. «Per molt ric que sigui, tu sempre em tallaràs els cabells. És tan agradable sentir les teves mans sobre mi...», li havia dit. Una altra de les incomptables promeses que havia trencat. Els darrers tres anys havia anat a Marre, el perruquer de moda entre els famosos d'Estocolm.

—I com ho farem amb la Julienne? —va preguntar.

—S'estarà aquí fins que trobis un lloc adequat on viure, qualsevol altra opció no val la pena ni discutir-la. L'Ylva i ella es porten d'allò més bé, així que no cal que pateixis.

En Jack va somriure, cofoi. A l'altre costat del finestral unes oques es passejaven per la platja. «Espero que ho deixin tot ben perdut de merda», va pensar la Faye.

Va apartar els ulls d'aquelles aus que es balancejaven a cada pas.

—T'has decidit? —va preguntar, amb un fil de veu.

—Si m'he decidit sobre què?

—Sobre ella. Que és això el que vols.

En Jack es va gratar el front. La va mirar de fit a fit com si amb prou feines fos capaç de comprendre la pregunta.

—No et sembla prou evident? —va respondre—. Amb tu no era feliç, Faye.

La Faye va sentir una fiblada al cor, com si en Jack li hagués enfonsat un ganivet entre les costelles. Li volia preguntar des de quan tenia un afer amb l'Ylva Lehndorf, però va callar. El cor només podia suportar una estocada a la vegada.

Es va aixecar d'una revolada i va cridar la Julienne.

—Així quedem que la tornes avui a les sis de la tarda?

—Sí.

La Julienne se li va acostar corrent. La Faye li va agafar la mà i se la va emportar cap a fora. Mentre s'allunyaven amb el cotxe, la seva filla xerrotejava alegrement sobre la seva habitació nova. Pel que semblava, era «encara més bonica que el dormitori de la princesa Barbie».

La Faye va prémer l'accelerador a fons.

LES SETMANES VAN ANAR PASSANT. Transcorrien envoltades d'una boirina immòbil. Cada vespre, la Faye demanava el cotxe a la Chris, se n'anava cap a Lidingö i s'aturava a una certa distància d'aquell casalot magnífic. A través dels grans finestrals podia contemplar la seva vida des de fora, com en una pel·lícula, amb la diferència que la Faye ja no hi ocupava el paper protagonista. I que ja no es tractava de la seva vida. En Jack i l'Ylva desfeien les caixes de mudances, bevien vi, es besaven, sopaven, reien. La claror de les espelmes tremolava dins la seva habitació, de ben segur acompanyades d'altres amb aromes de Bibliothèque. «Mai res de rebaixes, només el més car», com en Jack solia bromejar, encara que ho deia de debò. De vegades podia veure la Julienne. Sempre sola. O amb la mainadera, que en Jack havia contractat a temps complet.

A la Chris només li deia que anava a fer un tomb per la ciutat, però la seva amiga la coneixia prou bé per no deixar-se enredar. De vegades, la pena encara l'envaïa, però la Faye es deia a si mateixa que només era transitori. En Jack era la seva heroïna i quan hagués superat l'abstinència es tornaria a posar dempeus, el dolor desapareixeria amb el temps. Exactament com havia fet en el passat.

Recordava remotament que una vegada havia estat la forta de la família. Aquella força devia estar amagada en algun lloc. En Jack no li podia haver arrabassat fins i tot allò.

La Faye estava asseguda a la taula de la cuina de la Chris quan en Jack va trucar. Per un instant es va imaginar que li diria que tot havia estat un error i li demanaria que tornés a casa. O que els darrers temps només havien estat un llarg malson. Ella el rebria amb els braços oberts, sense dubtar-ho ni un segon. Se sentiria feliç com un cadellet. Bordaria i saltaria al voltant del seu home remenant la cua.

Per contra, en Jack li va explicar que no rebria cap compensació econòmica.

—Els capítols matrimonials ho deixen ben clar —va concloure en Jack al final de la seva llarga invectiva—. I tu mateixa els vas signar. Ja sabia que no hi havia escletxes, però primer me'n volia assegurar amb els meus advocats. I sí, són clars.

La Faye va dominar la ràbia tan bé com va saber, però va sentir com de seca li sortia la veu.

—Vaig deixar l'Escola de Negocis per mantenir-te mentre en Henrik i tu posàveu en marxa Compare. Ho recordes? I quan després vaig voler agafar una feina em vas dir que no calia i que no m'havia de preocupar. Em vas prometre que els capítols matrimonials eren una simple formalitat. Per al consell d'administració. Que no havia de patir, que rebria el que em pertocava. I tota la idea de com s'havia de muntar l'empresa va ser meva!

En Jack no va respondre.

—Tot això surt d'ella, oi? —va afegir la Faye.

—No entenc a què et refereixes.

—És ella, l'Ylva, la que no vol que rebi ni una sola corona. No et sembla que ja m'heu humiliat prou? No tinc res de res. M'heu destrossat la vida.

—No fiquis l'Ylva en tot això. Els diners són meus, soc jo el que m'he guanyat fins a l'última corona mentre tu et passaves el dia a casa, gaudint de la vida. Pots pujar de peus que no han estat els llargs dinars al Riche, els que han fet entrar diners... —En Jack va riure, sorneguer.— Collons, espavila't i treballa una mica, com qualsevol altra persona. Viu una mica en el món real, per variar. La gent no gaudeix d'unes vacances llargues com tu has tingut els darrers anys. Mentre jo m'he esllomat a treballar i he mantingut la família.

La Faye va fer un esforç per no perdre la calma. Va respirar fondo. I va expirar. Es negava a creure que en Jack era capaç de, simplement, fer creu i ratlla sobre tots els anys que havien passat junts. Tot el que havien viscut i el que havien construït.

En Jack la va tornar a la realitat.

—Si continues generant problemes et faré miques. Deixa'ns en pau a l'Ylva i a mi.

I va penjar. La Faye es va quedar una bona estona amb el telèfon a la mà. Després, i sorprenent-se a si mateixa, va començar a bramular. Un crit primari que feia molts i molts anys que no sentia, vingut d'una altra vida. I en aquell moment rebotava entre les parets com un eco violent.

La Faye va emmudir i es va posar a panteixar. Es va reclinar a la cadira. Va gaudir en sentir el dolor que li provocava el respatller dur. Va donar la benvinguda a aquella ràbia, que l'embolcallava com una força tel·lúrica.

Sentia com aquella foscor tan coneguda vessava per tots els porus del seu cos, l'obscuritat que havia aconseguit amagar. Que havia fingit que no havia existit mai, com si mai no hagués format part d'ella. Però, en aquell moment, a poc a poc va començar a recordar qui era, qui havia estat.

L'odi li era familiar i li oferia seguretat. L'embolicava en un capoll càlid, li donava un propòsit i un sentit, altre cop un punt de suport. Ho demostraria a en Jack. Es tornaria a posar dempeus.

La Faye havia agafat el metro per primera vegada en molts anys. Va pujar a Östermalmstorg, es va dirigir cap a Norsborg i després va tornar. Va baixar a l'estació T-Centralen i va travessar la plaça Sergel, on la venda de droga continuava com en el passat, com quan havia arribat a Estocolm feia tretze anys.

Però aquella ciutat li semblava un lloc nou. Hi havia tantes coses a veure i a descobrir, ara que ja no s'havia de preocupar dels «no és adequat» d'en Jack. La Faye tenia trenta-dos anys, però li semblava que havia tornat a néixer.

A l'altura de la placa en record del primer ministre Olof Palme, va travessar el carrer Sveavägen.

En una terrassa a tocar del cementiri hi havia una colla d'ànimes valentes encorbades sobre les ampolles de cervesa, fumant al vent primaveral. Pobres, sense feina, exclosos. Xusma, tal com en Jack els anomenava.

La Faye va obrir la porta del local i va entrar. El bàrman va alçar les celles, va examinar l'abric de la Faye, que sens dubte no era gens barat. Com a mínim, en Jack li havia permès quedar-se la roba, quan havia buidat l'apartament abans de mudar-se.

Va demanar una cervesa i es va asseure en una cantonada. La va tastar i semblava aigualida. El cap no parava de donar-li voltes. Realment fins a quin punt l'havia humiliada, en Jack? Tot el que li havia dit havia estat una mentida? L'Ylva havia estat l'única o n'hi havia hagut d'altres? Coses que ni tan sols s'havia atrevit a preguntar-se abans. Ara necessitava recrearse en aquelles preguntes, alimentar la ràbia. Era evident que n'hi havia hagut més. Coneixia en Jack. Massa bé.

Va treure el mòbil de la bossa de mà i va buscar el número de l'Alice.

—Tens una estona per parlar? —va preguntar, quan finalment l'Alice va respondre.

La Faye va sentir com l'Alice dubtava.

—Et vull fer unes quantes preguntes. I vull que em responguis amb franquesa.

—Espera un moment...

De fons, la xiscladissa de canalla va augmentar. L'Alice va cridar la mainadera, va tancar una porta i l'enrenou es va esmorteir.

—D'acord, t'escolto —va dir.

—Ja saps el que ha passat amb l'Ylva. Entenc que fa temps que va començar. Vull saber quant i si n'hi ha hagut d'altres.

—Faye, jo...

—Estalvia't la xerrameca, Alice. Entenc que ho has sabut des del principi. No passa res. No busco brega. Només vull saber la veritat.

L'Alice es va quedar en silenci una bona estona. La Faye va esperar. Finalment, l'Alice va respirar fondo.

—En Jack t'ha traït des del dia que vaig conèixer en Henrik. Amb totes, Faye. En Jack es follava tot el que respirava. De vegades sentia unes ganes irrefrenables de tirar-t'ho a la cara, de fer-te abaixar els fums quan et posaves a jutjar en Henrik. I a mi. Però no ho vaig fer mai. Sé perfectament com et fa sentir això.

L'Alice va emmudir. Es va adonar que havia desvelat la falsedat que s'amagava darrere de la indiferència que fins aleshores li havia mostrat amb tanta vehemència. Aquella indiferència que la Faye no s'havia empassat mai.

La Faye va deixar que les paraules calessin. No li provocaven tant de dolor com s'havia imaginat. Més aviat se sentia alleujada. En algun lloc dins seu, feia temps que ho sabia.

—Em sap greu —va dir l'Alice, dubitativa.

—No passa res. Ja ho suposava.

—No li diràs res a en Jack de la conversa que hem tingut, oi?

—T'ho prometo.

—Gràcies.

—Hauries de deixar en Henrik —va continuar la Faye, amb veu seca i rogallosa—. Som massa bones per a aquesta merda, perquè ens trepitgin i ens utilitzin d'aquesta manera. Em sembla que un dia ho entendràs. En el meu cas no ha estat per voluntat pròpia, però ara hi he arribat. I un cop ets a l'altra banda, de fet, t'envaeix una sensació d'alleujament enorme.

—Però jo soc feliç.

—Jo també ho era. M'ho pensava. Però el temps ens acaba atrapant, Alice. Tard o d'hora acabaràs on ara soc jo. I tu també ho saps.

La Faye va penjar sense esperar cap resposta. Sabia que l'Alice no li podia oferir cap resposta. Que res del que li havia dit era nou per a ella, que no tenia cap dubte que es debatia amb aquelles mateixes preguntes un miler de vegades al dia. Però allò era problema de l'Alice. No seu.

Ara la Faye estava preparada per a la guerra.

Sabia que el seu arsenal disposava de la millor arma de totes: la seva feminitat. Aquell atribut feia que els homes la subestimessin, la cosifiquessin i la tractessin d'estúpida. En Jack no tenia cap possibilitat de guanyar aquella partida. La Faye era més intel·ligent que ell. Sempre ho havia estat. Només havia permès que en Jack i ella mateixa se n'oblidessin.

Però ara l'hi recordaria. Els ho recordaria a tots dos.

Al principi es veuria obligada a fer-li creure que era la mateixa de sempre. La mateixa Faye subjugada, irremeiablement enamorada i càndida. Era la part més fàcil. Havia fet aquell paper durant tant de temps que se'l sabia del dret i del revés.

En secret, però, aniria bastint la seva pròpia empresa, es faria rica i, finalment, destrossaria en Jack. En aquells moments, encara no sabia com s'ho faria, i hi havia un reguitzell de problemes pràctics que calia resoldre. Primer de tot, li calia trobar un pis. Ja no podia viure més de la caritat de la Chris. La pregunta era, només, on. Estava massa escurada per a un pis al centre, a la vegada que no podia ser gaire lluny de la llar d'infants de la Julienne. A més, havia de reunir un cert capital, posar-se en forma i al dia sobre el món de les finances, procurar-se una xarxa de contactes pròpia. Havia d'assolir un miler d'objectius abans de poder fer miques en Jack. Se sentia de molt bon humor.

—Em pots donar alguna cosa per escriure? —va demanar al bàrman—. I un bolígraf.

L'home n'hi va deixar un sobre la barra i va assenyalar una pila de tovallons. La Faye va fer una llista de les coses que havia de resoldre. Quan va haver acabat, va trucar a en Jack per signar l'armistici. Ni tan sols li va costar fer-ho, era només una jugada. Un moviment d'escacs. Li calia un alto el foc per poder recuperar forces i reagrupar-se.

Va fer que la veu fos setinada i una mica afectada. Tal com ell la recordava.

—He estat molt dolguda —va dir—. Per això m'he comportat tan malament amb tu. Però ara m'he asserenat, m'he adonat que tens raó en moltíssimes coses. Em podràs perdonar?

Va fer un glop de cervesa. El got estava gairebé buit i la Faye va indicar al cambrer que en volia una altra.

—Sí, comprenc que ha estat dur per a tu —va dir en Jack, amb una barreja de sorpresa i magnanimitat pomposa.

La Faye es va acabar la cervesa d'un glop al mateix instant que n'hi posaven una altra al davant. Va dibuixar cèrcols a l'escuma. Va recordar aquella vegada que la Chris li havia dibuixat un cor a les gotetes que s'havien format al vidre.

—Sí, tens raó. Però això no excusa com m'he comportat. M'espavilaré. Pel bé de la Julienne. I pel meu. La mare de la teva filla no es comportarà indignament i no et donarà la llauna amb els diners. No sé en què estava pensant. Jo... No entenc què m'ha passat.

Va callar, va pensar que potser s'havia excedit. Però en Jack només havia sentit com la Faye li subscrivia el que ell havia cregut en tot moment, que era ell qui tenia raó i ella, la que s'equivocava.

En Jack es volia veure a si mateix com l'heroi, el posseïdor de la veritat absoluta. Ara, la Faye li brindava la possibilitat de reafirmar la imatge que tenia de si mateix. Tal com tothom al seu voltant havia fet sempre.

—No passa res. Però a partir d'ara pensa a no ser tan... pesada —va respondre en Jack.

Després de penjar, la Faye es va acabar la cervesa i en va demanar una altra. Ningú mai més no l'hi reprovaria. Va començar a riure per sota el nas i no podia parar. Èbria d'alcohol i de llibertat.

La casa vermella de dues plantes havia estat construïda la dècada de 1920 i s'aixecava en una zona residencial idíl·lica del barri d'Enskede. La Faye va obrir una tanca pintada de verd, va travessar un jardí deliciós i va trucar a la porta.

La dona que va obrir tenia pòmuls elevats i prominents, cabells blancs recollits en un monyo i portava pantalons de vestir i un jersei de coll alt negre. L'esquena ben dreta, gairebé amb un posat militar. Va allargar una mà nuosa.

—Kerstin Tellermark, endavant —va saludar, i es va fer a un costat.

La Faye la va seguir cap a l'interior de la casa. Va travessar un petit rebedor amb fotografies en blanc i negre fins a una sala d'estar acollidora. Un grapat de quadres vells amb escenes de paisatges rurals i marins decoraven el paper marronós. Contra una de les parets hi havia un sofà desgastat i, en una cantonada, un piano carregat d'anys.

—Quina casa més bonica —va fer la Faye. I ho deia de debò.

—Ha quedat una mica antiquada —va respondre la Kerstin, disculpant-se, però la Faye es va adonar que l'afalac li havia arribat al cor—. Vols un cafè?

La Faye va sacsejar el cap.

—I doncs, així que sou la teva filla i tu les que voleu venir a viure aquí?

—Sí, la Julienne. Té quatre anys.

—Divorci?

La Faye va assentir amb el cap.

—Dels bons?

—No.

La Kerstin va alçar les celles.

—Tens feina?

—Encara no. Però en trobaré una. He... he estudiat a l'Escola de Negocis. Només m'he de ressituar una mica primer.

La Kerstin es va aixecar, va pujar les escales i li va mostrar el pis de dalt. Estava compost d'una saleta més menuda i dues habitacions. Era perfecta, exactament el que necessitava.

—Cinc mil corones al mes.

—Me'l quedo.

Dos dies més tard, la Chris li va donar un cop de mà amb el trasllat. La Kerstin estava dreta a les escales, plegada de braços, observant, mentre les dues amigues entraven les tres caixes que contenien totes les pertinences de la Faye. Bona part de la roba que havia aconseguit emportar-se del pis l'havia venuda en una de les botigues de segona mà més elitistes de l'avinguda Karlavägen. Tot per aconseguir una mica de diners.

No volia conservar res d'en Jack. Només arrabassar-l'hi. Així seria més divertit.

Després que la Chris marxés, la Kerstin va trucar a la porta. La Faye estava desempaquetant la roba i la va convidar a entrar, però la Kerstin es va quedar quieta al llindar.

—I la filla de què m'has parlat, on és?

—A casa del seu pare. Vindrà aquesta setmana —va contestar la Faye, i va alçar una brusa.

—Et va deixar ell?

—Sí.

—De qui va ser culpa?

—La culpa?

—Sempre és culpa d'algú.

—Així, va ser seva. Va ficar la cigala a tothom i a tot arreu, i jo vaig ser prou ximple per no veure-ho.

La Faye es va estremir quan es va adonar del que havia dit, però la Kerstin es va limitar a assentir amb el cap.

Va penjar la roba a l'armari, va passar l'aspiradora, va fer el llit amb llençols nous i s'hi va estirar encreuant els braços darrere el cap. Havia de trobar la manera de mantenir-se. De pressa. Per començar, només per ser capaç de sobreviure. Per poder pagar el lloguer a la Kerstin, el menjar i el que necessités la Julienne. Però la feina que trobés li havia de donar prou llibertat per poder tenir temps d'elaborar un pla de negocis. No es podia permetre un cap que li anés al darrere tot el dia.

La Faye es va acostar a la finestra. Per davant de la casa passava un home ros que rondava els cinquanta anys amb un ridgeback rhodesià enorme, que semblava que obeïa al nom de Hasse. El gos no parava de tibar la corretja i feia la impressió que l'amo se les veia de tots colors per no perdre l'equilibri.

Els va seguir amb la mirada una bona estona.

Hores més tard, la Kerstin la va convidar a un sopar de benvinguda. Hamburguesa casolana amb patates i salsa. Al damunt de la taula circular hi havia posat confitura de nabius vermells i cogombres en conserva.

—Molt bo —va dir la Faye.

—Gràcies.

La Kerstin va servir una mica més de menjar al plat de la Faye.

A l'ampit de la finestra hi havia una fotografia de la Kerstin de jove. Tenia els cabells bruns, curts i portava un vestit també curt i blanc.

La dona va seguir els ulls de la Faye.

—Londres, finals dels anys seixanta. Hi havia anat a fer d'*au-pair* a casa d'una família i em vaig enamorar d'un anglès, lord Kensington. Van ser uns anys molt bonics.

—Per què no t'hi vas quedar?

—Perquè a la mare de lord Kensington, lady Ursula, no li semblava adequat que el seu únic fill volgués viure amb una mainadera sueca. Uns quants anys més tard es va casar amb una noia de l'alta societat anomenada Mary.

—Quina llàstima —va fer la Faye.

—Les coses són com són. No em queixo.

—Has estat casada?

—I tant. Amb en Ragnar.

La Kerstin va apartar la cara. Es va estirar el coll del jersei sense que semblés que en fos conscient.

La Faye la va observar i va mirar al seu voltant. No va saber trobar cap fotografia d'en Ragnar. O d'en Ragnar i la Kerstin.

Els coberts van xerricar quan la Kerstin els va deixar sobre el plat. Es va aixecar de la cadira, va sortir de la sala d'estar i va tornar a aparèixer amb una fotografia. La va deixar damunt la taula davant de la Faye. A la imatge s'hi podia veure un home amb el tors nu i pantalonets blancs, assegut en una gandula.

—En Ragnar —va dir—. Palma, 1981.

—Molt guapo —va fer la Faye—. Devia resultar molt difícil perdre algú amb qui vas viure durant tants anys. Quant de temps fa que va morir?

—Morir? —La Kerstin va posar uns ulls com dues taronges i va mirar la Faye sense comprendre a què es referia.— No, no. En Ragnar és viu. Aquell miserable s'està podrint a la residència de Södermalm.

—No ho entenc.

—Va patir un vessament cerebral fa tres anys.

—I ara vius sola?

La Kerstin va assentir amb el cap.

—Sí, però visc d'allò més bé —va respondre, i es va introduir una patata a la boca—. En pau i tranquil·litat. L'únic que trenca la meva serenitat és saber que continua respirant.

Va mirar la fotografia. Després la va tombar de cara avall i va dir:

—Menja una mica més. El bon menjar és com un bàlsam per a l'ànima.

La Faye va assentir amb el cap i va agafar la safata que la Kerstin li allargava. Era la primera vegada en molt de temps que el menjar tenia gust d'alguna cosa.

L’ENDEMÀ AL MATÍ, la Faye es va despertar ben d’hora. Va baixar l’escala, que cruixia a cada esglaó, i li va donar la benvinguda l’aroma de cafè acabat de fer.

La Kerstin ja estava llevada. Estava llegint el *Dagens Nyheter* i, plegat damunt la taula, hi havia el *Dagens Industri*. La fotografia d’en Ragnar, que el dia anterior s’havia quedat sobre la taula de la cuina, havia desaparegut.

—Bon dia —la va saludar la Kerstin—. Agafa una tassa.

La Faye es va asseure a la taula i es va estirar per agafar el *Dagens Industri*. En va llegir l’editorial. Va passar a un article d’opinió. A la pàgina següent es va topar amb els ulls blaus d’en Jack. Es va estremir, durant un segon va sospesar la idea de passar full, però els seus ulls es van fixar automàticament en el titular. Combustible. Necessitava el combustible.

«Adelheim desmenteix els rumors d’una sortida a borsa imminent», hi deia. La Kerstin devia sentir que es quedava sense aire, perquè va alçar la vista del seu diari i va mirar la Faye.

—Males notícies? —va preguntar.

—No, res important. Només una persona que coneixia fa molt de temps.

A l’article, en Jack comentava amb poques paraules que no s’havia d’esperar una sortida a borsa de Compare. Però confirmava que la directora financera, l’Ylva Lehndorf, deixava l’empresa per començar a treballar per al servei de música digital Musify. En Jack s’hi referia com un acord mutu i desitjava a l’Ylva molta sort en la seva vida professional. Ni mitja paraula sobre el fet que vivien junts. De ben segur que n'estaven al corrent, però els periodistes del *Dagens Industri* eren massa elegants per barrejar xafarderies pròpies de l'àmbit personal amb els negocis.

«Ja l'ha començada a transformar», va pensar la Faye. El següent pas seria que l'Ylva deixaria de treballar. La Faye no acabava de saber com s'ho havia de prendre. S'havia d'alegrar perquè les coses li anessin malament a l'Ylva? N'hauria de sentir llàstima? D'alguna manera hauria estat més senzill si hagués cregut que l'Ylva era, en realitat, millor que ella. Més intel·ligent, més forta. Però l'Ylva ja havia començat a sotmetre's a en Jack. Allò feia que la veiés encara més com la seva meuca. Comprada pels seus diners i el seu encant.

La Faye va llegir un altre cop l'article en diagonal, abans de girar pàgina. Encara no sabia quin ús en podria treure de tot allò, no tenia un pla definit. En aquells moments només estava compilant informació.

—Què tens planejat fer avui? —va preguntar la Kerstin.

—Havia pensat sortir a fer un volt. Per cert, saps algun lloc per aquí a prop on pugui imprimir uns quants cartells?

—Cartells?

—Se m'ha ocorregut posar en marxa un petit negoci.

—Ah, sí?

La Kerstin va deixar el diari sobre la taula i va contemplar la Faye.

—Sí, un servei de passejador de gossos. Fa la impressió que tots els veïns d'aquest barri tenen gos. Havia pensat començar a treure'ls a passejar de dia mentre rumio què puc fer. Per guanyar uns quants diners, ràpid i senzill. I després ja veurem què faig. Com a mínim m'ajudarà a guanyar una mica de temps.

La Kerstin l'observava amb atenció. Després va tornar a abaixar els ulls al seu diari.

—Intenta-ho a la biblioteca de Dalen —va dir.

La Faye va imprimir vint cartells, que va penjar en punts estratègics per tot Enskede. Va pensar en què haurien dit l'Alice i les seves amigues si l'haguessin vista. Va somriure en adonar-se que tant se li'n donava. No es podia permetre la quota d'un gimnàs i passar-se tot el dia passejant gossos li proporcionaria l'exercici físic que necessitava per baixar de pes. Alhora, guanyaria diners, una cosa que realment necessitava per poder tirar endavant.

Sense dubtar-ho ni un segon, la Chris li pagaria un sou si l'hi demanava. Però ja l'havia ajudada prou. Ara la Faye s'havia d'espavilar pel seu compte, per demostrar-se a si mateixa i a tots els altres que se'n podia sortir sola. I per primera vegada en molts anys se sentia amb ganes de lluitar. Al final, el passat havia resultat ser un recurs. No tan sols un malson que la despertava a les nits amarada de suor amb la imatge d'en Sebastian a la retina. Es negava a pensar en el seu pare. Encara mantenia el control sobre aquell aspecte.

Va accelerar el pas, es va aturar davant d'un fanal que hi havia a l'exterior d'una casa a quatre vents de color groc i es va treure de la bossa el rotlle de cinta adhesiva que havia comprat al supermercat Ica.

Un parell de nenes de l'edat de la Julienne estaven saltant en un llit elàstic al jardí de la casa. No paraven de riure i xisclar.

La Faye es va quedar quieta una estona, contemplant-les.

Quantes vegades al llarg de la vida serien traïdes? Els esmicolarien els somnis? Davant seu s'estenia un llarguíssim enfilall de perles de maldat a què els exposarien els homes. L'experiència de viure en una situació de desavantatge, ser jutjades per l'aparença física, escarrassar-se per encaixar, per agradar... Allò era el que unia les dones de totes les edats, de tots els països i de tots els temps.

I aleshores ho va veure. Allà fora hi havia tot un exèrcit. Esperant el moment per poder contraatacar. La majoria de dones —indistintament de si són riques i afortunades o no— han estat traïdes per un home. La majoria tenen aquell ex, el miserable infidel, el mentider, el traïdor, que els ha trencat el cor i els l'ha trepitjat. Aquell cap que ha promocionat el company de feina, home també, amb pitjor currículum i menys aptituds. Aquells comentaris, aquelles mans llardoses durant les festes d'empresa. La majoria de dones són víctimes d'una guerra.

I, malgrat tot, callen. Han serrat les dents. Han estat generoses. S'han mostrat comprensives i han perdonat. Han consolat els nens quan ell no ha aparegut tal com havia promès. L'han excusat quan ha fet comentaris humiliants. Han continuat convidant els pares d'ell a la festa d'aniversari dels fills, tot i que amb el divorci s'han posicionat en un dels costats i, alegrement, han glossat les virtuts de la seva nova parella. Perquè és això el que fan les dones. Giren la ràbia cap endins. Contra elles mateixes. No ocupen espai i no clamen per una mica de justícia. Les noies boniques no es barallen. Les noies boniques no alcen la veu. És una cosa que les dones aprenen des del començament. Les dones encaixen, excusen, carreguen el pes de totes les relacions, s'empassen l'orgull i s'empetiteixen fins als límits de l'anorreament.

La Faye no era la primera dona en la història de la humanitat que era denigrada per un home, que era tractada com una estúpida, que era canviada per una versió més jove de si mateixa.

«Però ara tot això s'ha acabat», va pensar la Faye. «Juntes som fortes i ja no callarem.»

LA FAYE NO HAVIA TINGUT TEMPS d'entrar per la porta que el mòbil va començar a sonar. Al llarg del vespre, quatre propietaris de gossos més li havien trucat preguntant si disposava d'un forat per treure a passejar les seves mascotes. La intuïció no li havia fallat. La necessitat d'un servei com aquell era enorme.

De la cuina del pis de baix li va arribar fressa de cassoles. La Faye s'havia ofert a fer el sopar, però la Kerstin havia insistit a preparar-lo ella. Al cap i a la fi havia acceptat que la Faye aportés dues mil corones a una caixa comuna per al menjar. Era una solució amb la qual totes dues se sentien còmodes.

La Faye va apujar la pantalla de l'ordinador, va obrir l'Excel i va crear una taula senzilla sobre la seva ocupació futura. L'endemà mateix ja tenia dues passejades concertades. Cobrava cent vint corones per hora. Quan la taula va quedar enllestida, va donar d'alta una empresa d'un sol treballador. El dia que convertís aquella empresa en una societat anònima la batejaria amb el nom que ja tenia decidit.

La pluja queia amb força, l'aigua s'esmunyia per dins de l'abric, arribava a tots els racons imaginables. La Faye no podia recordar la darrera vegada que havia estat tan xopa. El Zorro i l'Alfred tibaven de les corretges, feia la impressió que aquell aiguat no els preocupava gens ni mica.

Si algú, uns quants mesos abans, li hagués dit que celebraria el seu aniversari sota una tamborinada de mil dimonis acompanyada de dos golden retriever, hauria pensat que no hi tocava.

Però la vida amagava girs insospitats. Ella ho sabia millor que ningú.

Les darreres setmanes havia establert rutines noves. Es llevava cada dia a dos quarts de sis, es dutxava, es preparava un esmorzar que consistia en un ou dur cobert de pasta d'ous de peix i sortia al carrer. Les dues passejades diàries aviat s'havien convertit en vuit, alguns dels propietaris de gossos fins i tot la sol·licitaven dues vegades al dia. La Kerstin tampoc no arrufava el front si, a més, es quedava algun vespre a casa d'algú per cuidar-li els animals.

La Faye va riure per sota el nas. Frisava per arribar a casa i ficar-se a la banyera d'aigua calenta, com feia cada vespre després de l'última passejada.

—Ara ja n'hi ha prou, nois —va dir, quan la pluja es va fer encara més intensa.

Després de deixar els gossos amb la propietària, la senyora Lönnberg, la Faye va tornar cap a casa tan de pressa com va poder. Havia passat molt de temps d'ençà de l'última vegada que els peus li havien fet tant de mal.

Va obrir la porta amb molta cura per no molestar la Kerstin, que a aquelles hores solia estar llegint, i va pujar les escales lentament. Quan va entrar al lavabo es va adonar que la banyera ja estava preparada. Al rentamans hi havia un gerro amb un ram de flors del jardí.

La Kerstin va aparèixer darrere seu.

—Gràcies —va xiuxiuejar la Faye.

—M'ha semblat que ho necessitaries —va respondre—. D'això... T'he comprat una coseta. Un regalet. És damunt la taula de la cuina.

—Com ho sabies?

—Que avui era el teu aniversari? Apareix al contracte de lloguer. Soc vella, però no m'he tornat cega. Ara, fica't a la banyera.

Quan la Faye en va sortir, la panxa li gemegava de gana. Va baixar les escales sense fer soroll, va obrir la nevera i en va treure uns quants ous durs, els va tallar i els va cobrir amb ous de peix. Es va asseure a la taula amb un platet amb torradetes i va desembolicar el paquet verd.

Eren un parell de Nike negres.

Els ulls de la Faye es van negar de llàgrimes.

Va esmunyir els peus dins les vambes i es va passejar amunt i avall per la sala d'estar. Eren flonges i s'emmotllaven perfectament als seus peus. Es va aturar al davant de la porta de l'habitació de la Kerstin. Sortia llum per sota, així que hi va trucar.

La Kerstin estava estirada al llit amb un llibre a les mans. La Faye es va asseure a la vora i va alçar un peu perquè li veiés les vambes.

—Em van com un guant, gràcies.

La Kerstin va tancar el llibre i se'l va deixar sobre el ventre.

—T'he explicat com vaig conèixer en Ragnar?

La Faye va dir que no amb el cap.

—Era la seva secretària. Estava casat. Era deu anys més gran que jo, gerent i milionari. Tenia un somriure que gairebé em feia perdre el coneixement. Em convidava a dinar a llocs luxosos, em regalava flors, m'omplia d'afalacs.

Va fer una pausa. Va passar la mà per sobre el cobrellit.

—Jo me'n vaig enamorar. Ell de mi també. Al final, va deixar la seva dona, que va marxar de casa i es va emportar els fills. I, pobrissona de mi, jo me n'hi vaig anar a viure. Vaig deixar la feina. Em passava els dies jugant a tenis, cuidant-me de la casa i atenent en Ragnar. Als estius viatjàvem. A Espanya, a Grècia. Una vegada vam anar als Estats Units. Van passar quatre anys. Cinc. Sis. Jo no tenia prou seny ni per avergonyir-me del que havia fet a la seva exdona. Tampoc no tenia valentia per dir res quan veia com la tractava a ella i als seus fills. Ben al contrari, pensava que ja m'anava bé, així no havia de compartir la seva atenció amb ells. M'intentava convèncer que s'ho havien guanyat. Que mai no l'havien estimat com ho feia jo.

Es va humitejar els llavis amb la llengua.

—L'altra cosa... l'altra cosa va ser com si anés penetrant a poc a poc. La foscor. La violència. Les primeres vegades ho vaig considerar fets aïllats. Em venia amb excuses. Justificacions. I jo les acceptava de bon grat. Però, gradualment, la situació va anar empitjorant. I jo ja no me'n podia escapar. No em preguntis per què, ni jo mateixa ho sé.

La Kerstin va estossegar darrere d'un puny tancat.

—No tenia el coratge per marxar —va continuar. La veu era alhora dèbil i forta.— Malgrat que vaig arribar a odiar-lo amb totes les cèl·lules del meu cos. Amb la infidelitat hi podia conviure, no era res en comparació amb un cos cada vegada més devastat. I amb el que em va arrabassar. Nosaltres... Jo estava esperant una criatura. Però em va maltractar amb tanta duresa que la vaig perdre. Després d'allò, he desitjat amb totes les meves forces que morís. Cada segon que estic desperta somio que mor. Que deixa de respirar. Quan va patir el vessament cerebral, en un primer moment em va passar pel cap no trucar a una ambulància. Em vaig asseure a contemplar-lo, estès a terra, recargolant-se. Els ulls em demanaven a crits que l'ajudés. Vaig sentir felicitat en veure'l feble, necessitat de la meva ajuda. Havia pres la decisió de deixar-lo allà a terra, però un veí l'havia sentit cridar i va trucar a la porta. Vaig haver d'obrir i, al final, trucar a l'ambulància. Vaig fer el paper de la dona en estat de xoc a la perfecció, però quan els de l'ambulància es van emportar en Ragnar, li vaig veure als ulls que ho havia entès. I que, si mai es recuperava, em mataria.

La Faye no sabia si la Kerstin havia pensat que aquella confessió la trasbalsaria, però res que tingués a veure amb la brutalitat masculina ja no la sorprenia.

La Kerstin es va posar a lloc un floc de cabells blancs que havia decidit escapolir-se.

—Sé qui ets —va continuar—. I entenc més o menys el que ha passat. Estaves casada amb en Jack Adelheim.

La Faye va assentir amb el cap.

La Kerstin va toquejar el cobrellit. Després, va alçar els ulls cap a la Faye.

—Pel que he entès, estàs tramant alguna cosa. T'he vist amb els blocs de notes, les llistes i els esbossos per al futur. Digue'm què vols que faci i t'ajudaré.

La Faye es va posar còmoda al llit. Va recolzar el cap contra el capçal i va observar la dona que li havia llogat casa seva. El que li havia explicat la Kerstin era corprenedor, encara que ja havia intuït bona part de la història. Que la Kerstin també havia patit quedava fora de dubte, però hi podia confiar? Sabia que hauria de dependre de l'ajuda d'altres persones i havia decidit confiar en l'agermanament femení. Però allò no significava que es pogués confiar en totes les dones. No era tan naïf. Però l'odi que desprenia la veu d'aquella dona indicava la mateixa foscor que la seva. Així que va tancar els ulls, es va llançar al buit i li va explicar tot el que tenia pensat fins aleshores per aconseguir anorrear en Jack.

El pla havia anat prenent forma durant les moltes hores que havia voltat amb els gossos pel barri, quan, amb pau i tranquil·litat, havia pogut preparar la seva estratègia.

La Kerstin l'escoltava amb atenció i assentia amb el cap. De tant en tant, somreia.

—Soc molt bona organitzant coses. Et puc ser d'una gran ajuda —va dir.

Seca. Al gra. Després va agafar el llibre i va continuar llegint. La Faye ho va interpretar com un senyal per tornar cap a la seva habitació.

Tot estava en marxa. Sense possibilitat de fer-se enrere. I la Faye ja no estava sola.

AMB L'AJUDA DE LA KERSTIN, la Faye va desenvolupar el negoci. Els mesos van passar volant i l'empresa va créixer. Van contractar dues dones a temps parcial, van augmentar l'àrea de cobertura, van reformar el soterrani de manera que a les nits podien acollir gossos.

La Kerstin va donar un cop de mà a la Faye amb els tràmits administratius i tot allò que desconeixia després de tants anys fent de mestressa de casa ho va aprendre buscant a internet. Era un prodigi de l'eficiència i amb la seva ajuda els números ben aviat van començar a ser positius. Reunir el capital que la Faye necessitaria li costaria temps, s'havia marcat l'objectiu de dues-centes mil corones, però es repetia que havia de ser pacient. Trigaria el temps que calgués.

Evidentment, la Faye no podia aconseguir aquella quantitat de diners només a través dels ingressos que obtenia del negoci dels gossos, però invertia totes i cada una de les corones que li sobraven. Llegia amb deteniment els diaris financers i seguia tots els grans grups de notícies, de manera que estava al dia i podia fer servir aquells coneixements quan invertia. Tenia un do especial per a l'economia, però no corria riscos exagerats. Es mantenia en aquell nivell en què el capital, a poc a poc, però amb bona lletra, anava creixent.

Havia perdut quinze quilos d'ençà que en Jack li havia dit que es volia separar. No era que li importés gaire, però coneixia els punts febles del seu exmarit. Els punts febles de tots els homes. Estar prima era un pas necessari per assolir l'objectiu que s'havia fixat.

La roba li anava gran i la Kerstin li havia hagut de fer un parell de forats al cinturó perquè no li caiguessin els texans. La Faye va esclafir a riure quan la Kerstin li va deixar anar que es mereixia comprar-se una mica de roba nova. Mai de la vida. Dues-centes mil corones. Fins aleshores, no es gastaria ni un cèntim en foteses.

Des que la Faye s'havia mudat a casa de la Kerstin havia pogut veure la Julienne cada dues setmanes, però, de sobte, havia quedat palès que, a la casa de Lidingö, l'Ylva Lehndorf s'havia afartat de jugar als pares i les mares. I que en Jack no estava interessat a tenir la seva filla més temps de l'estrictament necessari, la Faye ja ho sabia. Empitjorar la relació amb la nena només havia estat una altra manera d'humiliar la Faye. En Jack li trucava cada vegada més sovint per demanar-li si es podia fer càrrec de la Julienne.

La Kerstin estava encantada de tenir una criatura a casa. Feia tot el que la nena li demanava i, als matins, de bon grat la duia a la llar d'infants.

La Faye i ella es repartien aquella responsabilitat. Com una petita família. Quan la Faye li preguntava si la Julienne no li prenia massa temps, la Kerstin se la mirava com si no hi acabés de tocar.

—La teva filla és la nena que sempre he somiat. I també estic contenta de no haver d'estar sola —va respondre, i amb la mà va assenyalar la sala d'estar, on la Julienne dibuixava, asseguda a la gatzoneta—. És un miracle, un àngel, i em fa llàstima pensar que un dia marxareu d'aquesta casa.

La Faye es va adonar, sorpresa, que a ella també n'hi feia.

El sol d'agost brillava sobre els caps de la Faye i la Chris mentre passaven per davant de l'estadi municipal d'Enskede amb tres gossos: un schnauzer miniatura i dos golden retriever. Per a sorpresa de totes dues, la Chris subjectava la corretja de l'schnauzer, que responia al nom de Ludde. La seva amiga sempre havia detestat els animals.

—En realitat, em podria plantejar això de tenir-ne un d'aquests —va dir la Chris—. Així m'estalvio haver d'estar constantment a la caça d'homes amb qui compartir la meva vida.

—No és una idea gens absurda. Ara que tinc alguna cosa amb què comparar, he de dir que prefereixo els gossos als homes tots els dies de la setmana.

—Parlant de neandertals. Com va tot? De fet, sembla que estàs extraordinàriament bé.

La Faye la va mirar als ulls.

—I ho estic.

—M'encanta veure't així, encara que entenc que no desitges passejar gossos la resta de la teva vida. Pensa en com de bé t'han anat tots aquests mesos sense aquell imbècil.

La Faye va contemplar com un dels golden retriever de la senyora Lönnberg pixava en un fanal.

—Et vull oferir un negoci —va dir—. Una oportunitat d'inversió.

—Ah, sí? Deixa-me-la sentir.

—Aquí no. No d'aquesta manera.

Va assenyalar amb el cap el gos que no parava de bavejar i que en aquell moment estava intentant muntar frenèticament l'schnauzer miniatura. La Faye va clavar una estrebada a la corretja per separar-los.

—Tens temps aquest cap de setmana per sopar juntes? Et vull ensenyar el meu pla d'empresa.

—I tant. Amb una condició.

—Digues.

—Que després sortim. Beguem vi, xerrem, passem una estona juntes, anem de cacera... Jo m'encarrego de reservar taula. I convido jo. Tot el que has de fer tu és aparèixer amb aquest pla empresarial i aquell somriure que he trobat tant a faltar. I preferiblement amb aquest cos teu embotit en alguna cosa realment ajustada. Si no tens res, t'ho deixo jo. Després et faré arribar unes quantes cosetes. Ja és hora que comencis a treure't la pols de sobre. Aviat caldrà un obrellaunes per poder-te entrar entre les cames. Saps que pot tornar a créixer si no es fa servir durant molt de temps, oi?

La Chris va riure amb sornegueria i la Faye va apuntar un somriure d'orella a orella. Una nit de festa amb la Chris li semblava una condició que podia acceptar. Finalment, es veia amb forces de començar a viure de nou.

QUAN EN JACK, COM DE COSTUM a l'últim moment, li va trucar per demanar-li si es podia quedar la Julienne aquell cap de setmana, per primera vegada la Faye li va dir que no.

—Per què no?

—Perquè hem quedat amb la Chris per sortir juntes.

—Però l'Ylva i jo marxem de viatge. Hem reservat una *suite* a l'hotel Seglar de Sandhamn.

—Doncs quina sort que teniu, disposen d'un bufet per a la canalla meravellós.

—Però...

—Res de peròs, Jack. Em sap molt de greu, però no em pots trucar un divendres al matí i demanar-me una cosa com aquesta. Que us ho passeu molt bé a Sandhamn.

Sense parar-se a escoltar les seves queixes, la Faye va penjar.

Al restaurant Teatergrillen, el *maître* les va saludar amb un cop de cap cordial i les va acompanyar fins a la taula. La Faye podia notar les mirades a l'esquena mentre travessava la sala. S'havia posat un vestit curt de color negre ben cenyit a la cintura i talons alts. Totes dues coses les hi havia deixades la Chris. Duia els cabells deixats anar. Feia anys que no se sentia tan sexi.

La Chris es va aixecar de la cadira i va començar a aplaudir, teatralment. Els homes amb vestits de doble botó i ventres prominents no els treien els ulls de sobre sense parar d'untar torradetes amb paté d'ànec i engolir ostres.

—Déu del cel, estàs preciosa.

—Tu tampoc no estàs malament —va respondre la Faye, i va passar la mà pel vestit platejat de lluentons de la seva amiga.

—Chanel —va fer la Chris, i es va tornar a asseure—. Com que el pla era barrejar negocis amb plaer, em sembla que hauríem de començar. Perquè en acabat em vull poder emborratxar sense haver de patir que m'ensarronin amb alguna idea esbojarrada. Les millors decisions de la meva vida mai no les he preses després d'un consum considerable d'alcohol. Les més divertides, sens dubte, però no les millors.

La Faye es va asseure davant la Chris al sofà semicircular de vellut vermell.

Un cambrer va omplir la copa de la seva amiga mentre la Faye treia de la bossa de mà el paperet que contenia el seu pla d'empresa.

—Aquí ho tens —va dir, i el va fer lliscar per damunt la taula.

La Chris va agafar el bocí de paper i va llegir l'única paraula que hi havia escrita: *Revenge*. Va esclafir a riure a cor què vols.

—Què dimonis...?

—Recordes el que em vas dir quan volies contractar-me per a la teva empresa? Vas dir que jo comprenia les dones. Aquests últims mesos m'he dedicat a analitzar les seves necessitats i els seus anhels. I saps què volen aconseguir, totes i cada una? Venjança. Per totes les nostres germanes que han estat trepitjades per idiotes, per tots els marits infidels que ens han fet fora per una altra de més jove. Per tots els nois i els homes que s'aprofiten de nosaltres, ens han menystingut i ens han traït.

La Chris semblava estar-s'ho passant d'allò més bé.

—I com tens pensat venjar-te? —va preguntar, i va fer un glopet de xampany.

Tenia tota l'aparença d'una dona rica i intel·ligent. Una combinació perillosa.

—Demostraré a en Jack que soc més llesta que ell i li arrabassaré l'empresa. I ho faré creant un imperi. Amb l'ajuda d'altres dones. Has arribat a pensar la quantitat d'empresàries dones meravelloses que tenim en aquest país? Propietàries de grans magatzems, d'agències de publicitat i d'entitats financeres. Encara que, per desgràcia, en siguin massa poques, són allà fora i han començat a fer-se sentir. Crearé un model de negoci en què jo mantindré el cinquanta-u per cent de la companyia i disposaré del quaranta-nou per cent restant per vendre a inversors. Faré que quaranta-nou dones de negocis entrin a formar part de l'empresa i els en donaré un u per cent a cada una. Les aniré a buscar una per una, els explicaré la meva història, escoltaré la seva, i aconseguiré que hi inverteixin. Però la part més important són les xarxes socials. Totes les noies amb Instagram o amb un blog esbombaran la meva sèrie Revenge, senzillament perquè em donaran la raó. No tindré cap problema a crear alguna cosa que es converteixi en viral al voltant d'aquesta qüestió.

—Però què és el que vendràs?

La Chris va fer un gest amb la mà indicant al cambrer que els servís més xampany. La seva copa s'havia buidat amb tres glops. Una colla d'homes de negocis que hi havia al sofà del costat els havien començat a llançar mirades lascives i la Chris els va girar l'esquena.

—Productes cosmètics i perfums —va respondre la Faye.

La Chris va assentir amb el cap a poc a poc, però encara feia cara d'escepticisme.

—Un sector molt difícil —va fer, seca—. Sobreexplotat. La competència és aferrissada. I es tracta d'un negoci que requereix una inversió molt forta i molt de capital principalment per a màrqueting i publicitat. El risc és enorme.

—Sí, tot això que em dius ja ho sé. Pot passar que tot plegat se'n vagi en orris. Però no ho crec pas. I el que et volia preguntar era si volies ser la meva primera u per cent.

—Què em costaria?

—Cent mil corones.

—On he de signar?

La Chris va alçar la copa al cambrer, que l'hi va omplir fins al capdamunt. La Faye també va alçar la seva. Sabia que la Chris ho entendria. El primer i més senzill u per cent estava resolt. Ara només n'hi quedaven quaranta-vuit més.

Després de sopar, van demanar al *maître* que els reservés una taula al Riche. Les hi van acompanyar travessant la cuina, una drecera que només coneixien els iniciats. Llum intensa, les comandes als cuiners a través d'una finestreta, fressa de plats, corredisses amunt i avall.

El Riche estava, com de costum, ple a vessar. Així que hi van entrar, la Chris va demanar cridant una ampolla de cava. A hora d'ara estaven massa begudes per beure xampany. Era llençar els diners i, de fet, la Faye preferia el cava o el *prosecco* abans que l'escumós francès. En un tast a cegues de ben segur que ni tan sols hauria estat capaç de notar la diferència.

A la barra hi havia un munt de carn èbria que es balancejava. La majoria de clients del local eren uns quants anys més grans que ella. No resultava gens estrany que aquell lloc fos conegut amb el sobrenom de la cuneta dels divorciats. Allò era un mercat de carn per als separats de mitjana edat. On la mida de la butxaca era més important que la de la cigala. I on dones amb massa botox intentaven desesperadament aferrar-se a la il·lusió que, amb la il·luminació adequada, encara semblés que tenien vint anys.

L'ampolla va arribar dins d'una xampanyera i la Faye va alçar la copa cap a la Chris.

—Per la llibertat —va brindar, i es va adonar que sonava més solemne del que havia pretès.

L'alcohol havia reduït la seva capacitat de descartar els comentaris més banals.

Però la seva amiga la va mirar fixament als ulls.

—Sí, només has tardat uns quants anys a adonar-te'n —va replicar—. Però ara ets lliure. Salut! Per en Jack! Que Déu s'apiadi de la seva ànima.

Va riure per sota el nas.

—Creus que me'n puc sortir? —va preguntar la Faye, i va deixar la copa sobre la taula—. Amb Revenge.

—Em sembla que la primera part del pla, en la qual et dediques a buscar inversors, és la més senzilla. Com tu mateixa has dit abans, a totes ens han ensarronat. D'una manera o una altra. Totes ens hi volem tornar i ens podem sentir identificades amb el teu missatge, és una estratègia de màrqueting i publicitat brillant. La venjança ven.

La Chris va apuntar un somriure i va buidar la copa. El cambrer va aparèixer ràpidament del no-res i l'hi va omplir un altre cop. En aquell local estaven avesats a tractar amb dones assedegades.

—M'hi estaré anys. No creus que és una mica malaltís? Que estigui disposada a dedicar tant de temps a venjar-me?

La Faye va sentir un instant de dubte.

—No, gens ni mica, tenint en compte el que ha fet. Comences a sentir remordiments de consciència?

Abans que la Faye tingués temps de respondre, la Chris va continuar, amb la copa alçada.

—No t'oblidis que tu vas ajudar a aixecar Compare. Sense tu, en Jack i en Henrik mai no haurien arribat on són ara. No passa res que dues persones se separin, aquesta mena de coses succeeixen, però no està bé deixar la seva anterior companya de viatge i mare de la seva única filla amb una mà al davant i una altra al darrere. No, després de tot el que has fet i el que has hagut de suportar. Després de tota la merda per la qual t'ha fet passar. I no em refereixo només a partir del moment que us heu separat.

—Tens raó. Sé que tens raó.

—Un home no hauria pensat mai com ho has fet tu. Un home hauria tirat endavant, sense dubtar ni un sol instant.

En aquell mateix moment, algú es va plantar al davant de la taula. La Faye va alçar la vista. Un noi que rondava els vint-i-cinc anys la va mirar als ulls. Anava vestit amb una samarreta de màniga curta negra arrapada i pantalons foscos. Tenia els braços coberts de tatuatges. Cabells rapats, llavis carnosos. Era increïblement atractiu. Com un Jack jovenet.

—Disculpeu que us molesti —va començar dient—, però els meus companys i jo ens hem cansat d'estar-nos de peu dret a la barra, entre tot aquell munt de fracassats. Ens preguntàvem si podíem venir a la vostra taula a demanar-vos asil. O com a mínim un permís de residència temporal.

Uns quants metres més enllà, un parell de nois van saludar amb la mà.

—Un moment, només —va respondre la Chris.

—I tant, m'espero —va fer el noi, i va anar a reunir-se amb els seus amics.

La Chris va esclafir a riure.

—Què hi dius? —va preguntar.

La Faye es va arronsar d'espatlles.

—Per què no?

—Perquè tu, uns quants mesos enrere, hauries pensat que seure aquí amb aquests xicots tan guapos i joves era una immoralitat.

—Llavors estava casada. A més, els homes sempre s'han refregat amb dones més joves sense avergonyir-se'n. Ha arribat l'hora que nosaltres també ho fem i...

Va emmudir quan es va creuar amb la mirada de l'Alice. La dona d'en Henrik estava asseguda amb unes quantes dones unes taules més enllà. Quan es va adonar que la Faye l'havia vista, va girar immediatament el cap.

—Deixa que vinguin, ens ho passarem d'allò més bé —va respondre la Faye, i d'un glop va buidar la copa.

Va notar la mirada fulminant de l'Alice mentre el cambrer li tornava a omplir la copa, es va adonar com començaven a xiuxiuejar les unes amb les altres.

La Chris va demanar dues ampolles de cava més i es va aixecar per fer lloc als nois. Els tres joves tenien els ulls grossos, eren afables i estaven impressionats. La Faye va pensar que aquella generació d'homes era ben diferent de la d'en Jack. Per a ells, les dones d'èxit no eren una cosa de què s'havia de tenir por. Les tractaven amb una curiositat afable i feien preguntes a la Chris sobre els seus negocis. I només mostraven admiració per tot el que havia assolit.

A la vegada, la Faye entenia el plaer que provocava estar envoltada per gent més jove i atractiva. Era embriagador.

La conversa fluïa amb facilitat. Es mantenia en temes superficials. Res no els semblava complicat a aquells nois a qui la vida encara no els havia caigut a sobre com una llosa. Flirtejaven sense complexos. Les galtes de la Faye es van encendre, tant a causa del cava com de les galanteries. En tot moment notava com l'Alice i la seva colla vigilaven tot el que passava a la seva taula. Ni tot el botox del món no hauria pogut amagarne les cares d'espant. La pregunta era si després serien capaces d'abaixar aquelles celles.

En Jack s'enfilaria per les parets, l'escridassaria, però no li podia fer mal. Ja no tenia res a dir sobre el que la Faye feia o deixava de fer. O amb qui. Aquell pensament la va embriagar encara més que el cava. I, per primera vegada en molts mesos, va començar a notar una escalfor entre les cames. Va engrapar el noi de la samarreta negra, el primer que els havia vingut a la taula, se'l va acostar i el va besar. Va sentir que s'humitejava en notar la llengua del jove contra la seva, les seves mans a les cuixes. En cap moment va apartar els ulls de l'Alice.

El petó va durar només uns segons. Quan les seves cares es van separar, la Faye va saludar amb el cap l'Alice, va allargar la mà cap a la copa i la va alçar per brindar. L'Alice la va mirar fixament durant uns segons, però després es va girar, indignada, cap a les seves companyes de taula.

—Com et dius? —va esclafir a riure la Faye, i va dirigir tota la seva atenció al noi de la samarreta negra.

Podia veure-li als ulls que la desitjava, i, quan els va abaixar, es va adonar que a l'entrecuix se li marcava el membre erecte. Es va haver de reprimir l'impuls de començar-l'hi a acaronar allà mateix, sota la taula del Riche. Per contra, es va inclinar cap a ell perquè tingués una vista millor del seu escot. Sabia que els mugrons se li marcaven clarament, durs sota la roba. Com de costum, la Chris havia aconseguit convèncer-la que no es posés sostenidors.

—Robin —va respondre el noi, amb els ulls clavats en els seus pits—. Em dic Robin.

—Jo em dic Faye i aquest vespre penso venir amb tu a casa teva.

Es va inclinar cap endavant i el va tornar a besar.

La Faye es va despertar amb el cap que li estava a punt d'esclatar. Flaixos del que havia fet el dia anterior li feien pampallugues dins del cap mentre s'estirava. La mà li va topar amb un braç tatuat, ferm i musculat. Es va llevar, es va acostar a la finestra i va mirar cap enfora. Un aparcament i uns quants blocs d'habitatges. El cel estava enteranyinat. Darrere seu, el noi del braç tatuat es va moure. Robert? Robin?

—Quina hora és? —va murmurar, endormiscat.

—No ho sé pas —va respondre la Faye—, però de ben segur que és l'hora d'anar-me'n.

No se sentia gens còmoda, dins d'aquell estudi de Solna.

—Quina llàstima!

Entortolligat amb els llençols negres, el noi es va estirar i la va mirar amb ulls de gos falder. Dins del cap de la Faye van aparèixer nous records de la nit passada. Déu del cel, havia plogut molt d'ençà de l'última vegada que havia tingut relacions sexuals en un llit individual d'un apartament minúscul moblat com un pis de solter —taula de vidre, sofà de cuir negre, planta de iuca i la col·lecció obligatòria d'ampolles de vodka Absolut en un prestatge a la paret. Feia la impressió que els joves es resistien als canvis de tendència i als dictats de la moda.

—Vaja, vaja. Així que això és el que penses? —va respondre, i va mirar al voltant buscant la roba—. I quins plans tens per avui?

—Res, només prendre-m'ho amb calma. Mirar algun partit de futbol.

—Prendre-t'ho amb calma —el va imitar, sense poder-ho evitar—. Per desgràcia, aquesta velleta avui no té temps per prendre-s'ho amb calma. He de tornar a casa.

—Tu no ets cap velleta... —El noi va somriure d'una manera alhora tendra i sexi.— Però, oi que em donaràs el teu número de telèfon?

—Em sap greu, bonic. M'ho he passat molt bé, però ara mateix els homes no m'interessen.

Ella mateixa es va adonar que allò havia sonat massa punyent. El vespre anterior li semblava molt llunyà, el cap li bategava amb força i tenia la llengua aspra.

El noi va esclafir a riure i li va llançar el coixí. D'un salt, la Faye el va esquivar.

—Ets una dona molt sexi. Ho saps? —va dir.

Es va aixecar del llit. Nu. Els abdominals lluents. La Faye el va contemplar uns segons. Havia oblidat amb quina rapidesa els joves són capaços de recarregar. La nit havia quedat sota una boira espessa, però recordava que havia perdut el compte de les vegades que l'havia feta gaudir.

El noi se li va acostar i ella va retrocedir cap a la finestra amb un somriure als llavis. Va sentir la fredor del vidre contra les natges. En Robin la va besar. La va estrènyer amb força. La Faye va notar el seu membre erecte contra la cuixa. Va sentir com tot el seu cos cridava demanant-ne més. Es va asseure a l'ampit de la finestra. La cara d'en Robin va lliscar per tot el seu cos. Mossegant, besant, fent-li pessigolles. A les cuixes, als engonals, al ventre. La Faye va gemegar amb força; li va agafar el cap i el va enfonsar avall, entre les seves cames. Es va reclinar cap enrere i va decidir limitar-se a gaudir. Sense sentir que havia de ser complaent. I en Robin estava content de poder-la satisfer; es va excitar només de veure-la gaudir. Una cosa que feia temps que la Faye no experimentava.

Quan va arribar l'orgasme, li va acaronar el clatell i va esclafir a riure.

Havia arribat una nova època a la seva vida, ara era el seu torn de fruir.

La Faye va mirar per la finestra els arbres que anaven quedant enrere. Havia pujat al tren, camí de Västerås, amb els esbossos dins d'una maleta. El dia anterior havia deixat la Kerstin a càrrec del negoci dels gossos i ara anava a reunir-se amb una empresa especialitzada a dissenyar *packagings*.

Els seus productes havien de ser bons, però hi havia un element que era encara més important si realment volia tenir èxit: les xarxes socials. La clau de volta era ser capaç d'arribar al públic, de destacar, de fer-se viral. I el *packaging* era una manera senzilla de generar la necessitat de comprar i aconseguir que *influencers* destacats fessin publicitat dels seus productes a través dels seus comptes d'Instagram i de Facebook. El producte havia de fer sentir el consumidor un escollit i havia de veure's atractiu a les fotos que se li fessin amb un telèfon mòbil.

La Faye havia decidit que els pots de crema hidratant havien de ser negres i que la tapa rodona aniria decorada amb una lletra erra daurada de traç arabesc. Però el *packaging* no tan sols era la imatge dels recipients. Al darrere també hi havia d'haver una història. Avui dia tots els productes d'èxit en tenien una. Com l'Eight Hour Cream d'Elizabeth Arden. Tant li feia si era veritat o no que havia creat aquella crema per curar la pota d'un dels seus cavalls de carreres i que la ferida s'havia guarit en vuit hores. Que els clients volguessin creure aquella història era l'únic que importava. A tothom li agradava un bon relat. I la Faye en tenia un de refotudament bo.

Mentre el tren travessava la regió de Mälardalen, la Faye no sentia res més que pura i simple felicitat. Era justament allò el que tant havia trobat a faltar: aixecar una empresa des dels fonaments. El somni que en Jack li havia arrabassat. Sense que ella s'hagués queixat. Quin havia estat el primer cop que li havia fet el salt? Alguna vegada havia estat fidel? Encara que la Faye estava segura que l'havia estimada i que s'havia sentit atret per ella.

Durant molt de temps s'havia preguntat per què en Jack l'havia canviada per una dona de carrera com l'Ylva, tenint en compte que havia insistit que la Faye s'estigués a casa; però cada vegada estava més convençuda que el que realment interessava a homes com en Jack era la cacera. Anhelaven constantment una nova presa amb qui jugar.

També es va adonar que en Jack havia gaudit del poder. De poder-la transformar en alguna cosa que, en realitat, la Faye no era.

No permetria que mai més cap home la posseís.

Una pluja grisosa queia sobre Västerås quan va sortir de l'estació. Va trobar un taxi, hi va pujar i va donar indicacions d'on es dirigia al conductor. Västerås era molt més gran que Fjällbacka, però per alguna raó la gent d'aquella ciutat li evocava el seu poble natal. Abans, sempre que li tornaven aquells records, se'ls espolsava ràpidament de sobre. Però després dels darrers mesos de turbulències havia canviat alguna cosa. Les persones que havien omplert la seva infantesa i adolescència sovint la visitaven. La mirada del pare quan alguna cosa no estava tal com ell volia. La cara taciturna d'en Sebastian. L'accident, que havia afectat tot el poble. Els braços pàl·lids i el plor agut de la mare. Els ulls dels companys de classe després del que va passar més tard. De pena. De curiositat. Penetrants.

Ho havia deixat tot enrere. Però se'n podria escapar mai?

Mentre continuava perduda entre els records, el vehicle es va aturar. El taxista es va girar i la va mirar. Els llavis se li van moure, però la Faye no va sentir ni un sol so.

—Perdona?

—Targeta o metàl·lic?

—Targeta —va respondre, i va remenar dins la bossa de mà buscant la cartera.

Quan va baixar del taxi, davant seu s'aixecava una nau industrial de color beix. La pluja havia amainat lleugerament, però continuaven caient unes gotetes minúscules i glaçades del cel. La Faye va obrir la porta principal i va entrar al vestíbul. Una recepcionista de cabells vermells amb la permanent feta va alçar els ulls i la va mirar.

—Benvinguda —la va saludar, però feia la sensació que estava cridant «Si us plau, treu-me d'aquí!». Abans que aparegués la Faye, havia estat d'allò més enfeinada llimant-se les ungles.

—Gràcies, tinc una cita amb la Louise Widerström Bergh.

La recepcionista va assentir amb el cap. Va prémer unes quantes tecles a l'ordinador.

—Et pots esperar allà —va dir, assenyalant uns sofàs que hi havia contra la finestra—. Vols un cafè?

La Faye va fer que no amb el cap. A l'ampit de la finestra que s'obria darrere del sofà hi havia una pila de diaris. Va agafar una revista de premsa groga *Se & Hör* de feia unes setmanes i es va posar a fullejar-la. Segons deia un article, en John Descentis havia partit peres amb la seva xicota. La Faye va escrutar la fotografia. Es tractava de la mateixa noia amb qui l'havia vist al Riche, pel que semblava es deia Suzanne Lund. El periodista sostenia que era alhora model i cantant.

«No és fàcil viure amb algú com jo», s'excusava en John, amb paraules textuals. «No, i amb qui collons ho és?», va pensar la Faye, i va recordar aquell clau desesperat i sense sentit dins del cinema. Tot el fàstic i la repulsió que l'envoltava. Que en aquells moments es pensava que era l'únic que es mereixia. Ara, a pilota passada, es lamentava de no haver-ho explicat a en Jack, de no haver-l'hi refregat per la cara. Havia estat a punt de fer-ho en diverses ocasions, però s'havia mossegat la llengua. Per por de rebre només indiferència.

Es va sentir remor de passes. Una dona amb brusa i pantalons de vestir se li va acostar. Actitud fresca, ulls que van escrutar la Faye de cap a peus.

—Louise Widerström Bergh —la va saludar, i va allargar una mà flonja i lleugerament humida.

—Faye. Faye Adelheim.

En el mateix moment que entraven al despatx de la Louise, va sonar el mòbil de la Faye.

Era en Jack. Amb tota probabilitat li volia recriminar a crits la manera com s'havia comportat al Riche. Va rebutjar la trucada i va treure els esbossos de la maleta. No tenia traça dibuixant, així que la Chris li havia donat un cop de mà fins que trobessin un professional que se'n fes càrrec. La Louise s'havia situat darrere de la taula mentre la Faye s'asseia a la cadira per a visites.

—Això no hauria de ser cap problema —va començar la Louise, i es va posar les ulleres per llegir—. Un petit *divertimento* amb el qual estar ocupada.

—Perdona?

—Bé, sé perfectament qui ets. Suposo que tot això és per a alguna festeta o una cosa per l'estil.

La Faye va respirar fondo.

—Vull trenta mil exemplars de cada model que veus en aquests esbossos. Te'n pots encarregar tu o he de buscar algú altre?

La Louise va estrènyer els llavis.

—Trenta mil? D'això... Suposo que em pots donar garanties. El mercat per a aquest tipus de productes està sobrecarregat, ja m'entens, i nosaltres no ens podem permetre invertir diners en comandes que després no ens paguen, suposo que ho comprens. Bé, si continuéssiu casats, hauria estat completament diferent. En Jack Adelheim representa un bon aval de pagament, però ara que, pel que tinc entès, us heu separat...

—No has llegit la meva idea empresarial? La que et vaig enviar per correu electrònic? No t'adones de la singularitat que podré oferir en un mercat tan exigent?

La Faye va notar que la frustració li cremava a la gola.

La Louise Widerström va riure per sota el nas i es va treure les ulleres. Es va mirar la Faye, amb indulgència.

—Sí, però com t'he comentat, em pensava que es tractava d'una mena de festa temàtica. Conec prou bé la vida que porteu les mestresses de casa del barri d'Östermalm i no es pot dir que per a la resta de nosaltres sigui el món real. Amb franquesa, em sembla que la idea de vendre una marca basant-se en una mena de *girl power* indica que tens el cap ple de pardals. Només a la capital teniu diners per a foteses com aquesta. Aquí, lluny de la gran ciutat, les dones deixem que les dones siguem dones i els homes, homes. No, no penso arriscar-me a posar aquest *packaging* en producció i després haver de perseguir-te a través del jutge perquè me'l paguis.

Va esclafir a riure i la Faye es va aixecar. Sentia com la sang li bategava a les temples.

—Tinc el capital per pagar-te la comanda sencera per avançat. Hauríeu pogut disposar dels diners al vostre compte corrent demà mateix. I si les coses van com he pensat, s'hauria pogut convertir en una font d'ingressos substanciosa i estable per a la vostra companyia. Potser us hauria pagat un parell de viatgets l'any, a la teva família i a tu. O una segona residència a la riba del llac. O el que sigui que somies o t'agrada fer. Però ara me n'aniré a un altre lloc. I pagaré la casa d'estiu o el viatge de Nadal a les Maldives a algú altre. I, creu-me, li demanaré que m'enviï una postal des d'allà.

Va girar cua i va marxar. Darrere seu, va sentir com els ulls de la Louise se li clavaven a l'esquena.

Tenia vint trucades perdudes d'en Jack, però la Faye no li va telefonar fins que el tren va sortir de l'estació de Västerås. Després d'un llarg sermó del tipus «A què collons et dediques?», li va etzibar un discurs sobre com era d'inadequat relacionar-se en públic amb la xusma.

—Però què és el que t'indigna tant, en realitat? —va preguntar la Faye, quan en Jack va fer una pausa per respirar.

La irritació i la frustració que li havia provocat aquella reunió desafortunada encara no li havien desaparegut.

A l'altre costat de la finestra, el paisatge cada vegada passava a més velocitat. La ràbia d'en Jack va fer que la Faye no sentís res de res. Va aclucar els ulls i va recordar la nit amb en Robin. Contra tota lògica, al final li havia donat el seu número de telèfon i ja tenia cinc missatges de text amb una llista llarga de coses que li volia fer. La veu d'en Jack es va obrir pas entre les seves fantasies i, irritada, va obrir els ulls. Com una mola, el seu exmarit continuava donant voltes i més voltes a la mateixa idea, amb una veu aguda i queixosa. Com una criatura a qui havien arrabassat la seva joguina preferida.

—Te'n vas al Riche i et dediques a magrejar-te amb un noi que podria ser fill teu. Davant de tothom. Aquesta mena de merda m'acaba esquitxant a mi, saps?

—Vaja, et refereixes a en Robin? Té vint-i-cinc anys. Jo en tinc trenta-dos. Llavors vol dir que l'hauria tingut amb set anys. A tu t'agraden els números, Jack, així que què et sembla això: la diferència d'edat és més gran entre l'Ylva Lehndorf i tu que entre en Robin i jo.

—Collons, no és el mateix!

—Per què no? Ara sento curiositat per saber-ho.

—Jo, com a mínim, no em comporto com un cony de puta en un bar sense pensar en què diran ni com perjudicarà tot això la meva família.

—No, tens raó. Tu només te la vas follar d'amagat meu a casa nostra, al nostre llit. I, amb franquesa, no sé de quina família m'estàs parlant, Jack.

En Jack va remugar, una mica més dòcil:

—Hòstia, no ho tornis a fer.

—Faré exactament el que em plagui. No tens cap dret a dir-me com he de viure la meva vida, amb qui me'n vaig al llit o on ho faig. Adeu, Jack.

I va penjar. Va aclucar els ulls. Va notar la llengua d'en Robin voletejant per damunt del seu clítoris. El mòbil va dringar. Un altre missatge d'en Robin. La Faye va dubtar un instant, però després va respondre: «Estic tornant de Västerås. Seré a casa teva d'aquí a dues hores. Qui pot dir que no a una oferta com aquesta?».

La Faye va fer un altre glop de vi. Sentia les mirades d'un grapat de clients del restaurant Sturehof, però no en va fer cas. «Deixa que es preguntin què ha passat entre en Jack i jo», va pensar, «deixa que xerrin i facin bugada. Un dia els mostraré a tots qui soc».

Va llançar una llambregada al rellotge, altre cop. La Sophie Duval arribava realment tard.

Per tal de trobar nous socis ara que la Louise Widerström li havia girat l'esquena, la Faye havia de demostrar que disposava d'inversors. Inversors que no tan sols contribuïssin amb capital, sinó que també poguessin aportar alguna cosa al mite de Revenge.

Amb la Sophie Duval ja s'havien vist unes quantes vegades abans, sempre acompanyades d'en Jack. La Sophie s'havia mostrat com una dona de caràcter desbordant amb la Faye i, després de la Chris, seria una primera inversora perfecta. Dins del món dels negocis, ocupava una posició elevada. Era jove, tenia bona aparença i a la premsa li encantava. Era la dona dels titulars, sempre amb un home nou al seu costat, sempre parlant d'una nova inversió.

A la Faye mai no li havia fet el pes, però ara es tractava de negocis i estava convençuda que aconseguiria que la Sophie fos capaç de veure l'oportunitat que representava invertir en Revenge.

La Faye havia tingut temps d'acabar-se la primera copa quan va aparèixer la Sophie.

—Una copa de xampany, gràcies. I avui em sembla que em ve de gust una mica de marisc —va dir, sense mirar el cambrer mentre s'asseia.

Va agitar la seva cabellera morena i es va girar cap a la Faye.

—Estic molt contenta que em truquessis! L'última vegada que ens vam veure va ser a la festa del cinquantenari dels Oscar a Canes, oi?

Abans que la Faye tingués temps de respondre, la Sophie s'havia tombat i havia picat de mans per cridar l'atenció del cambrer.

—Com pot ser que tardin tant a portar-te una copa de xampany? —Va fulminar amb la mirada el cambrer, que es va acostar a la taula corrents amb una copa i una ampolla.— Potser encara no són les xampany *o'clock*, però ahir vaig arribar de Hong Kong, així que podem dir que encara vaig amb horari d'allà.

La Faye va sospirar sense que es notés quan la Sophie va esclafir a riure escandalosament. Sempre que invertís en la seva empresa, la Sophie podia ser una persona tan afectada com volgués.

La safata de marisc va arribar al mateix temps que la truita de riu de la Faye.

—Déu del cel, quina delícia —va dir la Sophie, i va xarrupar amb fruïció una ostra—. Si m'ho preguntes, això és millor que el sexe.

Va fer un glop de la seva tercera copa de xampany i després va mirar la Faye.

—Ara explica'm, estimada, com estàs? Com ho portes? Els divorcis no són mai divertits, jo ho sé millor que ningú. El cap de setmana passat em vaig trobar en Jack i l'Ylva a Båstad i són realment encantadors. Pel que em van explicar, la vostra petita Julienne és una delícia. Bé, estaven d'allò més tristos que no t'ho haguessis pogut muntar perquè passés aquells dies amb ells.

Es va eixugar la boca amb el tovalló de fil.

—Si vols que et doni un consell, en aquestes situacions cal pensar en el millor per als nens, per molt dolguda que una se senti. —La Sophie va posar la mà sobre la de la Faye.— El benestar dels nostres fills és el més important, oi?

La Faye es va empassar la saliva unes quantes vegades, no podia mostrar que estava enfurismada. Aquell cap de setmana li tocava a en Jack, però tres hores abans li havia enviat un missatge de text dient-li que, per desgràcia, no es podia fer càrrec de la Julienne perquè li havia sortit un viatge de negocis d'última hora.

Va somriure a la Sophie. L'important era no perdre perspectiva, aconseguir els diners i la inversora que necessitava.

—Gràcies, Sophie —va respondre, i es va ajupir per agafar la carpeta amb el prospecte de Revenge.

La Sophie es va estirar per agafar una mitja llagosta i amb la mà li va fer el gest que ho deixés estar.

—Primer mengem una mica. Després ja parlarem de negocis.

La Faye va tornar a desar la carpeta a la bossa i, a contracor, va punxar un trosset de truita. Començava a perdre la gana, però feia la impressió que la Sophie estava completament absorta en aquell plat de marisc. Es xarrupava sorollosament els dits i de tant en tant xisclava un agut «hola, estimada» quan veia algú que coneixia.

Va tenir temps de demanar un parell de copes de xampany més abans d'acabar-se la plata i, tipa, reclinar-se a la cadira.

—Bé, què et sembla, podem parlar una mica de negocis, ara? —va preguntar la Faye, i va tornar a allargar el braç cap a la carpeta.

—És clar que sí, estimada —va dir la Sophie.

Va llançar una llambregada al rellotge.

—Però, Déu del cel, has vist l'hora que és? Faig tard a una altra reunió, estimada! Ha estat d'allò més agradable, t'ho prometo! Ho hem de repetir! Truca a la meva secretària i trobem un altre moment. Però no comptis que sigui fins d'aquí a tres o quatre setmanes. Abans he d'anar a París, Londres, Nova York i Dubai! Bé, redeu, es pot dir que *de facto* visc a les sala VIP de l'aeroport d'Arlanda.

Una altra riallada escandalosa i, en acabat, es va fer fonedissa.

La Faye es va quedar amb un pam de nas. I un compte que equivalia a una setmana sencera de feina.

EN UN PRIMER MOMENT NO SABIA exactament què era aquella buidor que sentia. Després ho va comprendre. Era la resignació. Per primera vegada, la Faye sentia una sensació de resignació profunda i abassegadora.

Al seu costat, la Julienne respirava profundament. Les pestanyes reposaven sobre la pell com ventalls, la cara era de pau i serenor, i arrufava lleugerament el nas en somnis. Exactament la mateixa expressió que quan, de petita, dormia als seus braços. Aleshores la Faye se n'havia rigut, havia pensat que semblava un conillet petitó que arrufava el musell. Però ara només se sentia amb forces de somriure lleument. Estava completament esgotada. Les reunions amb la Louise i la Sophie li havien xuclat tota l'energia.

No sabia què n'havia esperat. Evidentment, no es podia pensar que totes les dones comprendrien automàticament el que volia fer, el que volia transmetre, pel simple fet de ser dones. Però, malgrat que era una idea innocent, hi havia dipositat totes les seves esperances. I ara no sabia ben bé com recarregar forces. Encara li quedava la reunió més important de totes. I si també era un fracàs? Aleshores tot se n'aniria en orris. Seria incapaç de dur a terme el que s'havia proposat. En Jack podria continuar fent la seva vida com si res, impune, sense haver de pagar cap preu. Aquella idea li feia bullir la sang.

La remor de la Kerstin feinejant a la cuina la va allunyar d'aquelles cabòries. Havia insistit a fer el sopar i la Faye estava convençuda que li prepararia algun dels seus plats preferits. Probablement farcellets de col.

La Julienne havia sopat abans d'anar a dormir, la Kerstin volia que elles dues soles poguessin parlar amb tranquil·litat. Aquella tarda, quan la Faye havia entrat per la porta, la Kerstin s'havia adonat que l'havien abandonada les forces. En circumstàncies normals, la Kerstin era capaç d'animar-la, però, aquell vespre, la Faye no creia que se'n pogués sortir. El dubte se li enganxava com brea apegalosa.

La Julienne es va bellugar intranquil·la. No deixava que dormís al seu llit gaire sovint, però aquella nit la Faye necessitava sentir la seva filla ben a prop. Soparia amb la Kerstin, parlarien del que havia passat i, després, amb molt de compte, s'esmunyiria al costat de la Julienne i s'adormiria sentint la seva respiració suau. Va contemplar la seva filla, estirada sota els llençols blancs fins amb un unicorn dibuixat; amb molta cura li va posar la mà que tenia lliure sobre el pit i va sentir els batecs del seu cor. Bum. Bum-bum. Bum-bum. La sensació de resignació i frustració que li havien generat les dues reunions sense èxit anava desapareixent a poc a poc. En realitat, encara no tot estava perdut. Li quedava la reunió més important de totes. I no pensava fracassar.

La Faye avançava pels carrers empedrats en direcció al barri de Blasieholmen. Es va adonar que estava nerviosa. La reunió amb la Irene Ahrnell era especialment important. A través de la seva societat d'inversió, Ahrnell Invest, posseïa uns talls de pastís substanciosos de tres de les cadenes de grans magatzems més importants de Suècia. A part d'invertir en Revenge, a través dels seus locals, la Irene podia tenir un paper decisiu perquè Revenge es convertís en un èxit o, simplement, acabés sent un altre dels milers de fracassos dins del món dels productes cosmètics i els perfums.

En realitat, llançar-se a aquell mercat era una bogeria. Era un dels més difícils que hi havia. Especialment per a algú com la Faye, sense experiència ni padrins en aquell sector.

Encara que les trobades amb la Louise Widerström Bergh i la Sophie Duval no havien anat tal com s'havia imaginat, la Irene Ahrnell tenia infinitament més pes a l'hora de determinar si la Faye tindria èxit o no. Amb la Irene al darrere, tot era possible. Fins i tot a escala internacional.

La Faye havia llegit amb deteniment tot el que es podia saber sobre la Irene Ahrnell. Criada a Göteborg en el si d'una família adinerada, s'havia format a Yale i a Oxford. Donava diners a organitzacions feministes i de suport a dones emprenedores. Gaudia d'una xarxa de contactes esparverant que s'estenia per tot Europa i arribava fins als Estats Units. Que hagués accedit a reunir-se amb la Faye es devia, probablement, al fet que la Irene sentia curiositat per conèixer-la, després de tot el que havien arribat a publicar les revistes sobre la seva separació.

Fos pel motiu que fos, la Faye havia aconseguit una reunió. I se li'n fotia com i per què. Ara, tota la resta depenia només d'ella.

Ahrnell Invest tenia les oficines al cinquè pis d'un edifici preciós amb aires de principis del segle XIX. Les vistes sobre la badia eren magnífiques. Van portar un cafè per a la Faye i la van acompanyar fins a una sala de reunions petitona.

La taula tenia sis cadires. Es va quedar dreta, sense acabar de decidir-se si havia de seure o no. Tenia pensada una entrada agosarada. La qüestió era com reaccionaria la Irene Ahrnell. Corria el risc que ho considerés una manca de professionalitat flagrant. Però la trobada amb la Sophie havia fet que s'adonés que no es podia permetre que se la traguessin del damunt. Havia de començar amb focs artificials i exigir tota l'atenció que es mereixia. I no pas limitar-se a esperar amb un somriure complaent als llavis fins que l'hi oferissin.

La Faye va sentir com la suor li regalimava esquena avall. I va començar a fer justament el que fins a aquell moment no havia fet. Dubtar i qüestionar-s'ho tot. A si mateixa i la idea sencera.

La Irene va entrar a la sala amb un vestit granota de color blau marí. En sobresortia una brusa de seda crema amb llaços al coll de Vesna W. La Faye es delia per tenir-ne una d'igual, però no se la podia permetre fins que hagués reunit el capital inicial. El vestit de Stella McCartney que portava l'hi havia deixat la Chris. Un parell de mesos abans no hauria pogut fer passar els pantalons més amunt dels genolls, però, ara, aquell vestit li anava com un guant. No s'havia atrevit a preguntar a la seva amiga quant li havia costat.

La Irene va deixar damunt la taula una tassa de cafè del mateix model que el de la Faye i va allargar la mà.

—Irene —va dir, amb veu neutral—. Només tenim deu minuts abans que hagi de marxar.

Les potes de la cadira van xerricar contra terra i totes dues es van asseure a banda i banda de la taula.

La Faye va respirar fondo per asserenar els nervis. Es va recordar a si mateixa per què feia tot allò. Va invocar la imatge del cul d'en Jack, movent-se cap endavant i cap enrere entre les cames de l'Ylva, a casa seva, al seu llit.

—Quantes vegades a la vida has estat traïda per un home? —va preguntar la Faye, i es va obligar a si mateixa a mirar la Irene als ulls amb serenor.

Suspesa a la seva retina, la imatge d'en Jack no havia desaparegut. Les pulsacions es van anar calmant. La inseguretat va desaparèixer. El primer tret ja havia estat disparat.

En un primer moment, la Irene va semblar desconcertada, però de seguida es va recompondre. La cara li va mudar d'una expressió de sorpresa a una d'ofesa.

—Considero aquesta pregunta massa personal per respondre-la en un context com aquest.

Va fer la impressió que estava a punt d'aixecar-se de la cadira.

La Faye no va deixar de mirar-la fixament als ulls. Es negava a deixar-se espantar per la primera reacció de la Irene. La seva intenció havia estat causar impacte i no hi havia cap dubte que havia captat l'atenció de la inversora potencial. Es va inclinar cap endavant, es va agafar les mans sobre la taula.

—La resposta a aquesta pregunta és el fonament de tota la meva idea empresarial —va dir la Faye—. Però primer vull que t'adonis que no t'he preguntat si alguna vegada has estat traïda. Dono per descomptat que sí. I com és que et provoca tanta vergonya que reacciones d'aquesta manera? No ets pas tu qui ho ha fet malament.

La Irene va estirar el coll i es va inclinar cap endavant. Feia la impressió d'estar a la vegada interessada i lleugerament desconcertada. Va semblar que prenia una decisió.

—Dues vegades —va murmurar.

L'expressió al rostre es va relaxar un instant per, immediatament, tornar a recuperar-ne el control. A fora al carrer Strandvägen, uns quants cotxes tocaven els clàxons amb ràbia.

La Faye va assentir amb el cap.

—I en això no es pot dir que siguis l'única. Com a dona, i independentment de la posició social que ocupis, per regla general has estat traïda com a mínim una vegada per un home. I, en canvi, som nosaltres les que ens hem de sentir avergonyides. Les que ens preguntem què vam fer malament. I això per què?

—No ho sé. I tu, que ho saps?

No hi havia cap dubte que havia aconseguit despertar l'interès de la Irene. La porta estava entreoberta i ara la Faye havia d'aconseguir esmunyir-se cap endins. I que la convidessin a quedar-s'hi.

—Bé, he tingut motius per rumiar-hi una mica —va continuar—. Perquè és humiliant, que et rebutgin i et llencin a les escombraries. De vegades perquè els nostres homes han trobat algú altre amb qui volen passar la resta de les seves vides, altres per una trista rebolcada en una habitació d'hotel en un viatge de negocis a Örebro. Amor, fills, temps i feina que nosaltres hem invertit. Tot es pot enviar a pastar fang per un clau una nit de borratxera després d'una reunió. Som peces substituïbles. I fa la impressió que ells ni tan sols se senten angoixats. Ni tampoc tenen prou seny per avergonyir-se'n. És com si tinguessin dret a trepitjar-nos. I disposen d'una xarxa invisible en la qual no ens deixen entrar, on es reparteixen privilegis els uns als altres, però mai a nosaltres. Perquè ens consideren inferiors.

La Irene no va badar boca mentre la Faye feia una pausa per agafar aire, però la seva expressió s'havia relaxat. Semblava que li picava la curiositat.

—Alguna vegada has somiat venjar-te d'un home que t'hagi traït, trepitjat o tractat malament? —va preguntar la Faye.

—És evident, ho hem fet totes —va respondre la Irene, i, de sobte, la seva cara mostrava nuesa i vulnerabilitat.

La Faye va intuir que ho estava veient davant seu. Aquelles imatges amb què una hauria de conviure la resta de la vida, com cicatrius de guerra, amb la diferència que eren al cor i no pas a la pell.

—I ho has fet?

—No.

—Per què no?

La Irene va rumiar uns segons.

—En realitat no ho sé.

—El meu exmarit, en Jack Adelheim, l'home de negocis, em va trair durant molts anys. Amb quantes dones ho va fer, no ho sé pas. La primavera passada el vaig enxampar amb les mans a la pasta amb la directora financera, l'Ylva, al nostre llit. I allò només era una fracció de la traïció. De fet, la més petita. Vaig ajudar a aixecar el seu imperi. En una altra ocasió et puc explicar tota la història, amb una copa de vi a la mà. Però, amb poques paraules, m'ha de donar les gràcies per bona part del que té ara. Tot i així, no tan sols em va trair, sinó que també em va deixar amb una mà al davant i l'altra al darrere. I saps què, Irene? Li vaig suplicar que em deixés perdonar-lo perquè tot pogués tornar a la normalitat. Desitjava tant salvar la nostra família... Malgrat que ell m'ho havia arrabassat tot. La carrera, la casa, la seguretat, l'autoestima. Al final, vaig decidir que ja n'hi havia prou.

—I ara?

—Ara ho recuperaré tot. I una mica més.

—Com?

Els rols havien canviat. La Irene era qui feia les preguntes. Un senyal inequívoc. Es va acostar encara més a la Faye.

—Deixant de sentir vergonya —va respondre la Faye, i va fer lliscar un esbós de l'embolcall de Revenge per damunt la taula—. I atraient un grup de consumidors enorme. Un màrqueting intel·ligent que pressioni un punt que mai abans ningú no ha pressionat. Màrqueting personal, portat fins a les últimes conseqüències. Una bona història combinada amb productes de qualitat.

La Irene va agafar l'esbós i el va examinar amb deteniment.

—I què vol dir aquesta erra?

—Revenge.

—Ja ho entenc —va respondre, amb un mig somriure—. Per què em necessites?

—Distribució i campanyes publicitàries als grans magatzems dels quals ets copropietària. Jo m'encarregaré de la resta. Incorporaré a aquest projecte tantes dones d'èxit com pugui i posaré en marxa una estratègia de màrqueting que no s'assemblarà a res que s'hagi fet abans. Especialment no amb aquesta mena de productes. I no et demano que hi inverteixis com una mena d'aposta personal, per una qüestió de principis morals. T'explicaré el que he pensat perquè puguis comprendre l'enorme potencial que hi ha darrere d'aquest projecte. El grup de consumidors objectiu dels nostres productes no tan sols són les dones, són totes aquelles dones que estan cansades que els homes les traeixin.

Els ulls de la Irene es van encendre. Va tornar a agafar l'esbós, el va contemplar pensarosa.

La Faye es va quedar en silenci. Deixant que rumiés.

Havia decidit no oferir-li res, sinó, ben al contrari, deixar que fos la Irene qui plantegés la pregunta. La seva participació a l'empresa seria superior a l'u per cent que havia pensat oferir a les dones que hi invertissin. La Irene en rebria més. La Faye ja havia donat a la Kerstin el cinc per cent. En realitat, li havia ofert el deu, però la Kerstin ho havia refusat.

—En vull el deu per cent —va dir la Irene.

—Te'n donaré el cinc —va respondre la Faye. Sentia com el cor li bategava amb força al pit.

—El set.

—Tracte fet.

Va haver de fer un esforç per no posar-se a cridar i ballar d'alegria. Per contra, es va aixecar i la Irene va fer el mateix. Es van trobar al bell mig de la sala i van fer una encaixada de mans.

La Irene es va treure una targeta de la bossa de mà.

—Truca'm, per al que et calgui. És el meu número directe. No cal que passis per la meva secretària.

Quan la Faye va sortir al carrer, el mòbil va vibrar. En realitat, no volia que ningú la molestés, volia gaudir d'aquell instant, però quan va veure que es tractava de la Chris, va respondre.

—És a bord, Chris! La refotuda Irene Ahrnell és a bord!

—Fantàstic! —va fer la Chris, amb entusiasme—. Llavors, dedueixo que estàs contenta?

—Que si estic contenta? —va respondre la Faye, i va posar-se a caminar en direcció a Stureplan—. Estic encantada de mi mateixa. Tindrem Revenge a tots i cada un dels seus grans magatzems. I si el llançament a Suècia és un èxit, m'ha promès parlar amb els seus contactes internacionals. Et pots imaginar com n'arriba a ser de fantàstic?

—Sí, m'ho puc imaginar. Però ja tindrem temps de celebrar-ho més endavant. Ara mateix estic amb dues persones que volen parlar amb tu.

—Ah, sí? —va fer la Faye, dubitativa.

—Un moment, posaré el mans lliures.

—Hola, Faye, soc la Paulina Dafman —va dir una veu rogallosa—. Soc aquí, amb la meva amiga Olga Niklasson. Tens un moment?

El cor li va fer un salt. L'Olga Niklasson i la Paulina Dafman eren dues de les *instagramers* més importants de Suècia. Plegades tenien més de tres milions de seguidors.

—Sí, i tant.

—Doncs estàvem prenent unes copes de cava al Grand Hôtel amb la Chris... La Chris ens encanta! I ens ha explicat el que t'havia passat, això d'aquell porc infidel, i també la teva idea empresarial, i ens sembla superinteressant. Hi ha cap possibilitat que ens hi puguem apuntar i donar-te un cop de mà amb tot això?

—En voleu formar part?

—És clar que ho volem —va respondre, ras i curt—. I estic segura que podem arrossegar unes quantes femelles més amb comptes corrents sucosos. Coneixem tothom qui és algú, saps?

—No diu pas cap mentida —va ficar-hi cullerada la Chris—. Em coneixen a mi, per exemple.

La Faye va ofegar una rialleta.

Quan va penjar, la Faye va fer un saltironet d'alegria. Una dona gran amb un gosset salsitxa menut als braços la va mirar amb cara de sorpresa. Ella es va limitar a dibuixar un somriure d'orella a orella i l'anciana va apressar el pas.

La Faye es va aturar un instant, va mirar el seu reflex a l'aparador de la botiga Svenskt Tenn i es va adonar que estava veient una guanyadora.

TERCERA PART

En algun lloc, un ventilador brunzia a un volum excessivament alt, que arrabassava en part la sensació d'exclusivitat que aquell despatx d'advocats pretenia transmetre.

En Jack havia sol·licitat veure-la mentre estava arrestat. L'advocada que la fiscalia havia assignat a la Faye va rebufar i va sacsejar el cap mentre l'hi explicava.

—No comprenc com pot tenir l'estómac de demanar veure't. Com pot ser que es cregui que hi accediràs? Després del que ha fet.

La Faye no va respondre. Removia a poc a poc la tassa, asseguda en aquella sala de reunions. Com hipnotitzada, contemplava el remolí al te vermell, els cercles que convergien en un centre que semblava empassar-s'ho tot.

L'advocada li va posar una mà compassiva a l'espatlla.

—El fiscal sol·licitarà cadena perpètua. No hi ha cap risc que el sentenciïn a una pena inferior, tenint en compte les proves. Després del judici, no l'hauràs de tornar a veure mai més.

—Però podran provar alguna cosa? Sense el...

La veu de la Faye es va esquinçar.

—Sense el cos?

—Tot i així, hi ha prou proves. I, a part d'això, tenim el maltractament a què et va sotmetre. Creu-me, no sortirà de la presó durant molt de temps.

La Faye va deixar de remoure el te. Va posar la cullereta al damunt d'un tovalló blanc i es va acostar la tassa als llavis. El líquid li va cremar la llengua, però de bon grat va acollir aquell dolor. En aquells moments era el seu amic. El dolor habitava en les aigües tèrboles on amagava tots els seus secrets.

La periodista del *Dagens Industri*, Ingrid Hansson, no parava de remenar l'amanida Cèsar. La Faye s'acontentava amb un te verd. La gravadora estava col·locada entre totes dues; la llumeta que indicava que estava en marxa, encesa.

—El viatge que Revenge i tu heu fet ha estat realment increïble —va començar l'Ingrid Hansson—. Després de separar-te d'en Jack Adelheim, vas passar de mestressa de casa a gerent d'una companyia que es calcula que enguany facturarà mil cinc-cents milions de corones. Quin és el secret?

La Faye es va acostar la tassa a la boca i en va prendre un glopet.

—Treballar molt, m'aventuraria a dir. I uns inversors implicats i amb experiència.

—Però, tot va començar amb el divorci?

La Faye va assentir amb el cap.

—Quan en Jack i jo ens vam separar, no sabia exactament què fer amb la meva vida. Vaig posar en marxa un servei de passejar gossos al qual dedicava els dies. I els vespres els esmerçava a anar perfilant el meu pla de negoci.

—Va ser una separació desagradable, tenint en compte el nom? Revenge, vull dir.

La pregunta l'havia formulada amb un to de veu neutre, però la Faye va intuir que es tractava d'un parany. A hores d'ara, ja coneixia prou bé el joc dels mitjans de comunicació. De lluny, els pitjors de tots eren els periodistes que fingien posar-se de part teva, els que intentaven mostrar-se comprensius. Els que, després d'apagar la gravadora, proposaven de quedar-se una estoneta xerrant una mica *off the record.*

En el món periodístic no hi havia res *off the record* ni «d'això no en pots escriure ni mitja paraula». Eren despietats. Però la Faye sabia com aprofitar-se'n. Va encreuar les cames i va agafar-se les mans sobre els genolls. Ara tenia prou diners per poder-se pagar el seu propi vestidor farcit de roba cara. Per a ella es tractava d'un uniforme, una eina per fer la seva feina. A través de la roba, mostrava poder i èxit. Aquell dia havia escollit una americana d'Isabel Marant i una faldilla de Chanel. La brusa, però, era una troballa que havia pescat a Zara. Li agradava barrejar peces i no tan sols anar vestida de cap a peus amb roba cara i exclusiva.

—Desagradable, no. Però difícil, sí. Igual que totes les separacions.

—Com descriuries la vostra relació actual?

—Tenim una filla en comú i vam compartir més de deu anys de les nostres vides. Ara que Compare sortirà a borsa, n'adquiriré un parell o tres d'accions.

—Ah, sí?

—I tant. En vaig formar part durant els seus primers anys. És evident que ara vull donar suport a l'empresa.

L'Ingrid Hansson es va eixugar la boca.

—O sigui que el nom de Revenge no té res a veure amb el divorci? —va tornar a preguntar—. M'han arribat molts rumors de com has venut la idea als inversors.

La Faye va esclafir a riure.

—Tots els bons productes apareixen acompanyats d'una bona història. Narracions que prenen ales i s'escampen a la velocitat del vent per internet i les xarxes socials. Però tampoc no puc dir que això hagi estat un entrebanc. Es tracta, senzillament, d'un negoci intel·ligent, de saber trobar un denominador comú que comparteixen moltes dones.

L'Ingrid va assentir amb el cap i va canviar de tema per endinsar-se en preguntes sobre els indicadors clau de rendiment, el darrer informe econòmic, l'expansió internacional o els prestigiosos premis publicitaris que Revenge havia rebut per les campanyes de màrqueting. A part d'una bateria de qüestions sobre les inversions personals de la Faye, especialment en béns immobles, que havien contribuït substancialment a augmentar el seu patrimoni. De bon grat, la Faye va compartir informació i consells. No tenia res a amagar. O, com a mínim, no pel que feia a la seva situació econòmica.

Mitja hora més tard, l'entrevista havia arribat a la fi. L'Ingrid Hansson va sortir del despatx que tenia la Faye al fastuós immoble del carrer Birger Jarlsgatan. Va contemplar la periodista mentre es recolzava contra la paret a tocar de l'ampit de la finestra i es concedia, com poques vegades feia, uns quants minuts de descans.

Quan la roda finalment havia començat a voltar, tot havia pres una velocitat d'infart. Els tres anys que havien transcorregut des del divorci havien superat totes les seves expectatives. Revenge s'havia convertit en un èxit aclaparador. Fins i tot més gran del que havia pogut somiar. Havia subestimat l'impacte que provocarien les seves idees de comercialització i els productes de què podria disposar. A les dones els havia encantat el seu enfocament i només al cap de sis mesos grans magatzems de França i la Gran Bretanya havien adquirit els drets i les llicències per poder vendre els seus productes. Pel que feia als Estats Units, tot just acabava de signar un acord amb una de les companyies distribuïdores més importants.

El gran punt d'inflexió per a la marca havia arribat gràcies a Instagram. La influència que exercien la Paulina Dafman, l'Olga Niklasson i les seves amigues sobre una generació nova de noies joves havia resultat ser molt més gran del que s'havia atrevit a esperar. Per a centenars de milers de dones d'arreu de Suècia, aquelles *instagramers* eren els seus nous referents. Les Sophia Loren, Marilyn Monroe i Elizabeth Taylor de la dècada del 2010. Tot el que es posaven, s'ho volien posar la resta de dones. Tot el que compraven, ho volien comprar les altres dones. Com a ambaixadores de Revenge, havien escrit textos d'allò més inspiradors sobre *girl power* i havien fet publicitat per a productes que s'alineaven amb els nous vents de feminisme que bufaven a Suècia. Revenge no hauria pogut aparèixer en un moment més encertat.

En els instants més cínics, la Faye es preguntava on carai era el missatge feminista entre tot aquell grapat de fotografies de dones amb biquini que mostraven uns glutis de gimnàs a la càmera i publicitat de tes per perdre pes. Però, més pràctica, la Chris havia apuntat que de vegades calia agafar aquell feminisme que se'ls oferia i que el camí no sempre podia ser recte. A més, la xarxa estava farcida d'*influencers* masculins que mostraven fotografies dels seus torsos nus i feien publicitat de marques de proteïna en pols. Així que, en realitat, quina era la diferència?

La botiga electrònica que havia posat en marxa, amb un fòrum especial on les dones podien compartir les seves històries sobre com havien estat traïdes pels seus homes, havia tret fum per aconseguir atendre tota la demanda. I el fòrum vessava de vivències. Cada dia n'arribava una riuada nova; feia la impressió que no s'havien d'acabar mai. Una altra eina que havia demostrat ser d'allò més efectiva havia estat Facebook. Havien pogut dirigir els seus anuncis exactament cap al grup de consumidores a qui volien arribar: dones conscients i amb estudis universitaris. Clientes que, a més, disposaven de recursos econòmics, cosa que feia que haguessin pogut apujar el preu i obtenir un marge de benefici superior per cada producte venut.

Al principi, totes les vendes s'havien fet per internet. Quan els grans magatzems de la Irene Ahrnell van incorporar Revenge al catàleg, la Faye va comprendre que calia fer alguna cosa més per mantenir l'èxit i la mística que s'havia creat a la xarxa. Es va posar en contacte amb una desena d'artistes, escriptores i actrius i els va demanar que creessin un disseny cada una. Amb llibertat artística total i amb el suport d'una enorme campanya publicitària a les xarxes socials. I tot llançat amb el concepte màgic de *limited edition*.

Les noies joves feien cua a les portes dels grans magatzems per aconseguir un producte Revenge que contenia el missatge de les seves ídols sobre agermanament femení. De sobte, van arribar a nous grups de consumidores. Dins del seu fòrum minúscul i limitat, havien creat un sentiment de revolució.

La Kerstin es va escurar la gola des del llindar de la porta.

—Recorda que avui has d'anar a recollir la Julienne a les quatre.

—Alguna reunió abans?

—No, em vas demanar la tarda lliure.

—Ah, sí. Gràcies.

—Doncs fins a l'hora de sopar —va dir la Kerstin, i va tancar la porta.

Aquell dia semblava una mica més tensa de l'habitual i la Faye es va preguntar per què. Després va recordar que, a l'hora de dinar, la Kerstin havia anat a veure en Ragnar. Quan la Faye li havia demanat per què continuava anant a visitar-lo, la Kerstin li havia respost: «Malgrat tot, soc la seva dona. Hi vaig perquè els de la residència no em truquin per clavar-me el sermó. A més, em dona una certa satisfacció, veure'l allà, estirat al llit. Indefens. Però no paro d'imaginar-me un dia posant-li un coixí damunt la cara i pressionant-lo fins que deixi de respirar».

La Faye va tornar a mirar per la finestra. A l'altra banda, el trànsit era fluid. No faltava gaire perquè arribés el mes d'octubre, quan Compare, després de molts anys d'especulacions, sortiria a borsa. I, amb això, es podria posar en marxa la següent fase del pla. Després d'anys de treball ardu, tot depenia de si la Faye tenia èxit els pròxims mesos. Va agafar la bossa on havia guardat el nou ordinador Dell i va sortir del despatx. A les galeries Sture va trobar una cafeteria, on bona part de la clientela eren estudiants que feien campana dels instituts per a famílies de classe alta que hi havia pels voltants.

D'amagat i amb un somriure als llavis, va escoltar les converses d'aquells adolescents, que parlaven de la bossa Gucci que havien demanat per l'aniversari, i algun es queixava que els pares l'obligaven a marxar amb tota la família a passar el Nadal a les Maldives perquè allà —i dit amb l'accent propi dels nens de casa bona— «no hi havia res a fer». Va demanar un cafè a una cambrera apàtica, es va asseure en una taula que hi havia en un racó, va obrir l'ordinador portàtil i es va connectar a la xarxa wifi. En Jack tenia la mateixa contrasenya des que havia nascut la Julienne. Durant tots els anys que havien estat junts, no l'havia canviada més de dues vegades. A més, era un nostàlgic.

O, com a mínim, ho havia estat.

Els primers documents de Compare estaven desats amb format PDF a la seva adreça de Gmail. Per tant, que la Faye hi pogués accedir depenia que la contrasenya continués sent la mateixa que la de l'ordinador: Julienne2010. Es va acostar la tassa blanca als llavis i en va fer un glop. La mà li tremolava. Tot el que havia aconseguit els darrers tres anys l'havia conduïda fins a aquest instant. Tot depenia del fet que en Jack fos un home de costums, massa gandul per canviar la contrasenya.

Va introduir les lletres i els números a la casella corresponent i va prémer *iniciar la sessió*.

Contrasenya incorrecta.

Ho va tornar a intentar.

Contrasenya incorrecta.

Va ofegar un crit de frustració. El molt malparit l'havia canviada, finalment. La Faye va abaixar la pantalla de l'ordinador amb un cop i va sortir de la cafeteria a grans gambades.

Què faria, ara? De totes totes havia d'aconseguir entrar al correu electrònic d'en Jack.

Deu minuts després tornava a ser al despatx. Al mateix moment que travessava la porta de l'entrada, van començar a caure les primeres gotes de pluja. La Kerstin la va mirar amb ulls expectants.

La Faye va sacsejar el cap.

—Digues a en Nima que vingui —li va demanar, i d'una revolada va entrar al despatx.

En Nima, un xicot prim com un fideu de cara pàl·lida i braços peluts, era el tècnic informàtic de Revenge. Tenia unes habilitats socials nul·les, però era brillant en tot el que tingués a veure amb les noves tecnologies.

La Faye va penjar l'abric i es va asseure a la taula del despatx a esperar que arribés.

Un parell de minuts més tard, en Nima va treure el cap al llindar de la porta.

—Necessites ajuda? —va preguntar.

La Faye va apuntar un somriure.

—Passa —va dir, i li va fer un gest assenyalant-li la cadira que hi havia davant de la taula.

—Que ha passat res?

—I ara, no —va respondre, i va somriure per tranquil·litzar-lo—. Tot el contrari. Necessito que m'ajudis amb una cosa. Em fa una mica de vergonya demanar-t'ho.

—Ah?

—Es tracta de la Julienne, la meva filla. Li han regalat un ordinador nou i tinc por que no comenci a navegar per pàgines poc adequades. Vull poder controlar el que fa realment. Com a mare, soc una autèntica lloca, pateixo per tot.

En Nima va assentir amb el cap.

—T'entenc.

—Es pot fer alguna cosa?

—A quina mena d'informació vols tenir accés?

—A la contrasenya del Facebook i coses per l'estil. Això em provoca molta angoixa, les criatures poden parlar amb qualsevol i són tan innocents...

En Nima va arrufar el front uns segons.

—Es pot fer. Et recomano que instal·lis un *keylogger* al seu ordinador. Llavors podràs veure-ho tot, sense ni tan sols haver d'iniciar sessió a les seves xarxes socials.

—I com funciona un...

—*Keylogger* o enregistrador de teclat. Bé, l'actives al seu ordinador. Després, quan tu ho vulguis, pots descarregar-te tot el que hagi escrit al teclat com si fos un arxiu de text normal i corrent. Amb poques paraules, enregistra cada vegada que es prem una tecla. D'aquesta manera, a més, t'estalvies haver d'entrar al seu Facebook o Snapchat.

—I no hi ha cap risc que ella se'n pugui adonar?

—No, sempre que s'instal·li entre altres arxius. Queda ocult per darrere. I ho enregistra tot d'amagat.

—Perfecte. Com puc aconseguir un *keylogger* d'aquests?

—Un moment —va respondre en Nima, i es va aixecar de la cadira.

Poc després va tornar a entrar al despatx amb un llapis de memòria a la mà.

La Faye va fer lliscar la butaca cap a un costat i el noi va introduir l'USB en un dels ports de l'ordinador i li va mostrar com l'havia d'instal·lar.

—Jo també tinc una filla, així que entenc perfectament el que sents —va dir el noi.

La Faye se'l va mirar, sorpresa. Amb prou feines s'hauria imaginat que aquell noi tingués parella.

—No ho sabia.

—Es diu Astrid. Té deu anys i es passa el dia navegant per internet. És evident que, com a pare, un pateix.

—Devies ser molt jove quan la vas tenir.

—Vint anys. Del tot planificat, encara que soni estrany. Sempre he estat més madur que la gent de la meva edat.

—I encara sou parella amb...

—La Johanna. —Se li va il·luminar la cara en pronunciar aquell nom.— I tant, estem casats.

La Faye va alçar les celles. Les persones no deixaven mai de sorprendre-la.

Els diners provoquen algun efecte sobre la gent. En l'època en què la Faye encara era la senyora Adelheim, gairebé cada cap de setmana els pares dels altres nens li trucaven per convidar la Julienne a festes d'aniversari i a jugar a casa seva. Feien mans i mànigues perquè semblés que havien estat els seus fills, els que els havien demanat passar una estona amb la Julienne. Però la veritat era que desitjaven acostar-se tant com poguessin a en Jack i a ella. O, per ser del tot franc, a en Jack. Ella era, més aviat, un apèndix, un canal per accedir a un home d'èxit.

A través de la Julienne, desitjaven que els convidessin a sopar, a reflectir-se en la claror que ells emetien, amb l'esperança que se'ls encomanés una mica d'aquell èxit.

Després del divorci, van deixar de saludar-la. El telèfon va parar de sonar. Per a ells, Enskede era el mateix que Mogadiscio o Bagdad. En tot Lidingö no hi havia ni un sol pare que estigués disposat a enviar-hi el seu fill sense abans vacunar-lo i acompanyat d'un guardaespatlles. En canvi, havien començat a trucar a en Jack. I ell, al seu torn, delegava les converses a l'Ylva, que havia de dedicar bona part dels caps de setmana que tenien la Julienne a coordinar festes i tardes amb criatures, cosa que no representava més que algun cap de setmana al mes.

Les coses podrien haver estat diferents després de l'èxit que havia aconseguit la Faye amb Revenge.

La Julienne havia començat el primer curs a l'escola pública d'Östermalm. En Jack hauria volgut que ingressés a la privada Carlsson, on havien anat els prínceps de Suècia, o a l'escola del castell de Fredrikhov, on els rumors deien que el futbolista Zlatan Ibrahimović tenia pensat portar els fills. Però la Faye s'hi havia negat en rodó. No volia que la Julienne, quan arribés a l'adolescència, es queixés que l'obligaven a marxar de vacances a algun indret exclusiu.

No es podia negar que a l'escola d'Östermalm hi havia alguns casos d'alumnes sota el paraigua dels serveis socials, però com a mínim n'hi havia d'altres que no consideraven la cosa més normal del món passar els estius a Marbella o Nova York, les vacances de Nadal a les Maldives o la setmana blanca en una caseta a Verbier o Chamonix.

I la Julienne s'ho passava d'allò més bé. La Faye era el seu sol i la Kerstin, la seva lluna. Quan s'acostava un cap de setmana amb en Jack, la nena se n'alegrava molt, però quan tornava a casa sempre es mostrava reservada. Com de costum, el seu pare prometia més del que li podia oferir.

La Faye va aparcar el cotxe al carrer Banérgatan. La Julienne l'esperava en un banc a tocar de l'ascensor, amb el cap sobre l'iPad. La Faye se li va asseure al costat sense que la nena se n'adonés. No va ser fins que la Faye li va clavar un copet que la seva filla no va alçar els ulls.

Va esclafir a riure i va abraçar la Faye.

—A què jugues?

—Pokémon —va respondre la nena, i va desar l'iPad a la motxilla.

La Faye va agafar la mà de la Julienne.

—T'ho has passat bé? —li va preguntar, mentre es dirigien cap al cotxe.

—Sí.

—Saps que aquest cap de setmana aniràs amb el papa, oi?

—Mmm.

Va obrir la porta a la Julienne i li va cordar el cinturó de seguretat.

—Segur que us ho passareu d'allò més bé, no creus?

—Bastant.

—Que no t'agrada anar-hi?

—De vegades. Es barallen molt i no és gaire divertit. I el papa, molt sovint, no hi és; està treballant.

—Julienne, els adults de vegades es barallen. El papa i jo també ho fèiem. Però no té res a veure amb tu, encara que entenc que no sigui gens agradable haver-ho de sentir. I el papa treballa molt pel teu bé.

Li va fer una moixaina a la galta.

—Vols que hi parli?

La Julienne va sacsejar el cap amb rotunditat.

—El papa s'enfadaria.

—I per què s'hauria d'enfadar? —va preguntar la Faye, i la va estrènyer fort entre els seus braços.

—Bah, res —va respondre la Julienne, amb un fil de veu.

—N'estàs segura?

Amb la cara contra el pit de la Faye, la nena va assentir amb el cap.

Quan la Faye va obrir la porta de l'apartament, la Julienne va entrar-hi d'una revolada i es va dirigir a grans gambades cap a la cuina.

L'enorme pis de tres habitacions i cent setanta metres quadrats de l'avinguda Karlavägen, davant per davant del supermercat Ica Esplanad, havia costat quinze milions de corones. Però era tot seu. Seu i de la Julienne.

—Ja som a casa, Kerstin! —va cridar la Julienne, i la Faye la va seguir fins a la cuina.

—I quan me'l donaràs?

—Diumenge. Si m'ajudes, t'estarà esperant quant et vingui a buscar.

La Faye va somriure. Havia ajudat la Kerstin a comprar l'apartament del costat i gairebé cada vespre sopaven juntes. Si la Faye havia de treballar, la Kerstin li donava un cop de mà amb la Julienne. I de bon grat. A la vida de la Julienne i la Faye, ja no hi havia mainaderes.

La Kerstin consentia molt la Julienne. De fet, a la Faye no li agradava, però no es veia amb cor de dir-li res. Aquella dona era el pal de paller de la seva vida.

Mentre la Faye posava en marxa el bullidor d'aigua i carregava el rentaplats, la Julienne va sortir corrent cap a la sala d'estar.

—Què és el que ha fallat? —va xiuxiuejar la Kerstin.

—Ha canviat la contrasenya. Ho he resolt d'una altra manera, però pot tardar una mica més del que havia pensat.

A la sala d'estar, el televisor es va encendre.

—Només hi ha un problema —va continuar la Faye.

—Que és...

—Que em cal l'ajuda de...

Amb el cap va fer un gest en direcció a la remor del televisor que els arribava des de la sala.

La Kerstin va obrir els ulls com dues taronges.

—No li deus haver pas explicat res de...

—És clar que no. No hi pot tenir res a veure, o, com a mínim, no conscientment.

—Saps què, Faye? No tinc res en contra de la majoria de coses que estàs fent, tens tot el meu suport i t'admiro. Però això no m'agrada gens.

—A mi tampoc —va respondre la Faye—. Però no tinc cap altra manera d'accedir a l'ordinador d'en Jack.

El bullidor d'aigua va espetegar. La Faye va agafar dues tasses i les va deixar damunt la taula.

—No tinc cap seguretat que ho pugui aconseguir —va continuar, baixet—. Ni tan sols sé si els documents encara hi són. Però és la millor oportunitat que tenim. El més important de tot és no perdre els nervis i cometre un error que deixi un rastre que condueixi fins a mi.

—Fins a nosaltres —va fer la Kerstin, i va bufar el te—. En això som dues. Tens el meu suport en tot, però, tot i així, no m'agrada gens.

La Faye va assentir amb el cap. Ella mateixa no se sentia còmoda d'haver d'utilitzar la Julienne. Però no tenia elecció.

Estaven estirades al llit de la Julienne, llegint *Els germans Cor de Lleó* en veu alta. A la cuina, brunzia el rentaplats.

Abans de ficar-se al llit, la Faye havia mostrat a la Julienne el llapis de memòria.

—Amor meu, t'he de demanar que m'ajudis amb una cosa —li havia dit, assegudes a la taula de la cuina—. Estic preparant una sorpresa per al papa.

—Una sorpresa? Quina?

La Faye li va ensenyar l'USB.

—Encara no te la puc explicar, però ja saps que el papa sol deixar l'ordinador del despatx encès mentre mira les notícies d'economia. Vull que hi connectis això i després, un cop ho hagis fet, vull que pressionis aquest botó.

L'hi va assenyalar.

—De fet, això és tot. Després el pots tornar a treure.

—Però per què no n'hi puc explicar res, al papa? M'ha dit que entre tots dos no hi pot haver secrets. Només en tenim per a tu.

La Faye va arrufar les celles en sentir les paraules de la seva filla. A què es referia?

—Perquè llavors la sorpresa se'n va a dida —va respondre—. I després, un cop ho hagis fet i et vingui a buscar, et donaré una sorpresa.

—Què?

—Una cosa que fa molt de temps que desitges.

—Un mòbil?

—Ets molt llesta, tu. Sí, un només per a tu. Així ja no caldrà que em demanis el meu.

La Faye s'havia sentit miserable. Però no hi podia fer res. Havia d'aconseguir aquells arxius.

La Julienne s'havia adormit al seu costat i la Faye va deixar el llibre a la tauleta de nit i va fer un petó al caparró humit de la seva filla. En somnis, la carona era de pau i serenor, però darrerament la Julienne havia canviat una mica. S'havia tornat més reservada, menys xerraire. La Faye sentia com la preocupació la rosegava per dins i no podia evitar preguntar-se quina mena de secrets li amagaven en Jack i la seva filla. Probablement es tractava d'alguna cosa tan trivial com que la Julienne havia esmorzat un gelat. Però, i si li estaven ocultant alguna cosa important?

La Faye estava estirada de panxa enlaire al seu llit. Després de l'operació de pits encara li costava dormir de bocaterrosa. L'aire que omplia l'habitació era feixuc i li costava respirar. Es va aixecar, d'una revolada va agafar la bata i va obrir la porta del balcó. La brisa fresca de tardor li va fregar la pell. Va encendre un cigarret i es va asseure al sofà de rotang. De tant en tant, per l'avinguda Karlavägen hi circulava un cotxe, però, tret d'allò, tot Estocolm semblava que dormia.

Havien passat tres anys. Tres anys fantàstics, afortunats i carregats de feina. Quan es permetia aturar-se un instant i pensar tot el que havia passat, sempre es quedava astorada.

Havia aconseguit crear una empresa d'èxit, havia invertit amb seny, havia comprat un pis per a la Julienne i per a ella, un altre per a la Kerstin, i s'havia recuperat. Però, per molt absurd que semblés, de vegades encara es preguntava si, amb tot, continuava trobant a faltar en Jack. O, com a mínim, la idea que s'havia creat d'en Jack.

Era per allò que l'odi que sentia no se sadollava mai? Era aquell el motiu pel qual continuava amb el pla que havia dissenyat tres anys abans? Per descomptat, durant tot aquell temps hi havia hagut altres homes, però, abans d'anorrear completament en Jack, no s'atrevia a llançar-se a res seriós. No es podia permetre una distracció. Aquell objectiu era el sentit que tenien totes les coses.

De vegades es preguntava si havia de sentir-se satisfeta. Al capdavall, ara ho tenia tot. Havia reconquerit l'èxit. Els diners. L'estatus social. La Julienne. Però dins seu sabia que no n'hi havia prou. Ell li havia arrabassat molt més. L'havia trepitjada fins que amb prou feines havia tingut forces de tornar-se a aixecar. La Faye no ho podia perdonar.

I l'odi que sentia s'havia nodrit de totes les històries d'altres dones que havia conegut durant aquells anys. Solia començar el dia llegint les vivències que havien aparegut al fòrum de la botiga electrònica i al compte d'Instagram de Revenge. Allà fora hi havia una demanda immensa de justícia, de reparació de l'orgull perdut, de tornar-s'hi, de recuperar, de venjar-se.

En aquell anhel hi havia alguna cosa de primitiu. Ja a l'Antic Testament es parlava de la venjança. Ull per ull, dent per dent. De fer justícia. La Faye ja no es movia pel seu propi odi, sinó que s'enfortia amb els milers i milers de veus de dones. Amb Revenge, la Faye havia despertat alguna cosa que durant massa temps havia estat latent.

L'odi d'aquelles dones era el seu. I el seu, el d'aquelles dones.

La Faye va bufar per espolsar la mica de cendra que li havia caigut a la bata, es va estirar per agafar el telèfon mòbil i va posar en marxa l'Spotify. «Alice», del grup suec Eldkvarn, ben baixet.

A la mare sempre li havia agradat aquella banda de Norrköping. Quantes vegades li havia explicat la primera vegada que els havia escoltat en directe i que havia aconseguit la pua de guitarra del vocalista Plura Johnsson? Allò havia passat abans de conèixer el pare. Després, la música va deixar de sonar per a ella.

Aquella cançó i el cigarret van enviar la Faye a un viatge trenta anys enrere. De tornada a la seva infantesa, a Fjällbacka; de tornada a la caseta on havien viscut. Ella, en Sebastian, la mare i el pare.

A la tauleta que tenia al davant hi havia deixat el correu que havia arribat aquell dia. Al capdamunt de la pila va veure una altra carta del seu pare. Totes les persones que havia conegut en el passat havien desaparegut. Només quedava el pare, que l'havia reconeguda quan els diaris havien començat a escriure sobre Revenge. I les cartes havien començat a arribar de nou, després d'una pausa de tants anys. Primer, una a la setmana. Després, dues. Tres. La Faye no les havia obert mai.

Havia demanat al seu advocat que donés un cop d'ull als aspectes legals. El seu pare no podia sortir lliure en aquells moments. Sabia com eren les coses a Suècia, on, en realitat, no hi havia cadena perpètua. Tard o d'hora el deixarien anar. Però no llavors. No, en aquell moment. Abans havia de tenir prou temps per acabar el que s'havia proposat.

Va alçar la carta i hi va acostar el cigarret. La sensació d'alleujament quan va començar a cremar va ser indescriptible.

Fjällbacka, aleshores

La remor del mar a l'altre costat de la finestra de la meva habitació no podia ofegar el soroll que arribava des de la cuina. Les veus, que pujaven de volum progressivament. La del pare, plena de ràbia; la de la mare, de súplica. Encara amb l'esperança de ser capaç d'aturar l'inevitable. Era culpa meva, que es barallessin. M'havia oblidat de recollir després de berenar en tornar de l'escola. Com podia ser? Sabia perfectament que el pare no tolerava que quedés res pel mig. Excepte que hagués estat ell qui agafés alguna cosa per menjar. Ell no ho recollia mai, però, tots els altres, havíem d'assegurar-nos que tot quedava net i endreçat, clínicament. La mare, en Sebastian i jo.

Com sempre, la mare es va carregar les culpes. Jo l'estimava per fer-ho. I desitjava amb totes les meves forces poder fer-me més gran, alta i forta per evitar que ella rebés el càstig per una cosa que havia fet jo. Però en aquella època era molt petita, el pare no s'atrevia a castigar-me a mi. Podia tancar els punys amb força quan feia alguna cosa mal feta, però tenia por de trencar-me algun os, delicats com eren, de colpejar-me tan fort que ningú no em pogués salvar. Així que s'havia de conformar amb la mare. Ella aguantava més.

La primera vegada que em vaig adonar que tothom tenia por del pare va ser quan, amb cinc anys, vaig haver d'acompanyar-lo al supermercat Ica. Havia comprat el de sempre: un parell de paquets de cigarrets, un pastís de xocolata enorme i l'*Expressen*. Normalment, ni a en Sebastian ni a mi se'ns permetia tastar el pastís de xocolata.

Quan havia arribat a la zona de caixes, un home s'havia esmunyit davant del pare. Just abans que el pare comencés a buidar el carro, l'home havia abocat la seva compra a la cinta. Per la roba que portava es veia d'una hora lluny que era un estiuejant. La mirada esparverada de la caixera em va quedar gravada a la retina; la por en imaginar-se l'esclat de ràbia del pare.

El pare no tolerava que cap de banyista de merda —tal com els anomenava ell— se li colés. Més tard vaig sentir a dir que aquell home havia acabat a l'hospital d'Uddevalla amb dues costelles trencades.

El llibre de matemàtiques estava obert a la mateixa pàgina des que, a la cuina, havien començat a caure els primers cops. Divisió. En realitat, molt senzill. Les xifres m'anaven bé. Però, quan la pallissa va començar, vaig deixar anar el llapis i em vaig tapar les orelles.

Una mà a l'espatlla va fer que m'estremís. Vaig ignorar en Sebastian. No em vaig treure les mans de les orelles. De cua d'ull, vaig veure com s'asseia al meu llit. Es va recolzar contra la paret amb els ulls clucs. Com jo, intentava aïllar-se de tot el que passava a fora.

Em vaig recloure dins de la meva bombolla. Allà dins no hi havia lloc per a ningú més.

LA FAYE HAVIA QUEDAT AMB LA CHRIS al Grand Hôtel per sopar juntes i prendre unes copes. En realitat, no en tenia ganes. Només desitjava que passés el cap de setmana i saber si la Julienne ho havia aconseguit. Però s'havia adonat que era millor sopar amb la Chris, emborratxar-se, lligar amb algú o que algú intentés lligar amb ella, que quedar-se a casa mossegant-se les ungles. El *maître* els havia preparat una taula a la terrassa, amb vistes a la badia i al palau reial. La remor de veus omplia tot el restaurant. Des de l'escenari que hi havia a l'altra punta de la sala, una veu femenina preciosa cantava «Heal the World».

La Chris va demanar una hamburguesa, mentre que la Faye es va limitar a una amanida Cèsar. Al mateix temps que van arribar els seus mojitos, se'ls van acostar a la taula dues noies que rondaven els vint i cinc anys i li van demanar si es podien fer una fotografia juntes.

—Ens encantes —van xisclar, exaltades, abans de desaparèixer—. Ets un model a seguir de l'hòstia.

—La propera vegada caldrà reservar una sala privada, si és que vull tenir l'oportunitat de parlar amb tu —va dir la Chris, divertida, mentre remenava el seu mojito amb la palleta.

—No és que tu siguis, que diguem, una persona anònima —va replicar la Faye.

La Chris va apuntar un somriure esbiaixat.

—Com va amb els melons?

—Acostumant-m'hi —es va limitar a respondre la Faye.

En realitat, sempre havia estat molt contenta dels seus pits naturals, però calia fer el que calia fer. El seu cos era un dels instruments per acomplir l'objectiu que s'havia marcat.

—Els has provat en condicions extremes?

La Faye va alçar les celles.

—Amb un home, vull dir.

—No, encara no.

—Assegura't de donar-te l'oportunitat. És bo per a l'ànima. —La Chris va escrutar el restaurant amb la mirada.— Però, és clar, aquí dins no serà gens fàcil. A la majoria d'homes que tenim aquí no se'ls ha posat dura per mitjans naturals des que va caure el mur de Berlín.

La Faye va esclafir a riure i va observar els clients que omplien el local. La Chris tenia raó. Molts diners, pocs cabells, compres abundants de pastilles blaves... La situació es podia resumir ben bé així.

La Chris es va inclinar cap endavant.

—I com estem de l'assumpre d'en Jack? No falta gaire perquè la companyia surti a borsa.

—Després d'un petit contratemps, ara hauríem d'estar en la bona direcció -va respondre, i va explicar a la Chris què era un *keylogger*—. Però ja n'hi ha prou de parlar de mi. Què passa a la teva vida?

La Chris va beure un glop de mojito i després va fer petar la llengua.

—Fa un parell de mesos estava pensant seriosament a retirarme i a anar a viure a algun lloc càlid. El grup Queen funciona tot sol i no em calen més diners, a mi. Però ara he canviat d'idea.

—Ah, sí?

—Sí —va fer la Chris, sense mirar-la als ulls.

—M'ho explicaràs o t'ho he de treure a la força?

—Estic, per molt ridícul que soni, enamorada. Completament, irremeiablement, refotudament, enamorada.

La Faye va estar a punt d'ennuegar-se amb una fulla de menta. Va començar a estossegar.

—Enamorada? —va repetir, com una ximple—. I de qui?

—No t'ho creuràs. Però es diu Johan i és professor de suec de secundària.

—Em sembla molt... normal —va respondre la Faye, que s'havia imaginat un participant de Paradise Hotel cobert de tatuatges i amb uns bíceps hipertrofiats que encara gaudia de descompte juvenil per volar.

—És justament això el més estrany —va sospirar la Chris.

—Com us vau conèixer?

—Va entrar al nostre saló de bellesa de les galeries Sture amb la seva neboda. Fins i tot portava una d'aquelles jaquetes absurdes amb pedaços als colzes. Quan la neboda es va asseure a la cadira, va dir que volia una cresta. Llavors em va picar la curiositat. Com reaccionaria, aquell home? Però es va limitar a assentir amb el cap i va respondre: «És el que m'hauria agradat a mi també, mola».

La Chris va emmudir i va mirar per la finestra.

—«Quina llàstima que el refotut ja estigui agafat», vaig pensar, perquè vaig suposar que aquella nena era filla seva. Però, tot i així, no vaig marxar del saló, només per poder xerrar amb ell. I, a l'hora de pagar, la nena li va preguntar a quina hora la vindria a recollir el seu pare. Llavors, l'ànima sí que em va caure als peus. Vaig deduir que era gai.

—Però...

—A la nena la va venir a buscar un paio calb la cara del qual es va encendre com un pebrot quan va veure el pentinat de la filla. Es van separar i jo... Collons, és millor que ho expliqui tal com va anar. Vaig cancel·lar totes les reunions que tenia i em vaig posar a seguir-lo.

—Com una assetjadora?

La Faye es mirava la seva amiga amb un somriure als llavis. Allò era una autèntica bogeria fins i tot venint de la Chris.

—Bé, potser una mica sí.

—Què vols dir amb això d'«una mica»?

—Que el vaig seguir fins a Farsta.

—Però si tu no t'has allunyat del centre d'Estocolm des de...

—Des de l'any 2006, ja ho sé. Bé, doncs, al final, quan vam arribar al centre comercial de Farsta, es va girar cap a mi. No soc cap James Bond, jo, així que s'havia adonat que l'estava seguint des de Stureplan.

—I què va dir?

—Que se sentia afalagat de tanta atenció i que imaginava que devia estar assedegada després de caminar tanta estona darrere seu. Li vaig reconèixer que ho estava i aleshores em va preguntar si em podia convidar a un cafè.

—Déu del cel, Chris. Estic molt contenta per tu.

La Chris no va poder evitar somriure.

—Jo també.

—I després?

—Després em va convidar a un cafè i jo me'n vaig enamorar fins al moll de l'os. Vam anar a casa seva i m'hi vaig quedar dos dies sencers.

Va esclafir a riure i la Faye va sentir com el cor se li omplia de joia.

—I ara?

—Ara continuo tan irremeiablement enamorada com llavors. És ell, Faye, l'home que he estat esperant tota la vida.

Durant una fracció de segon, aquell somriure es va transformar en una ganyota. Algú que no fes tant de temps que coneixia la Chris com la Faye no se n'hauria adonat.

Alguna cosa no anava a l'hora.

—Què passa, Chris?

—A què et refereixes? —va preguntar. Semblava no haver entès la pregunta.

—Et conec massa bé. Què passa?

La Chris va alçar el got i en va fer un glop. En acabat, el va deixar damunt la taula.

—Tinc càncer —va dir, amb veu greu.

El temps es va aturar, la fressa que les envoltava va emmudir, les persones i els objectes es van difuminar, els angles tallants es van tornar més arrodonits.

La veu de la Chris semblava esmorteïda i llunyana.

La Faye no era capaç de processar-ho. La Chris, l'enèrgica i plena de vida Chris, no podia tenir càncer. Però en tenia. Una forma poc habitual de càncer de coll d'úter. Cosa que era ben irònica, tal com es va afanyar a apuntar la Chris, tenint en compte que l'havia fet servir ben poc. Al seu voltant dringaven les copes. La bocana d'Estocolm s'estenia davant seu assolellada i brillant com un mirall i, a l'altra riba de la badia, s'elevava el palau reial, que, com sempre, recordava més una presó municipal que un castell de fades. Era un dia de tardor preciós, que havia fet sortir els habitants de la capital als carrers en grans eixams. A les taules que tenien a prop, les persones menjaven entrepanets d'una safata de plata amb el dring de les joies i la Faye es va preguntar com podien seguir rient mentre el seu món tot just acabava d'esclatar.

—De fet, no havia pensat explicar-te res fins que tot això hagués passat. Però la cosa ha anat així.

La Chris es va arronsar d'espatlles. Si els metges no aconseguien aturar-ho, no se'n sortiria. La Faye buscava algun senyal que indiqués que estava fent broma, esperava una de les rialles una mica massa escandaloses i esbojarrades de la Chris. Però no va aparèixer.

—He de sortir d'aquí —va dir. Amb prou feines podia respirar.— Soc incapaç de quedar-me asseguda, rosegant un coi d'amanida Cèsar mentre m'expliques que tens càncer.

Se'n va penedir immediatament. Va comprendre que la Chris devia estar molt espantada, que s'escarrassava per no esfondrar-se. No era el moment més indicat perquè fos ella qui digués què volia fer. Ni tampoc perquè sentís pena de si mateixa.

—Perdona, només és que em sento molt trista —va dir.

La Chris va dibuixar un somriure. Aquell cop, ple d'aflicció. Una expressió que la Faye poques vegades –si és que l'havia vista mai– havia observat a la cara de la seva amiga. Es va obligar a menjar un bocí de pollastre. Era com si se li quedés entravessat a la gola. Va deixar els coberts a la taula, va aturar un cambrer que passava pel seu costat i va demanar dos gintònics.

—Carregats, gràcies.

Es van quedar en silenci fins que els van portar els combinats.

—Vols que en parlem? —va preguntar la Faye, després de fer un glop.

—No ho sé. Em sembla que sí. Però, simplement, no sé com es fa.

—Jo tampoc. Però t'has de curar.

—Sí, és clar que em curaré. Però és que arriba en un moment tan dolent, amb en Johan i tot això. Finalment m'enamoro i llavors em surt un càncer a l'úter i ho trastoca tot. Algú d'allà dalt té un gran sentit de l'humor.

La rialla de la Chris no li va arribar als ulls.

La Faye va assentir amb el cap. Va estrènyer els llavis al voltant de la palleta i va absorbir una mica més d'alcohol. Va sentir com l'escalfor s'escampava pel cos, i feia que la respiració s'asserenés.

—Tens por que et deixi? Això és el que vols dir?

—És clar que en tinc. Més aviat em sorprendria que no ho fes. Només fa un parell de setmanes que ens veiem, i, si realment he de derrotar aquesta malaltia, em prendrà totes les forces. Em tornaré lletja, gens atractiva, perdré les ganes de fer l'amor, estaré cansada... És... és clar que em preocupa. L'estimo de debò, Faye. L'estimo moltíssim.

—Tens por de...

—...de morir? Una por horrorosa. Però no em moriré. Vull estar amb en Johan, viatjar amb ell, fer-nos vells junts. Mai no havia tingut tantes ganes de viure com ara.

Una nova ganyota. La Faye se sentia maldestra i insegura. Al final, va posar una mà damunt de la de la Chris. Aquella mà que havia estat la seva força durant l'avortament. Tremolava i estava glaçada.

—Tard o d'hora l'hi hauràs d'explicar. Indistintament de si després decideix deixar-te o no.

La Chris va assentir amb el cap i es va acabar el gintònic d'un glop. La Faye no li va treure la mà del damunt de la seva.

QUAN, EL DIUMENGE, LA FAYE va anar a recollir la Julienne, la seva filla la va mirar amb ulls expectants. La Faye havia oblidat completament el que li havia demanat que fes. La malaltia de la Chris ho havia capgirat tot.

—On és? —va preguntar la Julienne.

—El què?

—El mòbil. He fet el que m'has demanat a casa del papa.

—Que bé, amor meu. Te'l donaré demà.

La Julienne va començar a rondinar, però la Faye li va dir que havia d'esperar. La nena se'n va anar cap a la seva habitació malhumorada, però la Faye no es va sentir amb forces de dir-li que no se n'anés.

Tampoc no en tenia per alegrar-se que ben aviat aconseguiria la contrasenya d'en Jack.

La Chris li havia demanat que no expliqués a ningú que tenia càncer. No volia que se'n compadissin, ni passejar-se amunt i avall amb un rètol de pacient de càncer al front, tal com ho havia expressat ella mateixa. Havien acordat que la Faye l'acompanyaria el primer dia de tractament i, abans d'allò, no en tornarien a parlar.

Però li resultava impossible pensar en res més.

Una vida sense la Chris? Ella, que sempre havia estat allà, que havia estat forta quan l'únic que havia desitjat la Faye era amagar-se. Ara s'havien intercanviat els papers. Ara era la Chris, la que la necessitaria. I la Faye no es podia enfonsar.

Tenia diners. Una empresa d'èxit. Havia demostrat a en Jack i a la resta del món que es podia valer. Potser havia de deixar que aquell *keylogger* que havia instal·lat a l'ordinador d'en Jack anés enregistrant les seves contrasenyes, tot el que hi escrivia, sense fer-ho servir mai? Ho havia de deixar córrer tot?

Senzillament, no podia. El cap li rodava només de pensar que no se'n venjava fins a les últimes conseqüències. Era incapaç de deixar-ho estar. No ho volia. I allò, en quina mena de persona la convertia? La seva millor amiga estava malalta. Probablement a punt de morir. I ella continuava pensant en com fer miques en Jack.

Fjällbacka, aleshores

TENIA DOTZE ANYS LA PRIMERA VEGADA que el pare em va pegar. La mare havia marxat a comprar, tot just acabava de sortir de casa. Jo estava asseguda a la cuina i el pare era al meu costat, al cap de taula, concentrat en uns mots encreuats. Només em volia girar, però vaig tenir la mala sort de bolcar la tassa. Com si fos a càmera lenta, vaig veure com es tombava, encara podia notar com l'havia tocat amb la mà.

La llet amb xocolata es va escampar pel damunt del diari del pare amb els mots encreuats gairebé acabats. Va ser com si el destí entrés per la porta, com si em volgués anunciar que m'havia arribat el moment.

El pare va romandre gairebé impertorbable quan la mà va volar i em va impactar just per sobre de l'orella. Tot i així, els ulls se'm van negar del dolor. Vaig sentir com en Sebastian tancava la porta de la seva habitació, no s'atreviria a sortir-ne fins que tornés la mare.

Gairebé immediatament va arribar el segon cop. El pare es va aixecar i aquella vegada la mà va impactar contra la galta dreta. Vaig cloure els ulls i vaig tancar-me dins meu, i m'enfonsava cap a la foscor que m'acollia. Igual que m'acollia a l'escola quan m'aïllava de tots els crits i els xiscles.

El palmell de la mà del pare va rebotar contra la meva pell. Gairebé em va sorprendre a mi mateixa veure com aconseguia suportar el dolor.

Quan, finalment, vaig sentir la mare al rebedor, sabia que tot havia acabat. Aquella vegada.

La Faye havia quedat amb la Chris a l'hospital universitari Karolinska. Un tel de núvols embolcallava la ciutat. Estocolm era grisa i humida d'aquella manera que la capital de Suècia sovint es lleva a la tardor. Les fulles havien començat a caure i formaven petits embassaments pastosos de color marronós a terra.

La Chris tremolava davant la porta de l'hospital.

—El pitjor de tot és que aquest matí gairebé no tenia gana i és millor menjar alguna cosa abans —va murmurar, i va mirar de reüll el got de paper del Seven Eleven que duia la Faye a la mà, ple d'un cafè amb llet repugnant—. Només de pensar en cafè se'm regira l'estómac.

La Faye va llençar el got en una paperera de color verd.

—No cal que ho facis —va dir la Chris, mentre travessaven les portes corredisses.

—En això som dues, d'acord?

—D'acord —va respondre la Chris, i la va mirar amb ulls tendres.

—Si la malalta hagués estat jo, tu m'hauries obert amb les teves pròpies mans i m'hauries extret el tumor —va dir la Faye—. Per desgràcia, m'esgarrifa la sang, així que em conformo de fer-te companyia i no beure cafè aigualit. És un preu força baix a canvi de poder passar unes quantes hores amb la meva millor amiga.

Va engrapar la Chris i la va estrènyer contra seu.

—Com et trobes?

—Com algú que té càncer. I tu... —la Chris li va xiuxiuejar a cau d'orella— ...tu no tens por de res. Però gràcies per fer-ho veure. Per mi.

La Faye no va dir res. Perquè l'únic que hauria pogut respondre era que sí, que tenia por. Por que la seva millor amiga morís.

Quan van marxar de l'hospital, la Chris estava tan cansada que s'havia de recolzar a l'espatlla de la seva amiga. La Faye no estava segura de si era per esgotament físic o mental. No en sabia res, de càncers. Ni del tractament dels càncers.

La idea inicial era que la Chris agafés un taxi, però la Faye va decidir acompanyar-la amb cotxe fins a casa i quedar-s'hi a passar la nit. Va enviar un missatge de text a la Kerstin, que li va respondre que s'emportaria la Julienne al cinema.

La Chris havia reposat el cap contra la finestreta del cotxe i tenia els ulls mig tancats, mentre la ciutat lliscava a l'altre costat del vidre.

—En Johan és a casa? –va preguntar la Faye.

—No, li he dit... li he dit que tenia reunions tot el cap de setmana i que no ens podríem veure.

—Has de parlar amb ell.

—Ja ho sé.

La Chris toquejava la porta del cotxe amb una ungla pintada de color vermell.

—Però primer vull que el coneguis. Per si ell...

—Per si ell què?

—Per si em deixa.

—Quin collons d'home és si et deixa?

—El típic —va respondre la Chris, amb els ulls clucs, i va apuntar un somriure cansat—. Tu ho hauries de saber millor que ningú. Per què hauria de ser diferent, en Johan?

La Faye no sabia què contestar. Al fòrum de la pàgina web hi havia milers d'històries que se li clavaven com punxons de gel al cor. Totes les traïcions. Totes les mentides. Tota la indiferència i l'egoisme. No podia mirar la Chris als ulls i dir-li que estava segura que s'equivocava.

Per molt que ho desitgés.

El trajecte curt des de l'aparcament fins a l'ascensor se li va fer una eternitat. Quan finalment van arribar al pis, la Chris va entrar d'una revolada al bany i es va posar a vomitar. La Faye li subjectava els cabells. Feia quinze anys de la darrera vegada que havien estat en aquella posició. Tenia la impressió que havia passat tota una vida.

Naturalment, després del brevíssim moment de debilitat i dubte, la Faye havia decidit utilitzar el que pogués aconseguir amb el *keylogger*. Gràcies a haver-lo pogut instal·lat a l'ordinador d'en Jack, havia fet un pas molt important cap al seu objectiu, però s'havia d'empescar la manera de copiar l'arxiu de text en un llapis de memòria. Un cop el tingués, només podia encreuar els dits perquè tota la informació que necessitava continués emmagatzemada al compte de Gmail. El Jack que ella havia conegut no feia mai neteja. Ho volia guardar tot, per si de cas, «mai no se sap quan un ho pot tornar a necessitar».

La Faye tenia l'esperança de poder-ho fer durant la festa d'aniversari de la Julienne, que tindria lloc aquell cap de setmana.

Després hi havia l'Ylva. Encara que en Jack ja s'havia encarregat de reduir-la a una ombra del que havia arribat a ser, la Faye no podia oblidar la mirada de menyspreu que li havia fet. Dins del seu propi dormitori. Nua i acabada de follar pel seu marit. Prima, atlètica i amb unes tetes de silicona perfectes.

A poc a poc, però sense retrocedir ni una sola passa, havia conquerit el territori de l'Ylva, a la vegada que aquella dona s'havia començat a transformar en una còpia de l'antiga Faye. Ara era ella la que estava prima i tenia un cos atlètic. I els pits, nous. A en Jack no li havia passat desapercebut aquell canvi. Cada vegada que es veien per recollir o deixar la Julienne, els ulls del seu exmarit la recorrien de cap a peus. De la mateixa manera que ho havia fet al començament. Llavors, quan la Faye era la noia de qui mai no en tenia prou. Malgrat que l'odiava amb totes les seves forces, aquell home encara exercia una estranya influència sobre la Faye. I mai no s'havia acabat d'acostumar a veure'l amb l'Ylva. Probablement no s'hi acostumaria mai.

La seva vida amorosa es limitava a relacions esporàdiques, generalment amb nois més joves que pescava en un bar. Se n'anava al llit amb ells un parell de vegades i després se'n desfeia. No es podia permetre que ningú se li acostés massa. En els seus moments de debilitat, somiava fer miques en Jack, definitivament... I després recuperar-lo. Un altre dels seus secrets foscos i vergonyants. Les aigües tèrboles s'omplien constantment.

«Ningú no pot acusar en Jack de contenir-se massa», va pensar la Faye quan va arribar en cotxe a la casa a quatre vents. La Julienne havia demanat que la seva festa d'aniversari dels set anys fos una «gala» i en Jack havia contractat una empresa especialitzada en celebracions infantils, que havia decorat el jardí amb globus roses, un petit envelat amb escenari inclòs i, per descomptat, catifa vermella, que en aquest cas era de color rosa. I un fotògraf professional que faria fotos dels nens a mesura que anessin arribant i les penjaria en un mural. Per tot el jardí hi havia escampades un munt de taules, que ja es doblegaven sota el pes dels regals i el menjar. Fins i tot dins dels paràmetres de Lidingö, allò era excessiu.

Però també s'havia de tenir en compte l'enorme necessitat d'en Jack de posicionar-se per damunt de la resta de pares de l'illa.

A la Julienne se li va escapar un xisclet, va baixar del cotxe d'un bot i va pujar corrent cap a la casa. En Jack i l'Ylva eren al final de les escales per rebre-la. La Faye va sortir del vehicle i va enfilar caminet amunt. Havia escollit un vestit cenyit i d'escot rodó d'Hervé Léger, de color de carn i de màniga curta, i va notar com en Jack l'observava. Va fer la impressió que l'Ylva també se n'adonava. D'una manera exagerada, va allargar els braços per donar la benvinguda a la Julienne. La Faye va sentir una fiblada al pit quan la seva filla la va abraçar, però va fer un esforç per no deixar de somriure.

—Que bonic que ho heu deixat tot —va fer la Faye.

—Teníem moltes ganes de muntar una cosa realment especial per a la Julienne —va respondre l'Ylva, jovial, i li va fer un petó a la galta.

Feia una olor agradable de xampú i perfum. Quan els èxits de Revenge havien estat massa grans i evidents per ignorar-los, fins i tot l'Ylva havia començat a adoptar un to familiar i adulador impostat cap a la Faye.

Va contemplar l'Ylva quan es va desfer de l'abraçada. Podia ser que li estigués començant a sortir la mateixa expressió amarga al voltant de la boca que s'havia descobert els darrers temps amb en Jack? I una mica massa de botox al front?

—Si puges ràpid a la teva habitació, hi trobaràs la primera sorpresa que hem preparat per a tu —va dir en Jack, i va clavar uns copets a la galta de la nena.

La Julienne va sortir rabent cap a la casa, les seves passes van ressonar mentre s'enfilava escales amunt. En Jack es va girar cap a la Faye.

—L'Ylva ha fet venir un... com se diu?

—Un *make-up artist*, una maquilladora professional —va acabar la frase l'Ylva—. De fet, és la mateixa noia que se sol encarregar de la Carola, la cantant.

Un noi se'ls va acostar i es va presentar com el mag. En Jack i el jove van entrar a la casa mentre la Faye i l'Ylva no es movien d'on eren, i contemplaven el jardí. Dos homes transportaven una taula.

—Tot això és realment meravellós, de debò —va repetir la Faye, per trencar el silenci.

I no mentia. La casa era preciosa i el jardí, una meravella. Haurien de donar una paga extra al jardiner. També semblava que havien aconseguit fer fora les oques que es dedicaven a embrutar la platja que hi havia a tocar de la casa. Segons deien les males llengües, en Jack havia pagat algú perquè les matés de nit.

L'Ylva va somriure.

—Et vols quedar a la festa? Estic segura que la July prefereix que ens hi barregem tan poc com sigui possible, però no et sembla que seria molt agradable?

El comentari de la Faye sobre la casa semblava haver desencadenat un atac espontani de generositat. Tot i així, va tenir la sensació que l'Ylva se'n penedia immediatament. Però el que s'havia dit, s'havia dit.

A la Faye li havien vingut arcades quan l'Ylva havia anomenat la seva filla July, però, en comptes de recalcar que la nena no era un conillet d'Índies, va assentir amb el cap. En part perquè allò li brindava l'oportunitat d'accedir a l'ordinador d'en Jack, però també perquè s'havia adonat de la reacció immediata de penediment de l'Ylva després de l'oferta que li havia fet.

—Amb molt de gust.

—Perfecte. De debò. En Jack ha aconseguit que en Sean i en Ville vinguin a cantar un parell de cançons.

En Sean i en Ville eren una parella de cantants per qui la Julienne i les seves amigues estaven completament obsessionades. Se sabien totes les seves cançons i mai no es perdien els vídeos que penjaven diàriament a YouTube. Fins i tot alguns caps de setmana la nena obligava la Faye a plantar-se davant dels seus estudis, només per veure aquells dos bergants pujar de pressa i corrents a un taxi i donar només un cop d'ull fugisser a les ninetes que els esperaven i que, primer, xisclaven d'excitació i, en acabat, ploraven de decepció.

—No deu pas haver estat barat? —va dir.

—Gens ni mica. El seu mànager exigia vuitanta mil corones per unes quantes cançons. A més de xampany... i pastissets de xocolata.

—Déu del cel.

—En un primer moment, en Jack va dubtar, però jo el vaig convèncer. Vull que sigui un dia inoblidable per a la Julienne. Vols una copa de xampany? Pots deixar el cotxe aparcat aquí i tornar a casa en taxi. O podem trucar als de Ryska Posten perquè et portin a casa amb el teu cotxe.

—Amb molt de gust.

—Entrem a casa.

A la sala d'estar hi havia una barra de bar de zenc. L'Ylva hi va donar la volta, es va ajupir i va pescar una ampolla.

—Cava? —va dir—. Per mi, és més bo que el xampany, així que sempre en tinc alguna ampolla a casa.

—Sí, gràcies.

L'Ylva va obrir l'ampolla, va agafar una copa i la va omplir per a la Faye.

—Que no en prendràs, tu?

L'Ylva va sacsejar el cap.

—No hem parlat mai de... Bé, del que va passar —va començar.

Gairebé semblava afectada. De sobte, la Faye es va adonar de fins a quin punt odiava aquella dona. Durant molts mesos, l'Ylva s'havia ficat al llit amb el seu home d'amagat seu. I ara era allà, a la seva refotuda mansió enorme, preciosa i prima, encara que amb una mica massa de botox, fingint comprensió i creient que tot li seria perdonat. Hauria resultat més sincer que tot hagués continuat amb la mateixa tibantor i petulància que el dia que la va trobar nua al seu dormitori. Llavors la Faye no l'hauria odiada tant.

En aquells moments, en canvi, desitjava amb totes les seves forces veure-la enfonsar-se davant dels seus ulls.

L'Ylva i en Jack. Eren realment l'un per a l'altre. Es mereixien el que s'estava congriant a l'horitzó i que ben aviat destrossaria la seva vida perfecta.

—No cal —va respondre—. En Jack i tu feu molt bona parella. I tot ha anat molt bé, per a tots tres.

Va alçar la copa.

—Estic realment impressionada del que has aconseguit amb Revenge —va continuar l'Ylva, i es va asseure en una butaca enorme de flors.

De Josef Frank, de la botiga exclusiva Svenskt Tenn. A en Jack sempre li havien encantat els seus teixits, mentre que la Faye era del parer que s'adeien més amb la casa d'un jubilat.

—Mmm, gràcies. I a tu com et va? T'agrada treballar a Musify?

—De fet, deixaré la feina. Jo... Ja fa un parell d'anys que hi treballo a temps parcial. La feina d'en Jack requereix molt de suport, en qüestions de representació, la casa, la Julienne... Bé, tu ja m'entens.

L'Ylva va fer un gest amb la mà, però no la va mirar als ulls. I la Faye es va preguntar quant de temps li podia prendre la Julienne, tenint en compte les poques hores al mes que passava allà. Però es va limitar a respondre:

—Ah, sí?

—Nosaltres... Bé, vaja, la Julienne tindrà un germanet. I ja saps com és en Jack, prefereix que em quedi a casa. A mi em ve molt de gust, jo no tinc la meva pròpia família.

La Faye la va mirar de fit a fit. S'havia preguntat moltes vegades quan arribaria aquell dia. L'havia temut. Però, tot i així, res no l'hauria poguda preparar per a la puntada de peu al plexe solar que implicava aquella notícia. Alhora, es va adonar que, pel que feia a l'Ylva, el final estava a punt d'arribar. Una part dins seu va sentir llàstima, una altra li volia clavar una bona bufetada.

—Me n'alegro molt per vosaltres, felicitats.

Va ordenar als músculs de la cara que formessin el que esperava que semblés un somriure, tot i que per dins els budells se li van recargolar fins al punt que volia doblegar-se cap endavant de dolor.

L'Ylva es va posar les mans al ventre encara inexistent i va apuntar un somriure radiant. La Faye també va somriure i va fer un glop llarg de cava. Davant seu es van obrir pas flaixos del dia de l'avortament. La fredor i la indiferència d'en Jack. El naixement de la Julienne. Amb els centenars de trucades i missatges de text no contestats que li havia enviat mentre, presa pel dolor i el pànic, donava a llum la seva filla.

Va mirar per la finestra. A fora, estava ple de treballadors que, febrilment, ho preparaven tot per a l'arribada dels convidats.

—I quan és el gran dia? —va preguntar.

—D'aquí a mig any.

La cara de l'Ylva es va il·luminar quan en Jack va aparèixer darrere d'elles. Es va servir un whisky al bar i es va asseure a l'altra butaca, no al costat de l'Ylva. Amb vistes a l'escot de la Faye.

L'Ylva també se'n va adonar.

—Està tot a punt? —va preguntar l'Ylva. El to de veu era sec.

—Més o menys. La resta de nens vindran d'aquí a tres quarts d'hora.

Va agitar el rellotge de polsera davant de l'Ylva. Un Audemars Piguet d'aproximadament mig milió de corones. No un Rolex, que de ben segur en Jack considerava massa convencional. Tothom portava Rolex. La gent que realment era algú duia un Audemars Piguet. O un Patek Philippe.

—Els cantants aquells apareixeran a les tres. Però no en diguis res a la Julienne, no ho sap.

Va fer un gest amb el cap a la Faye.

—Com van els negocis?

—Genial, gràcies. I tinc entès que a tu també. És molt emocionant, això de la sortida a borsa.

—Serà un munt de feina. Però val la pena, després de tot el que he hagut de passar.

La Faye va somriure a en Jack i l'Ylva.

—Felicitats per la criatura. L'Ylva m'ho ha explicat.

Es va regirar a la butaca. Es va asseure de tal manera que en Jack pogués tenir millors vistes per sota la faldilla. No duia calces; amb aquell vestit tan cenyit se li haurien marcat.

Els ulls d'en Jack van seguir els seus moviments.

Va alçar el got de whisky cap a la Faye. Els pantalons se li tensaven a l'entrecuix.

—Mmm, molt divertit —va dir, amb veu rogallosa, i va forçar un somriure. Tenia la mirada tèrbola.

L'Ylva es va escurar la gola.

—En Jack no les tenia totes. Ara mateix la companyia exigeix molt de temps i tu, millor que ningú, saps com de seriosament es pren la tasca de ser pare, en Jack.

Era així com parlava ella, abans? «En Jack pensa», «en Jack vol», «en Jack considera»? Déu del cel, devia haver estat una persona realment insuportable. I ara era l'Ylva la que estava allà, una versió més jove de si mateixa, amb les mans sobre el ventre i una expressió ridícula a la cara. I adulant el mateix home. Encegada d'amor i d'admiració. I dependent.

A en Jack li agradaven les dones així, ara ho comprenia. Però allò va fer que odiés l'Ylva encara amb més força. Algun cop havia sentit remordiments de consciència? Totes aquelles incomptables vegades —perquè no dubtava que n'havien estat moltes— que havia follat amb en Jack a l'oficina, a casa seva, al seu propi pis, mentre la Faye era a casa, esperant el seu marit. Probablement. Però estava encegada per l'amor que sentia per en Jack. I aleshores es mirava amb menyspreu la seva patètica dona, que es passava el dia tancada a casa, sense una carrera, sense ambicions. Estava convençuda que l'Ylva s'havia comparat amb ella, s'havia cregut superior. I havia considerat que la Faye no es mereixia algú com en Jack.

La Faye es va empassar el darrer glop de cava. Amb languidesa, es va mirar el fons de la copa estreta. No se sentia prou agosarada per prendre's la llicència d'aixecar-se, anar fins al bar i tornar-la a omplir.

—Em sembla que aniré a estirar-me una estona abans no comenci tot —va dir l'Ylva, i es va aixecar mirant de reüll la Faye un darrer cop.

Quan va haver sortit de la sala, es va fer el silenci. Una estona més tard, en Jack es va escurar la gola.

—Estàs realment fantàstica —va dir, amb un fil de veu.

No treia els ulls de l'escot de la Faye. Ella el deixava mirar. Es va apartar els cabells i va deixar al descobert el clatell i la clavícula, que ja no s'amagaven sota una capa de greixina. Mentiria si digués que no va gaudir en veure com en Jack la mirava, però que el seu cos seguís entossudint-se a reaccionar davant d'aquell home no significava que en Jack tingués el control sobre ella.

Alguna cosa dins seu volia demostrar-li que ja no el necessitava. Però no podia caure en la temptació de mostrar la seva superioritat. En part, perquè havia d'aconseguir que en Jack es tornés a enamorar d'ella, cosa que no passaria mai si no es pensava que la podia dominar, i, en part, perquè en Jack —per molt de dolor que li hagués infligit— continuava sent en Jack. Les seves paraules encara significaven alguna cosa per a la Faye. Per molt que s'obstinés a negar-ho.

—Gràcies —va respondre, amb fredor.

Els ulls d'en Jack van tornar a lliscar cap al seu escot i s'hi van quedar. La Faye va agafar el mòbil i va fer veure que enviava un missatge de text.

—Saps que de tant en tant somio amb tu? —va continuar en Jack, mentre s'aixecava de la butaca, es dirigia cap al bar, engrapava l'ampolla de cava i omplia les copes de tots dos.

Es va asseure al sofà al costat de la Faye, de totes totes massa a prop.

L'aroma del seu perfum va torbar la Faye uns segons. Era la mateixa que a Barcelona. Va contenir la respiració i es va dir a si mateixa que no es podia deixar arrossegar pels records. Al capdavall, tot el que aleshores havia cregut que era veritat més tard havia quedat demostrat que era una gran mentida. Havia d'allunyar-lo del seu costat, però, a la vegada, aconseguir que en Jack no perdés l'interès que havia aconseguit despertar-li. Un equilibri difícil. A en Jack li agradava la cacera. Era així que l'havia poguda pescar la primera vegada, feia molt de temps, en una altra vida. La Faye es va girar cap al seu exmarit i el va mirar de fit a fit. Va observar aquells ulls blaus que ara estaven completament clavats en ella.

Els homes com en Jack sempre volen el que no és seu. Era per això que havia traït la Faye. Era per això que sabia que trairia l'Ylva, si no ho havia començat a fer ja. Era per això que en Jack sempre trairia les dones que formessin part de la seva vida.

Darrere seu es va sentir remor de passes. Tots dos es van girar a la vegada i van veure que la Julienne se'ls acostava. Portava un vestit preciós de color rosa. La cara, maquillada, feia que semblés més gran. La Faye no sabia ben bé què pensar.

—Estàs preciosa, amor meu —va exclamar, tot i així—. Sembles una princesa.

La Julienne va fer una volta.

—La Jessica diu que podria ser model —va respondre la nena.

—La Jessica? —va repetir la Faye, intentant recordar els noms de les companyes d'escola de la seva filla.

—La maquilladora —va fer en Jack, que es va adonar que la Faye no acabava de lligar caps—. I té tota la raó.

Es va posar la Julienne a la falda i la Faye va dubtar per un instant. Amb la Julienne allà al sofà, entre tots dos, durant un moment tornaven a ser una petita família. Uns segons que van descol·locar la Faye, que van fer que se sentís perduda.

Va allargar la mà per agafar la copa i se la va acostar als llavis mentre en Jack la devorava amb els ulls.

Del jardí els van arribar veus agudes. Les nenes començaven a arribar. Els cotxes luxosos s'enfilaven caminet amunt fins a l'entrada de la casa i, d'un salt, en sortien criaturetes de sis i set anys engalanades. La Faye es va mantenir en un segon pla, mentre en Jack i l'Ylva parlaven amb els pares. La muntanya de regals de la taula no parava de créixer. La majoria, embolicats amb paper blanc i el logotip negre dels magatzems Nordiska Kompaniet. El mag va aparèixer a l'escenari i les nenes es van posar a xisclar d'alegria. Els cambrers van començar a portar aperitius i refrescos a la canalla massa mudada que s'arrenglerava al voltant de taules rodones dins de l'envelat, com si aquella festa fos un autèntic sopar de gala. La Julienne no parava de picar de mans alegrement. El conegut presentador d'un programa infantil feia de mestre de cerimònies i anava donant pas als diferents espectacles.

Quan en Sean i en Ville, al final de tot, van entrar en escena, la xiscladissa semblava que no tenia aturador. A la vegada, la Faye es va adonar que era l'oportunitat que estava esperant per poder descarregar el *keylogger*. Les nenes van abandonar les taules i es va plantar davant de l'escenari. L'Ylva i en Jack semblaven completament absorts amb el rebombori que havia provocat l'aparició dels dos ídols infantils. La Faye va sortir de l'envelat discretament, va entrar a la casa i va pujar escales amunt fins al pis de dalt i el despatx d'en Jack. Encara conservava el mateix escriptori de l'època que vivien junts. Durant un instant, la Faye va sentir nostàlgia de la sala de la torre. La serenor majestàtica que planava per damunt de la ciutat, un record d'un temps remot. Va sacsejar el cap per espolsar-se'l de sobre i es va exhortar a si mateixa a concentrar-se. Aquell instant amb en Jack i la Julienne al sofà l'havia trasbalsada. I no s'ho podia permetre.

Va deixar la bossa de mà al damunt de l'escriptori i es va inclinar sobre l'ordinador. Al costat de la pantalla hi havia dues fotografies emmarcades. Una imatge Polaroid en blanc i negre de l'Ylva que devia ser de feia uns quants anys. El posat era seriós, però amb els llavis lleugerament entreoberts, mirant a càmera. O follant-se-la, com hauria dit la Chris. A l'altra fotografia, hi apareixien en Jack, l'Ylva i la Julienne en un restaurant. L'Ylva i la Julienne duien el mateix vestit. Semblaven una petita família feliç. Tots tres rient. La Faye va respirar fondo. No era més que una il·lusió, una façana que en Jack havia creat. Res més.

Va moure el ratolí, l'ordinador va despertar de la seva letargia i la Faye va teclejar l'antiga contrasenya d'en Jack. Va contenir la respiració. Però, no. No l'havia canviada. Una imatge sobredimensionada d'en Jack i l'Ylva va aparèixer davant seu. Tots dos abraçant-se a bord d'una moto d'aigua. Es va obligar a si mateixa a deixar de mirar aquella fotografia, va introduir el llapis de memòria que tenia a la mà i va seguir les instruccions que li havia donat en Nima.

Pocs segons més tard havia trobat l'arxiu amagat amb tota l'activitat d'en Jack i l'havia bolcat a la memòria USB. Després va obrir la carpeta d'*Els meus documents* i va copiar tot el que hi havia, encara que dubtava que fos res interessant.

A fora, al passadís, es va sentir soroll de passes. La Faye es va afanyar a apagar l'ordinador i, desesperadament, va buscar algun lloc on amagar-se, però abans que tingués temps de moure's, la porta es va obrir. La Faye es va girar d'una revolada.

Al llindar de la porta hi havia en Jack. L'expressió a la seva cara va mudar de la sorpresa a la sospita.

La Faye va pensar de pressa. Va apuntar un somriure. Submís. Exculpatori.

—Només... només volia veure com havies moblat el despatx. Ja saps que sempre he sentit devoció per aquest escriptori. Tenia curiositat per saber si l'havies conservat.

En Jack va rumiar uns segons. En acabat, va semblar que arribava a la conclusió que la Faye continuava sent la mateixa dona patètica i innocent de sempre.

—I per què?

—Aix, tot això és una ximpleria —va respondre, i va abaixar els ulls a terra—. Perdona'm, no hauria de ser aquí dins, al capdavall és casa vostra, això no està gens bé. Només és que he tingut un atac de nostàlgia.

Va avançar un parell de passos cap a la porta, però en el moment que havia de passar per davant d'en Jack, la va aferrar pel canell. El llapis de memòria que subjectava amb la mateixa mà va estar a punt de caure-li a terra.

—Per què volies veure com havia moblat el despatx? —va preguntar en Jack, amb un somriure als llavis, tot estirant-la cap a ell.

La Faye va tornar a notar aquella fragància tan coneguda. El membre dur d'en Jack se li va clavar contra el maluc i, a contracor, va sentir que s'excitava.

—Em trobes a faltar, oi? És d'això que va aquesta «nostàlgia» teva? —li va xiuxiuejar a cau d'orella.

—Jack, atura't —va murmurar.

Però en Jack no va fer cas de les seves protestes. Els ulls li cremaven. No li agradava que la Faye protestés. L'antiga Faye no havia dit mai que no, més aviat havia demanat i suplicat que la toqués, que li dediqués una mica d'atenció.

La veu va adoptar un to de befa, però no la va deixar anar del canell.

—Així que la petita Faye s'ha operat els pits perquè li facin una mica de cas als bars del centre. Que trobes a faltar que et folli un home de debò? És per això que has vingut aquí? Perquè et muntin? Ja m'ha arribat com et comportes. Com te'n vas a casa d'un home rere un altre que pesques als locals nocturns. No, homes no. Jovenets. Amb quants te n'has anat al llit des que ens vam separar, Faye? Has trobat alguna polla més grossa que la meva? M'hi jugo el que sigui que també te n'has follat més d'un a la vegada.

En Jack no parava de panteixar a causa de les seves pròpies paraules, el seu membre creixia contra el maluc de la Faye, i se li clavava contra la pell. El cos de la Faye va respondre, i ella va deixar que ho fes per tal de poder amagar el llapis de memòria. No es va queixar quan en Jack li va abaixar la cremallera de l'esquena i, després, el vestit fins a la cintura. Li va arrencar els sostenidors. Va deixar que les mans d'en Jack es passegessin pels seus pits. Els estrenyessin amb força. S'havien curat bé, però les cicatrius encara eren una mica sensibles i el tacte d'aquelles mans se li va fer estrany.

—La petita Faye, que vol que se la follin.

La va girar. Va engrapar la vora del vestit i la va apujar per damunt dels malucs. Es va descordar els pantalons. Va empènyer la Faye cap endavant, sobre la taula que havia pertangut a

Ingmar Bergman, i la va penetrar. La Faye va deixar escapar un esbufec. Se sentia envaïda.

—Això t'encanta, oi? —va exclamar en Jack—. Que et muntin per darrere com una secretària calenta. Ara ets la directora general d'una gran empresa, però encara t'agrada que se't follin com una qualsevol. És així com t'ho fan, Faye? Et munten així, aquells jovenets? Et giren i se't follen per darrere?

En Jack panteixava cada vegada més. D'una puntada de peu li va separar més les cames per poder entrar els darrers centímetres. La va clavar contra la taula, amb la mà dreta entortolligada als cabells de la Faye.

Els moviments es van fer més intensos. La Faye s'aferrava a l'escriptori amb la mà en què no tenia la memòria USB. Gemegava com una noia jove, com sabia que li agradava a en Jack. Amb la galta esquerra contra la taula, va clavar els ulls en la fotografia en blanc i negre on apareixia una Ylva amb posat greu.

En Jack estava a punt d'escórrer-se. La Faye va sentir una fiblada de dolor quan la va penetrar encara amb més duresa. En Jack va gemegar una darrera vegada, va sortir de dins seu, va retrocedir una passa i va començar a cordar-se els pantalons. La Faye es va quedar uns quants segons immòbil, en la mateixa posició, i després es va aixecar i es va redreçar el vestit.

—Sempre has estat un clau de primera classe —va sentenciar en Jack—. Ho he trobat a faltar, això.

Va apuntar un somriure i va assenyalar els pits de la Faye, encara exposats, d'un vermell encès, amb uns mugrons grossos i inflamats.

—T'han quedat d'allò més bé. M'agraden.

En Jack semblava segur de si mateix. L'ordre havia quedat restablert. L'havia muntada, havia reconquerit el que era seu, com a mínim durant una estona. La Faye va permetre que s'ho cregués.

Sense deixar anar el llapis de memòria, va introduir els braços per la part de dalt del vestit i se'l va passar per damunt les espatlles. Després es va girar d'esquena a en Jack i va aixecar els cabells perquè li pogués apujar la cremallera. Un segon més tard, en Jack havia desaparegut.

Quan la Faye va tornar a entrar a l'envelat, el munt de nenes enfundades en vestits exclusius i caríssims estaven cantant el *Moltes felicitats* a la Julienne. En Sean i en Ville dirigien el cor.

L'Ylva la va mirar de reüll i amb la mà li va assenyalar la Julienne, que duia una corona de princesa refulgent. La seva mirada era recelosa, però de resignació. Dins d'aquell autèntic forn, la cara li havia adoptat un to verdós i els cabells rossencs, amarats de suor, se li havien enganxat al cap.

Quan tothom que hi havia dins la carpa va començar a felicitar la Julienne, en Jack es va plantar al costat de l'Ylva, li va fer un petó a la galta i la va envoltar amb un braç. L'Ylva es va relaxar. La Faye no es va poder contenir un petit somriure. Per la part interior de les cuixes, a poc a poc, començava a regalimar-li l'esperma d'en Jack.

Fjällbacka, aleshores

LA MARE SOMICAVA A LA CUINA, però jo era incapaç de llevar-me del llit, no podia aturar els cops del pare mentre els descarregava. Així, doncs, vaig deixar que la foscor encapsulés tota l'angoixa que sentia, deixés a fora tota la por.

La tardor no trigaria a arribar i el pare li faria coses molt pitjors a la mare. I també a en Sebastian i a mi. Era com si les tardors de tempesta no tinguessin fi, amb el pare com una bèstia furiosa tancada dins d'una gàbia amb les seves pròpies preses. Tots ens movíem dibuixant cercles els uns al voltant dels altres: una petita unitat aïllada en un poblet aïllat.

De vegades somiava que algú venia a rescatar-nos. Tothom ho sabia. Encara que no tenien la més petita idea de la magnitud de la tragèdia que vivíem, en sabien prou. Per què no apareixia ningú i se'ns enduia? Per què no ens alliberaven? Però tothom girava el cap, i, acovardits, es feien els cecs davant dels blaus i les ferides. Cap professor no va dir mai res. Cap metge del centre d'atenció primària no ens va preguntar res sobre les lesions de la mare o les nostres. L'hivern anterior, la mare hi havia anat fins a vuit vegades. Una espatlla dislocada. Una fractura de canell. Una fissura a la mandíbula. Ningú no va qüestionar mai les seves històries sobre caigudes desafortunades per les escales, sobre calaixos de la cuina que de sobte sortien volant i l'atacaven. Tothom tancava els ulls.

Com serien les coses aquell hivern?

Els plors de la mare es van fer encara més clars quan la porta de la meva habitació es va obrir i després es va tancar. En Sebastian va avançar sense fer soroll cap al meu llit i es va esmunyir al meu costat. Es va adormir arraulit contra mi, com un gos que busca l'escalfor. Però jo no trobava cap refugi en la seva proximitat. No calia que ningú m'expliqués que l'única persona que me'n podia proporcionar era jo mateixa. Ho havia descobert tota sola.

Jo era més forta que tots ells. Especialment més que en Sebastian.

La seva respiració es barrejava amb la remor del mar que es revoltava a fora. Els darrers estiuejants ja havien marxat del poble. Cap d'ells no es va molestar a sentir els crits que sortien de casa nostra, una de les poques on vivia una família tot l'any. De ben segur que no es volien arruïnar les vacances d'estiu amb maldecaps indesitjats. En certa manera, els comprenia. Però de vegades em preguntava si mai pensaven, encara que fos un instant, en els nens de la casa del costat, quan tancaven amb pany i forrellat la seva segona residència i tornaven a les seves meravelloses cases a quatre vents de Göteborg. Probablement, no.

L'ENDEMÀ AL MATÍ, DESPRÉS DE DEIXAR la Julienne a l'escola, la Faye es va tancar al despatx, va apujar la pantalla del portàtil i va obrir l'arxiu del *keylogger*. Va tardar deu minuts a trobar la contrasenya nova del Gmail d'en Jack: *venividivici3848*.

No havia explicat a ningú el que havia passat dins del despatx d'en Jack. Per molt que li hagués costat fer el paper humiliant de la Faye necessitada de reafirmació personal, no havia tingut cap altra alternativa. En Jack no podia sospitar res i s'havia vist obligada a seguir-li la veta per evitar que descobrís el llapis de memòria que li cremava a la mà. Però tampoc no podia negar que havia gaudit sentint un altre cop en Jack dins seu. Allò la preocupava. La desconcertava. Representava una fissura al blindatge que no es podia permetre.

La Faye va entrar al compte de Gmail del seu exmarit, va remenar entre els documents que hi havia i va trobar el que buscava. Ho va descarregar tot, meticulosament i metòdicament.

Allà hi havia tot el que li calia.

Va dedicar la resta del matí a examinar la resta de l'arxiu de text i a seguir tota l'activitat d'en Jack a l'ordinador. Les cerques que havia fet a internet de *young girl*, *teen* i *petite*, la conversa vulgar amb en Henrik sobre la «beneita» que s'havia fet al despatx i les befes a una treballadora de l'empresa amb sobrepès. Algun dia, tot allò li podia fer servei.

La Faye va agafar l'ordinador nou i va comunicar a la Kerstin que sortia. Es va asseure a l'Starbucks de Stureplan i va continuar examinant documents. El dimarts de la setmana següent, Compare sortiria a borsa. Allò li donava prou temps per preparar un pla minuciós sobre com utilitzar tot el que havia trobat. Probablement ho posaria en marxa divendres. Tenia quatre dies.

El mòbil va sonar. Era en Jack. «No puc deixar de pensar en com de bé ens ho vam passar l'altre dia. Vols que ens vegem?», li havia escrit.

La Faye va rumiar uns segons com li havia de respondre. Les coses havien començar a rodar més de pressa del que s'havia imaginat. Havia de saber mantenir l'interès d'en Jack, fins que arribés el moment de fer els darrers passos. Va pensar una estona més, després va teclejar una resposta curta i va prémer la icona d'enviar.

La Chris s'estava prenent un suc de taronja en una taula a l'última planta de l'hotel balneari Sturebadet, al centre d'Estocolm. L'aire era humit. Jubilats embolicats en barnussos de ris blancs i endrapant amanides de dues-centes corones, tot emmarcat pel soroll de l'aigua borbollejant de les piscines que hi havia més avall.

La Faye va enretirar la cadira i es va asseure davant de la seva amiga.

—Per què volies que ens veiéssim aquí? —va preguntar.

La Chris va alçar els ulls, sorpresa.

—Ai, hola. No t'havia vist. No ho sé. D'alguna manera, la remor d'aquí dins em relaxa. És com trobar-se dins d'un úter enorme i càlid.

La Faye va observar la seva amiga mentre penjava la jaqueta al respatller de la cadira. La mirada de la Chris tenia un deix absent.

—Com et trobes?

—Avui és un bon dia —va respondre—. Però també és cert que no he estat a l'hospital. Aquest vespre he quedat per sopar amb en Johan.

—Què et va dir quan l'hi vas explicar tot?

La Chris va abaixar els ulls a la taula.

—No l'hi he explicat. Jo... no en soc capaç. No el puc perdre.

Els ulls vessaven vergonya. I por. Allò va espantar la Faye. No havia vist mai la Chris avergonyida per res. No l'havia vista mai mostrar por.

Va agafar la mà de la seva amiga.

—Estimada Chris, t'entenc molt bé. Creus que et seria més fàcil si jo fos al teu costat quan l'hi expliquessis? Per si de cas... Bé, només per si de cas.

La Chris va assentir amb el cap a poc a poc.

—No et fa res?

—És clar que no, si tu et sents més còmoda.

—No vull ser una càrrega. Però em sento tan dèbil, tan indefensa... Les poques hores que aconsegueixo ser jo mateixa m'esgoten tant que l'únic que soc capaç de fer quan no estic amb en Johan és venir a seure aquí. Qui s'hauria imaginat que seria aquí on passaria els meus darrers dies... Al balneari de Sturebadet.

I, de sobte, va aparèixer un somriure dels autèntics. «Una engruna de la Chris vertadera», va pensar la Faye, i també va somriure.

L'escola on treballava en Johan era de maó vermell i es trobava al carrer Valhallavägen. Contra la tanca hi havia un grapat de nens i nenes de l'edat de la Julienne. Van girar el cap quan la Faye i la Chris van baixar del taxi i van entrar al pati del centre.

Van endinsar-se en un passadís llarg, ple d'armariets turqueses. Per enlloc no es veia ni una ànima.

—Saps on trobar-lo? —va preguntar la Faye.

—No, però no creus que és l'hora de dinar?

La Faye va donar un cop d'ull al rellotge. Eren les dotze. En aquell mateix instant, les portes de les aules que tenien al davant es van obrir de cop en un moviment sincronitzat i els alumnes van sortir com una allau al passadís. La Faye va aturar un noi ple de grans amb gorra i anorac i li va preguntar si sabia on era el professor de llengua, en Johan.

—Johan Sjölander —va completar la Chris.

El noi va fer que no amb el cap i va desaparèixer.

Es van apartar contra els armariets per evitar que les atropellessin una colla de nois que se'ls van llançar al damunt corrent i bramant.

—Truca-li.

La Chris es va posar el mòbil contra l'orella dreta mentre es tapava l'altra amb la mà lliure. Es va girar d'esquena a la Faye per parlar.

El passadís començava a buidar-se. Allò de ser dins una escola de secundària la va torbar. La diferència d'alçada, les mirades insegures i vagarejants, les jerarquies. Les tensions que sotjaven sota la superfície, a punt d'esclatar en qualsevol moment. La Matilda havia intentat moure's per aquella mena de passadissos i passar tan desapercebuda com podia, però no se n'havia sortit mai. Tothom havia sabut qui era. Tothom havia sabut què havia passat.

La Chris li va clavar uns copets a l'espatlla.

—Hem quedat a fora.

—Què ha dit?

—Només semblava... sorprès que hagués vingut. I content.

La veu destil·lava una barreja de nerviosisme i alegria. Van seguir l'allau d'alumnes fins a unes portes de vidre, escales avall. Van tornar a sortir al pati de l'escola i van trobar un banc buit a tocar d'uns arbustos.

—Com estàs? —va preguntar la Faye.

—Nerviosa.

—Tot anirà bé. Anirà molt i molt bé.

La Chris va assentir amb el cap sense semblar del tot convençuda. Una porta es va obrir i en va sortir un home alt i prim amb texans i camisa de quadres. Els cabells rossos esbullats. Quan les va veure, es va encaminar cap a elles amb un somriure d'orella a orella als llavis. Desprenia franquesa i bondat. La Faye va sentir immediatament que li agradava. No tenia res en comú amb els altres homes amb qui havia vist la seva amiga durant tots els anys que feia que es coneixien, cosa que considerava un punt a favor seu. A la Chris no li havia anat gaire bé amb els homes, però la Faye pressentia que en Johan era diferent.

—Chris —va dir, amb alegria—. Estic molt content de veure't. Què fas... o què feu aquí?

La Chris es va aixecar d'una revolada i el va abraçar. Quan es van deixar anar, en Johan es va girar cap a la Faye.

—I tu deus ser la famosíssima Faye. M'alegro molt de poder-te conèixer, finalment. Havia començat a pensar que eres una amiga imaginària.

La Faye va encaixar amb la mà que en Johan li havia allargat. Es devia adonar que el motiu pel qual havien anat fins allà no era tan bo com havia pensat, ja que, de sobte, la seva mirada va adoptar un aire insegur.

—Va tot bé? —va preguntar.

—Em sembla que tot serà més fàcil si ens asseiem —va dir la Faye, i va fer un gest assenyalant el banc.

La Chris va anar a parar al mig. Va respirar profundament, va dubtar un instant, però la Faye li va clavar un copet amb el colze. La seva amiga la va fulminar amb la mirada, però després va agafar la mà d'en Johan.

—Johan, t'he d'explicar una cosa... —va començar, i la Faye assentia amb el cap per infondre-li coratge—. Estic malalta. Tinc càncer. D'un tipus que costa molt de tractar.

Les paraules brollaven amb rapidesa, al límit de fer-se inintel·ligibles. Però a la cara d'en Johan es podia llegir que entenia el que li estava explicant. La boca es va obrir per dir alguna cosa, però de seguida es va tornar a tancar. Va respirar fondo i va assentir amb el cap.

—Ja ho sé —va dir, a poc a poc.

—Ah, sí? —van exclamar a l'unísón la Chris i la Faye.

—Vaig trobar el volant per a la quimioteràpia a casa teva.

—Per què no me'n vas dir res?

—Perquè... vaig pensar que ho havies de decidir tu, si m'ho volies explicar o no. Vaig suposar que ho faries, quan et sentissis preparada.

La Chris el va envoltar amb els braços.

—I tu... vols que ho deixem? Si és el que vols, ho entendré.

Els ulls de la Chris expressaven tanta por que a la Faye li va venir una suor freda.

Però en Johan va esclafir a riure i va sacsejar el cap. Una rialla entretallada i esquerdada, però al capdavall una rialla.

—Carai, amor meu. Cal molt més que un simple càncer per aconseguir que et deixi. No he estat mai amb ningú que em faci tan feliç com tu.

—Però potser em moro. És més probable que acabi morint-me que no pas el contrari.

En Johan va assentir amb el cap, amb posat greu.

—Sí, potser sí. I, si és així, la meva cara horrorosa serà l'última cosa que veuràs.

Al seu voltant feien xivarri un munt de nens i nenes plens d'esperances de futur, amb moments foscos i moments brillants al davant. Errors i victòries. La Chris encara hauria de tenir temps per cometre molts errors, la seva amiga sempre havia estat la millor del món a l'hora de cometre'n. Sempre havia sostingut que eren justament les males decisions les que feien que valgués la pena viure.

La Faye es va girar d'esquena perquè la Chris no pogués veure les llàgrimes que li havien començat a brollar. De cua d'ull, va observar com la seva amiga s'acostava a en Johan mentre li explicava minuciosament en quin estat estava la malaltia. Malgrat el contingut terrible, aquella podia ser la conversa més bonica que la Faye havia escoltat mai. I la Chris somreia com una nena petita així que en Johan obria la boca. Durant un instant, la Faye va pensar en com hauria reaccionat en Jack si li hagués explicat una cosa com aquella. Al seu exmarit no li agradaven les malalties. Ni les febleses. S'hauria fet fonedís abans d'acabar la primera frase.

La Faye es va aixecar per deixar la parella sola, però en Johan li va demanar que es quedés. Es va girar cap a la Chris.

—Ara que tu m'has explicat el que em volies explicar, ara soc jo el que et vull dir una cosa que no m'he atrevit a dir-te. I crec que és millor que la Faye hi sigui, perquè potser després d'això seràs tu la que em deixarà, i llavors serà a mi que caldrà que algú m'abraci.

La Chris semblava intranquil·la i la Faye es va enfurismar. Aquell no era el millor moment per confessar una patinada o el que carai volgués explicar-los. Es va preparar per emportar-se la Chris d'allà.

Però en Johan es va introduir la mà a la butxaca i en va treure alguna cosa, després es va agenollar a terra davant de la Chris i li va agafar totes dues mans. Una coseta petita va refulgir entre els seus dits i el cor de la Faye va començar a bategar amb força. Va mirar la Chris, que semblava que no comprenia què estava passant. La ràbia va desaparèixer amb tanta rapidesa com havia arribat i a la Faye se li va posar la pell de gallina. Agenollat al bell mig del pati asfaltat de l'escola, en Johan només tenia ulls per a la Chris. Feia la impressió que els alumnes s'havien adonat que passava alguna cosa, com gossos que han ensumat una galeta, i es van anar agombolant en colletes petites.

Però dins del món d'en Johan només hi eren la Chris i ell. Es va escurar la gola:

—Chris, ets la persona més meravellosa que he conegut mai, la més dolça i intel·ligent que he tingut a prop. T'estimo amb tot el meu cor. Des del primer segon que et vaig veure. Si no m'haguessis perseguit fins a Farsta, tenia pensat tornar l'endemà mateix al saló de bellesa, per fer-me una cresta o el que fos. Aquest anell... —va alçar un anell de prometatge brillant—...el vaig comprar quatre dies després de coneixe'ns. I el porto al damunt des de llavors. No volia que pensessis que era un sonat per treure'l massa aviat, però per a mi no hi ha hagut un «massa aviat» amb tu. Ben al contrari, ja fa massa temps que el carrego. Així que em pregunto si acceptaries portar-lo al teu dit. El que em pregunto, vull dir, és si tu... si et vols casar amb mi.

Els alumnes que s'havien anat reunint al seu voltant van començar a cridar i a bramar. Uns quants es van posar a xiular i tot. Una noia va xisclar:

—Vinga, digues que sí! En Johan és fantàstic! El millor profe de tots!

La Chris es va tapar la boca amb les mans i, de sobte, en Johan semblava nerviós. La Chris es va empassar la saliva i va allargar la mà amb les llàgrimes caient-li galtes avall.

—És clar que vull —va respondre, amb un fil de veu. Els alumnes van cridar d'alegria.

En Johan es va girar cap a ells, somrient, i va alçar el dit polze, i aleshores encara més nois i noies es van posar a cridar i a aplaudir abans d'allunyar-se i deixar-los sols. Amb mans tremoloses, en Johan va intentar diverses vegades posar l'anell al dit estès de la Chris abans de finalment aconseguir-ho.

—T'estimo —va murmurar la seva amiga, va fer que s'aixequés de terra i el va besar.

LA FAYE VA TROBAR UNA CAFETERIA al carrer Götgatsbacken que es deia Muggen, va demanar un cafè, va obrir el portàtil i es va connectar a la xarxa wifi del local. Havia descarregat una connexió VPN que ocultaria la seva adreça IP i faria que fos impossible rastrejar-la. Va introduir el llapis de memòria on havia organitzat tot el que havia trobat al Gmail d'en Jack i va donar un cop d'ull al material. L'havia classificat de manera estructurada i clara, un autèntic somni per a un periodista d'investigació famolenc.

La Faye havia escollit una reportera jove anomenada Magdalena Jonsson, del *Dagens Industri*. Feia molt de temps que li havia posat l'ull a sobre. Era esmolada, meticulosa i sabia estructurar el discurs.

«Si hi estàs interessada, n'hi ha més», li va escriure, i va pressionar la tecla d'enviar.

Així de senzill. Va començar a recollir per marxar quan la bústia d'entrada va dringar.

«Ens podem veure?»

La Faye va rumiar uns segons. Sabia que els periodistes defensaven amb ungles i dents el seu dret a la protecció de les fonts, era el més sagrat que tenien. Però, a la vegada, no deixaven de ser persones. Una paraula de més una nit de borratxera, un mòbil robat, una conversa íntima amb la parella i tot quedaria al descobert. No podia córrer aquell risc. Encara no.

«No, però fes-m'ho saber si en vols més.»

La resposta va arribar immediatament.

«D'acord, gràcies! He de demanar als nostres experts que contrastin la informació, així que poden passar uns quants dies. Però, si és cert, és increïble ...»

«Ho és», va contestar, va apagar l'ordinador i va sortir de la cafeteria.

A la portada del *Dagens Industri* s'hi podia llegir: «El director general de Compare, Jack Adelheim, ordena als seus treballadors: "Ensarroneu vells i dèbils"». Sota el titular apareixien una sèrie d'imatges extretes del vídeo que la Faye havia enviat a la Magdalena Jonsson.

La Faye va fer un glopet de cafè, dreta davant l'illa de la cuina. La història sobre com en Jack Adelheim, director general de Compare, empresa que recentment havia sortit a borsa amb xifres rècords, impel·lia els seus treballadors a mentir a la gent gran per arrabassar-los els diners s'estenia quatre pàgines llargues. Allà hi havia tot el que la Faye havia aconseguit extreure del correu electrònic d'en Jack i havia enviat a la Magdalena Jonsson, embolicat amb uns titulars d'allò més sucosos. El més sagnant de tot era un vídeo gravat amb un mòbil d'una ocasió al principi de l'ascens cap a l'èxit de Compare, en què en Jack, en una reunió interna de vendes i amb paraules clares i nítides, havia donat instruccions als treballadors perquè venguessin tot el que poguessin als «vells», i amb tots els mitjans de què disposessin. Els beneficis eren l'únic que comptava. Els resultats eren l'únic que comptava. El vídeo durava deu minuts, deu minuts que feien miques l'honor i la moral d'en Jack com a màxim responsable d'una empresa. Aquell enregistrament era la pólvora que la Faye havia volgut trobar al Gmail d'en Jack. La resta era, simplement, la cirereta del pastís. Només amb aquell vídeo n'hi hauria d'haver prou per enfonsar-lo. I ferir greument Compare. L'havia vist abans i havia pensat que en Jack era prou arrogant per haver-se'l guardat.

Ara només li quedava comprovar la magnitud de la ferida que havia infligit. La Faye encara patia que no n'hi hagués prou. El món era un lloc ple de cinisme. Els mitjans de comunicació, l'opinió pública, el món dels negocis, eren un grapat d'animals capriciosos. I el benefici propi ho dirigia tot. L'únic que havia pogut fer la Faye era crear les condicions prèvies.

Va continuar llegint. Assedegada, àvida, entretinguda. Amb un pessigolleig de felicitat al pit, amb la sensació de saber que ara era en Jack la presa, el vulnerable.

Amb un gran alleujament, va veure que els mitjans de comunicació no mostraven compassió. L'enfocament que havia triat el *Dagens Industri* era clar i unànime. L'article donava veu a polítics, càrrecs electes i familiars de persones grans que havien estat estafades. La crònica del *Dagens Industri* ho titllava del pitjor escàndol dels darrers deu anys i apuntava que a en Jack Adelheim li resultaria impossible conservar el càrrec. La Faye va anar devorant pàgines frenèticament. Quan va haver acabat de llegir el *Dagens Industri*, va mirar què en deien l'*Aftonbladet*, l'*Expressen* i el *Dagens Nyheter*. Tots tres rotatius encapçalaven les seves edicions digitals amb l'escàndol i feien referència al vídeo. L'*Aftonbladet* fins i tot dedicava l'edició matinal a preguntar-se què podia representar aquella informació nova per a Compare i per al valor de les accions de la companyia. Competien entre si per trobar els comentaris més condemnatoris de pesos pesants. I l'opinió pública s'hi va sumar. Com s'hi atrevia, en Jack? Com s'hi atrevia, Compare?

La Faye va intentar imaginar-se en Jack. Què devia estar fent? Com reaccionaria? Seguiria les crides dels columnistes perquè presentés la dimissió per tal de salvar Compare i evitar que les accions continuessin perdent valor?

Potser. Si se sentia prou espantat, prou atrapat. Amb el seu passat, en Jack retrocedia davant de la humiliació pública més que davant de qualsevol altra cosa. El llast feixuc i brut de vergonya que carregava des de la infantesa podria fer que ho deixés anar tot i fugís sense mirar cap enrere. Però no podia passar. Allò aniria en contra de tot el que havia planejat la Faye. Es veia obligada a exhortar-lo a plantar cara, a lluitar fins a l'últim alè per no perdre la cadira. Inflar-li l'ego, convèncer-lo que era la persona més adequada per dirigir Compare i salvar la companyia. La Faye creia que no li costaria gaire. Sabia exactament les tecles que havia de prémer.

Va trucar a la Kerstin, que havia arribat d'hora al despatx.

—Ho has vist?

—Ara mateix ho estic llegint. És increïble. Realment han mossegat l'esquer. Millor del que ens havíem esperat.

—Ho sé. Què... què creus que he de fer ara?

—No moguis ni un pèl. Ell vindrà a tu.

—De debò que ho creus?

—No, estimada, ho sé del cert. En temps de crisi, busquem recer en les persones que ens poden aixecar la moral. Quan en Jack necessita que li apugin l'autoestima, ve a tu. Et demanarà consell. Sempre t'ha necessitat. Però, simplement, no ha tingut prou seny per entendre-ho.

—Ara mateix com estan les accions?

La Faye va sentir com la Kerstin premia unes quantes tecles.

—Han baixat de noranta-set corones a vuitanta-dues des que el parquet ha obert.

Va estossegar. Era moltíssim, però encara massa lluny de l'objectiu que s'havia fixat. Si baixaven de les cinquanta corones, la Faye donaria instruccions al seu corredor de borsa de l'illa de Man perquè comprés totes les accions que tingués a l'abast. A hores d'ara probablement ja en podria aconseguir prou per tenir-ne la majoria.

En Jack i en Henrik posseïen el quaranta per cent de Compare. Al principi els havien calgut molts inversors i aquests havien pogut comprar accions de la companyia. Havien fet un bon negoci, tenint en compte que la gent que havia comprat accions compartia la seva mateixa visió empresarial. Però no disposar de la majoria de les accions els feia vulnerables, cosa que la Faye els havia repetit moltes vegades al llarg dels anys. Sense èxit.

—Encara falta una mica —va dir.

—No et preocupis. Hi arribarem. Poden passar uns quants dies, però com més augmenti el descontentament amb en Jack, com pitjor pugui governar aquesta situació, més baixaran les accions. L'únic que has d'aconseguir és que s'aferri a la cadira i no la deixi anar.

—Ho sé —va respondre la Faye.

Es va fer el silenci.

—Quan passaràs pel despatx? —va preguntar la Kerstin.

—Avui no crec que vingui, la Chris em necessita.

—Doncs queda't amb la Chris —va fer la Kerstin—. Ja m'encarrego del timó, jo.

El timbre de casa de la Chris va ressonar a les escales de l'edifici. La Faye no li havia enviat cap missatge dient-li que havia pensat anar-la a veure. En realitat, no ho feia gairebé mai. La porta de la Chris sempre estava oberta per a ella, fins i tot en tenia la clau. Va esperar un instant i va parar l'orella. Uns segons més tard va sentir la remor d'uns peus que s'arrossegaven a dins de l'apartament, la fressa de la clau al pany, i la porta es va obrir.

La Chris semblava cansada. Tenia la cara grisosa i sota els ulls se li marcaven unes ulleres inflades i fosques. Quan va veure que era la Faye, els llavis van apuntar un somriure cansat.

—Ah, ets tu. Em pensava que era un lladre.

—I obres la porta, llavors?

—Necessito algú amb qui desfogar-me —va replicar la Chris, mentre s'ajupia per obrir la reixa blanca.

—Pobre lladre. No tindria cap possibilitat. Has menjat alguna cosa?

—Des d'ahir, no. No tinc gens de gana, ja ni tan sols em ve de gust una copa de xampany. Així que ja et pots fer una idea de la magnitud de la tragèdia. Havia pensat preguntar a l'hospital si me'n poden administrar per via intravenosa.

La Chris es va estirar al sofà mentre la Faye preparava cafè i escorcollava la nevera i l'armari buscant alguna cosa comestible per a la seva amiga. El resultat van ser dues torradetes de pa amb ous de peix. La Chris en va fer un parell de mossegades abans d'apartar el platet amb una ganyota.

—Són els ous de peix d'en Johan. A mi no m'agradava aquesta pasta ni quan no estava malalta.

Es va netejar la llengua amb un tovalló.

—Per què no m'ho has dit? —va preguntar la Faye—. Si ho hagués sabut, hauria preparat alguna altra cosa.

La Chris es va arronsar d'espatlles.

—Tinc la impressió que la citotoxina s'ha carregat totes les meves papil·les gustatives. Creia que potser fins i tot em podria empassar una mica d'ous de peix. Però pel que sembla ni tan sols la quimioteràpia pot aconseguir que les meves papil·les ho acceptin. He intentat explicar a en Johan que es tracta del menjar del diable, però es nega a escoltar-me.

—Què diuen els metges? —va preguntar la Faye, amb peus de plom, mentre recollia el platet amb les torradetes amb ous de peix.

—N'hem de parlar?

—No, però estic preocupada.

La Chris va sospirar profundament.

—No fa bona pinta, Faye. De fet, gens ni mica.

A la Faye se li van eriçar els pèls del clatell.

—Què vols dir?

—Exactament això. El tractament encara no ha provocat cap efecte. Bé, a part que constantment sento nàusees, vomito i els cabells m'han començat a caure. Però sí, com a mínim estic prima i m'estalvio haver d'anar a suar al gimnàs.

—No sé què dir.

La Chris va fer un gest amb la mà traient-li importància.

—No podem parlar d'alguna altra cosa? Comporta't com sempre. Què hi ha de nou?

—Ja no llegeixes els diaris?

La Chris va sacsejar el cap, cansada. La Faye se'n va anar cap al rebedor, va agafar el *Dagens Industri* que duia plegat a la bossa de mà i va tornar a la sala d'estar. Va deixar el diari sobre el ventre de la Chris.

Després de llançar una llambregada a la Faye, la Chris el va desplegar i va anar passant pàgines fins a arribar a l'article en qüestió.

La Faye es va menjar les restes de les torradetes mentre la seva amiga llegia. No compartia la mateixa opinió en relació amb els ous de peix.

—És increïble! —va exclamar la Chris, i va plegar el diari—. T'esperaves que hi dediquessin tantes pàgines?

—No, i el millor de tot és que tant la premsa sensacionalista com el *Dagens Nyheter* han mossegat l'esquer. A més de mitjans internacionals, Facebook i altres xarxes socials.

—Deus estar exultant.

—No m'atreveixo a fer-me il·lusions.

—Ets més avorrida que jo mateixa, i cal tenir en compte que jo m'estic morint. Però això ho hem de celebrar d'alguna manera. Em pregunto quant puc tardar a aconseguir un degotador ple de cava.

—No cal, Chris. Ja ho celebrarem més endavant, quan tot s'hagi acabat. Quan t'hagis recuperat.

Va fer un esforç per somriure.

—Per cert, com va la vida de promesa?

—De fet, és meravellosa. Sí, tan meravellosa com pot ser-ho quan una vomita tres vegades cada hora. En Johan em porta l'esmorzar al llit cada matí.

—Però no m'has dit que no menjaves?

—No, i d'això ell no en sap res. I no em veig amb cor d'explicar-li que, si em mengés l'esmorzar que em porta, al cap de mitja hora ho trauria tot, amb safata inclosa.

—Quan serà el casament?

—Aquest és el problema. En Johan vol que ens casem aquest any. No sé què passa amb el jovent d'avui dia, són extremament conservadors. No crec que en sigui capaç.

La Faye es va estar de comentar que en Johan, que només era cinc anys més jove que la Chris, amb prou feines es podia classificar com a jove. Per contra, va mirar la seva amiga amb posat greu.

—Li has de fer entendre que no ho faràs —va dir amb un to més sever del que havia pretès.

No volia que en Johan la pressionés. La Chris tenia tot el temps del món. L'havia de tenir.

—El problema és que, si no ho fem ara, potser no ho podrem fer mai. Malauradament, tinc un grapat de tumors que també volen assistir al casori, tot i no estar-hi convidats.

—El tractament t'ajudarà. Ho ha de fer.

—Ja ho veurem —va dir la Chris, que es va girar d'esquena a la Faye. Poc després s'havia adormit.

La va tapar amb una flassada i li va tustar els genolls. Després, sense fer soroll, va sortir de l'apartament i va tancar la porta amb la seva pròpia clau.

Mentre baixava per les escales, se sentia abatuda. La Chris sempre s'havia mostrat propensa a riure, però ara gairebé tenia la impressió que la seva amiga s'estava preparant per morir.

La secció d'economia del telenotícies de la televisió pública sueca SVT mostrava la corba de la davallada que havien sofert les accions de Compare aquell dia. Imatges de l'entrada principal de les oficines centrals de la companyia a Blasieholmen es barrejaven amb d'altres de la reixa de la mansió de Lidingö. Però ningú no era capaç de localitzar en Jack.

—On carai deu ser? —va remugar la Kerstin, inclinant-se cap al televisor, asseguda al sofà al costat de la Faye.

—De ben segur que està reunit amb els assessors de publicitat, que arrufen les celles i li estan explicant com cal comunicar tot això —va respondre la Faye.

—I pot canviar res?

—Probablement no, però els consultors podran facturar a la companyia un bon pessic per un temps inútil.

Es va girar cap a la Kerstin.

—Avui has anat a veure en Ragnar, oi? Com estàs?

La Kerstin va sacsejar el cap.

—Ja saps que no en vull parlar.

La Faye va assentir i la Kerstin es va sortir amb la seva. Aquella vegada.

Feia la impressió que, a cada hora que en Jack seguia sense aparèixer, la frustració dels periodistes creixia més i més. Quan la Julienne va entrar a la sala d'estar, discretament, la Faye va canviar de canal. Es va preparar per acompanyar al llit la seva filla, però la Kerstin es va oferir a fer-ho. Entre la Faye i la Kerstin s'havia creat un lligam especial, amb la Julienne com a fonament que les unia. Els darrers temps, la Kerstin només feia servir el seu apartament per anar-hi a dormir, i la Faye no desitjava que fos d'una altra manera.

Va sentir una rialla dins de l'habitació de la Julienne i va somriure. A la seva vida hi tenia la Julienne i la Kerstin, no es podia acontentar amb allò? Realment havia de destrossar en Jack? La Julienne sempre havia adorat el seu pare i els fills necessiten tots dos progenitors. Encara que en Jack no sempre tingués temps per a la nena, encara que la Julienne, darrerament, de vegades plorava quan havia d'anar a la mansió de Lidingö, la Faye sabia que era una reacció natural en fills de pares divorciats. L'eterna angoixa de la separació.

Si en Jack estimava la Julienne o no, la Faye realment no ho sabia. Sempre l'havia tractada com una princesa, però de vegades tenia la impressió que més aviat es tractava d'un accessori preciós que li agradava mostrar al món. I l'amor d'un pare no era res que es pogués donar per fet. Ella ho sabia més bé que ningú.

La Faye es permetia estones curtes de dubte, però sabia que no tenia cap altra opció. En Jack l'havia trepitjada, l'havia humiliada i l'havia traïda. Havia escollit abandonar la família per a la qual la Faye havia abandonat tota la resta de coses. Durant tota la seva vida, els homes l'havien subjugada. No podia permetre que en Jack se'n sortís sa i estalvi.

Va decidir saltar-se la resta de les notícies i se'n va anar a la cuina a servir-se una copa de vi. Quan va tornar a la sala d'estar i va allargar el braç per agafar l'iPad, va rebre un missatge de text d'en Jack.

«Necessito que ens veiem», hi deia.

«On?», va respondre la Faye.

Va passar un minut abans que el mòbil tornés a sonar.

«On ens vam veure la primera vegada.»

La pluja queia com una cortina espessa quan la Faye va tancar la porta del taxi i, arrupida, va travessar corrent la porta del bar. Al voltant d'una taula hi havia tres joves d'uns vint anys amb una cervesa a la mà. En Jack seia al fons del local. Al mateix lloc que la Chris i ella havien ocupat setze anys abans.

En Jack tenia el cap cot sobre un got de cervesa a mig beure. L'home que hi havia darrere la barra la va saludar amb el cap.

—Dues cerveses, si us plau... —Va suposar que en Jack no tardaria a acabar-se la seva.

El bàrman li va allargar un parell de gots i la Faye se'ls va emportar fins a la taula on hi havia el seu exmarit.

En Jack va alçar els ulls i la Faye li va acostar una de les cerveses.

—Hola —la va saludar, i va apuntar un somriure penós.

Semblava indefens. Minúscul.

Duia els cabells foscos pentinats cap enrere i un floc humit li penjava, perdut, sobre la galta. La cara era pàl·lida i la pell, envellida. Els ulls, enrogits. La Faye no l'havia vist mai tan abatut. Va haver de reprimir el primer impuls de llançar-se-li al coll, consolar-lo, prometre-li que tot s'arreglaria.

—Com estàs?

En Jack va moure el cap a poc a poc.

—És... és el pitjor que m'ha passat a la vida.

La darrera unça de compassió es va esfumar quan la Faye va veure com en Jack sentia llàstima de si mateix. Era increïble que s'atrevís a fer el ploricó d'aquella manera. No s'havia parat ni un moment a pensar què havia representat per a ella perdre-ho tot, convertir-se en una pària social, una indigent, que la rebutgessin. La Faye havia passat per tot el que en Jack ara estava experimentant. I molt més. Aleshores, ell no havia mostrat cap mena de compassió. Per què n'hauria de sentir ella, ara?

Però per aconseguir el que s'havia proposat havia de donar-li el que li demanava.

—Què faràs? —va endolcir el to.

—No ho sé —va respondre, amb un fil de veu.

La Faye va rumiar uns segons com col·locar les paraules. En Jack no podia tirar la tovallola. Si ho feia, tot hauria estat en va. Només apareixeria com un home de negocis més que havia demostrat ser cobdiciós. D'aquesta mena, el món n'era ple. La sortida d'en Jack havia de ser molt més espectacular.

Havia d'aconseguir convèncer-lo que no ho podia deixar. Volia que s'elevés una mica més. I era com si la seva simple presència despertés en el seu exmarit les ganes de lluitar. La mirava amb una lluïssor nova als ulls. De fons, se sentia el «Coming around again» de Carly Simons. A la Faye sempre li havia agradat. Especialment els versos «So don't mind if I fall apart, there's more room in a broken heart».[1] Encara que el seu propi cor li semblava més petit d'ençà que en Jack l'havia fet miques. Com si hagués minvat.

—Això va passar fa més de deu anys —va continuar en Jack—. Com pot ser que sigui notícia ara? En aquells temps era jove i em volia menjar el món. Un fa el que calgui, així són els negocis. A la gent només els preocupen els resultats. Ni un sol malparit para atenció a com s'han obtingut. Però, ara? Deu ser per enveja. La gent odia les persones que tenen èxit a la vida. La gent odia les persones com tu i com jo, Faye. Perquè nosaltres som més intel·ligents que ells.

La Faye no va respondre. De cop i volta, tornaven a ser un «nosaltres». I després de tants anys repetint-li que era curta de gambals ara li tornava a parlar de la seva intel·ligència. La ràbia li bullia per dins. Va aferrar el got de cervesa. En Jack continuava la seva diatriba. La veu era queixosa i el coll havia adoptat un to rogenc. Era la primera vegada que la Faye el veia d'aquella manera.

—En aquest coi de país, un no es pot fer ric si no aprofita les oportunitats que se li presenten. Els nostres mètodes potser van ser durs, però, collons, no eren il·legals. També els jubilats han de ser capaços de tenir cura dels seus calés; al capdavall estem parlant de persones adultes, amb responsabilitat pròpia. En aquest refotut país sempre és culpa d'algú altre, algú altre que carregarà el mort, que penjaran a la plaça pública. I llavors comença la caça de bruixes, encara que l'únic que s'hagi fet sigui aixecar una empresa d'èxit, donar feina a un munt de gent i contribuir al maleït PIB suec.

Va sacsejar el cap, decebut.

—L'únic error que un ha comès ha estat guanyar unes quantes corones, i això molesta a certes persones. Colla de co-

1. 'No et preocupis si m'enfonso, hi ha més lloc en un cor trencat.' (*N. del T.*)

munistes de merda. I una merda, que deixaré que arruïnin tot el que he aixecat amb les meves pròpies mans.

Es va acabar el que li quedava de la cervesa que li havia portat la Faye i va fer un gest amb la mà al bàrman perquè n'hi portés una altra. La Faye el va observar, com si el veiés per primera vegada. Es comportava com un marrec queixós a qui li havien arrabassat la seva joguina preferida. Si apareixia als mitjans amb aquesta actitud, el trinxarien.

Havia de calmar-lo. En Jack s'havia d'anar rostint a poc a poc. No podia cremar tan de pressa, com foc d'encenalls.

—Jack —va començar la Faye, amb veu dolça, i va posar una mà damunt la seva—, et dono la raó en tot el que dius. Però és important que mostris un to més suau. Explica'ls que eres jove, que ara has madurat. Potser pots visitar una de les vostres residències per a la tercera edat i fer-hi de voluntari durant un dia. Convida-hi els mitjans. Recupera la confiança de la gent.

Podia imaginar-se com en Jack anava a una residència. Per descomptat, els periodistes li veurien el llautó i aquell teatre ho empitjoraria tot un miler de vegades. Li farien la pell.

Però tot avançaria més a poc a poc.

—Sí, potser sí.

En Jack semblava rumiar-s'ho. Les clapes vermelloses del coll van començar a dissipar-se.

—Com a mínim, pensa-hi. Què hi diu el consell d'administració? I en Henrik?

—Estan preocupats, és clar. Però els he dit que el temporal passarà. Ningú no vol que dimiteixi, no hi ha ningú més ben preparat que jo.

Va dreçar l'esquena. Encara convençut de la seva pròpia superioritat i excel·lència. La Faye va resistir l'impuls de clavar lentament les seves sabates de taló Jimmy Choo als peus enfundats de Gucci d'en Jack. Unes Gucci horroroses, per acabar-ho d'adobar. Anava més ben vestit quan era ella la que l'aconsellava sobre què posar-se. Feia la impressió que l'Ylva volia que en Jack es vestís com un multimilionari del petroli rus. Cada any que passava al costat d'aquella dona, en Jack es tornava més ostentós, i anava més farcit de logotips.

—És clar —va fer la Faye, satisfeta—. M'alegro que ho entenguin.

En Jack la va mirar als ulls.

—Estic... estic content que hagis trobat el temps per veure'ns. Soc conscient que no sempre ha estat fàcil viure amb mi. El que va passar amb l'Ylva... És d'aquelles coses que succeeixen i prou, d'aquelles que un no pot controlar...

En Jack començava a anar begut i li costava centrar la mirada.

—L'Ylva no m'entén com tu. Ningú no ho fa. Ningú no ho ha aconseguit mai. No sé en què estava pensant...

La Faye va abaixar els ulls a les seves mans entrellaçades.

—M'he fet gran, Faye, he madurat. No estava preparat, que diguem. Però ara comprenc que em vaig equivocar. No va significar res, en realitat. És que jo ho vull... tot.

La veu era llastimosa i de súplica. Balbucejava considerablement. Amb el polze li acaronava el dors de la mà i la Faye va haver de servir-se de tota la força de voluntat que li quedava per no apartar la mà. La ràbia feia que li brunzissin les orelles. Com podia ser que no hagués vist abans que era un home extremament feble? Realment havia tancat tant els ulls? Només havia vist el que volia veure? Havia omplert els forats tota sola? Com si en Jack fos un enorme joc de «pinta els buits segons el número marcat»? Inacabat.

—No hi donis més voltes —va dir amb veu rogallosa—. Les coses són com són. El més important ara és que puguis superar tot això.

En Jack va mirar al seu voltant.

—Tot està igual que el dia que ens vam conèixer. Te'n recordes?

La cara se li va il·luminar.

—És clar que me'n recordo. Jo estava asseguda on ara ets tu, la Chris seia aquí.

En Jack va assentir amb el cap.

—Imagina't que llavors haguéssim sabut per tot el que passaríem, com anirien les coses. Estava realment boig per tu. Collons, quins temps, aquells. Tot era...

—...simple —va acabar la frase la Faye.

La ràbia continuava brunzint dins les orelles. Allunyava tot el que no fos la veu sentimental i apegalosa d'en Jack.

—Sí, exacte. Simple.

Es va fer el silenci, que es va allargar uns segons, fins que la Faye es va escurar la gola.

—Què faràs?

—Lluitaré —va respondre en Jack—. Aconseguiré sortir-me'n.

Va estrènyer la mà de la Faye una darrera vegada.

—Gràcies.

—De res —va contestar la Faye. I va encreuar els dits perquè en Jack no s'adonés del matís amarg que se li havia escapat.

Havien passat tres dies i les accions de Compare havien baixat a setanta-tres corones. Uns quants pesos pesants més de l'economia sueca s'havien pronunciat i havien explicat que la situació d'en Jack començava a ser insostenible. Els accionistes venien les seves participacions. S'havia cancel·lat la presència d'en Jack en dos seminaris. Havia concedit una entrevista, però no al *Dagens Industri*, el primer diari que havia publicat el vídeo, sinó a l'*Svenska Dagbladet*. Havia manifestat la gran admiració que sentia per la generació dels seus pares. Que tot plegat només havia estat un malentès, que el vídeo estava tret de context, que havien passat molts anys, que es tractava d'un error de comunicació, que hi havia algú interessat a sabotejar una companyia d'èxit com Compare.

Excuses, excuses i més excuses.

L'opinió pública odiava aquella mena de coses. I odiava en Jack. El PRO, l'Organització Nacional de Jubilats, considerava completament increïble que no assumís la seva responsabilitat i abandonés l'empresa.

Però el consell d'administració va reafirmar la seva confiança en ell. Tenien por del que els podia esperar amb en Jack com a director general, però els en feia més pensar què suposaria una empresa sense ell. En Jack era Compare, cosa que era exactament amb el que havia comptat la Faye, que justament allò seria la causa de la seva derrota.

Mentre la Chris rebia el tractament de quimioteràpia, la Faye va trucar al seu contacte al banc de l'illa de Man i li va demanar que comprés accions de Compare per un valor de deu milions de corones. El curs borsari es va estabilitzar lleugerament, pel que semblava no tots els inversors havien perdut les esperances en la companyia. A la vegada que havia aconseguit una petita porció del pastís de Compare, la Faye oferia a en Jack una engruna de pau i tranquil·litat. La calma dins de l'ull de l'huracà. Abans que executés el moviment següent.

Fjällbacka, aleshores

VAIG FER VEURE QUE DORMIA quan en Sebastian es va llevar del meu llit. Es va moure a poc a poc cap a un costat i va posar els peus a terra. Es va vestir amb la roba que havia deixat escampada i jo vaig continuar amb els ulls tancats.

Vaig sentir com obria nevera i armaris, com arrossegava una cadira, que gemegava contra el terra de fusta de la cuina. Un espetec sobtat va fer que m'estremís i obrís els ulls. Li devia haver caigut un bol, vaig veure davant meu com els fragments de porcellana i el iogurt s'escampaven pel terra de la cuina. Em vaig imaginar el pànic que devia sentir en Sebastian.

Em vaig incorporar, sabia el que estava a punt de passar. El pare tenia el son lleuger. Era dissabte i no volia que ningú el despertés. L'habitació de la mare i el pare era a la planta baixa, al costat de la d'en Sebastian. La nit abans, s'havien discutit fins tard i de ben segur que el pare estava esgotat. Jo m'havia quedat desperta, escoltant els crits i els cops, mentre en Sebastian dormia profundament amb el braç sobre el meu pit.

El pare va entrar a la cuina bramulant. Vaig arronsar els genolls, els vaig estrènyer contra mi amb els braços, mentre la foscor es bellugava dins meu. A través del terra m'arribaven els crits aguts d'en Sebastian; després, la veu suplicant de la mare. Però sabia que no seria capaç d'aturar el pare. Havia de donar curs a la seva ira, havia de fer miques alguna cosa, havia d'aconseguir recuperar la calma destrossant alguna cosa.

Quan els crits van emmudir, em vaig tornar a estirar i em vaig tapar amb la flassada. El costat del llit on havia dormit en Sebastian encara estava calent.

La Faye va ficar la Chris al llit i es va estirar al sofà de casa de la seva amiga una estona. No volia deixar-la. Va agafar l'ordinador i es va posar a llegir els darrers correus electrònics de la feina. La respiració feixuga que li arribava des de l'habitació del costat feia que li resultés molt difícil concentrar-se. Li provocava un gran dolor sentir com patia. Quan ja havia arribat a la meitat de la bústia d'entrada, el mòbil va vibrar. Una notificació del *Dagens Industri*. «En Jack Adelheim se sincera!», hi deia.

El cor li bategava amb força quan la Faye va clicar l'enllaç per llegir l'entrevista. Era més llarga del que havia temut, aduladora i amb una voluntat tan clarament propagandística com si hagués estat marcada amb el rètol de *publicitat*. Concedien a en Jack el dret d'interpretació absolut, sense qüestionar-li res, i era descrit només amb paraules afalagadores. El periodista li formulava preguntes que li eren favorables, com si li anés passant pilotes perquè pogués rematar amb facilitat.

La Faye va baixar fins al final de l'article per veure qui el signava. Maria Westerberg. A la fotografia que acompanyava l'entrevista, apareixia al costat d'en Jack, a l'entrada d'un dels millors hotels de la ciutat. Tots dos mirant a càmera amb un somriure d'orella a orella als llavis. La Faye va examinar la imatge de més a prop. En Jack i la Maria estaven drets davant d'un finestral lluent i al redactor gràfic li devia haver passat per alt un petit detall quan va triar aquella fotografia: la mà d'en Jack reposava sobre el cul de la Maria.

La Faye va riure per sota el nas. No estava disposada a permetre que el seu exmarit recuperés el control només perquè havia estat capaç de seduir una periodista. Va allargar el braç per agafar el telèfon mòbil i va trucar al número d'en Jack. Va respondre amb una veu renovada, plena d'energia i entusiasme.

—La cotització ha tornat a remuntar. La gent està comprant accions de Compare —va bramar—. Sabia que les coses canviarien.

El to de veu era triomfal. En Jack havia recuperat una certa confiança en si mateix.

—Me n'alegro molt per tu, Jack. Encara que jo no ho he dubtat mai —va respondre, amb un fil de veu—. Estic molt orgullosa de tu.

Va alçar els ulls al cel mentre, sense fer soroll, sortia de la sala d'estar de la Chris. En Johan no tardaria a arribar.

—Em preguntava si volies que ens veiéssim per celebrar-ho —va continuar, i es va felicitar pels seus dots teatrals. Necessitava més munició per neutralitzar el que en Jack havia aconseguit ficant-se al llit amb la Maria Westerberg.

—I tant! —va respondre en Jack—. Soc al despatx. Però em puc escapar, si tens temps.

La Faye va entrar al lavabo de la Chris, va obrir l'armari, on sabia que la seva amiga guardava els somnífers, i va agafar un blíster de Stilnoct. La Chris no s'adonaria si hi faltaven unes quantes pastilles.

—Encara hi ets? —va preguntar en Jack—. Hola? Que s'ha tallat?

—No, no, encara hi soc. M'alegro que t'ho puguis muntar. Doncs quedem al Grand Hôtel.

—Al bar?

—No, a la *suite*.

La Faye havia enviat un missatge de text a la Kerstin, que li havia promès ocupar-se de la Julienne. Jugarien al Minecraft, com feien cada vespre darrerament. La Kerstin s'estava convertint en una experta en la matèria i la Faye fins i tot l'havia arribat a enxampar jugant a l'oficina.

«No hi ha preu massa alt quan es tracta de venjar-se d'en Jack», s'havia repetit la Faye a ella mateixa de camí a l'hotel. I, en aquells moments, estava estirada a l'enorme llit doble, contemplant el seu exmarit, que estava exultant de tota l'autoconfiança guanyada recentment.

—Collons, no em canso de tu —va panteixar, i va abaixar els ulls cap a la Faye. Estava dret al costat del llit, llepant-li els pits, grapejant-los, mossegant-los. I la Faye gaudia, però no pas del sexe, sinó del fet que en Jack es pensés que era ell el que s'aprofitava de la situació.

Ja no sentia la mateixa debilitat pel seu exmarit, la mateixa atracció com quan ho havien fet al seu despatx, sobre l'escriptori d'Ingmar Bergman. Allò havia estat un somni d'alguna cosa que no havia existit mai.

Quan en Jack la besava, el seu alè pútrid li provocava nàusees. S'havia començat a tenyir els cabells per amagar els pèls blancs i cada vegada semblaven més una tofa. També sospitava que havia començat a injectar-se botox.

Aquella idea va fer que l'entrecuix se li assequés com el guix. En Jack es va limitar a grunyir, es va xopar la mà amb la llengua i va humitejar el sexe de la Faye per poder continuar penetrant-la fins a escórrer-se. Ella va fingir sense gaire esma un parell de gemecs de plaer i en Jack es va deixar enredar. No era de la mena d'homes que realment li importés gaire que una dona arribés a l'orgasme, excepte per reafirmar el seu propi ego. La Faye es va quedar immòbil al llit quan en Jack es va aixecar i, nu, va començar a passejar-se amunt i avall per la *suite*.

Es va sorprendre a si mateixa comparant el cos del seu exmarit amb el dels homes amb qui s'havia ficat al llit d'ençà que l'havia deixada. Tot i que sabia que anava al gimnàs cinc dies a la setmana, ni tan sols en Jack Adelheim era capaç d'aturar el pas del temps. Ja no tenia el cul tan ferm com abans. I no li començaven a sortir pits? Era com si, després d'haver patit miopia durant massa anys, la Faye s'hagués posat ulleres.

Era, en realitat, la imatge d'ell mateix, la que en Jack havia projectat sobre la Faye? De cop i volta, va trobar a faltar el cos ferm d'en Robin. O el d'en Mike. O el d'en Vincent. O el d'aquell jove amb la samarreta de Nirvana que s'havia lligat a l'Spybar el cap de setmana anterior. Qualsevol dels homes que havien ocupat el lloc del seu exmarit al llit.

En Jack va entrar al lavabo xiulant. La Faye es va aixecar d'una revolada i es va posar les calces i els sostenidors. Va allargar el braç per agafar la seva Boy Bag de Chanel negra. A dins hi tenia les pólvores que havia obtingut després de moldre tres pastilles de Stilnoct a casa de la Chris. Mentre en Jack es dutxava, la Faye va demanar que pugessin una bona copa de whisky per a ell i mitja ampolla de cava per a ella. Al bany, el seu exmarit cantava «Love me tender». Va abocar les pólvores al got. Un cop en Jack va haver acabat, la Faye es va preparar la banyera.

—Déu meu, estic fos! —va dir el seu exmarit, i es va estirar al llit com un gat satisfet.

—És la tensió acumulada, que surt després de tot el que ha passat. Pren-te un whisky i descansa una estona —va respondre la Faye, i va tancar la porta del bany.

Es va ficar a l'aigua càlida i va esperar. Es va beure dues copes de cava.

—Jack? —va cridar, després.

Cap resposta. Es va aixecar i, molt a poc a poc, va obrir la porta del lavabo. En Jack dormia amb la boca oberta, completament nu. El penis gairebé semblava ridícul, flàccid com estava. Reposava contra la cuixa com una larva blanquinosa. La Faye va riure per sota el nas. En Jack va roncar sorollosament i la Faye es va estremir, però va veure que només es girava de costat i enfonsava el cap al coixí.

Es va posar una bata, va agafar l'ordinador d'en Jack, es va asseure a l'escriptori, va obrir la sessió i es va connectar a la xarxa wifi. De quantes hores disposava? Havia estat esperant que se li presentés una ocasió com aquella, havia creat les condicions necessàries permetent que en Jack se li tornés a acostar progressivament, convertint-se en algú que en Jack tornés a desitjar. Havia volgut que el seu exmarit abaixés la guàrdia, deixés que se li acostés, confiés en ella. Aquell vespre se li havia presentat l'oportunitat que tant havia esperat. I en trauria tot el suc.

Va llegir els darrers correus electrònics que en Jack havia enviat, però no hi havia res d'interessant, excepte que semblava que mantenia una relació sexual amb una jove estudiant de l'Escola de Negocis.

La Faye va introduir el seu nom al cercador del Facebook i va descobrir que tenia vint anys. Va examinar les fotografies. Era una noia bonica, rossa, però semblava d'allò més avorrida. A algun mitjà de comunicació li podia interessar una cosa així? No, no ho publicarien mai. Al dormitori va vibrar un mòbil. La Faye es va aixecar d'una revolada. Es va acostar a en Jack de puntetes i va donar un cop d'ull al telèfon que tenia al costat. No era aquell, el que havia rebut el missatge. En Jack devia tenir dos aparells. És clar que en tenia dos. El mòbil secret el feia servir probablement per a les seves amigues. Va rebuscar a les butxaques de l'abric i hi va trobar un iPhone blanc.

Demanava una contrasenya per desbloquejar-lo. O l'empremta dactilar. Amb molt de compte, la Faye va agafar el dit índex d'en Jack i el va posar sobre el telèfon. Un segon més tard havia accedit al mòbil. Es va assegurar de no haver apujat el volum per error.

El missatge era d'en Henrik.

«On pares?»

No en va fer cas i es va dedicar a examinar l'historial de missatges. Quedava palès que en Jack estava com un llum i que, amb tota probabilitat, era addicte al sexe. La Faye se'n feia creus. Pel que semblava, hi havia dies que tenia dues i tres cites ja programades. Li costava d'entendre com li podia quedar temps de dirigir la companyia. Les dones li enviaven fotos nues i vídeos mentre es dutxaven i es masturbaven. En Jack els responia amb fotografies del seu membre. Sorprenentment, la Faye va sentir indiferència, malgrat que alguns dels missatges i fotografies tenien més de tres anys i, sens dubte, havien estat enviats durant l'època en la qual encara estaven casats. No el podia detestar més del que ja ho feia. Però se sentia decebuda. Res del que havia trobat al telèfon la podia ajudar. Els diaris suecs no publicaven escàndols d'infidelitats si no era que estava en perill la seguretat nacional. A Anglaterra, per contra, les imatges del penis d'en Jack haurien il·lustrat totes les portades del país. Per si de cas, va agafar el seu telèfon i es va posar a gravar mentre passava fotografies. Fins i tot va enregistrar els missatges de text de la bústia d'entrada d'en Jack i es va assegurar que es veia clarament de qui era el número de telèfon. Entre el munt de fotografies del seu membre, també hi va trobar algunes *selfies*.

A *Anotacions* només hi havia un grapat d'apunts curts i críptics. Llocs de reunió i hores. Va comparar-ne alguns amb els missatges de text, però es va adonar que no coincidien. De quina mena de reunions es tractava? Probablement de negocis. Però, aleshores, per què no apareixien a l'agenda? Just en el moment en què estava a punt de desar el mòbil, va veure la icona de *Notes de veu*. Sense esperar trobar-hi gran cosa, va obrir la carpeta i va descobrir que allà dins hi havia aproximadament trenta-cinc arxius. Quan va prémer la icona per reproduir-los, la Faye va suposar que es devia tractar d'alguna cosa sexual, però es va quedar estupefacta quan va sentir dos homes que parlaven. Un d'ells era en Jack, l'altre no el va saber identificar. Feia la impressió que eren dins d'un cotxe aturat. La qualitat de l'àudio era extraordinària. Xerraven relaxadament, com si es tractés de dos bons amics.

En Jack també se n'anava al llit amb homes? Ja no la podia sorprendre res.

No, allò era una cosa completament diferent. Molt pitjor que el vídeo que havia provocat el caos i l'enfonsament de les accions de Compare. Volia esclafir a riure a cor què vols, però no podia despertar en Jack abans d'haver tingut temps de copiar-ho tot.

Per no deixar cap rastre digital, va reproduir la conversa per l'altaveu i la va enregistrar amb el seu telèfon. Quan va comprovar la qualitat del so, de fons se sentia vagament roncar en Jack. Una hora més tard, la Faye havia tingut temps d'examinar l'ordinador encara que sense trobar-hi res més. Però estava satisfeta.

Havia valgut la pena haver de passar pel tràngol d'un clau sorprenentment horrorós. Es va preguntar si realment en Jack sempre havia estat un amant tan deplorable. Si aquell havia estat un altre àmbit més en què la Faye s'havia autoenganyat. O potser, senzillament, era que no havia tingut res millor amb què comparar. Li va venir al cap el jove de la samarreta de Nirvana i va notar immediatament que estava humida. Havia fet que s'escorregués tres vegades. Seguides.

La Faye va teclejar el codi de la porta del carrer de casa de la Chris. La seva amiga havia insistit tant que anés a veure-la que la Faye estava neguitosa.

Va pujar a l'ascensor, fent un esforç per pensar en qualsevol cosa, tret de la seva amiga.

Havia enviat els arxius de veu a la mateixa periodista que havia rebut la primera informació. La nova revelació que el director general de Compare estava al corrent, i fins i tot havia intentat ocultar, dues morts degudes a negligències mèdiques en una de les seves residències, havia provocat un gran impacte en l'opinió pública del país, molt més enllà de les estretes esferes del món empresarial.

El curs borsari de la companyia s'havia desplomat com una pedra. Tant la premsa especialitzada com els diaris sensacionalistes donaven veu a polítics i a personalitats públiques del món dels negocis, així com a fonts anònimes del consell d'administració de Compare, i tots coincidien que en Jack havia de presentar la dimissió.

Aquell dia, les accions havien baixat a seixanta-tres corones.

L'ascensor es va aturar i la Faye va haver de fer un esforç per obrir la porta. En Johan havia demanat una excedència a la feina per poder-se dedicar plenament a cuidar la Chris, així que les visites de la Faye s'havien anat fent cada vegada més esporàdiques. No volia fer nosa, tenia por de molestar-los en el que començava a entendre que es tractava dels darrers mesos que la Chris i en Johan podrien gaudir plegats. I de vegades també sentia que se li feia una muntanya. Cada cop que veia la Chris tan malalta, era com si morís una part d'ella. En tot el que tenia a veure amb la Chris, no es considerava una dona valenta. Només una merdeta covarda que volia fugir de la veritat i la realitat.

En Johan va obrir la porta.

—Com està? —va preguntar la Faye.

Va arronsar les espatlles.

—Doncs... què vols que et digui?

—No creus que hauries d'anar a fer un tomb? Per sortir d'aquí una estona.

—Potser sí. A més, la Chris volia parlar a soles amb tu.

Va sentir com se li feia un nus a l'estómac.

Quan va entrar a l'habitació de la Chris, la Faye va haver de fer un esforç per no cridar. La seva amiga s'havia convertit en un munt d'ossos, les costelles se li marcaven, a les espatlles eren clarament visibles unes clavícules prominents. Els ulls se li havien enfonsat a les conques, tenia la pell resseca i grisosa.

A l'exterior, la vida continuava com sempre: els autobusos circulaven amunt i avall, la gent es discutia, feia l'amor, anava en cotxe, es casava i se separava, però a l'àtic del carrer Nybrogatan, la Chris es marcia a poc a poc, estirada al llit.

La Faye es va asseure a la cadira que hi havia al costat de la seva amiga i, amb molta cura, li va agafar la mà.

—Per a mi, ja s'ha acabat —va dir la Chris.

—No ho diguis, això.

—Sí, algú ho ha de dir. I tant en Johan com tu hauríeu de dedicar el vostre temps a coses millors que cuidar-me. Jo em moriré.

La Faye va estrènyer-li la mà amb més força.

—Però els metges...

—Aix, han decidit que ja no calia que continués amb el tractament.

El càncer, li havien explicat els doctors, s'havia estès. El cos de la Chris era ple de tumors que no desapareixien amb la quimioteràpia. Ben al contrari, continuaven propagant-se.

Ja no hi havia res a fer, tret de pal·liar el dolor. Li havien aconsellat una residència, però la Chris li va explicar amb veu rogallosa que s'hi havia negat en rodó.

—Ho sap, en Johan? —va preguntar la Faye, amb prudència.

—No, encara no. No puc... És per això que et vaig demanar que vinguessis. Em preguntava si l'hi podries explicar tu. No soc capaç de mirar-lo als ulls. És de covards, però...

—Ho faré —es va limitar a respondre la Faye. No podia suportar ni un segon més aquella discussió.

Va clavar uns copets dolços a la mà de la Chris, però després va sortir d'una revolada i es va tancar al bany. Incapaç de dominar els seus sentiments, va plorar en silenci, arrupida al terra del lavabo, amb el front contra les rajoles fredes.

No sabia quant de temps va passar allà dins. Es va aixecar quan va sentir que en Johan obria la porta de l'apartament.

La Faye i en Johan caminaven pel carrer Nybrogatan en silenci. La Faye necessitava una mica d'aire fresc, espai per poder acumular forces per parlar amb en Johan.

Van girar per l'avinguda Karlavägen. Amb el dit, va assenyalar The Londoner.

—Em fa l'efecte que tots dos necessitarem una mica d'alcohol.

Va demanar dos xopets de sis centilitres de vodka i en va fer un primer glop llarg camí de la taula on l'estava esperant en Johan, que no parava de repicar amb els dits sobre la superfície de fusta. El posat era greu.

En aquells moments, la Faye no es podia permetre enfonsar-se, a ella li tocava ser la forta.

—D'això... No sé com explicar-t'ho, Johan. La quimioteràpia no està funcionant, els tumors s'estan reproduint. Els metges han decidit interrompre el tractament.

En Johan va assentir amb el cap lentament.

—Ja ho sé.

—Ah, sí?

—El meu germà petit és metge. Oncòleg a Göteborg. La Chris tenia una còpia dels informes mèdics a la bossa de mà. En vaig fer unes fotos amb el mòbil i les hi vaig enviar. Em va ajudar a interpretar el que hi deia. Sé que deu sonar horrorós, que hi hagi ficat el nas d'aquesta manera, i sé que la Chris té tot el dret d'explicar-me el que vulgui, i quan vulgui... però quan es tracta de la Chris, no soc capaç de deixar-ho estar. Me'n deixa al marge, quan no cal que ho faci.

La Faye va assentir amb el cap. Va posar la mà sobre la d'en Johan. Comprenia perfectament el que li estava dient.

En Johan va aixecar els ulls i la va mirar.

—Tot i així, em vull casar amb ella. He reservat hora en una església per d'aquí a dues setmanes. Havia de ser una sorpresa.

La Faye es va reclinar cap enrere. De cop i volta, se sentia incòmoda. A hores d'ara creia que coneixia en Johan, li agradava i no semblava d'aquella mena de persones, però no es va poder contenir. L'amargor es barrejava amb el dolor que sentia.

—Si et cases amb la Chris pels diners —va etzibar, i es va acostar a en Johan—, et mataré.

En Johan es va estremir. Feia la impressió que no s'acabava de decidir si la Faye l'hi deia de debò o només estava bromejant.

—Ho entens? Et mataré, amb les meves pròpies mans.

La Faye va deixar que veiés una engruna de la foscor que sempre havia ocultat, va permetre que traspués un instant.

—Per què hauria de voler...

En Johan la mirava amb perplexitat.

—Perquè la Chris està valorada en més de cent milions de corones, i sé prou bé què pot provocar en les persones l'olor de diners. Ho he vist amb els meus propis ulls. I he vist el que pot fer amb les persones. Els pocs escrúpols que poden arribar a mostrar. Em caus bé, Johan, t'ho dic de debò. Sembles un home bo. Però la meva millor amiga està a punt de morir. L'única persona, a part de la Kerstin, a qui he obert el cor. I no penso permetre que ningú l'enganyi o se n'aprofiti en el llit de mort. Així que, si hi ha cap mena de motivació econòmica darrere d'aquest interès per casar-te amb ella abans... abans que mori..., et suggereixo, pel teu bé, que et treguis del cap el casament i et limitis a fer el paper del promès enamorat amb una versemblança inequívoca fins que...

La Faye es va empassar la saliva per evitar posar-se a plorar i va fer un glop de vodka.

—Però si les teves intencions són honestes, t'ajudaré amb els aspectes pràctics. I no dubtis que sabré si vas de debò o no. No t'equivoquis subestimant-me.

En Johan la va mirar fixament als ulls sense deixar-se espantar per la foscor que li acabava de mostrar. Allò la va tranquil·litzar. En Johan anava de debò. No li tenia cap por.

En Johan va fer voltar la copa. Al final va dir:

—M'agrades. I t'agraeixo molt que la vulguis protegir. Estimo la Chris més que cap altra persona que hagi conegut mai. No tinc cap més motiu que aquest. Vull poder-li haver dit que era la meva dona.

Es van mirar als ulls.

—Bé —va concloure la Faye, va fer un bon glop i, en acabat, es va eixugar els llavis amb el dors de la mà—. Doncs assegurem-nos que organitzem el casament del segle.

Van brindar fent xocar els gots, però tots dos es van estremir en sentir aquell repic estrident. Durant un instant va fer la impressió que les campanes d'una església tocaven a morts.

Fjällbacka, aleshores

El dia que havien d'enterrar en Sebastian, tots els alumnes de l'escola vam tenir festa. Per primera vegada des de feia molt de temps havia pogut gaudir d'una mica de pau i tranquil·litat a l'institut. Havien passat moltes coses, en molt poc temps. La commoció semblava que planava com un núvol feixuc sobre el pati, les aules i els armaris de metall plens de guixades lletges i absurdes.

La nau era plena a vessar. En Sebastian, que no havia tingut mai amics de veritat, de cop i volta havia estat capaç d'omplir una església sencera. Un grapat de noies de la seva edat ploraven desconsoladament i no paraven d'eixugar-se el nas amb mocadors de paper que havien dut de casa. Em preguntava si ni tan sols havien parlat mai amb en Sebastian.

La mare havia escollit una caixa blanca. Amb roses grogues. En realitat, allò de les roses no tenia ni cap ni peus. A en Sebastian no li havien importat mai aquella mena de coses. Però m'imaginava que tot allò era per als que ens havíem quedat. Al capdavall, en Sebastian reposava allà dins, fred i mort dins el taüt. Què carai li podia importar ja res?

Havia estat el pare, el que l'havia trobat, penjant d'un cinturó d'una barra del vestidor de la seva habitació. Havia cridat la mare i, després, havia baixat en Sebastian a terra. Li havia deslligat el cinturó del coll. L'havia sacsejat, havia bramat a un pam de la seva cara, mentre la mare trucava demanant ajuda.

L'ambulància havia tardat a arribar, però jo sabia que no importava gens si corrien més o menys. En Sebastian tenia els llavis liles i la pell, blanca. Sabia que estava mort.

Podia sentir les mirades de tots els presents clavades a l'esquena mentre sèiem al primer banc de l'església. El braç del pare, enfundat en un vestit, tremolava contra el meu. De ràbia. Perquè la mort era l'única cosa que no podia controlar. L'única cosa que no podia terroritzar fins al punt que l'obeís i se sotmetés als seus desitjos.

A la mort no li importava gens, el pare, i allò feia que li bullís la sang, assegut en aquell banc d'església, amb els ulls clavats en el taüt blanc d'en Sebastian amb roses grogues que havia escollit la mare.

Després de la cerimònia, no hi va haver ni cafè ni pastes. A qui havíem de convidar? Cap de les persones que havien omplert fins a vessar l'església no eren amics nostres. Només un grapat de voltors atrets pel nostre dolor i que s'hi volien rebolcar.

Tant la mare com jo sabíem que el pare necessitaria una vàlvula d'escapament quan arribés a casa. Havíem sentit la ràbia que creixia dins seu durant setmanes. La mare em va dir que me n'anés a l'habitació. Al principi, li vaig fer cas, vaig pujar les escales. Però, quan vaig arribar al darrer esglaó, m'hi vaig asseure. Vaig recolzar la galta a l'últim pal de la barana i vaig sentir la fusta freda i blanca contra la meva pell. Des d'allà podia veure la cuina. Si s'haguessin girat, m'haurien vist, però tots dos es van limitar a moure's lentament fent cercles, com dos tigres dins d'una gàbia. El pare, amb el cap projectat cap endavant i els punys que s'obrien i es tancaven. La mare, amb el coll ben dret, a l'expectativa, observant atentament tots i cada un dels moviments del pare. Preparada. A punt.

Quan va arribar el primer cop, no el va esquivar. No va abaixar el cap. El puny del pare li va impactar directament al mentó, va fer que el cap de la mare es projectés cap enrere i, després, rebotés endavant. El pare va atacar de nou. Una lleugera pluja de sang va sortir projectada de la boca de la mare i va esquitxar les portes blanques dels armaris de la cuina com si es tractés d'un quadre abstracte. La mare va escopir alguna cosa, que va rebotar contra terra amb un so dur i lleugerament humit. Una dent.

Es va desplomar a terra, però el pare va continuar colpejant-la. Una vegada rere una altra.

Vaig comprendre que la mare no podria resistir gaire temps més dins d'aquella casa, ara que en Sebastian era mort.

DOS DIES MÉS TARD, el valor de les accions de Compare va registrar un nou mínim. La Faye era en un dinar de feina sobre una nova col·laboració de Revenge amb l'estrella del pop Viola Gad, que no feia gaire havia pescat el seu home al llit amb una jove de divuit anys, quan va rebre un missatge de la Kerstin.

«49,95 corones. Ara!»

Va deixar els coberts damunt la taula i es va excusar amb la Viola i el seu mànager, mentre a grans gambades es dirigia cap al bany.

Va passar el forrellat i es va asseure a la tassa. Disposava de prou capital per comprar el cinquanta-u per cent de les accions, prendre el control del consell d'administració i assegurar-se que en Jack era acomiadat. Va sentir vertigen. En realitat, volia cridar. Va trucar al seu corredor de borsa britànic, l'Steven, i li va demanar que comprés totes les accions de Compare que pogués. Si li calien més diners, la Faye li enviaria uns quants milions de corones.

—*No problem, boss. It will be yours before nightfall*[1] —li va respondre l'home.

Després d'uns minuts immòbil, la Faye va sacsejar el cap i va tornar a la taula. El cor li bategava amb força, però quan es va asseure davant de la Viola Gad i la pizza de caviar d'albor del Brillo, no es va notar gens el caos que regnava dins seu.

1. 'No et preocupis, cap. Serà teva abans que es pongui el sol'. (*N. del T.*)

La Faye caminava per Stureplan, on el frenesí de l'hora de dinar havia passat i la gent tornava cap a la feina. L'aire era sorprenentment càlid. Es va asseure en un banc mentre rumiava què havia de fer la resta del dia. Durant el temps que durés el procés de compra de Compare, no podia fer gran cosa. Va trucar a la Chris, però la seva amiga no li va agafar el telèfon. Probablement estava descansant. En Johan volia encarregar-se dels preparatius del casament tot sol, però havia promès que li telefonaria si necessitava que li donés un cop de mà.

Inconscientment, el cap li va tornar a la compra de Compare. Un home hauria celebrat els èxits assolits, hauria festejat el munt d'hores de feina que hi havia al darrere, sense avergonyir-se'n, sense demanar disculpes. La Faye va decidir que també ho faria, així que va escriure un missatge de text a en Robin, amb qui creia que ja havia acabat, i li va demanar que es trobés amb ella a l'Starbucks.

El jove no era gaire lluny d'allà i van acordar de veure's un quart d'hora més tard. Ni una mostra de fals orgull masculí. En Robin sabia perfectament què volia la Faye i no es va molestar perquè feia temps que no havia donat senyals de vida.

Quan la Faye va entrar a l'Starbucks, en Robin ja havia demanat per a tots dos.

—M'alegro de veure't. No sabia si volies llet amb el cafè —la va saludar, i va assenyalar la tassa amb el dit.

—No prendrem cafè.

El jove va esclafir a riure. Tenia la cara bonica i alegre i la Faye va sentir com es relaxava pel simple fet de ser allà amb ell. En Robin no demanava cap explicació, cap joc, cap tema de conversa enrevessat o malabarismes. No demanava a la vida res més que exercici físic, menjar, aigua i sexe.

—Res de cafè? —El somriure d'orella a orella deixava clar que havia entès perfectament a què es referia la Faye.

—No, no vull prendre cafè, vull follar.

—Ah, sí? —li va respondre, burxant-la, però es va posar dret immediatament. Com un cadellet obedient.

—He reservat una habitació al Nobis.

En Robin va alçar les celles.

—I què celebrem avui? —va preguntar, tot agafant la jaqueta.

—Acabo de comprar una empresa per uns quants milions de corones. Avui m'ho mereixo tot.

—M'agrades. Ho saps, oi?

En Robin li va aguantar la porta.

—Perfecte. Així serà més fàcil que facis tot el que aviat et demanaré.

—Avui soc el teu esclau.

—Tu sempre ets el meu esclau —va respondre la Faye, i va somriure.

En Robin no va protestar.

LA FAYE I EN JOHAN SEIEN UN A CADA COSTAT del llit de la Chris. El pit de la seva amiga pujava i baixava, el color de la cara era gris cendra i se li marcaven els ossos del crani. Era tan menuda, s'havia marcit tan de pressa.

En Johan va assenyalar la porta amb el dit. Un cop tots dos van haver sortit al rebedor, es va recolzar contra la paret.

—No sé com ens ho farem. Ja no pot caminar. Hem de cancel·lar el casament.

—Ni parlar-ne.

—No?

—No, ho farem aquí a casa. Dins de l'habitació, si cal. La Chris es casarà.

—Però, com...?

—Farem venir el pastor, la maquilladora i el vestit de núvia. Dels convidats en podem prescindir, tret dels més propers. Al capdavall, a la Chris mai no li han agradat les persones.

Intentava mantenir a ratlla les emocions. Ofegava les ràfegues de pena que se li abraonaven al damunt. Durant molt de temps, la Chris havia estat la forta. Havia actuat com la germana gran que s'havia cuidat d'ella des del dia que havia arribat a Estocolm. Ara havia arribat el moment que la Faye fos la que dugués la càrrega. Les germanes hi eren per a això. La Chris tindria el seu casament i el seu Johan.

—Demà a les dues del migdia? —va suggerir.

En Johan es va empassar la saliva unes quantes vegades.

—Trucaré a les persones que volem que hi siguin i al pastor. El vestit de núvia...

—El passaré a buscar avui al vespre quan torni cap a casa. I jo m'encarrego de la maquilladora.

—I el menjar?

—Me n'ocupo jo. Tu només preocupa't que la Chris i tu estigueu llestos per a la cerimònia. Jo vindré demà al matí i l'ajudaré a arreglar-se.

L'endemà al matí, la Faye estava plantada davant la porta de la Chris, amb la Kerstin al costat. Va respirar profundament i va trucar al timbre. En Johan va obrir, els va fer una abraçada i després les va deixar passar.

—Tot està a punt —va dir—. Tothom s'ha agafat el dia lliure, han entès que ho havíem de fer d'aquesta manera si realment volíem que passés.

—Com estàs, tu?

—Que sigui un casament més o menys gran no és l'important. Però, abans que la Chris... marxi, em vull casar amb ella.

—Molt bé. Doncs posem-nos-hi.

Les va guiar fins al dormitori principal.

La Chris estava asseguda al llit, amb l'ajuda d'uns quants coixins a l'esquena. Al davant hi tenia una safata amb cafè, suc de taronja i pa torrat.

—Com es troba la núvia més bonica del món? —va preguntar la Faye, i es va asseure a la vora del llit.

—Realment volia estar prima el dia del casament, però això és una mica massa.

La Faye no va aconseguir somriure amb la broma de la seva amiga.

La Chris va aixecar els ulls i va mirar la Kerstin i en Johan.

—Ens podeu deixar soles? —els va demanar—. Només un moment, mentre parlo amb la meva dama d'honor.

Quan van tancar la porta de l'habitació, la Faye va agafar la mà de la Chris amb molta cura. Era tan petita i delicada, no gaire més gran que la de la Julienne.

—No sé què hauria fet sense tu —va començar la Chris, amb tendresa.

—No hi pensis. Sempre és divertit organitzar un casament, malgrat les circumstàncies.

—No tan sols em refereixo a això, vull dir tot. Tots els anys que han passat, tot el que hem fet. Tota la merda que hem afrontat juntes. És veritat que de vegades has estat un autèntic gra al cul, amb en Jack i tot plegat, però la major part del temps has estat la millor amiga que una pot desitjar.

Les llàgrimes van començar a rajar. La Faye no va poder fer res per evitar-ho.

—Hem de... hem de parlar d'això, ara? Avui et cases.

—Sí, n'hem de parlar. No em queda gaire temps. I vull poder-t'ho dir mentre encara tingui el cap serè.

La Faye va assentir.

—No em podria haver imaginat una amiga més bona que tu —va continuar la Chris—. Aconsegueixes que tregui el millor de mi.

La Faye es va eixugar les llàgrimes, que s'entossudien a continuar rajant galtes avall.

—Ets l'escletxa per on s'esmuny el raig de llum —va dir—. Aquella de què parla la cançó de Leonard Cohen. No puc concebre... no sé com me'n podré sortir sense tu.

—Uix, per a això no cal que et preocupis —va respondre la Chris—. Jo només lamento no poder ser al teu costat.

—Per cert, me n'he anat al llit amb en Robin. Un altre cop. Te'n recordes? El jovenet que vaig conèixer el dia que em vas obligar a anar al Riche després de passar massa temps autocompadint-me.

La Chris va esclafir a riure.

—Veus, te'n surts millor sense mi.

Es va reclinar cap enrere i va respirar profundament unes quantes vegades. Feia la impressió que el moviment més lleu l'esgotava.

—Vols que et deixi sola una estona perquè puguis descansar? —va preguntar la Faye, amb molta prudència.

La Chris va fer que no amb el cap.

—No. De fet, em sento massa feble per beure res... Però, fet i fet, avui em caso. A la tauleta de nit hi tinc una ampolla de Jack Daniels. Fem un darrer brindis, només tu i jo.

La Faye es va ajupir i va obrir la porteta. Va allargar l'ampolla a la Chris.

—Per nosaltres —va brindar la Chris, i la va alçar—. I perquè en cap moment he sentit la més petita amargor pel fet que tot s'acabi d'aquesta manera. Com en podria sentir, si se m'ha permès viure una vida com la que he tingut!

Va fer uns quants glops.

—Per tu, Chris —va respondre la Faye—. La germana més bona i bonica que una pot tenir.

La Chris va parpellejar per allunyar les llàgrimes.

—Ara m'he d'arreglar, però, abans, explica'm com ha anat amb en Jack.

—En tenim el cinquanta-u per cent.

—Llavors... ja està?

La Faye va assentir amb el cap.

—Ja està.

La Chris va engrapar el braç de la Faye, que es va sorprendre de la força amb què l'estrenyia.

—T'estimo moltíssim.

—I jo a tu.

La Chris va empassar unes quantes vegades.

—Els meus pares no són aquí i tu ho ets tot per a mi. I encara que no es tracta d'una tradició típica sueca, em pregunto si tu... Si em vols fer l'honor de portar-me fins a l'altar.

La Faye va estrènyer la Chris entre els seus braços, la va abraçar tan fort com es va atrevir.

—És clar que ho vull.

La Faye va mirar per la finestra el carrer que s'estenia als seus peus. Podia intuir la gent que passejava amunt i avall. La vida nocturna s'havia començat a posar en marxa.

Es va tornar a girar cap a la pantalla, va intentar treure's del cap la Chris i va estudiar els darrers informes de resultats. En Jack havia de rebre aviat la notícia del seu acomiadament. Era una càrrega per a l'empresa i havia de desaparèixer. I no era que la Faye tingués cap interès especial a salvar la companyia. Una part dins seu desitjava amb totes les forces que Compare se n'anés en orris, però calia pensar en els treballadors. Ja havia trobat un home de negocis capaç que podia comprar totes les seves accions per una suma adequada, amb la condició que en canviaria el nom. D'aquesta manera, es podia dir que Compare deixaria d'existir.

Malgrat tots els escàndols, i amb la tossuderia dels necis, en Jack es pensava que podria conservar la cadira. Que ell continuava sent Compare. Si sabés el que l'esperava...

Era un vespre cap al tard. Camí de casa, la Faye va enviar un missatge de text a la Kerstin preguntant-li si volia passar pel pis. Gairebé cada vespre acabaven el dia amb una copa o dues de vi. Estava convençuda que algú podia pensar que tenien un petit problema amb la beguda, però elles es repetien a si mateixes que seguien la dieta del sud d'Europa i que el vi negre en formava part. La Kerstin li havia explicat que la seva àvia s'havia pres una cullerada generosa de whisky cada dia. Per al dit del peu dolent. Després d'allò, sempre feien broma afirmant que necessitaven una copa de vi negre per a cada cama, per motius de salut.

—Em pregunto com reaccionarà en Jack quan sàpiga que l'han fet fora —va cridar la Faye des de la cuina, on estava preparant una mica de formatge amb galetes. El formatge era un producte bàsic a la seva nevera.

La Kerstin no va respondre, tot i que la Faye sentia com caminava amunt i avall per la sala d'estar. Va deixar els formatges en una safata, al costat hi va posar una mica de raïm i galetes digestives i va sortir de la cuina.

La Kerstin s'havia assegut al sofà, completament immòbil i amb la mirada perduda.

—Què ha passat?

Va deixar la safata damunt la taula. Es va asseure al costat de la Kerstin i li va passar un braç per les espatlles. Va notar que la seva amiga estava tensa i tremolava com una fulla.

—Ell... ell...

A la Kerstin no li sortien les paraules, les dents repicaven les unes contra les altres. La Faye va acaronar-li l'esquena, mentre sentia que se li feia un nus a l'estómac. No devia estar pas malalta? No podia perdre-la també a ella, una altra no, no podia ser. De vegades era incapaç de respirar del terror que li causava perdre la Chris, malgrat que encara no havia passat el pitjor.

—En Ra... en Ragnar —va quequejar la Kerstin.

La Faye es va quedar petrificada.

—En Ragnar?

—La... la situació ha canviat. M'han trucat de l'hospital. En Ragnar... ha millorat. Creuen que potser podrà tornar a casa ben aviat, si continua en la bona línia.

La Kerstin va esclafir a riure. Una rialla crua i punyent.

—«En la bona línia.» Han dit «en la bona línia». No s'imaginen que per a mi és ben al contrari, la mala línia. Com poden saber que aquell tros de carn a qui netegen la merda i eixuguen les baves és un merda fastigós i un sàdic que convertirà la meva vida en un infern si té l'oportunitat de tornar a casa? Desitjaria haver-ne estat capaç, haver-li enfonsat un coixí a la cara i haver-lo ofegat mentre encara en tenia ocasió.

La Kerstin es balancejava cap endavant i cap enrere, encreuant els braços amb força. A través de la tela blanca i fina de la brusa, es transparentaven les cicatrius de l'esquena.

La ràbia va començar com una escalfor als peus, es va anar escampant per tot el cos i, finalment, va esclatar dins del cap de la Faye.

La Kerstin era part de la seva família i de la de la Julienne, era el seu puntal. La seva corda de seguretat, els seus braços ferms. Ningú no ho podia posar en risc, allò. Ningú no la podia posar en risc.

Mentre la Kerstin plorava, la Faye la va abraçar contra el seu pit. Les llàgrimes que absorbien la seva dessuadora amb caputxa de caixmir aviat s'assecarien. Dins seu es retorçava la foscor. Allà dins no hi havia lloc per a les llàgrimes.

EL SOL BRILLAVA, EL CEL ERA BEN BLAU, la gent reia, xerrava, prenia cafè. Els autobusos i el metro funcionaven com sempre. Però en un llit de la darrera planta de l'hospital Karolinska reposava la millor amiga de la Faye, amb el cos ple de tubs que la mantenien amb vida, perdent la batalla que des del principi havia estat condemnada a perdre.

Quan la Faye va baixar del cotxe davant de l'hospital, no feia gaires hores que n'havia sortit. Quan l'havia anat a veure el dia anterior, la Chris amb prou feines havia estat capaç de parlar. La veu era feble; els ulls, apagadíssims; el cos, molt dèbil. L'anell de casament que havia portat amb tant d'orgull ara era massa gran per a aquell dit esprimatxat. Dues vegades, mentre la Faye era allà repetint-li com l'estimava, li havia caigut a terra.

Havia plorat dins del cotxe tornant cap a casa, perquè havia entès que el final era a prop. I, quan en Johan li havia trucat feia poc més d'una hora i li havia dit que era millor que hi anés de seguida, havia sortit de l'apartament sense perdre ni un segon.

Es va quedar una estona al vestíbul, quieta. Com es feia això d'acomiadar-se de la seva millor amiga? Com es feia això d'acomiadar-se d'una germana? Com carai es feia? Va comprar cigarrets i un pastís de xocolata, i es va asseure en un banc. Unes quantes infermeres vestides de blau dinaven a prop seu. Xerraven dels seus fills. Dos pares novells transportaven amb molta cura el seu nadó cap a l'aparcament. S'aturaven cada deu metres, s'inclinaven sobre la cadireta del cotxe i, amb un somriure d'orella a orella, contemplaven aquell miracle.

Dos cigarrets més tard, la Faye va llençar el paquet, va posar el pastís dins la bossa i es va dirigir cap a l'ascensor.

—La Chris es morirà —va murmurar, quan les portes es van tancar—. La Chris es morirà.

El passadís estava immers en un silenci absolut, sense ni una ànima. Les seves passes van ressonar. Es va aturar davant de l'habitació número vuit i va trucar abans d'obrir la porta. En Johan va alçar el cap quan la Faye va entrar, però no va dir res. Va tornar a girar els ulls cap a la Chris, li va passar la mà pels cabells.

La Faye va fer la volta al llit i es va col·locar al costat d'en Johan.

—Ara ja no falta gaire —va dir ell—. Ja no ens pot sentir, està en una mena de coma. Això... No es tornarà a despertar. No sé què faré, com podré arribar mai a...

La cara se li va recargolar en una ganyota. La Faye va acostar una cadira i es va asseure al seu costat.

—És tan petitona, està tan sola —va xiuxiuejar en Johan, i es va eixugar els ulls.

La Faye no sabia què respondre, així que va posar una mà sobre les mans entrellaçades d'en Johan i la Chris.

—Com a mínim, no pateix —va continuar en Johan. Les paraules brollaven a batzegades.— Però què en faran, d'ella, quan se'n vagi? No vull que se l'emportin com una mena d'animaló mort al soterrani i que es quedi allà tota sola.

Va emmudir.

La Faye es va reclinar cap enrere. La cadira va cruixir.

—Em permetries uns minuts a soles amb ella? —va xiuxiuejar.

En Johan es va estremir. Després va assentir amb el cap.

Es va aixecar, va posar una mà sobre l'espatlla de la Faye i, a poc a poc, va sortir de l'habitació. Amb molta cura, com si tingués por de despertar la Chris, es va asseure a la cadira que havia ocupat en Johan. Estava calenta.

La Faye es va inclinar cap a la Chris, els llavis van fregar l'orella de la seva amiga.

—Fa molt de mal, Chris —va començar, i va lluitar contra les llàgrimes—. Fa tant de mal saber que em faré vella sense tu... Que tots els somnis que teníem, anar a viure al Mediterrani, obrir un restaurant, seure en una taula al carrer i jugar a *backgammon*, tenyir-nos els cabells de blau..., mai no es faran realitat... Però et prometo que ho intentaré. Sé que, si no ho faig, t'enfadaràs amb mi...

Es va escurar la gola i va omplir d'aire els pulmons.

—El que et vull dir és que no t'oblidaré mai. Que poder ser amiga teva durant setze anys és el millor que m'ha passat a la vida. Sento no haver-te explicat mai la veritat sobre qui soc. Sobre què soc. He tingut por que no ho entenguessis. Hauria d'haver confiat en tu. T'ho hauria d'haver explicat tot. Però ho faré ara, per si de cas em sents...

Amb un fil de veu, va desvelar tots els seus secrets a la Chris. Sobre l'accident, sobre en Sebastian, sobre la mare i el pare. Sobre la Matilda i la foscor. No es va guardar res.

Un cop va haver acabat, va acaronar els cabells de la Chris i amb suavitat li va fer un petó a la galta. Aquell era el seu darrer comiat.

Va anar a buscar en Johan. Després, tots dos van seure en silenci mentre la vida abandonava la Chris. Set hores més tard, la seva amiga va respirar per darrer cop.

Quan la Faye va sortir de l'habitació de la Chris, on en Johan seia immòbil amb el front contra la mà de la seva difunta esposa que s'anava refredant, es va emportar un dels enormes rams de flors que hi havia. El dolor que sentia per la pèrdua de la seva amiga s'havia transformat en determinació. Va pujar al cotxe, va cercar a internet una adreça i es va posar en marxa. Ara tenia els ulls secs. Ja no li quedaven més llàgrimes. Se sentia buida, eixuta. Els seus secrets estaven en lloc segur amb la Chris.

Després de deixar el cotxe a l'aparcament, sota un roure enorme, es va dirigir cap a l'entrada principal. La porta no era tancada. A poc a poc, va mirar al seu voltant. El vestíbul i el passadís estaven deserts. Li va arribar remor de veus d'una sala que hi havia més enllà, rialles i fressa de plats. Tot indicava que el personal feia un descans.

En silenci, va comptar les portes del costat dret. «Tercera a la dreta», havia dit la Kerstin, sense preguntar per què ho volia saber la Faye. S'hi va dirigir a grans gambades, i, amb decisió, però sense badar boca, va obrir la porta i va entrar. No estava espantada. Només buida. Sentia la pèrdua de la Chris amb tanta nitidesa com si li haguessin amputat un braç.

Havia amagat la cara darrere del ram de flors per si de cas algú sortia al passadís. El va deixar sobre la còmoda que hi havia a tocar de la porta. Roses grogues. Molt escaients. Sabia que les roses grogues significaven la mort, una cosa que devia haver passat per alt a qui havia enviat el ram.

Del llit li va arribar una respiració profunda. Sense fer soroll, es va acostar al capçal. Les persianes estaven abaixades, però, tot i així, es filtrava una lleugera claror dins l'habitació. En Ragnar semblava d'allò més feble. Estava en un estat deplorable. Però la Kerstin li havia donat prou detalls del que havia fet per no deixar-se enredar. Era un porc fastigós. Un porc fastigós que no es mereixia respirar ni viure, mentre algú com la Chris es refredava en un llit d'hospital.

A poc a poc, la Faye va allargar el braç per agafar un coixí que hi havia sobre el matalàs. Al passadís, una rialla aguda va fer que s'estremís, però es va tornar a fer el silenci. L'únic que se sentia era la respiració d'en Ragnar i el tic-tac tranquil d'un vell rellotge.

Amb el coixí a la mà, va mirar al seu voltant. L'habitació era d'allò més freda. Anònima. Cap fotografia ni objectes personals. Parets descolorides pel sol i terra de linòleum desgastat. Olor de vell que feria el nas. Aquella fortor de passat lleugerament dolça que semblava que s'enganxava a les persones velles quan es posaven malaltes.

Lentament va aixecar el coixí i el va col·locar sobre la cara d'en Ragnar. No va tenir ni un moment de vacil·lació. Ni de preocupació. Aquell home ja havia acabat el seu temps a la terra. Només era un tros de carn, un altre home que deixava darrere seu un rastre de dones amb cicatrius i llàgrimes als ulls.

Es va inclinar cap endavant. Amb tot el seu pes, va pressionar el coixí contra la cara d'en Ragnar i li va tapar la boca i el nas. En Ragnar es va agitar lleugerament en no poder respirar.

Però eren uns moviments mancats de força. Només uns espasmes minúsculs amb les mans i els peus. La Faye gairebé no va haver d'esforçar-se.

Poc després, en Ragnar va deixar de moure's. Cap més espasme. Cap moviment. La Faye no va alçar el coixí fins que va estar completament segura que el marit de la Kerstin era mort. En acabat, va deixar el coixí al llit, va agafar el ram de flors grogues i, sense fer soroll, va marxar.

No va ser fins que tornava a ser dins del cotxe, camí del centre, que van començar a brollar les llàgrimes per la Chris.

Fjällbacka, aleshores

VAIG OBSERVAR ELS SOLCS A LA CARA DE L'AGENT de policia. La mirada era de compassió, però no em podia veure, no el meu jo veritable. Veia una adolescent alta i esvelta que havia perdut el seu germà i ara, amb tota probabilitat, la seva mare. Ens havíem assegut a la taula de la cuina i vaig intuir que desitjava posar la mà sobre la meva, però vaig donar gràcies al cel que no ho fes. Mai no m'havia agradat que em toqués un desconegut.

Havia trucat a la policia a les cinc de la matinada i s'havien emportat el pare una hora més tard. El cansament va fer que volgués recolzar el cap contra la taula i aclucar els ulls.

—Quan es va fer el silenci?

Vaig fer un esforç per no adormir-me i escoltar la pregunta que em feia. Per respondre com calia.

—No ho sé, potser pels volts de les tres. Però no n'estic segura.

—Per què et vas llevar, tan aviat...?

Em vaig arronsar d'espatlles.

—Sempre em llevo d'hora. I vaig... vaig comprendre que havia passat alguna cosa. La mare no hauria marxat mai tan aviat de casa.

El policia va assentir amb el cap amb posat greu. Una altra vegada aquella mirada que deia que em volia consolar. Vaig encreuar els dits perquè continués reprimint aquell impuls.

A mi no em calia cap consol. S'havien emportat el pare.

—Seguim buscant; però, malauradament, temem que pugui haver passat alguna desgràcia. Hi ha indicis que apunten en aquest sentit. I, pel que he entès, el teu pare té un historial de... violència.

Vaig haver de fer un esforç per no esclafir a riure. No pas perquè fos divertit, sinó perquè tot plegat era ben absurd. «Un historial de violència.» Una manera d'expressar-ho tan seca, un resum brevíssim de tants anys vivint amb por entre aquelles quatre parets. «Un historial de violència.» Sí, era una manera de dir-ho.

Però sabia què volien aconseguir, així que em vaig limitar a assentir amb el cap.

—Potser la trobarem —va dir el policia—. Il·lesa.

I va passar. La seva mà sobre la meva. Plena de compassió. Càlida. Sabia tan poc. Comprenia tan poc. Vaig haver de fer un esforç colossal per no enretirar-la.

LES SETMANES VAN ANAR PASSANT. Els diaris es van assabentar que en Jack havia estat acomiadat. Gràcies a la notícia que s'havia fet córrer d'un nou propietari que prometia dirigir la companyia amb mà de ferro i portar a terme una anàlisi ètica exhaustiva, les accions de Compare es van elevar a uns nivells més normals, però en Jack no deixava d'enfonsar-se i semblava completament perdut. Feia la impressió que, de cop i volta, el temps havia fet acte de presència a la seva vida: va envellir, li van sortir més cabells blancs que no tenia temps de tenyir-se i cada vegada es movia més a poc a poc, més cansat.

Per fora, intentava mantenir les aparences. Al capdavall, continuava sent multimilionari. Als diaris especialitzats assegurava que no tardaria a tornar. Però a les nits, en un estat d'embriaguesa evident, trucava a la Faye per rememorar històries de temps passats. De les persones que havia traït, de la Chris, de tot el que havia hagut de sacrificar.

La Faye es va adonar que li semblava un home patètic. Odiava aquella feblesa, era en Jack que l'hi havia ensenyat. El col·lapse del seu exmarit encara li feia més fàcil la tasca de fer-lo miques.

Va trencar l'amistat amb en Henrik, ja que considerava que el seu amic l'havia traït no deixant la seva cadira al consell d'administració de Compare. Ni en Henrik, ni en Jack ni ningú del consell no sabien que la Faye posseïa la majoria de les accions de la companyia, perquè només es comunicava a través dels seus advocats britànics.

Havia arribat l'hora de fer el darrer pas. Ara era el torn que l'Ylva rebés el que es mereixia.

Les llàgrimes per la Chris se li havien acabat. Se li feia estrany la rapidesa amb què tot tornava a la normalitat. Va pensar en la seva amiga, la trobava a faltar cada dia, cada hora, però havia acceptat el fet que ja no hi era. Acceptava que res no podia tornar-li la Chris.

Potser la seva amiga hauria intentat aturar-la, si hagués sabut què havia planejat la Faye. No ho sabria mai.

En Jack estava plantat davant la porta de l'entrada quan la Faye i la Julienne van arribar xino-xano amb les bosses de la compra. Quan, a la tarda, li havia enviat un missatge de text convidant-lo a casa, en Jack li havia respost gairebé immediatament.

—Hola, amor meu —va saludar en Jack, i va passar un braç maldestre per sobre les espatlles de la Julienne—. Em pensava que eren dos àngels els que venien cap a mi.

—Quina floreta —va replicar la Faye, que va rebre un petó a la galta.

En la distància curta, va poder sentir la fortor d'alcohol.

En Jack va apuntar un somriure estúpid.

—I què portes aquí?

Amb el dit va assenyalar les bosses.

—Havia pensat preparar la meva bolonyesa —va respondre la Faye.

En Jack es va carregar la motxilla de la Julienne a l'espatlla i va aguantar la porta perquè entressin.

—Com estàs? —va preguntar la Faye, mentre obria la porta de l'apartament.

El seu exmarit va trontollar lleugerament.

—De meravella.

—I l'Ylva? No li deu faltar gaire, oi? Tens ganes que arribi el gran dia?

La Faye sabia que en Jack odiava parlar de l'Ylva.

—Es troba bé, suposo. Se n'ha anat a casa dels seus pares, així que m'he quedat tot solet. Es pot dir que el teu missatge ha arribat en un moment d'allò més oportú.

La Faye va començar a buidar les bosses damunt l'illa de la cuina.

—No m'has respost si tens ganes de conèixer el teu nou fill.

—Em sembla que ja saps què en penso, de tot això. És clar que m'estimaré la criatura, però jo... Sé molt bé quina és la meva família. La meva família de debò.

La Faye tenia ganes de bufetejar-lo, però, per contra, va respirar fondo i va somriure coqueta.

—O sigui que la vida no era fantàstica i meravellosa a l'altre costat?

—No, és una manera de dir-ho.

—I què faràs? —va preguntar la Faye, mentre començava a fregir la carn picada—. Ara que no tens Compare.

En Jack va obrir la nevera, en va treure una pastanaga, la va esbandir i se la va ficar a la boca.

—Tot s'arreglarà, la gent sap com soc. Per cert, la campanya que esteu duent a terme...

—Sí?

—Em sembla que aquella dona, la cantant, no acaba d'encaixar amb Revenge. He donat un cop d'ull a les vostres xifres i em sembla que...

Un llamp va travessar-li el cap i el cos es va tensar. Qui collons es pensava que era? Però en Jack no es va adonar de res i va continuar xerrotejant, brindant-li un consell rere un altre.

—Segur que tens raó —va dir la Faye, quan en Jack va callar.

«Respira», es va dir a si mateixa. «Conserva la màscara. Recorda el pla.»

Quan es van asseure a taula, a la Faye li va sobtar com d'absurd era tot allò. Tots tres allà, a la cuina, xerrant de la manera que tant havia somiat quan havien estat casats.

Durant molts anys ho havia desitjat i ho havia esperat.

—Trobava a faltar aquest plat, Faye —va dir en Jack, quan es va asseure després d'anar a buscar més menjar per repetir—. Ningú no fa la bolonyesa com tu.

Va bromejar amb la Julienne i la va felicitar pels comentaris positius que la seva professora havia fet d'ella durant la darrera reunió. Li va manifestar que n'estava molt orgullós.

«Per què no havia pogut ser així, en Jack?», va pensar la Faye. «Per què no et vas poder conformar amb nosaltres?»

A la Julienne se li van començar a tancar els ullets cap a dos quarts de deu. En un primer moment, va protestar quan en Jack la va agafar en braços, però després va deixar que la portés a la seva habitació. Quan va tornar a aparèixer, es va quedar dret entre el sofà i el televisor, sense saber què fer.

—Bé, doncs jo marxo cap a casa.

—Que no et pots quedar una estona?

—És el que vols?

La Faye va arronsar les espatlles i es va arraulir contra el braç del sofà.

—A mi m'és igual. Així que si tens uns altres plans...

En Jack va reaccionar a la seva indiferència amb el neguit d'un cadellet.

—Em quedo —va respondre, i es va asseure—. Vols més vi?

—Sí, si us plau —va contestar, i li va acostar el got per sobre la taula—. Per cert, hi ha una ampolla de whisky, si ho prefereixes.

—A la cuina?

La Faye va assentir amb el cap. En Jack es va aixecar i la Faye va sentir com remenava dins la cuina.

—A l'armari damunt de la nevera —va cridar la Faye.

Va sentir com obria un altre armari. Ampolles que dringaven.

—És realment bo, aquest. D'on l'has tret?

—Me'l van regalar uns inversors estrangers —va mentir.

En realitat, en Robin se l'havia oblidat unes quantes setmanes abans un dia que s'havia quedat a dormir. Aquella nit havien fet l'amor cinc vegades. Va sentir que se li humitejava l'entrecuix només de pensar-hi.

Quan en Jack va tornar al sofà, se li va asseure a prop, li va agafar les cames i es va col·locar els peus de la Faye als genolls. Li va començar a fer un massatge a les plantes. La Faye va aclucar els ulls mentre començava a notar una escalforeta als peus.

—Saps que cada vespre podria ser així, oi? —va dir en Jack, passada una estona.

La Faye va sacsejar el cap.

—Te'n cansaries passades dues setmanes, Jack. Ves a dutxarte en comptes de començar a dir ximpleries.

—A dutxar-me?

—Sí. A dutxar-te. Si ens hem de ficar al llit junts, no vull que facis pudor d'alcohol.

Les orelles d'en Jack es van encendre com dos pebrots i la Faye va haver de reprimir un somriure quan va veure com s'aixecava i marxava a grans gambades cap al bany. Mentre es dutxava, la Faye va col·locar l'ordinador al prestatge que tenia davant del llit. Va posar en marxa la càmera web.

Quan va entrar al dormitori, en Jack va apuntar el seu somriure característic, però la Faye no va sentir res. Anar-se'n al llit amb ell no era més que un mitjà. Una manera d'assolir l'objectiu.

En acabat, tots dos estaven estirats al llit, l'un al costat de l'altre, panteixant. Els ulls d'en Jack refulgien, plens d'esperança.

—Què em diries si deixés l'Ylva i vingués a viure aquí amb tu?

—No pot ser, Jack.

—Però m'has perdonat, oi?

—Que t'hagi perdonat no vol dir que vulgui tornar a viure amb tu.

—Puc entrar a formar part de Revenge com a inversor, ajudarte a portar-ho tot. Ara comença a fer-se gran, estàs segura que te'n pots sortir? Vull dir que jo tinc molta més experiència dirigint una empresa que tu. Hi ha una gran diferència entre ser emprenedora i engegar una empresa i saber-la dirigir. Has fet una feina increïble, però em sembla que ha arribat el moment que deixis que se n'ocupi un professional.

Aquell home insignificant, que ella havia aconseguit expulsar de la seva pròpia empresa, encara es pensava que podia fer el que li plagués amb ella.

La Faye es va exhortar a mantenir la calma, a no perdre de vista l'objectiu.

—No em calen més inversors —va respondre—. No et preocupis per Revenge.

—Només us vull protegir a la Julienne i a tu. Ocupar-me de vosaltres.

«Hauries de pensar a protegir-te tu mateix», va pensar. «Mirar què passa darrere teu. Dormir amb un ull obert. Ja t'he fet miques, jo. Ara només queda l'Ylva.»

—És millor que marxis, Jack —va respondre.

—T'has enfadat?

Aquella mirada de cadellet una altra vegada, però ara havia perdut tot el seu efecte.

—Gens ni mica, però demà al matí tinc una reunió ben d'hora i no vull que la Julienne et vegi aquí. La confondria, ja m'entens.

—A ella també li agradaria que tornéssim a ser una família.

—Ja érem una família, Jack. El teu problema és que, quan en tens una, ja no la vols. Torna-te'n a casa amb la teva dona embarassada.

Li va girar l'esquena i en Jack va recollir les seves coses i va marxar amb el cap cot.

Quan va ser fora, la Faye va agafar l'ordinador, va visionar el vídeo de la vetllada que havia enregistrat i en va triar una escena en què en Jack apareixia amb el cap entre les seves cames. S'havia assegurat de dur-les ben depilades. Els pits es veien esplèndids, estirada al llit i gemegant de plaer. Va capturar unes quantes seqüències granuloses en què no se la podia identificar, es va obrir un compte de Gmail anònim i en va enviar tres a l'Ylva.

«El teu home sap com satisfer una dona», va ser tot el que va escriure.

Era al despatx quan en Jack va entrar fet una fúria. Tenia la cara encesa com un pebrot i xopa de suor. Cridava tan fort que tota l'oficina el va poder sentir i de darrere les pantalles dels ordinadors van començar a aparèixer caps encuriosits. La Faye va riure per dins. El seu exmarit era d'allò més previsible.

—Què collons has fotut?

Bramava tant que escopia gotetes de saliva per la boca. La Faye no es va espantar. Feia molt de temps que ja no se sentia intimidada per en Jack. Ni per cap altre home.

—Per què dimonis ho has fet?

—No entenc de què m'estàs parlant —va respondre la Faye, ben conscient que en Jack no se la creuria.

Però tot allò era part del joc. Volia que ho sabés. Aquella part de la farsa ja s'havia acabat. Asseguda darrere la taula, la Faye feia girar la cadira cap a un costat i cap a l'altre. Es tractava d'un escriptori preciós dissenyat per Arne Jacobsen i que li havia costat prop de cent mil corones. La taula vella i atrotinada de l'Ingmar Bergman se'n podia anar a pastar fang. El mateix Ingmar Bergman se n'hi podia anar. Aquell geni masculí que havia estat sempre envoltat de dones per poder-les escridassar i humiliar. Aquell estereotip d'home de manual.

En Jack es va abocar sobre l'escriptori. Els palmells van deixar unes marques suoses a la fusta brillant. La Faye no va apartar la mirada. Ben al contrari, es va acostar a en Jack. Va observar aquella cara envellida, inflada per l'alcohol, va sentir la fortor de vi i whisky a l'alè, i es va preguntar què dimonis havia vist mai en aquell home. Quan el va conèixer, en Jack llegia llibres d'Ulf Lundell. En aquell moment, hauria d'haver sabut veure els llums d'alarma.

—No sé a què jugues, Faye. Però et faré miques. T'ho arrabassaré tot. Ets una miserable patètica i inútil de merda que vaig recollir del carrer i vaig convertir en algú. Tothom sabrà qui ets i d'on has sortit. Sé més coses de les que creus, mala puta! I faré tot el que pugui per prendre't la Julienne!

La Faye va sentir les gotetes de saliva a la cara i, a poc a poc, va alçar la mà. Amb el dors es va eixugar i, de cua d'ull, va veure com se'ls acostaven dos vigilants de seguretat.

Aleshores va recular.

—Què fas? —va cridar—. Jack, atura't! Ajuda! Si us plau, algú! Ajudeu-me!

Quan els guardes de seguretat van entrar al despatx, la Faye va sanglotar i va sortir corrent cap a ells. En Jack va clavar els ulls en els homes amb uniforme de Securitas, dos joves rossos que rondaven els vint anys. Durant un instant va fer la impressió que se'ls volia abraonar al damunt. Després va respirar profundament, va alçar les mans en senyal de pau i va carregar un somriure ample.

—Tot plegat ha estat un malentès. No hi ha cap perill, aquí. Només una simple divergència d'opinions. Marxaré tot sol, ja me'n vaig...

Va retrocedir cap a la porta. La Faye s'havia refugiat al despatx de la seva cap de vendes i mirava on era en Jack, amb ulls de preocupació, mentre uns quants treballadors l'envoltaven per protegir-la. Res no podia anar millor.

Quan va arribar a casa després de l'escena al despatx, estava esgotada. L'apartament era buit. La Kerstin havia anat a buscar la Julienne a l'escola i estaven immerses en una de les seves eternes visites a museus.

La Kerstin li havia comentat que darrerament estava preocupada per la Julienne. De ser una nena xerraire i oberta, havia començat a mostrar-se més i més reservada. Des de l'escola, els mestres li havien dit que últimament estava sola a les hores de pati i als descansos. Però la Faye no estava tan amoïnada com la Kerstin. En la Julienne s'hi veia reflectida. Ella també havia estat un llop solitari.

Les cartes del seu pare arribaven cada vegada més sovint. Continuava sense obrir-les. Només donava gràcies al cel que ningú no s'hagués adonat de la relació. El cas hauria tingut un gran ressò, sobretot perquè el pare havia estat sentenciat, tot i que la policia no havia arribat a trobar mai el cos de la mare. El jutge havia apuntat que n'hi havia prou amb la quantitat de proves en què es podia sustentar. Tots els informes mèdics que documentaven les lesions de la mare. La sang. Que els seus objectes personals no haguessin desaparegut. La sentència havia estat unànime. Cadena perpètua.

La Faye es va servir una copa de vi, es va asseure davant l'ordinador i va obrir el correu electrònic. Vint missatges nous de l'Ylva. Els va esborrar tots, no li interessava gens ni mica el que li hagués de dir. Va obrir el calaix superior de la taula i en va treure el llapis de memòria on havia descarregat l'arxiu *keylogger*. Li havia fet un bon servei. No sabia si l'havia de guardar com un record o, simplement, llençar-lo.

El va fer voltar entre els dits i es va adonar que no havia examinat mai la resta de carpetes que hi havia bolcat per si de cas. Al capdavall, ja havia trobat prou informació per posar en Jack entre l'espasa i la paret. Va introduir l'USB a l'ordinador i va fer un glopet de vi mentre s'obria la finestra amb les carpetes del llapis. Les va anar examinant sense pressa, però cap dels arxius que hi va trobar li va despertar l'interès. Documents comercials avorridíssims, acords, presentacions en PowerPoint... Una autèntica llauna. La darrera carpeta s'anomenava «Coses de casa» i, malgrat aquell nom tan interessant, la Faye va clicar per obrir-la. Amb una sensació d'horror creixent, va comprendre què contenia i la copa d'Amarone li va caure de la mà.

Va contemplar els fragments de vidre escampats per terra. La taca rogenca que s'anava estenent. Es va adonar que no tan sols hauria d'anorrear en Jack, sinó que s'havia d'assegurar que mai més no tornés a fer mal en tota la seva vida.

LA FAYE VA DEIXAR PASSAR UNS QUANTS DIES. Després va trucar a en Jack. Tenia un nou pla. Va plorar i li va demanar perdó. Tot i que en realitat desitjava rebentar-lo a cops, clavar puntades de peu al seu cos estès a terra, escopir damunt la seva tomba.

En Jack es va empassar la feblesa de la Faye. Necessitava la seva submissió i la Faye li va donar el que li calia.

A poc a poc, es va tornar a guanyar la seva confiança. El seu exmarit no era un home complex i de bon grat es deixava ensarronar. La Faye va desitjar haver-ho descobert abans.

Encara que havia cregut que mai més no li tornaria a caldre, la Faye va deixar-se follar. Aquella va ser la part més difícil de totes. Intentar fingir que gaudia, quan tot el seu cos estava ple a vessar d'odi i repulsió. Quan dins seu podia veure totes i cada una de les imatges de què en Jack s'havia fet culpable.

De vegades, en Jack plorava en somnis. De tant en tant, la pantalleta del mòbil, que havia deixat damunt la tauleta de nit, s'il·luminava i hi apareixia el nom de l'Ylva. Quedava palès que no l'havia feta fora de casa. I ara era ella, la que pregava i suplicava. Ella, la que donaria a llum la seva filla mentre en Jack era al llit amb una altra dona. Exactament el mateix que havia fet quan havia nascut la Julienne.

La Faye havia aconseguit que li receptessin més Stilnoct. Mentre en Jack dormia profundament, ella li agafava l'ordinador i feia les cerques necessàries. De vegades li semblava massa fàcil. Però sabia prou bé que no ho seria gens ni mica. I el preu que hauria de pagar seria alt. Potser fins i tot massa. Però era qui era i, tenint en compte el crim que havia comès en Jack, cap venjança no era excessiva.

Mentre la foscor queia a l'exterior del dormitori, la Faye va recordar com els flocs de neu davallaven a l'altra banda del vidre lluent del despatx de la torre. Va recordar la sensació d'estar surant. La sensació, alhora, de llibertat i captiveri. De vegades trobava a faltar aquell despatx. Però mai no enyorava la gàbia d'or. De vegades pensava en l'Alice, que continuava allà dins. Per voluntat pròpia. Però hi havia aspectes de la vida de l'Alice que el seu marit, en Henrik, desconeixia. Com que l'Alice havia estat una de les que havia invertit en Revenge i que, ara, era tan rica com ell. O que li havia demanat el número de telèfon d'en Robin i quedaven una vegada a la setmana, mentre en Henrik es creia que era a classe de pilates.

Era un regal que la Faye li havia fet. Si havia d'estar reclosa dins d'una gàbia d'or, com a mínim necessitava una mica de diversió per suportar-ho.

Quan va arribar l'alba, la Faye va contemplar en Jack mentre es despertava a poc a poc, amb el cap pesat del somnífer i el whisky.

—La setmana que ve tinc un viatge de negocis —va dir la Faye—. Em podries donar un cop de mà amb la Julienne?

—I tant.

En Jack va somriure. Va interpretar la mirada de la Faye com d'enamorament. Però, en realitat, era un comiat.

Fjällbacka, aleshores

VAIG DEIXAR EL TELÈFON SOBRE LA TAULA. Havien dictat sentència i jo era lliure. Per primera vegada. Mai abans havia pogut assaborir aquella sensació, no sabia què se sentia. Però en aquells moments era com si el meu cos s'elevés de terra, surés. I mai abans m'havia sentit tan forta.

No m'havien deixat presenciar el judici, consideraven que era massa jove. Però, tot i així, m'havia imaginat el pare davant meu, assegut amb el mateix vestit que havia dut a l'enterrament d'en Sebastian. El clatell amarat de suor, com s'estirava la camisa, incòmode, furiós, atrapat com mai abans s'havia sentit atrapat. La seva presó era la meva llibertat.

Una petita part dins meu tenia por que la sentència no fos condemnatòria. Que no veiessin l'animal que s'amagava dins seu, només l'homenet patètic i llastimós. Però les proves tècniques eren aclaparadores. Fins i tot sense haver trobat el cos de la mare.

Havia estat condemnat i la pena que rebria seria molt dura.

Sabia que tot el poble ho havia celebrat. Tothom havia seguit de prop el judici. La gent s'havia esgarrifat, havia xerrat, fet bugada als passadissos del supermercat Evas Liv; havien aturat el cotxe en arribar a la plaça, abaixat la finestreta, s'havien lamentat i havien parlat de la pobra nena. Els coneixia prou bé.

Però jo no era cap pobra nena. Era més forta que tots ells. Hauria preferit seguir vivint a casa quan la policia es va emportar el pare, però algú va decidir que no podia ser. A ulls seus, encara era una criatura. A falta de parents propers, a falta d'amics, vaig haver d'anar a casa de la parella de vells que vivien més a prop. Però deixaven que em quedés a casa meva tant de temps com volgués, amb la condició que tornés a l'hora de sopar i dormís a la seva.

Els últims mesos havien significat una espera llarga i pesada. A l'escola, de cop i volta, tothom em deixava en pau. Quan enfilava un passadís, els alumnes s'apartaven cap a un costat i cap a l'altre com si fos Moisès separant les aigües del mar Roig. Jo els fascinava. Però, tot i així, m'evitaven. A la gent li agradava estar a prop del dolor i la tragèdia fins a un cert punt. Jo feia molt de temps que l'havia sobrepassat.

Però, per fi, era lliure. I ell es podria a l'infern.

PLOVIA A BOTS I BARRALS. Els ulls li coïen i sentia que el cap li estava a punt d'esclatar. La Faye només desitjava poder dormir una estona. Va trucar al número de la Julienne un parell de vegades i, després, al d'en Jack. Cap resposta. La recepcionista de l'hotel se li va acostar i li va dir que el taxi l'estava esperant. Li va donar les gràcies, va agafar la maleta i va començar a marcar el número de la policia. En el mateix instant que s'asseia al taxi, van respondre:

—Centre d'emergències.

—Vull denunciar una desaparició —va dir.

—D'acord —va contestar la dona de l'altre extrem de la línia, amb serenor—. De qui es tracta?

—De la meva filla de set anys —va dir la Faye, i va sanglotar.

—Quan ha estat l'última vegada que n'has sabut res?

—Ahir al vespre. Soc en un hotel de Västerås. Tenia una reunió de negocis. El meu exmarit és qui està a càrrec de la Julienne. Li he trucat al llarg de tot el matí i no me l'agafa.

—O sigui que no ets a la ciutat?

—No. Déu del cel, no sé què fer!

—Hi ha cap motiu per pensar que hagin marxat o que es trobin en algun lloc des d'on no et puguin respondre?

—No, havien de quedar-se a casa nostra. Van dir que avui potser anirien al parc de Skansen. Això no és propi d'en Jack.

—Com et dius?

—Soc la Faye Adelheim. L'apartament on se suposa que haurien de ser és al barri d'Östermalm. És casa meva.

Va donar l'adreça a la dona.

—En circumstàncies normals, acostumem a esperar unes quantes hores abans de fer la denúncia.

—Si us plau, estic molt preocupada.

La veu de l'altre extrem de la línia es va suavitzar lleugerament.

—És una mica massa aviat, però demanaré a un cotxe patrulla que passi a donar-hi un cop d'ull.

—Gràcies, t'ho agraeixo moltíssim. Dona'ls el meu número de telèfon i així em poden trucar quan hi arribin.

Una hora i mitja més tard, el taxi va girar des del carrer Odengatan i va continuar uns quants metres per Birger Jarlsgatan abans d'agafar l'avinguda Karlavägen.

Al davant de la porta hi havia dos cotxes patrulla. A fora, l'esperava un agent de policia. La Faye va pagar, va baixar d'una revolada del taxi i va córrer cap a l'oficial.

—Soc la Faye —va fer, esbufegant. L'agent la va mirar amb posat greu.— No ho entenc: m'heu dit que havíeu trobat en Jack. Com és que encara sou aquí? I on és la meva filla?

—Podem entrar a dins un moment i parlem? —va respondre el policia, sense acabar de mirar-la als ulls.

—Què vols dir? Si heu parlat amb en Jack, ja deveu saber on és la Julienne, oi?

L'home va introduir el codi de la porta i la va aguantar amb la mà.

—Com he dit, és millor que m'acompanyis fins al pis.

La Faye va entrar a l'edifici darrere de l'agent de policia.

—Si us plau, em pots explicar què està passant? En Jack és a dalt?

El policia va tancar la reixa de l'ascensor.

—El teu exmarit és a dalt —va respondre—, però la vostra filla ha desaparegut.

—Però en Jack ha de saber on és, no? La Julienne té set anys, és impossible que hagi desaparegut tota sola. Ell n'era el responsable. La meva filla era amb ell. Què hi diu, en Jack?

—Diu que no recorda res.

—Que no recorda res?

Va sentir com la seva veu rebotava dins la cabina.

L'ascensor es va aturar i tots dos en van sortir. La porta de l'apartament era oberta. La Faye es va passar una mà per la cara.

—Hem trobat una cosa que... Hi ha sang al rebedor.

—Sang? Déu del cel...

Les cames li van fer figa i el policia va haver de subjectar-la. Després, va ajudar-la a entrar al pis. Al rebedor, va veure un agent de la científica vestit amb una granota blanca a la gatzoneta que passava un instrument per terra, allà on s'havia coagulat una sang negrosa.

—Julienne! —va cridar amb un xiscle agut—. Julienne!

En Jack era a la cuina, assegut en una cadira. Dos agents parlaven amb ell calmosament. Quan va veure la Faye, va fer un intent de posar-se dret, però els policies el van aturar. El seu exmarit es va tornar a desplomar a la cadira.

—Què ha passat? —va bramar la Faye—. On és, Jack? On és la Julienne?

—No ho sé —va respondre, desconcertat—. M'he despertat quan han trucat al timbre de la porta.

L'agent de policia va estirar lleugerament la Faye del braç.

—Necessitarem alguna cosa de la vostra filla.

La Faye se'l va mirar sense acabar d'entendre què li demanava.

—A què et refereixes? Per a què?

Amb molta cura, però també fermesa, se la va emportar. Del rebedor li va arribar remor de passes i veus. Havien arribat més agents.

—Per a la identificació —va respondre—. Només per si de cas.

La Faye va deixar anar un esbufec, però va assentir amb el cap.

—Com per exemple què?

—El raspall de dents de la nena. O un raspall per als cabells.

Va tornar a assentir amb el cap. Va assenyalar el bany. El policia es va treure una bossa de la butxaca, es va posar un parell de guants de làtex fins i es va dirigir cap al lavabo.

—És aquest.

L'agent va agafar el raspall de dents rosa i, meticulosament, el va introduir a la bossa. La Faye li va mostrar el camí fins a l'habitació de la Julienne, on va poder recollir el raspall per als cabells.

—Amb això n'hi hauria d'haver prou —va dir, i va mirar la Faye amb ulls greus.

A L'ALTRE COSTAT DE LA FINESTRA s'havia començat a fer fosc. La Faye es va aixecar quan l'agent de policia va entrar a la sala on li havien demanat que s'esperés. Era una dona rossa i alta. Duia els cabells recollits amb una cua i tenia una mirada dolça, però decidida.

—En sabeu res?

La policia va fer que no amb el cap.

—Seu —li va demanar, i amb el gest li va assenyalar el sofà—. Em dic Yvonne Ingvarsson i soc inspectora de policia.

La Faye va encreuar les cames quan es va asseure.

—T'he de fer unes quantes preguntes i vull que em responguis amb tant de detall com puguis.

—És clar.

—Encara no hem trobat la Julienne, però hi ha unes quantes coses que fan que estiguem preocupats. Molt preocupats.

La Faye va aclucar els ulls i es va empassar la saliva.

—És... Creieu que li ha passat alguna cosa?

—Amb franquesa, no ho sabem. Però la sang que vam trobar al rebedor és d'una persona. Els de la científica l'estan comparant amb l'ADN que han extret del raspall de dents i del dels cabells.

—Déu del cel... jo...

—El teu exmarit, en Jack, no és capaç d'explicar-nos res. En poques paraules, la història que ens explica no s'aguanta per enlloc. Afirma que no recorda res del que va fer ahir.

—Però és impossible que hagi pogut fer mal a la Julienne. Us equivoqueu. Algú se la deu haver emportat, d'alguna manera. En Jack se l'estima molt i no té cap motiu per...

—Si no ho ha fet ell, qui hauria pogut ser?

La Faye va emmudir. La policia es va inclinar cap endavant i li va posar una mà al genoll.

—Segons l'historial del seu telèfon mòbil i el GPS del cotxe, va ser fora. Durant la nit.

—Què vols dir?

—Se'n va anar amb el cotxe fins a Jönköping. I hem trobat restes de sang al maleter. La compararem amb la del rebedor.

—Un moment... si us plau, un moment... No ho vull saber.

La Faye va sacsejar el cap.

—Ara és important que siguis forta, Faye. Sé que resulta difícil, però ens has d'ajudar perquè puguem trobar la Julienne...

Va assentir lentament amb el cap i a la fi va mirar l'agent als ulls.

—Els nostres companys de Jönköping estan escorcollant el lloc on en Jack va ser ahir a la nit. Estem examinant els vostres ordinadors i em pregunto si em pots explicar què és això.

La Yvonne va fullejar uns segons la carpeta que tenia a la falda i en va treure un paper. Era el correu electrònic que havia enviat a l'Ylva. La Faye va obrir la boca per respondre, però la Yvonne se li va avançar.

—Ets tu, la de la imatge?

Va deixar la fotografia a les mans de la Faye, que li va clavar una llambregada. Després va assentir amb el cap.

—Sí, soc jo.

—Vas enviar això a la parella actual d'en Jack, l'Ylva Lehndorf?

La Faye va tornar a assentir amb el cap.

—Per què ho vas fer?

—Perquè va ser ella la que em va arrabassar en Jack. Només em volia...

—En Jack i tu teniu una relació... ara?

—A què et refereixes?

—En Jack i tu heu mantingut relacions sexuals d'ençà que us vau separar?

—Sí, però no després que en Jack descobrís que havia enviat això a l'Ylva. Després d'això... m'odiava.

—Segons en Jack, la vostra relació ha continuat.

—És absurd. Fa unes setmanes va venir al meu despatx i va muntar un bon espectacle. Els de seguretat van haver de fer-lo fora. Però les nostres discussions eren sobre coses nostres, mai no tenien a veure amb la Julienne. Estic convençuda que mai no li faria mal.

Va moure el cap.

—Saps què hem descobert, també? Que tu, a través d'una empresa d'inversions estrangera, et vas convertir en la màxima accionista de Compare, l'empresa que va fundar en Jack. I que el va acomiadar. En Jack ho sap, això?

La Faye va repicar, nerviosa, la taula amb els dits. La mirada de la Yvonne Ingvarsson era difícil de desxifrar.

—No ets sospitosa de res —va continuar la Yvonne—. Però hem de saber-ho per poder comprendre què ha passat.

La Faye va assentir amb el cap a poc a poc.

—En Jack em va deixar per l'Ylva. Els vaig enxampar a la nostra habitació... L'únic que desitjava era que patissin el mateix dolor que m'havien fet sentir. Em van humiliar, ho vaig perdre tot. I tant que me n'he volgut venjar! I he fet tot el que he pogut per fer miques en Jack. Amb tot el meu dret. I ell m'odiava amb tot el seu. Però res d'això té a veure amb la Julienne, així que no sé on pot ser o per què creieu que en Jack li ha fet alguna cosa.

Va tancar els punys sobre els genolls.

La Yvonne no li va respondre la pregunta. Ben al contrari, va preguntar:

—Les ferides que tens a la cara. Com te les has fetes? Ha estat en Jack?

La Faye es va posar una mà a la galta, però es va estremir de dolor. Després va assentir amb el cap, a contracor.

—En Jack s'havia d'ocupar de la Julienne mentre jo me n'anava a Västerås per a una reunió de negocis. Però jo no les tenia totes, només ho vaig fer per la Julienne. En Jack ha... ha estat molt agressiu últimament... M'envia uns missatges de text horripilants. M'amenaça quan ha begut. No és gens propi d'ell. Quan va arribar a casa estava furiós i va ser llavors quan em va pegar. Però després es va calmar. Vam estar parlant i quan vaig marxar tot semblava resolt. En Jack mai no posaria una mà sobre la Julienne, només estava enfadat amb mi i estic convençuda que jo li devia dir alguna cosa que el va encendre. No hauria permès que es quedés sol amb la Julienne si hagués cregut que...

La veu se li va esquerdar.

Van trucar a la porta. Un agent de policia va entrar a la sala i es va presentar. Va demanar permís per parlar amb la seva companya i la Yvonne va sortir al passadís darrere seu. Al cap d'uns minuts, va tornar a aparèixer. Portava una tassa de cafè, que va deixar a la taula davant de la Faye.

—Continua —li va demanar.

—Saps res nou sobre la Julienne? L'heu trobada?

—No.

—No m'ho pots explicar? Es tracta de la meva filla!

La policia la va mirar amb ulls inexpressius.

—No creiem que la Julienne hagi estat capaç de sobreviure a una pèrdua de sang tan abundant com la que hem trobat al rebedor.

—Què voleu dir? —va xisclar la Faye—. La meva filleta no pot ser morta.

La Yvonne Ingvarsson va posar una mà a l'espatlla de la Faye, però va continuar sense badar boca. Les paraules mai pronunciades van ressonar dins la sala.

En lloc de dormir al seu apartament, la Faye va fer servir les claus que tenia del pis de la Kerstin i s'hi va traslladar. Els diaris van dedicar moltes pàgines a la desaparició de la Julienne. La policia havia seguit el rastre del cotxe d'en Jack fins a una zona boscosa al nord de Jönköping, a la riba del llac Vättern. A prop hi havia un embarcador. L'endemà havien trobat restes de sang en una de les barques. Però el cos no havia aparegut enlloc.

Als diaris, la Faye llegia que partien de la hipòtesi que «l'exmarit i multimilionari», tal com es referien a en Jack, havia enfonsat el cos al llac. Els bussos intentaven trobar el cos de la nena, però l'àrea era massa àmplia. La Julienne no va aparèixer.

Una setmana més tard, quan totes les proves apuntaven cap a en Jack i els diaris sensacionalistes, citant fonts policials, havien esbrinat que no tan sols s'havia trobat sang a l'apartament, sinó també al cotxe i a la barca, van publicar obertament el nom d'en Jack. Els periodistes s'amuntegaven al voltant de casa seva i de l'Ylva a Lidingö.

La Yvonne Ingvarsson va anar a veure la Faye i li va explicar que no havien perdut l'esperança de trobar la Julienne amb vida, però que tot indicava que era morta. Li va oferir ajuda psicològica i la possibilitat de parlar amb un pastor. Però la Faye ho va refusar tot. Es va tancar al pis de la Kerstin i va observar com la colla de periodistes que feien guàrdia davant de casa seva s'anava fent més minsa a mesura que passaven els dies. Les lesions i els hematomes havien començat a curar-se i la Faye es curava les ferides meticulosament. No volia que li quedessin unes cicatrius horroroses. A la denúncia que havia interposat contra en Jack també s'hi incloïa el maltractament que havia patit.

En Jack no havia confessat res, però les proves en contra seu cada vegada eren més aclaparadores. Els investigadors havien trobat les cerques més macabres a l'historial del navegador. I havien recuperat missatges de text d'allò més amenaçadors que havia enviat a la Faye, tot i que després els havia esborrat. La Faye també els podia ensenyar des del seu telèfon mòbil. Tot allò apareixia publicat als diaris sensacionalistes.

Les troballes a l'ordinador d'en Jack li estrenyeien la corda al voltant del coll. El seu exmarit havia consultat la profunditat de diversos llacs de Suècia, s'havia descarregat mapes cartogràfics de l'àrea on havia aparcat el cotxe, a la riba del llac Vättern.

Un mes després de la desaparició de la Julienne, la Faye va posar el pis a la venda i va comunicar als inversors de Revenge que tenia pensat marxar de Suècia així que en tingués l'oportunitat. Es va quedar amb el deu per cent de les participacions, va donar a la Kerstin un cinc per cent més del que ja tenia i va oferir als accionistes que en compressin la resta. La Yvonne Ingvarsson va intentar convèncer-la que, com a mínim, s'esperés al final del judici abans de sortir del país, però la Faye li va respondre que no s'hi veia amb cor.

—M'ha destrossat la vida, sigui quina sigui la condemna que rebi. Li vaig arrabassar l'empresa, vaig fer miques la seva relació amb l'Ylva. I ell va respondre assassinant la nostra única criatura. Aquí ja no hi queda res per a mi.

—Ho entenc —va contestar la Yvonne—. Has d'intentar ser forta. El dolor no desapareixerà mai, però amb el temps es farà més suportable.

A la porta, va abraçar la Faye, abans de cordar-se la jaqueta i sortir al replà de l'escala.

—I on aniràs a viure?

—No ho sé. Molt lluny d'aquí, això segur. On ningú no sàpiga qui soc.

Quan la Yvonne li va enviar un missatge de text en què li deia que els resultats de les proves d'ADN havien arribat finalment i que la sang que havien trobat al rebedor, al maleter del cotxe d'en Jack i a la barca coincidien amb l'ADN del raspall de dents i el dels cabells de la Julienne, la Faye li va respondre amb un simple «gràcies». No tenia res més a dir.

HAVIEN PASSAT SET MESOS DES QUE LA FAYE havia marxat de Suècia. Va alçar la vista per damunt dels turons verds que s'elevaven davant del Mediterrani. La gerra era plena de cafè amb gel. El judici contra en Jack havia quedat vist per a sentència, una sentència que s'esperava que es fes pública en qualsevol moment. Els mitjans de comunicació i l'opinió pública sueca ja havien emès la seva: en Jack Adelheim era l'home més odiat del país. Per descomptat, l'Ylva havia parlat a l'*Expressen*, amb la filla d'en Jack a la falda i un repertori ampli de paraules gruixudes. Pel que semblava, en Jack l'havia sotmesa a maltractament psicològic durant tota la seva relació. L'Ylva rebia mostres de simpatia a tort i a dret. En llegir-ho, la Faye no es podia contenir el riure.

Finalment s'havia tret els odiosos pits de silicona i havia guanyat deu quilos ben bons. Però havia continuat fent exercici físic. Mai no s'havia trobat tan bé.

Va tornar a donar un cop d'ull a la pantalla mentre fruïa sucant uns quants carquinyolis en una copeta de vi dolç. Tot Suècia havia seguit l'espectacular judici i des de la terrassa on era la Faye podia sentir que el país sencer contenia la respiració.

A ella no li preocupava gens ni mica. Havia fet els deures minuciosament.

El locutor de l'*Aftonbladet* remenava un grapat de papers, mentre un periodista de successos bregat en la matèria arrufava el front i, amb to greu, afirmava que no tenia cap mena de dubte que en Jack seria declarat culpable.

La Faye ni tan sols es va donar el gust d'un somriure. Ja sabia que havia guanyat. Les conseqüències eren, en realitat, una simple formalitat. Ella ja havia acabat.

La Julienne la va cridar des de dins de la casa.

La Faye es va abaixar les ulleres de sol fins a la punta del nas i va entretancar els ulls.

—Què passa, amor meu?

—Podem anar a la platja?

—D'aquí a una estona. La mama ha d'acabar de mirar això.

La nena va aparèixer a la porta. Les passes dels seus peus descalços van ressonar per la terrassa mentre s'acostava corrent fins on era la seva mare. Morena i preciosa, amb els cabells rossos voleiant darrere seu.

«En Jack Adelheim és considerat culpable de l'assassinat de la seva filla de set anys.»

D'una revolada, la Faye va abaixar la pantalla de l'ordinador. La Julienne se li va enfilar a la falda.

—Què estàs mirant?

—Uix, res —va respondre—. Què hi dius, ens n'anem a la platja?

—Creus que la Kerstin ens hi voldrà acompanyar?

—L'hi podem preguntar.

La Faye va aclucar els ulls quan la Julienne va tornar a entrar a la casa. El cap va retornar als dies decisius de feia més de mig any.

No havia tingut por del dolor físic, no era res en comparació amb el dolor que havia sentit quan havia trobat les fotografies de la Julienne a la carpeta anomenada *Coses de casa*. La seva filleta estimada. Terroritzada. Desconcertada. Nua.

L'estat de xoc inicial va deixar pas a la ràbia, que va estar a punt de devorar-la. Però va ser capaç de contenir-la dins seu. Sabia que la necessitaria més endavant. La seva fúria s'abraonaria sobre en Jack com una allau. Quan l'hagués destruït, no en quedaria res.

Enganyar en Jack perquè se sentís dins d'una bombolla de seguretat havia estat senzill, dur a terme tot el que havia de fer tampoc no li havia resultat difícil. Només li calia tancar els ulls i veure el cos nu de la Julienne davant seu. Exposada. Humiliada. Per la persona que se suposava que l'havia de protegir.

S'havia pres uns quants calmants i després s'havia extret poc més d'un litre de sang. Era el doble del d'una donació, però la Faye havia llegit que amb la quantitat de sang que tenia al cos podia sacrificar-ne al voltant d'un litre.

En un primer moment, quan la Faye li havia explicat el que volia fer, la Kerstin havia protestat, però després de veure les fotografies de la Julienne li havia donat la raó que no hi havia càstig prou dur per a un home com en Jack.

La Faye sentia que el cap li voltava, que estava marejada, però va dreçar l'esquena. Ara no es podia desmaiar.

La Kerstin i la Julienne se n'anirien abans. No havia estat gens barat, aconseguir passaports falsos i una via de sortida del país segura; però amb diners es podia comprar qualsevol cosa. I els diners no eren un problema per a la Faye.

Es va dirigir a l'hotel de Västerås on l'esperava la Kerstin. Li va donar el telèfon mòbil. Aquell vespre mateix, la Kerstin començaria a trucar a en Jack. Després, la Faye va tornar cap a casa.

Quan va sonar el timbre de la porta, va respirar fondo i es va dirigir cap al rebedor per deixar entrar en Jack. Havia arribat l'hora de fer-lo miques. El seu exmarit li va preguntar on era la Julienne, al capdavall s'havia d'encarregar de la nena, i la Faye li va respondre que no tardaria a arribar. Tres whiskys més tard, havia aconseguit emportar-se'l a l'habitació amb la promesa de sexe, però, exactament com s'havia esperat, va caure rodó després d'unes quantes grapejades matusseres per dins les calces.

Es va contemplar a si mateixa a l'enorme mirall del dormitori. Des del llit li arribava la respiració feixuga d'en Jack. Li havia administrat una dosi doble i res no el despertaria. I quan, finalment ho fes, tindria el cap tan espès que no recordaria res amb claredat.

Va respirar profundament. Va deixar que la foscor brollés sense els obstacles que al llarg dels anys hi havia anat interposant. Va veure les cares a l'aigua. Va sentir els crits que, aguts, s'elevaven cap al cel i feien que les gavines, espantades, fugissin volant amb potents cops d'ales. Va veure la sang mesclant-se amb l'aigua salada. Dits blanquinosos que, com urpes, intentaven engrapar alguna cosa. El que fos. Qui fos.

Va tornar a veure la Julienne. Els seus ulls de terror.

Amb tota la força que va aconseguir reunir, la Faye va picar amb el front contra el capçal metàl·lic del llit.

Després, es va examinar de prop la cara al mirall. Amb aquella ferida n'hi hauria prou? Creia que sí. Al front s'hi podia veure un bon tall i la sang li palpitava sota la pell. Li sortirien molts hematomes.

La Faye va anar a buscar el ninot de primer auxilis que havia comprat i el va deixar al rebedor. Després, hi va abocar pel damunt la sang que la Kerstin l'havia ajudat a extreure's, de manera que s'escampés pel voltant del cap i la part superior del tors. Va encreuar els dits que amb aquella quantitat n'hi hagués prou. No se n'havia pogut extreure més si després havia de ser capaç de fer el que havia de fer. L'olor de sang li va regirar l'estómac i encara se sentia marejada i cansada, però es va exhortar a no aturar-se. Va deixar el ninot sobre el toll de sang mentre s'ocupava dels darrers preparatius, tot esperant que es coagulés una mica al voltant del maniquí.

Es va posar els guants i va anar a buscar la bossa de mà. Amb molta cura, va treure d'una bossa amb tancament hermètic un raspall de dents de color rosa i un raspall de cabells del mateix color. Tots dos amb l'Elsa de *Frozen*. La mateixa Julienne havia tret tots dos raspalls dels seus embolcalls i els havia introduït dins la bossa de plàstic per tal que només hi hagués les seves empremtes dactilars.

La Faye va començar pentinant-se. Els seus cabells i els de la Julienne tenien el mateix matís ros mel i la mateixa llargada. Se'l va passar un parell de vegades a consciència per arrencar uns quants cabells d'arrel. Amb molta cura, després va deixar-lo al prestatge i va agafar el raspall de dents. Es va rentar a consciència les dents i la boca, el va fregar amb força perquè les cerres semblessin usades. Va deixar el raspall al got del bany, al costat del seu. Després va entrar a l'habitació de la Julienne i va deixar el raspall dels cabells damunt la taula.

Un cop va haver acabat, va netejar el got de whisky on havia triturat els somnífers i després el va omplir un altre cop. Va agafar l'ampolla i el got i va entrar al dormitori on en Jack continuava roncant sorollosament. Va deixar el got a la tauleta de nit i l'ampolla, bolcada a terra al costat del llit. Una fortor de whisky es va escampar per tot el dormitori.

Ja no quedava gaire cosa a fer dins del pis.

La Faye es va assegurar d'emportar-se el telèfon mòbil d'en Jack quan es va dirigir cap al cotxe del seu exmarit. Sense perdre temps, va carregar el ninot al maleter. Hi deixaria traces de sang. Exactament el que tenia previst.

La resta era logística pura. Conduir el cotxe d'en Jack fins al llac Vättern i tornar. Una mica de sang escampada per una de les barques que estigués amarrada en un embarcador. El ninot, el va esbandir i el va llançar a l'aigua. Al fons del llac hi havia un munt de porqueria d'allò més diversa, així que ningú no el relacionaria amb la Julienne.

Mentre tornava cap a Estocolm, la Faye sabia que tant el GPS del cotxe com el mòbil d'en Jack podrien ser rastrejats posteriorment. L'ordinador de bord tenia més detall que el telèfon, però l'un corroboraria l'altre. Juntament amb les cerques que els darrers temps havia fet al portàtil d'en Jack n'hi hauria d'haver prou. O això esperava. El fracàs residia en els detalls.

La Faye va aparcar el cotxe al passeig marítim. Un vent càlid va fer-li voleiar el vestit mentre la Kerstin ajudava la Julienne a baixar del cotxe. Van trobar tres gandules buides i les van llogar. La nena va sortir corrents cap a la vora de l'aigua. La Faye i la Kerstin es van quedar a les gandules, sense treure-li els ulls de sobre.

—L'han declarat culpable. Diuen que li caurà la cadena perpètua.

—Ja ho he sentit —va respondre la Kerstin.

—Ens n'hem sortit.

—Sí, no n'he dubtat mai.

—Ah, no?

La Kerstin va sacsejar el cap.

Se'ls va acostar una dona. Quan les va veure, es va aturar i les va saludar amb la mà.

—Hi ha lloc per a una més? —va preguntar, amb un somriure d'orella a orella.

—Sí, encara que potser l'hauràs de compartir amb la Julienne —va respondre la Faye.

—Ho faré amb molt de gust.

Es va escarxofar a la gandula damunt de la tovallola turquesa de la Julienne i es va posar les ulleres de sol.

—Vindràs a casa a sopar amb nosaltres, avui? —va preguntar la Faye.

La dona es va limitar a assentir amb el cap. Després, va girar la cara cap al sol.

Les tres dones es van quedar en silenci. Quan la Faye va aclucar els ulls, gaudint de la remor de les onades i els crits d'alegria de la Julienne, va veure en Sebastian davant seu. La seva mort l'havia portada a la persona que era en aquells moments. D'alguna manera, la Faye li estava agraïda.

Va girar el cap i va contemplar la dona que s'havia estirat a la gandula del costat. A poc a poc, va estirar la mà i va acaronar la galta de la seva mare.

Agraïments

Escriure un llibre com aquest no és una cosa que una persona pugui fer tota sola. Encara que molts s'ho pensin. Hi ha un munt de persones que hi contribueixen, que el fan possible, i que també ajuden a fer que aquesta feina sigui menys solitària. Primer de tot vull donar les gràcies al meu home, en Simon, que mai no defalleix en el seu amor i el seu suport. Els meus fills meravellosos són també una motivació immensa: en Wille, la Meja, en Charlie i la Polly. Gràcies per ser-hi i per ser els nens més preciosos del món. Gràcies també a la meva mare, la Gunnel Läckberg, i als meus sogres, l'Anette i en Christer Sköld, perquè de moltes maneres feu possible que tingui temps i forces per escriure. Hi ha més gent a qui he de donar les gràcies: a tots aquells que apareixen i donen un cop de mà quan el dia a dia no acaba d'encaixar. Us estic eternament agraïda.

Un agraïment enorme a la Christina Saliba, que cada dia treballa de valent al meu costat, tot i que encara no, escrivint un llibre. Ets la meva germana malgrat que no tinguem un vincle de sang. Gràcies també a la Lina Hellqvist, que és una part d'un valor incalculable en la nostra feina diària.

Tampoc no hauria estat ni la meitat de bona escriptora sense la meva fantàstica editora, la Karin Linge Nordh, i el redactor sempre tan meravellós, en John Häggblom. No tinc prou paraules per mostrar la meva gratitud. Evidentment, hi ha moltes més persones a l'editorial Forum a qui vull donar les gràcies, especialment a la Sara Lindegren, així que moltíssimes gràcies a tots!

El mateix vull dir per a la Nordin Agency: en Joakim Hansson, la Johanna Lindborg, l'Anna Frankl i molts altres. Des de fa molts anys esteu fent una feina increïble estenent la meva obra arreu del món.

Quan arriba el moment d'escriure un llibre, són molt importants tots aquells que donen un cop de mà amb la informació sobre aspectes que l'autora desconeix. Persones com l'Emmanuel Ergul, que ha contribuït amb un munt d'informació d'un valor incalculable sobre el món de les finances. I, com sempre, l'Anders Torewi ha llegit i m'ha aportat informació sobre qüestions que fan referència a Fjällbacka.

Gràcies a en Pascal Engman, un col·lega amb un talent extraordinari, que m'ha ajudat quan m'ha calgut donar voltes als personatges d'aquest llibre. Com sempre, la meva col·lega Denise Rudberg és la persona que sé que sempre serà allà, tant per «si» necessito parlar de la novel·la com «quan» necessito parlar-ne. O sobre la vida.

Finalment, a totes les germanes, amigues, a tothom del nostre voltant que estima la nostra família. Sou tants que no us puc comptar, també per por d'equivocar-me i oblidar-me d'algú. Però vosaltres sabeu qui sou. Us estimo.

I gràcies, pare, per transmetre'm l'amor pels llibres.

Camilla Läckberg
Estocolm, 20 de desembre del 2018

L'equip de la cooperativa Som agraïm el temps que has dedicat a la lectura d'aquesta obra de l'editorial Amsterdam i t'animem a compartir la teva opinió amb nous lectors i noves lectores i a fer-nos arribar les teves sensacions mitjançant les xarxes socials.

Els teus comentaris donen sentit a la nostra feina i ens ajuden a impulsar més lluny cada nova proposta editorial.

#LaGabiadOr